LA ESPOSA ENTRE NOSOTROS

LA ESPOSA ENTRE NOSOTROS

GREER HENDRICKS

Y SARAH PEKKANEN

HarperCollins*Español*

Publicado por HarperCollins Español, Estados Unidos de América.

Título en inglés: *The Wife Between Us*

Publicado por St. Martin's Press, 175 Fifth Avenue, New York, N.Y. 10010

Esta es una obra de ficción. Los nombres, personajes, lugares y sucesos que aparecen en ella son fruto de la imaginación de las autoras, o se usan de manera ficticia, y no pueden considerarse reales. Cualquier parecido con sucesos, lugares y organizaciones reales, o personas reales, vivas o muertas, es pura coincidencia.

Editora en Jefe: *Graciela Lelli*
Traducción: *Santiago Ochoa*
Adaptación del diseño al español: *Grupo Nivel Uno*

ISBN: 978-0-71809-682-3

Impreso en Estados Unidos de América

18 19 20 21 22 LSC 9 8 7 6 5 4 3 2 1

De Greer:
Para John, Paige y Alex con amor y gratitud

De Sarah:
Para aquellos que me animaron a escribir este libro

PRIMERA
PARTE

PRÓLOGO

Ella camina rápidamente por la acera de la ciudad, su cabello rubio rebotando contra sus hombros, sus mejillas enrojecidas, una bolsa de gimnasio enrollada en el antebrazo. Cuando llega a su edificio, introduce la mano en el bolso y saca las llaves. La calle es ruidosa y llena de gente, con taxis amarillos que pasan a toda velocidad, los viajeros que vuelven del trabajo y los compradores que entran a la charcutería de la esquina. Pero mis ojos no se apartan de ella.

Hace una pausa en la entrada y mira brevemente hacia atrás por encima del hombro. Una descarga eléctrica parece pulsar a través de mí. Me pregunto si ella siente mi mirada. Detección de la mirada, tal como se llama: nuestra capacidad de sentir cuando alguien nos está observando. Todo un sistema del cerebro humano está dedicado a esta herencia genética de nuestros antepasados, quienes recurrían a esta característica para no convertirse en presa de un animal. He cultivado esta defensa en mí, la sensación de la estática sobre mi piel mientras mi cabeza se levanta instintivamente para buscar un par de ojos. He aprendido el peligro de rechazar esa advertencia.

Pero ella gira simplemente en dirección opuesta, luego abre su puerta y desaparece adentro, sin mirarme nunca.

Es ajena a lo que le he hecho.

Ignora el daño que he causado; la ruina que he desatado.

Para esta joven hermosa con el rostro en forma de corazón y cuerpo exquisito —la mujer por la que mi esposo Richard me dejó—, soy tan invisible como la paloma que escarba en la acera a mi lado.

No tiene ni idea de lo que le sucederá si sigue así. Ninguna en absoluto.

CAPÍTULO UNO

Nellie no pudo decir qué la despertó. Pero cuando abrió los ojos, una mujer que llevaba su vestido de novia blanco y con encajes estaba mirándola al pie de su cama.

La garganta de Nellie se cerró en un grito, y ella se abalanzó hacia el bate de béisbol apoyado contra su mesita de noche. Entonces su visión se adaptó a la luz granulosa del alba y el martilleo de su corazón se hizo más suave.

Soltó una carcajada cuando se dio cuenta de que estaba a salvo. La ilusión se debía simplemente a su vestido de novia, envuelto en plástico, colgado en la parte trasera de la puerta del armario, donde lo había colgado el día anterior después de recogerlo en la tienda de novias. El corpiño y la falda estaban rellenos de papel toalla arrugado para que mantuviera la forma. Nellie se derrumbó de nuevo sobre su almohada. Cuando su respiración se estabilizó, comprobó los bloques de números azules en su reloj de noche. Otra vez, era demasiado temprano.

Estiró los brazos y extendió la mano izquierda para apagar la alarma antes de que pudiera sonar, sintiendo pesado y extraño en su dedo el anillo de compromiso de diamantes que Richard le había regalado.

Incluso cuando era una niña, Nellie nunca había podido dormirse con facilidad. Su madre no tenía paciencia para los rituales prolongados a la hora de acostarse, pero su padre le frotaba suavemente la espalda, deletreando frases sobre la tela de su camisón. *Te amo* o *Eres muy especial*, escribía él, y ella trataba de descifrar el mensaje. Otras veces, él trazaba patrones, círculos, estrellas y triángulos, al menos hasta que sus padres se divorciaron y él se fue de la casa cuando ella tenía nueve años. Entonces se acostaba sola en su cama gemela bajo el edredón de rayas rosadas y púrpuras y contemplaba la mancha de agua que afeaba el techo.

Cuando finalmente se dormía, por lo general lo hacía durante siete u ocho horas seguidas, de manera tan pesada y sin sueños que su madre a veces tenía que sacudirla físicamente para despertarla.

Pero eso cambió súbitamente después de una noche de octubre en su último año de universidad.

Su insomnio empeoró bruscamente, y su sueño comenzó a fragmentarse con pesadillas vívidas y despertares abruptos. Una vez, bajó a desayunar a la casa de su fraternidad y su hermana del *Chi Omega* le dijo que había gritado algo ininteligible. Nellie había intentado restarle importancia: «Simplemente estoy estresada por los exámenes finales. Se supone que el examen de estadísticas psicológicas es durísimo». Y luego había abandonado la mesa para ir por otra taza de café.

Posteriormente, se había obligado a visitar a la consejera de la universidad, pero a pesar de la suave persuasión de la mujer, Nellie no podía hablar de la cálida noche de principios de otoño que había comenzado con botellas de vodka y risas, y que había terminado con sirenas de policía y desesperación. Nellie se había reunido dos veces con la terapeuta, pero canceló su tercera cita y nunca regresó.

Nellie le había contado algunos detalles a Richard tras despertar de una de sus pesadillas recurrentes para sentir que sus brazos se apretaban a su alrededor y su voz profunda le susurraba al oído: «Te tengo, nena. Estás a salvo conmigo». El hecho de estar entrelazada con él, le brindó una seguridad que comprendió haber anhelado toda su vida, incluso antes del incidente. Con Richard a su lado, Nellie pudo sucumbir de nuevo al estado vulnerable del sueño profundo. Era como si el suelo inestable bajo sus pies se hubiera estabilizado.

Sin embargo, ayer por la noche, Nellie había estado sola en su viejo apartamento con fachada de piedra. Richard estaba en Chicago por negocios, y Samantha, su mejor amiga y compañera de cuarto, había dormido en el apartamento de su último novio. Los ruidos de la ciudad de Nueva York impregnaban las paredes: bocinazos, gritos ocasionales, un perro ladrando. A pesar de que la tasa de criminalidad del Upper East Side era la más baja del distrito, las barras de acero aseguraban las ventanas y tres cerraduras reforzaban la puerta, incluida una gruesa que Nellie había instalado después de mudarse. Sin embargo, había necesitado una copa adicional de Chardonnay para conciliar el sueño.

Nellie se frotó los ojos arenosos y se levantó lentamente de la cama. Se puso su bata de felpa, volvió a mirar su vestido, preguntándose si debía abrirle espacio en su armario diminuto. Pero la falda era muy voluminosa. En la boutique de novias, rodeada por sus réplicas de lentejuelas incrustadas y esponjosas, se veía elegantemente simple, como un *chignon* en medio de *bouffants*. Pero al lado de la maraña de ropa y de la estantería frágil de IKEA en su dormitorio estrecho, parecía aproximarse peligrosamente a un conjunto de una Princesa de Disney.

Sin embargo, era demasiado tarde para cambiarlo. La boda se acercaba rápidamente y todos los detalles estaban en su lugar, incluso la figurilla que coronaba del pastel, una novia rubia y su novio apuesto, congelados en un momento perfecto.

—Cielos, se parecen incluso a ustedes dos —había dicho Samantha cuando Nellie le mostró una foto de las figurillas antiguas y en porcelana que Richard le había enviado por correo electrónico. La réplica había pertenecido a sus padres, y Richard la había recuperado de la bodega en el sótano de su edificio cuando él le propuso matrimonio. Sam arrugó la nariz. —¿Crees que es demasiado bueno para ser cierto?

Richard tenía treinta y seis años, nueve más que Nellie, y era un exitoso gestor de fondos de cobertura. Tenía la constitución fornida de un corredor y una sonrisa fácil que ocultaba sus intensos ojos azul marino.

Para su primera cita, la había llevado a un restaurante francés y había discutido sabiamente los borgoñas blancos con el *sommelier*. Para la segunda, en un sábado nevado, le había pedido que se abrigara bien y había llegado con dos trineos plásticos de color verde brillante. —Conozco la mejor colina de Central Park —le había dicho.

Llevaba un par de *jeans* desgastados y se veía tan bien con ellos como lo hacía con sus trajes bien confeccionados.

Nellie no había bromeado cuando respondió a la pregunta de Sam diciendo: —Únicamente todos los días.

Nellie reprimió otro bostezo mientras subía los siete escalones que conducían a la pequeña cocina alargada, el frío del linóleo bajo sus pies descalzos. Encendió la luz del techo, notando que Sam había vuelto a dejar —una vez más— la jarra de la miel hecha un desorden después de endulzar el té. El líquido viscoso flotaba por un costado, y una cucaracha forcejeaba en el charco pegajoso y ambarino. Incluso después de vivir varios años en Manhattan, la escena le produjo náuseas. Nellie tomó una de las tazas sucias de Sam del fregadero y atrapó la cucaracha debajo. *Que se ocupe de ella*, pensó. Abrió su computadora portátil mientras esperaba que hirviera su café, y comenzó a revisar el correo electrónico: un cupón de Gap; su madre, que aparentemente se había vuelto vegetariana, pidiéndole a Nellie que se asegurara de que hubiera una opción sin carne en la cena de la boda; un aviso de que el pago de su tarjeta de crédito se había vencido.

Nellie sirvió el café en una taza decorada con corazones y con las palabras *Maestra # 1 del Mundo* —ella y Samantha, que también enseñaba en el preescolar La Escalera del Aprendizaje, tenían casi una docena de otros idénticos apretujados en el armario— y tomó un sorbo agradecida. Hoy tenía diez entrevistas entre padres y maestros de primavera programadas para sus Cachorros, su clase de niños de tres años. Sin la cafeína, estaría en peligro de quedarse dormida en el «rincón silencioso», y necesitaba estar alerta. La primera sería la de los Porter, quienes recientemente se habían preocupado por la falta de creatividad estilo Spike Jonze que se cultivaba en el salón de clases. Le habían recomendado que reemplazara la casa grande de muñecas con un tipi gigante y luego le habían enviado un vínculo de la Tierra de Nod que se vendía por 229 dólares.

Extrañaba a los Porter solo un poco menos que a las cucarachas cuando se mudó con Richard, decidió Nellie. Miró la taza de Samantha, sintió una oleada de culpa, y usó un pañuelo para recoger rápidamente el insecto y tirarlo por el inodoro.

Su teléfono celular sonó cuando Nellie estaba abriendo la llave de la ducha. Se envolvió en una toalla y se apresuró a entrar al dormitorio para coger su bolso. Sin embargo, su teléfono no estaba; Nellie siempre lo había extraviado. Finalmente lo sacó de los pliegues de su edredón.

«¿Hola?»

No hubo respuesta.

El identificador de llamadas mostró un número bloqueado. Un momento después, una alerta de correo de voz apareció en la pantalla. Presionó un botón para escucharlo, pero solo oyó un sonido débil y rítmico. Una respiración.

Un vendedor de telemercadeo, se dijo a sí misma mientras tiraba el teléfono de nuevo en la cama. No era algo importante. Ella estaba exagerando, como a veces lo hacía. Simplemente estaba abrumada. Después de todo, en las próximas semanas empacaría las cosas de su apartamento, se mudaría con Richard, y sostendría un ramo de rosas blancas mientras caminaba hacia su nueva vida. El cambio era desconcertante, y se estaba enfrentando a muchas cosas de una sola vez.

Sin embargo, era la tercera llamada en el mismo número de semanas.

Miró hacia la puerta principal. El cerrojo de acero estaba puesto.

Se dirigió al baño, luego regresó y recogió su teléfono celular, trayéndolo con ella. Lo dejó en el borde del lavamanos, cerró la puerta con llave, luego colgó la toalla en la varilla y entró a la ducha. Saltó hacia atrás cuando el rocío demasiado frío la golpeó, y luego ajustó el pomo y se frotó los brazos con las manos.

El vapor llenó el pequeño espacio y ella dejó que el agua recorriera los nudos de sus hombros y bajara por su espalda. Se cambiaría su apellido después de la boda. Tal vez también cambiaría su número de teléfono.

Se había puesto un vestido de lino y estaba pasando rímel por sus pestañas rubias —la única ocasión en que llevaba mucho maquillaje o ropa bonita para trabajar era para las entrevistas entre padres y profesores y el día de la graduación— cuando su teléfono celular vibró, el ruido alto y metálico contra el fregadero de porcelana. Se estremeció, y su varita de rímel saltó hacia arriba, dejando una marca negra cerca de su ceja.

Miró hacia abajo para ver un texto entrante de Richard:

No puedo esperar para verte esta noche, hermosa. Estoy contando los minutos. Te amo.

Mientras miraba fijamente las palabras de su novio, la respiración que había parecido estar adherida a su pecho toda la mañana finalmente cedió. *Yo también te amo*, le devolvió el mensaje.

Le diría acerca de las llamadas telefónicas esta noche. Richard le serviría una copa de vino y le subiría los pies sobre su regazo mientras hablaban. Tal vez él encontraría una forma de rastrear el número oculto. Terminó de arreglarse, luego recogió su bolsa pesada y salió en el débil sol primaveral.

CAPÍTULO DOS

El chillido de la tetera de la tía Charlotte me despierta. La débil luz solar se desliza a través de las celosías de las persianas, proyectando rayas suaves a través de mi cuerpo mientras permanezco acurrucada en posición fetal. ¿Cómo pudo amanecer ya? Incluso después de meses de dormir sola en una cama gemela —no en la cama matrimonial que una vez compartí con Richard— solo sigo durmiendo sobre mi lado izquierdo. Las sábanas a mi lado son frescas. Estoy abriendo espacio para un fantasma.

La mañana es el peor momento porque, por un instante breve, mi cerebro está claro. La postergación es muy cruel. Me acurruco bajo la colcha de retazos, sintiendo como si un peso pesado me sujetara acá.

Richard probablemente está ahora con mi reemplazo bastante joven, sus ojos azul marino fijos en ella mientras recorre la curva de su mejilla con los dedos. A veces casi puedo oírlo decir las cosas dulces que solía susurrarme.

Te adoro. Voy a hacerte tan feliz. Eres mi mundo.

Mi corazón late, y cada latido constante es casi doloroso. *Respiraciones profundas*, me recuerdo. No funciona. Nunca funciona.

Cuando veo a la mujer por la que Richard me dejó, siempre me sorprende lo suave e inocente que es. Tan parecida a mí cuando Richard y yo nos conocimos y él me acariciaba la cara entre las palmas de sus manos, con tanta suavidad como si yo fuera una flor delicada que él temiera estropear.

Incluso en aquellos meses tempranos y embriagadores, a veces parecía como si —él— fuera un poco planeado. Pero no importaba. Richard era cariñoso, carismático y competente. Me enamoré de él casi de inmediato. Y nunca dudé de que él me amara también.

Sin embargo, ya ha terminado conmigo. Me he mudado de nuestra casa colonial de cuatro dormitorios con sus puertas arqueadas y un extenso césped color verde profundo. Tres de esos dormitorios permanecieron vacíos durante todo nuestro matrimonio, pero la criada los limpiaba cada semana. Siempre encontré una excusa para salir de la casa cuando ella abría esas puertas.

El aullido de una ambulancia doce pisos abajo me anima finalmente a levantarme de la cama. Me baño, luego me seco el cabello, notando que mis raíces son visibles. Saco una caja Marrón Caramelo de Clairol debajo del fregadero para acordarme de retocármelas esta noche. Atrás quedaron los días en que yo pagaba —no, cuando Richard me pagaba— cientos de dólares por un corte y un tinturado.

Abro el antiguo armario de cerezo que la tía Charlotte compró en el mercado GreenFlea y que ella misma renovó. Solía tener un cuarto de armario más grande que la habitación en la que estoy ahora. Estantes con vestidos organizados por color y temporada. Pilas de *jeans* de diseño, la mezclilla en varios estados de desgaste. Un arco iris de cachemira cubriendo una pared.

Esas prendas nunca significaron mucho para mí. Por lo general solo usaba pantalones de yoga y un suéter acogedor. Como una viajera a la inversa, me ponía un conjunto más elegante poco antes de que Richard llegara a casa.

Ahora, sin embargo, estoy agradecida de haber sacado algunas maletas con mi ropa más fina cuando Richard me pidió que me fuera de nuestra casa de Westchester. Como agente de ventas de Saks en las marcas de diseñador del tercer piso, dependo de las comisiones, por lo que es vital proyectar una imagen ambiciosa. Miro fijamente los vestidos alineados en el armario con una precisión casi militar y selecciono un Chanel de color huevo petirrojo. Uno de los botones con la firma está abollado y me queda más holgado que la última vez que me lo puse, hace ya una eternidad. No necesito que una báscula me informe que he perdido demasiado peso; con cinco pies y seis pulgadas de estatura, tengo que aceptar mi talla 4s.

Entro a la cocina, donde la tía Charlotte está comiendo yogur griego con arándanos frescos, y la beso, la piel de su mejilla sintiéndose tan suave como el talco.

—Vanessa. ¿Dormiste bien?

—Sí —miento.

Está de pie en el mostrador de la cocina, descalza y con su uniforme holgado de *tai chi*, mirando a través de sus lentes mientras tacha una lista de comestibles en la parte posterior de un sobre viejo entre las cucharadas de su desayuno. Para la tía Charlotte, la motivación es la clave para la salud emocional. Siempre me está instando a dar un paseo con ella por el SoHo, asistir a una conferencia de arte o ir al Y, o a una película en el Lincoln Center. Sin embargo, he descubierto que la actividad no me ayuda. Después de todo, los pensamientos obsesivos pueden seguirte a cualquier parte.

Mordisqueo un pedazo de pan integral tostado y echo una manzana y una barra de proteína en mi bolsa para el almuerzo. Puedo decir que la tía Charlotte se siente tranquila al saber que he conseguido un trabajo, y no solo porque parezca que estoy mejorando finalmente. He alterado su estilo de vida; ella pasa las mañanas normalmente en una habitación adicional que es también su estudio artístico, esparciendo óleos gruesos sobre lienzos, creando mundos de ensueño que son mucho más hermosos que el que habitamos. Pero ella nunca se queja. Cuando yo era una niña y mi mamá necesitaba lo que yo pensaba que eran sus «días oscuros», llamaba a la tía Charlotte, la hermana mayor de mi madre. Lo único que necesitaba eran aquellas palabras susurradas: «Está descansando de nuevo», y mi tía aparecía, dejando caer su bolsa de noche en el suelo y estirando sus manos manchadas de pintura, doblegándome en un abrazo que olía a aceite de linaza y lavanda. Sin hijos propios, ella tenía la flexibilidad para programar su propia vida. Fue mi gran fortuna que me pusiera en el centro de ella cuando más la necesitaba.

—Queso Brie, peras… —murmura la tía Charlotte mientras anota los alimentos en su lista, su letra llena de círculos y remolinos. Su cabello grisáceo está recogido en un moño desordenado y el decorado ecléctico que la rodea —un tazón de vidrio de color azul cobalto, una taza maciza de cerámica púrpura, una cuchara de plata—, parece ser inspiración para una naturaleza muerta. Su apartamento de tres habitaciones es amplio, pues la tía Charlotte y mi tío Beau, que murió hace años, compraron en este barrio antes de que los precios de bienes raíces se dispararan, pero da la sensación de ser una granja vieja y original. Los pisos de madera se pandean y crujen, y cada habitación está pintada de un color diferente: amarillo azafranado, azul zafiro, verde menta.

—¿Otro salón esta noche? —pregunto, y ella asiente.

Desde que vivo con ella, he tenido tantas probabilidades de encontrar un grupo de estudiantes de primer año en la Universidad de Nueva York como un crítico de arte del *New York Times* reunido en su sala con algunos propietarios de estudios. —Déjame traer el vino cuando vuelva —le ofrezco. Es importante que la tía Charlotte no me vea como una carga. Ella es lo único que me queda.

Revuelvo mi café y me pregunto si Richard le estará preparando uno a su nuevo amor y llevándoselo a la cama, donde ella está somnolienta y caliente bajo el edredón acolchado que solíamos compartir. Veo sus labios curvarse en una sonrisa mientras levanta el edredón para él. Richard y yo solíamos hacer el amor por la mañana. «No importa lo que suceda durante el resto del día, por lo menos tenemos esto», solía decir él. Mi estómago se contrae y aparto el pan tostado. Miro mi reloj Cartier Tank, un regalo de Richard para nuestro quinto aniversario, y paso la yema del dedo sobre el oro suave.

Aún lo siento levantando mi brazo para deslizarlo sobre mi muñeca. A veces estoy segura de sentir en mi propia ropa —por más que las haya lavado— una bocanada del olor cítrico del jabón L'Occitane con el que él se bañaba. Se siente siempre unido a mí, tan cerca pero diáfano como una sombra.

—Creo que sería bueno que te unieras a nosotros esta noche.

Tardo un momento en reorientarme. —Tal vez —digo, sabiendo que no lo haré. Los ojos de la tía Charlotte son suaves; debe percibir que estoy pensando en Richard. Sin embargo, no está al tanto de la verdadera historia de nuestro matrimonio. Ella piensa que él perseguía la juventud, apartándome a un lado, siguiendo el patrón de tantos hombres antes que él. Cree que soy una víctima; solo otra mujer cercenada por la proximidad de la mediana edad.

La compasión desaparecería de su expresión si supiera el papel que tuve en nuestra debacle.

—Tengo que irme —digo—. Pero envíame un mensaje de texto si necesitas algo más de la tienda.

Conseguí mi trabajo en ventas hace solo un mes, y ya me han advertido dos veces sobre mi tardanza. Necesito encontrar una manera de dormir mejor; las píldoras que me recetó mi médico me hacen sentir lerda por la mañana. Llevo casi una década sin trabajar. Si pierdo este trabajo, ¿quién me contratará?

Paso mi bolsa pesada sobre mi hombro con mis Jimmy Choos casi prístinos asomando por encima, me ato mis Nikes estropeados, y me pongo mis auriculares. Escucho podcasts de psicología durante mi caminata de cincuenta cuadras a Saks; escuchar sobre las compulsiones de otras personas a veces me aleja de las mías.

El sol moribundo que me recibió al despertar me engañó para creer que afuera calentaba. Me preparo contra la bofetada de un fuerte viento primaveral y luego comienzo a caminar desde el Upper West Side hasta Midtown Manhattan.

Mi primera clienta es una banquera de inversión que se presenta como Nancy. Su trabajo es extenuante, explica ella, pero su reunión matutina fue cancelada inesperadamente. Es pequeña, de ojos anchos y un corte de cabello de duendecillo, y su complexión infantil hace que el hecho de que algo le quede bien sea todo un desafío. Me alegro por la distracción.

—Tengo que vestirme con autoridad o no me tomarán en serio —señala—. Es decir, mírame. ¡Aún me pagan!

Mientras la aparto con delicadeza de un traje sastre gris estructurado, noto que tiene las uñas completamente mordidas. Ella ve allí donde he posado mis ojos y se mete las manos en los bolsillos de su *blazer*. Me pregunto cuánto tiempo durará en su trabajo. Tal vez encuentre otro —algo orientado al servicio, tal vez, que involucre el medio ambiente o los derechos de los niños— antes de que ese campo quebrante su espíritu.

Busco una falda lápiz y una blusa de seda con motivos. —¿Tal vez algo más brillante? —sugiero.

Ella charla sobre la carrera de bicicletas por los cinco distritos en la que espera competir el próximo mes mientras caminamos por el piso, a pesar de su falta de entrenamiento y de la cita a ciegas que quiere prepararle su colega. Saco más prendas, mirándola furtivamente para calibrar mejor su silueta y su tono de piel.

Entonces descubro un impresionante Alexander McQueen floral en punto blanco y negro y me detengo. Levanto una mano y la paso suavemente por la tela, mi corazón empezando a retumbar con fuerza.

—Está lindo —dice Nancy.

Cierro los ojos y recuerdo una noche en que yo llevaba un vestido casi idéntico a este.

Richard volviendo a casa con una gran caja blanca con un lazo rojo. «Póntelo esta noche», había dicho él *mientras yo lo modelaba. «Te ves preciosa». Habíamos tomado champaña en la gala de Alvin Ailey y reído con sus colegas. Había apoyado su mano en la parte baja de mi espalda. «Olvídate de la cena», me susurró al oído. Vamos a casa.*

—¿Estás bien? —pregunta Nancy.

—Bien —respondo, pero mi garganta amenaza con cerrarse en torno a las palabras—. Ese vestido no es el adecuado para ti.

Nancy parece sorprendida, y comprendo que dije mis palabras con demasiada dureza.

—Este—. Busco un enterizo clásico color rojo tomate.

Camino hacia el probador, con las prendas pesándome en los brazos. —Creo que tenemos suficiente para empezar.

Cuelgo la ropa en la varilla que recubre una pared, tratando de concentrarme en el orden en que siento que debería probársela, comenzando con una chaqueta lila que hará juego con su piel oliva. He aprendido que las chaquetas son el mejor lugar para empezar, porque una clienta no necesita desvestirse para evaluarlas.

Busco un par de medias y tacones para que pueda apreciar mejor las faldas y los vestidos, y luego intercambiar algunos 0s por 2s. Al final, Nancy elige la chaqueta, dos vestidos —incluido el rojo— y un traje azul marino. Llamo a una empleada para que doble la falda del traje y excusarme, diciéndole a Nancy que registraré sus compras.

Sin embargo, me siento atraída de nuevo al vestido blanco y negro. Hay tres en el estante. Los saco en mis brazos y los llevo al depósito, ocultándolos detrás de una hilera de ropa defectuosa.

Regreso con la tarjeta de crédito y el recibo de Nancy mientras ella se pone su ropa de trabajo.

—Gracias —dice—. Nunca habría elegido estos, pero realmente estoy emocionada de llevarlos—. Esta es la parte de mi trabajo que realmente disfruto: hacer que mis clientas se sientan bien. Probarse ropa y gastar dinero hace que la mayoría de las mujeres se cuestionen a sí mismas: ¿Me veo pesada? ¿Me merezco esto? ¿Soy yo? Conozco bien esas dudas porque he estado en el interior del vestuario muchas veces, tratando de averiguar quién debería ser.

Coloco una bolsa de compras sobre la ropa de Nancy, le entrego las prendas, y por un momento me pregunto si la tía Charlotte tiene razón. Si me sigo moviendo hacia adelante, tal vez mi mente replique eventualmente la propulsión de mi cuerpo.

Después de que Nancy se va, ayudo a unas cuantas clientas más y luego regreso a los vestuarios para llevar los artículos no deseados al depósito. Mientras aliso la ropa en los ganchos, oigo a dos mujeres charlar en cabinas adyacentes.

—Uf, este Alaïa se ve horrible. Estoy muy hinchada. Sabía que la mesera estaba mintiendo cuando dijo que la salsa de soya era baja en sodio.

Reconozco de inmediato el dejo sureño: Hillary Searles, la esposa de George Searles, uno de los colegas de Richard. Hillary y yo asistimos juntas a muchas cenas y eventos de negocios a lo largo de los años. La he escuchado opinar sobre las escuelas públicas versus las privadas, la dieta Atkins versus la Zona, y la costa de St. Barts versus la de Amalfi. No soportaría escucharla hoy.

—¡Hola! ¿Hay una vendedora por ahí? Necesitamos otras tallas —dice una voz.

Una puerta de armario se abre y aparece una mujer. Se parece tanto a Hillary, incluso en los mechones pelirrojos a juego, que solo puede ser su hermana. «Señorita, ¿podría ayudarnos? Nuestra otra vendedora parece haber desaparecido por completo».

Antes de poder responder, veo un destello de naranja y el Alaïa ofensivo entra como una bala por encima de la puerta del probador. —¿Tienes esto en cuarenta y dos?

Si Hillary se gasta 3,100 dólares en un vestido, la comisión es digna de soportar las preguntas que me hará.

—Déjame mirar —le respondo.

—Pero Alaïa no es la marca que más perdone, sin importar lo que hayas almorzado… Puedo traerte un cuarenta y cuatro si acaso te quede pequeño.

—Tu voz se me hace muy conocida—. Hillary mira hacia afuera, ocultando su cuerpo hinchado por el sodio detrás de la puerta. Grita y me cuesta mucho estar de pie ahí mientras me mira.

—¿Qué estás haciendo acá?

—Hill, ¿con quién estás hablando? —dice su hermana.

—Vanessa es una vieja amiga. Está casada —ah, estuvo casada— con uno de los socios de George. ¡Espera un momento, chica! Déjame ponerme algo de ropa—. Cuando aparece de nuevo, me ahoga en un abrazo, envolviéndome simultáneamente en su perfume floral.

—¡Te ves diferente! ¿Qué ha cambiado? —. Pone las manos en las caderas y me obligo a soportar su escrutinio.

—Para empezar, pequeña muchacha, te has puesto muy delgada. No tendrías problemas para usar el Alaïa. ¿Ahora trabajas aquí?

—Así es. Es bueno verte…

Nunca me he sentido tan agradecida de ser interrumpida por el repique de un teléfono celular. —Hola —se emociona Hillary—. ¿Qué? ¿Fiebre? ¿Estás segura? Recuerda la última vez que te engañó. De acuerdo. Estaré allá enseguida—. Se vuelve hacia su hermana—. Era la enfermera de la escuela. Cree que Madison está enferma. Honestamente, mandan a un niño a casa por un simple resfriado.

Se inclina para darme otro abrazo y su arete de diamantes me raspa la mejilla. —Hagamos una cita para almorzar y ponernos al día. ¡Llámame!

Cuando Hillary y su hermana taconean hacia el ascensor, veo un brazalete de platino en la silla del vestuario. Lo recojo y me apresuro a alcanzar a Hillary. Estoy a punto de decir su nombre cuando oigo su voz volverse hacia mí.

—Pobrecita —le dice a su hermana y descubro una verdadera compasión en su tono.

—Él se quedó con la casa, con los autos, con todo…

—¿En serio? ¿Y ella no consiguió un abogado?

—Quedó hecha un desastre—. Hillary se encoge de hombros.

Es como si me hubiera estrellado contra una pared invisible.

Miro mientras ella retrocede en la distancia. Cuando presiona el botón para llamar el ascensor, regreso para limpiar las prendas de seda y de lino que dejó tiradas en el piso del vestuario. Pero antes, deslizo la pulsera de platino en mi muñeca.

Poco antes de que nuestro matrimonio terminara, Richard y yo organizamos un coctel en nuestra casa. Fue la última vez que vi a Hillary. La noche comenzó con una nota estresante cuando los empleados del servicio de banquetes no llegaron a tiempo. Richard estaba irritado —con ellos, conmigo por no haberlos reservado una hora antes, y con la situación—, pero se acomodó resueltamente detrás de un bar improvisado en nuestra sala, mezclando *martinis* y ginebra con agua tónica y echando la cabeza hacia atrás y riéndose cuando uno de sus compañeros le dio veinte dólares de propina. Yo circulaba entre los invitados, murmurando disculpas por la rueda inadecuada de Brie y el triángulo afilado de queso *cheddar* que había servido, prometiendo que la verdadera comida llegaría pronto.

—¿Tesoro? ¿Puedes traer unas botellas del Raveneau 2009 del sótano? —me había dicho Richard desde el otro lado de la sala. «Pedí una caja la semana pasada. Están en el estante del medio en el refrigerador de los vinos».

Yo me había congelado, sintiendo como si los ojos de todos estuvieran sobre mí. Hillary había estado en el bar. Probablemente fue ella la que había pedido esa cosecha; era su favorita.

Recuerdo moverme en lo que pareció ser cámara lenta hacia el sótano, retrasando el momento en que tendría que decirle a Richard, frente a todos sus amigos y socios de negocios, lo que ya sabía: que no había Raveneau en nuestro sótano.

Paso la próxima hora o algo así esperando a una abuela que requiere un nuevo atuendo para el bautizo de su homónima, y reuniendo un guardarropa para una mujer que se irá en un crucero a Alaska. Siento mi cuerpo como arena mojada; el destello de esperanza que había sentido después de ayudar a Nancy se ha extinguido.

Esta vez, veo a Hillary antes de oír su voz.

Se acerca cuando estoy colgando una falda en un estante.

—¡Vanessa! —me dice—. Me alegra tanto que sigas aquí. Por favor, dime que encontraste…

Su frase se ve interrumpida cuando sus ojos se posan sobre mi muñeca.

Me quito rápidamente el brazalete. —Yo no… Mm, me preocupaba dejarlo en los objetos perdidos y encontrados… Pensé que volverías por él, de lo contrario, te iba a llamar.

La sombra desaparece de los ojos de Hillary. Ella me cree. O al menos quiere hacerlo.

—¿Tu hija está bien?

Hillary asiente con la cabeza. —Creo que la pequeña impostora solo quería saltarse la clase de matemáticas—. Se ríe y retuerce el pesado brazalete de platino en su muñeca—. Me has salvado la vida. George me lo dio hace apenas una semana en mi cumpleaños. ¿Puedes imaginarte si tuviera que decirle que lo perdí? Se divorci...

Un rubor florece en sus mejillas mientras desvía la mirada. Recuerdo que Hillary nunca fue desagradable. Desde el principio, solía incluso hacerme reír a veces.

—¿Cómo está George?

—¡Ocupado, ocupado! Tú sabes cómo es.

Otra breve pausa.

—¿Has visto a Richard últimamente? —. Finjo un tono alegre, pero fallo. Mi sed de información sobre él es transparente.

—Ah, de vez en cuando.

Espero, pero está claro que ella no quiere decir más.

—¡Bien! ¿Quieres probarte ese Alaïa?

—Tengo que irme. Volveré otra vez, querida—. Sin embargo, siento que Hillary no lo hará. Lo que ve delante de ella —el botón abollado en el Chanel de dos años, el peinado que podría beneficiarse de un cepillado profesional— es una visión que Hillary espera a toda costa que no sea contagiosa.

Me da el más breve de los abrazos y comienza a alejarse. Pero se da vuelta.

—Si fuera yo... Su frente se arruga; ella está pensando en algo. Tomando una decisión—. Bueno, supongo que me gustaría saberlo.

Lo que viene en camino tiene la sensación de la arremetida de un tren.

—Richard está comprometido—. Su voz parece flotar hacia mí desde una gran distancia—. Lo siento... Simplemente pensé que tal vez no lo sabías, y me pareció que...

El rugido en mi cabeza ahoga el resto de sus palabras. Asiento y me alejo.

Richard está comprometido. Mi marido se va a casar con ella.

Entro a un vestuario. Me inclino contra una pared y me derrumbo en el piso, la alfombra quemando mis muslos mientras mi vestido se levanta. Luego dejo caer la cabeza en mis manos y sollozo.

CAPÍTULO TRES

A UN LADO DE la antigua iglesia con campanarios que albergaba la Escalera del Aprendizaje, había tres lápidas de principios de siglo, desgastadas por el tiempo y ocultas entre un dosel de árboles. En el otro lado había un pequeño patio de recreo con una caja de arena y una estructura azul y amarilla para escalar. Símbolos de vida y de muerte marcando la iglesia, que había sido testigo de incontables ceremonias en honor a ambas ocasiones.

Una de las lápidas tenía inscrito el nombre de Elizabeth Knapp. Había muerto en su veintena y su tumba estaba ligeramente separada de las otras. Nellie tomó el camino largo alrededor de la calle, como siempre lo hacía, para no pasar por el pequeño cementerio. Sin embargo, se preguntó por la joven.

Su vida podría haber sido interrumpida por la enfermedad, o por un parto. O por un accidente.

¿Había estado casada? ¿Habría tenido hijos?

Nellie dejó su bolsa para descorrer el pestillo a prueba de niños en la valla que rodeaba el patio de juegos mientras el viento crujía entre los árboles. Elizabeth tenía veintiséis o veintisiete años; Nellie no podía recordar cuántos. El detalle le molestó de improviso.

Empezó a caminar hacia el cementerio para comprobarlo, pero la campana de la iglesia sonó ocho veces, los acordes profundos y sombríos vibrando por el aire y recordándole que sus entrevistas empezarían en quince minutos. Una nube flotó frente al sol, y la temperatura disminuyó abruptamente.

Nellie se dio vuelta y pasó por la puerta, la cerró, y luego volteó la lona protectora que cubría la caja de arena para que estuviera lista cuando los niños salieran a jugar. Una ráfaga aguda amenazó con arrancar un extremo. Ella trató de impedirlo y luego arrastró una maceta pesada para asegurar el borde.

Se apresuró a entrar al edificio y bajó las escaleras al sótano, donde estaba el preescolar. El aroma terroso y suculento del café anunció que Linda, la directora, ya había llegado. Normalmente, Nellie habría acomodado sus cosas en su salón antes de saludar a Linda. Pero hoy, pasó a un lado de su salón vacío y siguió por el pasillo, hacia la luz amarilla que salía de la oficina de Linda, sintiendo la necesidad de ver un rostro familiar.

Nellie entró y no solo vio el café, sino también un plato con pasteles. Sosteniendo servilletas de papel junto a una pila de tazas de poliestireno estaba Linda, cuyo cabello corto, brillante y oscuro y su traje de sastre gris pardo ceñido por un cinturón de cocodrilo, no habría estado fuera de lugar en una reunión de una junta directiva. Linda no solo se vestía así para los padres, incluso cuando se iban de excursión, parecía estar lista para las cámaras.

—Dime que no son *croissants* de chocolate.

—De Dean and DeLuca —confirmó Linda—. Sírvete.

Nellie gimoteó. Esa misma mañana, la báscula había revelado que aún tenía cinco —está bien, ocho— libras por perder antes de su boda.

—Vamos —la animó Linda. Tengo muchos para endulzar a los padres.

—Son padres de Upper East Side —bromeó Nellie—. Nadie va a comer carbohidratos azucarados—. Nellie volvió a mirar el plato—. Tal vez solo la mitad —y partió uno con un cuchillo plástico.

Le dio un mordisco mientras regresaba a su salón. El espacio no era elegante, pero sí amplio, y las ventanas altas dejaban entrar un poco de luz natural. La alfombra suave con un patrón de tren-alfabeto que rodeaba los bordes era donde sus Cachorros se sentaban entrecruzados: compota de manzana para el tiempo de historias; en el área de la cocina, se ponían pequeños sombreros de cocineros y ellos jugaban con ollas y sartenes; y el vestuario del rincón tenía de todo, desde batas médicas hasta tutús de bailarina o cascos de astronauta.

Su madre le había preguntado una vez a Nellie por qué no quería ser una maestra «de verdad» y no entendió por qué Nellie se ofendió por la pregunta.

La sensación de esas manos rechonchas y confiadas en las suyas; ese momento en que un niño descifró las letras de una página para pronunciar por vez primera una palabra y miró a Nellie con asombro; la frescura con la que los niños interpretaban el mundo: ¿cómo podía explicar ella lo precioso que era todo?

Siempre había sabido que quería enseñar, así como algunos niños se sienten destinados a convertirse en escritores o artistas.

Nellie lamió un copo mantecoso en la punta de su dedo, luego sacó su planificador de su bolso junto con una pila de «libretas de calificaciones» que estaría distribuyendo. Los padres pagaban 32,000 dólares al año para mandar a sus hijos acá por unas pocas horas al día; los Porter que enviaban enlaces con tipis no estaban solos en querer que las cosas se hicieran de cierta manera. Nellie recibía varios correos electrónicos todas las semanas, como uno reciente de los Levines solicitando hojas de ejercicios suplementarias para la pequeña y talentosa Reese. Los números de teléfono celular de los maestros estaban impresos en el directorio de la escuela en caso de emergencia, pero algunos padres aplicaban definiciones flexibles a esa palabra. En cierta ocasión, Nellie recibió una llamada a las cinco de la mañana porque Bennett había vomitado en la noche y su madre tenía curiosidad de saber lo que había comido en la escuela el día anterior.

Ese timbre repentino y agudo en la oscuridad había hecho que Nellie encendiera todas las luces de su salón incluso después de comprender que la llamada era inocua. Había quemado su oleada de adrenalina reorganizando el armario y los cajones de la cómoda.

—Qué diva —dijo Sam, su compañera de cuarto, cuando Nellie le contó acerca de la llamada—. ¿Por qué no apagas el teléfono cuando te vas a dormir?

—Buena idea —había mentido Nellie, sabiendo que nunca seguiría el consejo. Tampoco escuchaba música a alto volumen mientras trotaba o tomaba un transporte para trabajar. Y nunca regresaba sola a casa por la noche.

Si se avecinaba una amenaza, quería tanta advertencia como fuera posible.

Nellie garabateaba unas cuantas notas finales en su escritorio cuando oyó un golpe en la puerta y miró hacia arriba para ver a los Porter, él con un traje azul marino a rayas y ella con un vestido color rosa. Parecían como si estuvieran de camino a la sinfónica.

—Bienvenidos —dijo ella mientras se acercaban y le estrechaban la mano—. Siéntense por favor—. Reprimió una sonrisa mientras trataban de equilibrarse en las sillas de tamaño infantil alrededor de la mesa. Nellie también estaba sentada en una, pero ya se había acostumbrado.

—Como ya lo saben, Jonah es un niño maravilloso —empezó a decir. Todas sus entrevistas comenzaban con un tono de Lago Wobegon, pero en el caso de Jonah era cierto. La pared del dormitorio de Nellie estaba decorada con pinturas creadas por sus estudiantes favoritos, incluyendo la representación que había hecho Jonah de ella como una mujer de malvavisco.

—¿Te has fijado en cómo sujeta el lápiz? —preguntó la señora Porter, sacando un cuaderno y un bolígrafo de su bolso.

—Mm, no…

—Tiene una tendencia —interrumpió el señor Porter—. Lo demostró tomando el bolígrafo de su esposa.

—¿Ves cómo tuerce su mano así? ¿Qué te parece si lo inscribimos en terapia ocupacional?

—Bueno, solo tiene tres años y medio.

—Tres y tres cuartos —corrigió la señora Porter.

—Muy bien —dijo Nellie—. Muchos niños no han desarrollado las habilidades motoras finas a esa edad para…

—Eres de Florida, ¿verdad? —preguntó el señor Porter.

Nellie parpadeó.

—¿Cómo…? Lo siento, ¿Por qué lo preguntas? —. De ninguna manera les diría a los Porter de dónde era. Siempre tuvo cuidado de no revelar demasiado sobre sus orígenes.

No era difícil esquivar las preguntas una vez que aprendías los trucos. Cuando alguien te preguntaba por tu infancia, le contabas sobre la casa del árbol que tu padre construyó para ti, y de tu gato negro que pensaba que era un perro y se sentaba y suplicaba un premio. Si surgía el tema de la universidad, te centrabas en la temporada invicta del equipo de fútbol y en tu trabajo a tiempo parcial en un restaurante del campus, donde una vez detonaste un pequeño incendio mientras hacías una tostada y tenían que evacuar el comedor. Cuentas historias originales y extensas que desvían la atención del hecho de que no estás compartiendo nada en realidad. Evitas los detalles que te separarán de la multitud. Eres ambigua sobre el año en que te graduaste. Mientes, pero solo cuando sea completamente necesario.

Bueno, las cosas son diferentes aquí en Nueva York —dijo el señor Porter. Nellie lo miró con atención. Era fácilmente quince años mayor que ella, y su acento sugería que había nacido en Manhattan. Sus caminos no se habrían cruzado antes. ¿Cómo podría haberlo sabido él?

—No queremos que Jonah se retrase —dijo el señor Porter mientras se inclinaba hacia atrás en su silla, y luego se apresuró a evitar que esta se volcara.

—Lo que mi esposo está tratando de explicar —intervino la señora Porter— es que vamos a solicitar un cupo en el jardín infantil el próximo otoño. Estamos viendo escuelas de primer nivel.

—Entiendo—. Nellie se concentró de nuevo—. Bueno, es su decisión, pero es posible que quieran esperar un año. Ella sabía que Jonah ya estaba inscrito en clases de mandarín, de karate y de música. Esta semana lo había visto bostezar dos veces y frotarse sus ojos somnolientos. Al menos tenía tiempo de sobra para construir castillos de arena y apilar bloques en torres mientras estaba aquí—. Quería informarles de algo que pasó cuando uno de sus compañeros olvidó traer su almuerzo —comenzó a decir Nellie—, Jonah se ofreció a compartir el suyo, lo cual demostró mucha empatía y bondad.

Su voz se extinguió cuando sonó el teléfono celular del señor Porter.

—Sí —dijo él. Hizo contacto visual con Nellie, sosteniendo su mirada.

Ella lo había visto solo dos veces antes, en la Noche de Padres y durante la entrevista de otoño. Él no la había mirado ni actuado de manera peculiar.

El señor Porter giró la mano en círculos rápidos, indicando que ella debía continuar. ¿Con quién estaría hablando?

—¿Has hecho evaluaciones regulares de los niños? —preguntó la señora Porter.

—¿Disculpa?

La señora Porter sonrió, y Nellie notó que su labial coincidía con el color exacto de su vestido.

—En la Escuela Smith las hacen. Cada trimestre. Preparación académica, círculos de prelectura de grupos pequeños basados en habilidades, iniciativas de multiplicación temprana.

¿Multiplicación?

—Por supuesto que evalúo a los niños—. Nellie sintió su espalda completamente erguida.

—Tienes que estar bromeando —dijo el señor Porter por teléfono. Ella se percató de que volvía a posar sus ojos en él.

—No en multiplicación… en, mm… más bien en habilidades básicas como contar y reconocer las letras —dijo Nellie—. Si miran en la parte posterior de la tarjeta de calificaciones, lo verán. Tengo categorías.

Hubo un momento de silencio mientras la señora Porter escudriñaba las notas de Nellie.

—Dile a Sandy que lo haga. No pierdas la cuenta.

El señor Porter dejó caer la cabeza y la sacudió.

—¿Hemos terminado aquí?

—Bueno —le dijo la señora Porter a Nellie—. Sé muy bien que estás ocupada.

Nellie sonrió, manteniendo los labios apretados. *Sí*, quiso decir. *Estoy ocupada. Ayer limpié esa alfombra después de que un niño derramara leche con chocolate. Compré una manta suave para el rincón tranquilo de modo que tu niño sobreestresado pueda descansar. Trabajé tres turnos de noche esta semana en un restaurante donde trabajo como mesera porque lo que gano aquí no cubre mi costo de vida; y además cruzo estas puertas cada mañana a las ocho con energías para tus hijos.*

Se dirigía a la oficina de Linda para recoger la otra mitad de su *croissant* cuando oyó la voz retumbante del señor Porter:

—Olvidé mi chaqueta—. Regresó al aula y la recuperó de la parte trasera de la pequeña silla.

—¿Por qué pensaste que yo era de Florida? —preguntó Nellie.

Él se encogió de hombros.

—Mi sobrina también estudió allá, en la Universidad de Grant. Pensé que alguien mencionó que tú también lo hiciste.

Esa información no estaba en su biografía en el sitio *web* preescolar. Ella no tenía nada con las insignias de su universidad; ni una sudadera, ni una cadena o banderín.

Linda debió haberles dado sus credenciales a los Porter; parecían el tipo de padres que querían saber, se dijo a sí misma Nellie.

Sin embargo, ella lo miró con más cuidado, tratando de imaginar sus rasgos en una mujer joven. No recordaba a nadie con el apellido Porter. Pero eso no significaba que la mujer no se hubiera sentado detrás de ella en clase o tratara de apresurarse a su hermandad.

—Bueno, mi próxima entrevista está por comenzar.

Él miró el pasillo vacío y luego a ella. —Por supuesto. Nos veremos en la graduación—. Silbó mientras caminaba por el pasillo. Nellie lo observó hasta que desapareció por la puerta.

Richard rara vez hablaba de su ex, por lo que Nellie solo sabía algunas cosas sobre ella: que aún vivía en la ciudad de Nueva York. Ella y Richard se habían separado poco antes de que él conociera a Nellie. Era bonita, con el cabello largo y oscuro y una cara estrecha. Nellie había hecho una búsqueda en Google y se había encontrado con una foto suya borrosa y en miniatura en un acto benéfico.

Y siempre llegaba tarde, un hábito que había irritado a Richard.

Nellie corrió la última manzana al restaurante italiano, lamentando ya las dos copas de Pinot Grigio que había tomado con los maestros de niños de tres y cuatro años como recompensa luego de sobrevivir a sus entrevistas. Habían intercambiado historias de guerras; Marnie, cuyo salón estaba junto al de Nellie, fue declarada ganadora porque un conjunto de padres había enviado a su *au pair*, cuyo inglés no era muy bueno, para representarlos en la reunión.

Nellie había perdido la noción del tiempo hasta que revisó su teléfono celular mientras iba al baño. Una mujer casi choca con ella al salir de un quiosco. —¡Lo siento! —había dicho Nellie reflexivamente. Se había movido a un lado, pero dejó caer su bolsa, esparciendo el contenido por el suelo. La mujer había pisado el desorden sin decir una palabra y entrado rápidamente a un quiosco. («¡Modales!» La maestra de preescolar en Nellie había anhelado castigarla mientras se arrodillaba para recuperar su cartera y sus cosméticos).

Llegó al restaurante once minutos tarde y abrió la puerta de cristal pesada mientras el jefe de meseros levantaba la vista de su libro de reservas con pasta de cuero.

—Voy a encontrarme con mi novio —jadeó ella.

Nellie escudriñó el comedor y luego vio a Richard levantarse de su asiento en una mesa de la esquina. Unas pocas líneas finas enmarcaban sus ojos, y en sus sienes se tejían hebras plateadas en su cabello oscuro. Él la miró de arriba abajo y le hizo un guiño juguetón. Ella se preguntó si alguna vez dejaría de sentir un revoloteo en su estómago al verlo.

—Lo siento —dijo ella mientras se acercaba. Él la besó mientras sacaba su silla, y ella inhaló su limpia fragancia a cítricos.

—¿Todo bien?

Cualquier otra persona lo habría preguntado casi como una formalidad. Pero Richard mantuvo su mirada fija en ella; Nellie supo que realmente le importaba su respuesta.

—Un día loco—. Nellie se sentó tras exhalar un suspiro—. Entrevistas con los padres de familia. Cuando estemos al otro lado de la mesa para preguntar por Richard Junior, recuérdame agradecerles a los maestros.

Alisó la falda en sus piernas mientras Richard iba por la botella de Verdicchio que había enfriado en un balde con hielo. Una vela votiva desprendía una llama tenue sobre la mesa, arrojando un círculo dorado sobre el mantel pesado de color crema.

—Solo media copa para mí. Tomé una copa con los otros maestros después de las entrevistas. Linda invitó; dijo que era nuestro pago por el combate.

Richard frunció el ceño.

—Ojalá lo hubiera sabido. No habría pedido una botella—. Señaló al mesero, un gesto sutil con el dedo índice, y pidió una botella San Pellegrino—. A veces te da dolor de cabeza cuando bebes en el día.

Ella sonrió. Era una de las primeras cosas que le había dicho a él.

Había estado sentada junto a un soldado en un vuelo desde el sur de la Florida después de visitar a su madre. Se había trasladado a Manhattan para un nuevo comienzo inmediatamente después de graduarse de la universidad. Si su madre no viviera todavía en la ciudad natal de Nellie, nunca habría regresado allá.

La asistente de vuelo se había acercado antes de que el avión despegara. «Hay un caballero de primera clase que quiere ofrecerle su asiento», le había dicho al joven soldado, que se levantó y dijo: «¡Impresionante!»

Luego Richard había caminado por el pasillo. Tenía el nudo de la corbata aflojado, como si hubiera tenido un día ocupado. Llevaba una bebida y un maletín de cuero. Aquellos ojos se habían encontrado con los de Nellie y él le había lanzado una cálida sonrisa.

—Eso fue muy amable de tu parte.

—No es nada —dijo Richard mientras se sentaba a su lado.

Entonces comenzaron los anuncios de seguridad. Unos momentos después, el avión se zarandeó hacia arriba.

Nellie agarró el reposabrazos mientras saltaban a través de un espacio de aire.

La voz profunda de Richard, cerca de su oído, la sorprendió:

—Es como cuando tu auto pasa por un bache. Es perfectamente seguro.

—Obviamente lo sé.

—Pero no ayuda. Tal vez esto sí.

Le pasó el vaso y ella notó que no llevaba nada en su dedo anular. Ella vaciló. —A veces me duele la cabeza cuando tomo durante el día.

El avión retumbó, y ella tomó un gran trago.

—Termínalo. Pedireé otro. ¿o tal vez preferirías una copa de vino? —. Alzó las cejas interrogativamente, y ella notó la cicatriz plateada en forma de media luna en su sien derecha.

Ella asintió.

—Gracias—. Nunca antes un compañero de asiento intentó consolarla en un vuelo; por lo general la gente miraba hacia otro lado o le echaba un vistazo a una revista mientras ella combatía su pánico por su cuenta.

—Entiendo —dijo él—. Siento algo desagradable cuando veo sangre.

El avión se estremeció ligeramente, las alas se inclinaron hacia la izquierda. Ella cerró los ojos y tragó saliva.

—Te lo contaré, pero tienes que prometer que no me perderás el respeto.

Ella asintió de nuevo, pues no quería que su voz balsámica se detuviera.

—Así que hace unos años, uno de mis colegas se desmayó y se golpeó la cabeza contra el borde de una mesa de conferencias en medio de una reunión… Supongo que tenía la presión arterial baja. Eso, o la reunión, lo aburrieron hasta producirle un coma.

Nellie abrió los ojos y soltó una risita. No podía recordar la última vez que había hecho eso en un avión.

—Le digo a todo el mundo que retroceda y agarro una silla y ayudo al tipo a sentarse. Estaba gritando para que alguien trajera agua cuando veo toda esta sangre. Y de repente empiezo a marearme, como si también me fuera a desmayar. Prácticamente levanto a patadas al tipo herido de la silla para poder sentarme, y de repente todo el mundo lo ignora y trata de ayudarme.

El avión se estabilizó. Sonó un timbre suave y una auxiliar de vuelo caminó por el pasillo, ofreciendo auriculares. Nellie soltó el reposabrazos y miró a Richard. Le estaba sonriendo.

—Sobreviviste, estamos en medio de las nubes. Debería ser muy tranquilo de aquí en adelante.

—Gracias. Por la bebida y por la historia... Pudiste demostrar tu hombría, a pesar del desmayo.

Dos horas más tarde, Richard le había hablado a Nellie de su trabajo como administrador de fondos de cobertura y le había revelado que sentía debilidad por las maestras desde que una le había ayudado a aprender a pronunciar la R: —Es por ella que no me presenté como Uichaud—. Sacudió la cabeza cuando ella le preguntó si tenía familia en Nueva York.

—Solo una hermana mayor que vive en Boston. Mis padres murieron hace años—. Juntó las manos y se las miró—. En un accidente automovilístico.

—Mi padre también falleció—. Él la miró de nuevo—. Tengo un suéter viejo suyo... A veces me lo pongo.

Ambos permanecieron en silencio por un instante, y luego la azafata instruyó a los pasajeros para cerrar sus mesas y poner sus asientos completamente erguidos.

—¿Te va bien con los aterrizajes?

—Quizá puedas contarme otra historia para ayudarme a pasarlo —dijo Nellie.

—Mmm. No se me ocurre ninguna ahora mismo. ¿Por qué no me das tu número en caso de que me acuerde de una?

Le pasó un bolígrafo del bolsillo de su traje, y ella inclinó la cabeza para anotarlo en una servilleta, con su largo cabello rubio cayendo hacia adelante frente a sus hombros.

Richard pasó suavemente los dedos por la mano de ella antes de tocarla detrás de la oreja. —Qué hermosa. No te lo cortes nunca.

CAPÍTULO CUATRO

Me siento en el piso del vestuario, el perfume persistente de las rosas me recuerda una boda. Mi reemplazo será una novia hermosa. Me la imagino mirando a Richard, prometiendo amarlo y honrarlo, al igual que yo.

Casi puedo oír su voz.

Sé cómo suena. La llamo a veces, pero uso un teléfono prepago con un número bloqueado.

«Hola», comienza su mensaje. Su tono es despreocupado y radiante. «¡Siento no poder hablar contigo!»

¿Lo siente realmente? ¿O es triunfante al respecto? Su relación con Richard ahora es pública, aunque comenzó cuando él y yo aún estábamos casados. Teníamos problemas. ¿Acaso no los tienen todas las parejas después de que el resplandor de la luna de miel se desvanece? Sin embargo, nunca esperé que me pidiera irme tan rápido. Que borrara las huellas de nuestra relación.

Es como si quisiera fingir que nunca estuvimos casados. Como si yo no existiera.

¿Alguna vez pensó ella en mí y se sintió culpable por lo que hizo?

Esas preguntas me golpean todas las noches. A veces, cuando me quedo despierta durante horas, las sábanas encogidas a mi alrededor, cierro los ojos, a un paso de sucumbir finalmente al sueño, y entonces su cara salta a mi mente. Me siento erguida y busco las pastillas en el cajón de la mesa de noche. Mastico una en lugar de tragarla para que tenga un efecto más rápido.

El saludo de su correo de voz no me da pistas sobre sus sentimientos.

Pero cuando la vi una noche con Richard, parecía incandescente.

Yo estaba yendo a nuestro restaurante favorito en el Upper East Side. Un libro de autoayuda me recomendó visitar lugares dolorosos de mi pasado, para liberar su poder sobre mí y reclamar la ciudad como mía. Así que fui en dirección al café donde Richard y yo tomábamos *lattes* y compartíamos el *New York Times* los domingos, y pasé por la oficina de Richard, donde su compañía celebraba una fiesta lujosa cada diciembre, y caminé entre los arbustos de magnolia y de lilas en Central Park. Me sentí peor a cada paso. Fue una idea horrible; no es de extrañar que el libro estuviera languideciendo en un estante de descuentos.

Aun así, yo había seguido adelante, planeando rematar mi visita con una copa en el bar del restaurante donde Richard y yo habíamos celebrado nuestros últimos aniversarios.

Fue entonces cuando los vi.

Tal vez él también estaba tratando de reclamar el lugar.

Si hubiera caminado un poco más rápido, habríamos llegado casi al mismo tiempo a la entrada. Sin embargo, entré a una tienda y miré por el borde. Noté unas piernas bronceadas, unas curvas seductoras y la sonrisa rápida que le dirigió a Richard mientras le abría la puerta. Naturalmente, mi marido la deseaba. ¿Qué hombre no lo haría? Ella era tan deliciosa como un melocotón maduro.

Me arrastré más cerca y miré a través de la ventana del piso al techo mientras Richard le pedía un trago a su novia —parecía tener preferencias por la champaña— y ella sorbió el líquido dorado de una copa delgada.

Yo no podía dejar que Richard me viera; no creería que se tratara de una coincidencia. Yo lo había seguido antes, por supuesto. O más bien, yo los había seguido.

Sin embargo, mis pies se negaron a moverse. La absorbí con avidez mientras ella cruzaba las piernas para que la hendidura de su vestido revelara su muslo.

Él estaba agachado junto a ella, su brazo arqueado sobre el respaldo del taburete de ella. Tenía el cabello más largo, rozando el cuello de su traje por detrás; le quedaba bien. Tenía la misma expresión leonina que yo reconocía cuando él cerraba un gran negocio que había estado persiguiendo durante meses.

Ella echó su cabeza atrás y se rio de algo que dijo él.

Mis uñas se clavaron en mis palmas; nunca había estado enamorada de nadie antes de Richard. En ese momento me di cuenta de que tampoco había odiado nunca a nadie.

—¿Vanessa?

La voz afuera de la puerta del vestuario me saca del recuerdo. El acento británico pertenece a mi jefa, Lucille, una mujer que no es conocida por su paciencia.

Paso mis dedos bajo mis ojos, consciente de que el rímel probablemente está acumulado ahí.

—Estoy organizando—. Mi voz se ha vuelto ronca.

—Una cliente necesita ayuda en Stella McCartney. Organiza más tarde.

Está esperando a que yo salga. No tengo tiempo de arreglarme la cara, de borrar las señales desagradables del dolor y, además, mi bolso está en el salón de los empleados.

Abro la puerta y ella da un paso atrás. Sus cejas perfectamente arqueadas se elevan.

Aprovecho la oportunidad.

—No sé. Es solo que me siento un poco nauseabunda.

—¿Puedes terminar el día? —. El tono de Lucille no tiene simpatía, y me pregunto si esta transgresión será la última. Ella responde antes de que yo pueda hacerlo:

—No, podrías contagiar a los demás. Deberías irte.

Asiento y me apuro para agarrar mi bolso. No quiero que ella cambie de opinión.

Tomo las escaleras mecánicas hacia el piso principal y veo fragmentos de mi reflejo devastado en los espejos que recorro.

Richard está comprometido, susurra mi mente.

Me apresuro por la salida de los empleados, haciendo apenas una pausa para que el guardia registre mi bolso, y me recuesto contra un lado de la tienda para ponerme las zapatillas deportivas. Pienso en tomar un taxi, pero lo que dijo Hillary es cierto. Richard se quedó con nuestra casa en Westchester y con el apartamento de Manhattan que tenía desde sus días de soltero, en el que dormía de noche cuando tenía reuniones tardías. En el que la recibía a ella. Se quedó con los autos, con las acciones, con los ahorros. Ni siquiera di la pelea. Yo había llegado sin nada al matrimonio. No había trabajado. No le había dado hijos. Había sido deshonesta.

No había sido una buena esposa.

Sin embargo, ahora me pregunto por qué acepté el pequeño pago que Richard me ofreció. Su nueva novia pondrá la mesa con la porcelana que elija. Se acurrucará junto a él en el sofá de gamuza que elegí. Se sentará a su lado, la mano en su pierna, riéndose con su risa gutural mientras él pone la cuarta velocidad en nuestro Mercedes.

Un autobús pasa y arroja humo caliente. La nube de humo gris parece instalarse a mi alrededor. Me alejo del edificio y subo por la Quinta Avenida. Un par de mujeres que llevan grandes bolsas de compras casi me sacan de la acera. Un hombre de negocios camina rápido, el teléfono celular presionado a su oído, su expresión decidida. Cruzo la calle y un motociclista pasa a toda velocidad a unas pocas pulgadas de mí. Grita algo a su paso.

La ciudad se está comprimiendo a mi alrededor; necesito espacio. Cruzo la calle cincuenta y nueve y entro al Central Park.

Una niñita con colas de caballo se maravilla ante el animal en el globo atado a su muñeca, y la observo. Podría haber sido mía. Si hubiera podido quedar embarazada, aún podría estar con Richard. Tal vez él no quisiera que me fuera. Podríamos estar viniendo aquí para encontrarnos con papá para almorzar.

Estoy jadeando. Desdoblo mis brazos de mi vientre y me estiro. Mantengo los ojos fijos mientras camino hacia el norte. Me concentro en el ritmo constante de mis zapatillas que golpean el pavimento, contando cada paso, fijándome metas pequeñas. Cien pasos. Ahora otros cien.

Finalmente salgo del parque en la calle ochenta y seis y Central Park West y giro hacia el apartamento de la tía Charlotte. Anhelo dormir, olvidar. Solo me quedan seis píldoras, y la última vez que le pedí una nueva fórmula a mi médica, ella dudó. —No quieres depender de esto —me dijo—. Trata de hacer un poco de ejercicio todos los días y evita la cafeína después del mediodía. Date un baño caliente antes de acostarte, y mira si eso te funciona.

Sin embargo, son remedios para un insomnio común y corriente. Eso no me ayuda.

Estoy casi en el apartamento cuando me doy cuenta de que he olvidado el vino de la tía Charlotte. Sé que no quiero volver a salir, así que me doy vuelta y camino una cuadra a la tienda de licores. Cuatro tintos y dos blancos, había pedido la tía Charlotte. Tomo una canasta y la lleno con Merlot y Chardonnay.

Cierro mis manos alrededor de las botellas lisas y pesadas. No he probado el vino desde el día en que Richard me pidió que me fuera, pero sigo anhelando la fruta aterciopelada despertando mi lengua. Vacilo, y luego añado una séptima y una octava botella a mi canasta. Las manijas se clavan en mis antebrazos mientras me dirijo a la caja registradora.

El joven detrás del mostrador las registra sin ningún comentario. Tal vez está acostumbrado a las mujeres desaliñadas con ropa de diseñador que vienen aquí durante el día para abastecerse de vino. Yo solía pedir que lo llevaran a la casa que compartía con Richard, al menos hasta que él me pidió que dejara de beber. Luego iba a un mercado *gourmet* a media hora de distancia, para no encontrarme con ninguna persona conocida. En el día de reciclaje, salía a caminar a primera hora de la mañana y metía las botellas vacías en los contenedores de los vecinos.

—¿Eso es todo? —pregunta el tipo.

—Sí—. Busco mi tarjeta débito, sabiendo que si hubiera ido a comprar vinos caros en lugar de botellas de quince dólares, no habría podido pagarlo con mi cuenta corriente.

Empaca cuatro botellas por bolsa y empujo la puerta abierta con mi hombro y me dirijo hacia la tía Charlotte, y la tranquilidad me hace bajar los brazos. Llego a nuestro edificio y espero que las puertas del ascensor artrítico se abran. Subir doce pisos supone una eternidad; mi mente se consume con el pensamiento del primer trago deslizándose por mi garganta, calentando mi estómago. Mitigando las márgenes de mi dolor.

Por suerte mi tía no está en casa. Reviso el calendario colgado en el refrigerador y veo las palabras *D: tres p.m.* Probablemente una amiga con la que se ha encontrado para tomar el té; su marido, Beau, un periodista, falleció repentinamente hace años tras un ataque al corazón. Era el amor de su vida. Por lo que sé, ella no ha salido en serio con nadie desde entonces. Dejo las bolsas en el mostrador y descorcho el Merlot. Alcanzo una copa, luego la dejo y tomo una taza de café. La lleno a la mitad, y luego, incapaz de esperar un momento más, la levanto a mis labios y el rico sabor a cereza acaricia mi boca. Cierro los ojos, trago y lo siento gotear por mi garganta. Una fracción de la tirantez se desvanece lentamente de mi cuerpo. No sé cuánto tiempo estará la tía Charlotte por fuera, así que sirvo más en mi taza y la llevo a mi habitación con mis botellas.

Me quito el vestido, dejándolo arrugado en el suelo, y luego lo pisoteo. Entonces me agacho para recogerlo y colocarlo en un gancho. Me pongo una camiseta gris suave y una sudadera de lana y me meto en la cama. La tía Charlotte trajo un pequeño televisor a la habitación cuando me mudé, pero rara vez lo uso. Ahora, sin embargo, estoy desesperada por compañía, así sea electrónica. Tomo el control y recorro los canales hasta sintonizar un programa de entrevistas. Pongo la taza en mis manos y bebo otro sorbo largo.

Trato de perderme en el drama reproducido en la pantalla, pero el tema del día es la infidelidad.

«Puede hacer que un matrimonio sea más fuerte», insiste una mujer de mediana edad que sostiene la mano de un hombre sentado a su lado. Él se mueve en su asiento y mira hacia el suelo.

También puede destruirlo, pienso.

Miro al hombre. ¿Quién era ella?, me pregunto. ¿Cómo la conociste? ¿En un viaje de negocios, o tal vez en la fila para un sándwich en la charcutería? ¿Qué fue lo que te atrajo de ella, lo que te llevó a cruzar esa línea devastadora?

Estoy apretando mi taza con tanta fuerza que me duele la mano. Quiero arrojarla contra la pantalla, pero más bien la vuelvo a llenar.

El hombre cruza sus piernas a la altura del tobillo y luego las endereza. Se aclara la garganta y se rasca la cabeza. Me alegra que se sienta incómodo. Es fornido y de apariencia lujuriosa; no es mi tipo, pero puedo ver cómo les atraería a otras mujeres.

«Recuperar la confianza es un proceso largo, pero si ambas partes están comprometidas con ello, es muy posible», dice una mujer identificada como terapeuta de parejas en el recuadro debajo de su imagen.

La mujer de aspecto monótono está charlando sobre cómo han reconstruido su confianza por completo, cómo su matrimonio es ahora su prioridad, cómo se perdieron el uno al otro pero se han encontrado de nuevo. Suena como si estuviera leyendo tarjetas de Hallmark.

Entonces la terapeuta mira al marido. «¿Estás de acuerdo en que la confianza se ha restablecido?»

Él se encoge de hombros. *Imbécil*, pienso, preguntándome cómo lo atraparon. «Estoy trabajando en ello. Pero es difícil. Sigo imaginándola con ese…». Un pitido interrumpe su última palabra.

Así que me equivoqué. Pensé que el infiel era él. Las pistas estaban ahí, pero las malinterpreté. No es la primera vez.

Golpeo la taza contra mis dientes frontales cuando tomo otro sorbo de Merlot. Me deslizo hacia abajo en la cama, deseando haber apagado la televisión.

¿Qué separa una aventura de una propuesta de matrimonio? Pensé que Richard simplemente se estaba divirtiendo. Yo esperaba que su aventura ardiera y se extinguiera rápidamente. Fingí no saber, mirar hacia otro lado. Además, ¿quién podría culpar a Richard? ¿No era yo la mujer con la que él se había casado hacía casi una década? Yo había ganado peso, rara vez salía de la casa, y había empezado a buscar significados ocultos en los actos de Richard, aprovechando las pistas que yo pensaba que indicaban que él estaba cansado de mí.

Ella es todo lo que Richard desea. Todo lo que yo solía ser.

Justo después de la escena breve y casi clínica que terminó oficialmente con nuestro matrimonio de siete años, Richard puso nuestra casa en Westchester en el mercado y se mudó a su apartamento de la ciudad. Pero él amaba nuestro vecindario reservado, la privacidad que brindaba. Probablemente comprará otra casa en los suburbios para su nueva novia. Me pregunto si ella planea dejar su empleo y dedicarse a Richard, y tratar de quedar embarazada, al igual que yo.

No puedo creer que me queden más lágrimas, pero se deslizan por mis mejillas mientras vuelvo a llenar mi taza. La botella está casi vacía y derramo unas gotas en mis sábanas blancas. Resaltan como la sangre.

Una neblina familiar se instala a mi alrededor, el abrazo de un viejo amigo. Experimento una sensación de confusión en el colchón. Tal vez fuera así como mi madre se sentía durante sus días oscuros. Me hubiera gustado entender mejor en ese entonces; me sentí abandonada, pero ahora sé que un poco de dolor es demasiado brutal para combatirlo.

Solo puedes buscar protección y esperar que pase la tormenta. De todos modos, ya es demasiado tarde para decírselo. Mis dos padres ya no están.

—¿Vanessa? —. Oigo un golpe suave en la puerta de mi dormitorio y la tía Charlotte entra. Sus ojos avellana se ven magnificados detrás de sus gafas gruesas.

—Creí oír la televisión.

—Me enfermé en el trabajo. Probablemente no deberías acercarte más—. Las dos botellas están en mi mesa de noche. Espero que la lámpara las esté bloqueando.

—¿Puedo traerte algo?

—Un poco de agua sería genial —digo, arrastrando ligeramente la ese. Necesito sacarla rápidamente de mi habitación.

Deja la puerta entreabierta mientras se dirige a la cocina y me levanto de la cama, agarrando las botellas y haciendo una mueca mientras chocan. Me apresuro a mi armario y las dejo en el suelo, enderezando una cuando casi se cae.

Estoy de nuevo en la misma posición cuando la tía Charlotte regresa con una bandeja.

—También traje sal y té de hierbas—. La bondad de su voz me hace un nudo en el pecho. Deja la bandeja al pie de mi cama y luego se da vuelta para irse.

Espero que no pueda oler el alcohol en mi aliento. Te dejé el vino en la cocina.

—Gracias, tesoro. Llámame si necesitas algo.

Dejo caer mi cabeza en la almohada cuando la puerta se cierra, sintiendo que me envuelve el mareo. Me quedan seis píldoras. Si dejo que una de las amargas tabletas blancas se disuelva en mi lengua, probablemente podría dormir hasta el día siguiente.

Pero súbitamente se me ocurre una idea mejor. El pensamiento cruza a través de la niebla en mi mente: *Solo se han comprometido. ¡No es demasiado tarde todavía!*

Busco mi bolso y agarro mi teléfono. Los números de Richard siguen programados. Su celular suena dos veces, luego escucho su voz. Su timbre pertenece al de un hombre más grande y alto que mi exmarido, una yuxtaposición que siempre me pareció intrigante. «Me pondré en contacto contigo», promete su mensaje grabado. Richard siempre cumple sus promesas.

—Richard —exclamo—. Soy yo. He oído hablar de tu compromiso, y simplemente necesito hablar contigo.

La claridad que sentí hace un momento se escabulle como un pez entre mis dedos. Me esfuerzo para comprender las palabras correctas.

—Por favor devuélveme la llamada… Es muy importante.

Mi voz se quiebra en la última palabra y presiono la tecla *Fin de Llamada*.

Sostengo el teléfono en mi pecho y cierro los ojos. Tal vez podría haber evitado el arrepentimiento que devastó mi cuerpo si me hubiera esforzado más para ver las señales de advertencia. Para componer las cosas. No puede ser demasiado tarde. No puedo soportar la idea de que Richard vuelva a casarse.

Debo haberme quedado dormida porque una hora después, cuando mi celular vibra, me sacudo. Miro hacia abajo para ver un texto:

Lo siento, pero no hay nada más que decir. Cuídate. R.

Una comprensión se apodera de mí en ese momento. Si Richard se hubiera ido a vivir con otra mujer, yo podría recomponer mi vida. Podría quedarme con la tía Charlotte hasta ahorrar lo suficiente para alquilar mi propio lugar. O podría mudarme a otra ciudad, a una sin recordatorios. Podría adoptar una mascota. Tal vez, con el tiempo, cuando viera a un hombre de negocios de cabello oscuro con un traje bien confeccionado cruzar una esquina, el sol resplandeciendo de sus gafas de aviador, no sentiría mi corazón trastabillar antes de darme cuenta de que no era él.

Pero mientras él esté con ella —la mujer que surgió alegremente para convertirse en la nueva señora de Richard Thompson mientras yo fingía no tener memoria—, nunca tendré paz.

CAPÍTULO CINCO

CUANDO PENSÓ DETENIDAMENTE EN su vida, Nellie se sintió como si estuviera dividida en varias mujeres diferentes durante sus veintisiete años: la única hija que había pasado horas jugando sola en el arroyo al final de su cuadra; la adolescente que había guardado lo que ganaba como niñera debajo de la cama, prometiendo que no habría monstruos acechando en la oscuridad; y la directora social de la hermandad *Chi Omega* que a veces se había quedado dormida sin molestarse en cerrar la puerta. Luego estaba la Nellie de hoy, que había salido de una película de terror cuando la heroína estaba siendo acorralada, y que se aseguró de no ser nunca la última mesera en cerrar y salir del Gibson's Bistro después del último pedido a la una de la mañana.

El preescolar también vio una versión de Nellie: la maestra en *jeans* que había memorizado cada libro de la serie *El Elefante y el cerdito* escrito por Mo Willems, que dispensaba galletas orgánicas de animales y uvas cortadas, y que ayudaba a los niños a hacer pavos recortados a mano para el Día de Acción de Gracias. Sus compañeras de trabajo en Gibson's conocían a la mesera que llevaba minifaldas negras y labial rojo, que se unía a una mesa llena de empresarios revoltosos y tomaba tragos con ellos recibir una propina mayor, y que podía llevar sin esfuerzo una bandeja de hamburguesas *gourmet* en la palma de la mano. Una de esas Nellies pertenecía al día; la otra, a la noche.

Richard la había visto navegar por sus dos mundos actuales, aunque obviamente prefería su personalidad de preescolar. Ella había planeado renunciar a su trabajo como mesera justo después de que se casaran, y a su trabajo como maestra apenas quedara embarazada, algo que ella y Richard esperaban que sucediera pronto.

Pero poco después de comprometerse, él le sugirió que avisara en Gibson's.

—¿Te refieres a que yo renuncie ahora? —. Nellie lo había mirado sorprendida.

Necesitaba el dinero, pero más que eso, le caían en gracia las personas con las que trabajaba. Eran un grupo vibrante, un microcosmos de la gente apasionada y creativa que acudía a Nueva York desde todos los rincones del país, atraídos como polillas a la ciudad rutilante. Dos de sus compañeras meseras, Josie y Margot, eran actrices que intentaban entrar al mundo del teatro. Ben, el jefe de meseros, estaba decidido a convertirse en el próximo Jerry Seinfeld y practicaba rutinas de comedia durante las horas lentas. Chris, el barista, que medía seis pies y tres pulgadas y era idéntico a Jason Statham y, además, probablemente el único responsable de atraer clientas al lugar, escribía escenas para su novela todos los días antes de ir a trabajar.

Algo sobre su valentía, la manera en que sus compañeros de trabajo abrían sus corazones y perseguían sus sueños a pesar del rechazo que sufrían continuamente, le hablaron a una parte de Nellie que había estado silenciosa durante su último año en la Florida. Eran como niños en ese aspecto, comprendió Nellie: poseían un optimismo indomable. Una sensación de que el mundo y sus posibilidades estaban abiertos para ellos.

—Solo trabajo como mesera tres noches a la semana —le había dicho a Richard.

—Son tres noches más que podrías estar conmigo.

Ella arqueó una ceja.

—Ah, ¿así que vas a dejar de viajar tanto?

Habían estado descansando en el sofá de su apartamento. Habían pedido *sushi* para Richard y *tempura* para ella y acababan de ver *El ciudadano Kane* porque era la película favorita de él, y había bromeado diciendo que no podía casarse con ella hasta que la viera. —Ya es bastante malo que odies el pescado crudo —bromeó él. Sus piernas estaban colgadas sobre las suyas y él le masajeaba suavemente el pie izquierdo.

—Ya no tienes que preocuparte por el dinero. Todo lo que tengo es tuyo.

—Deja de ser tan maravilloso—. Nellie se inclinó y rozó sus labios contra los suyos, y aunque él trató de convertirlo en un beso más profundo, ella retrocedió.

—Sin embargo, me gusta.

—¿Qué te gusta? —. Las manos de Richard recorrían la longitud de su pierna. Ella podía ver que su expresión se tornaba decidida y sus ojos de mar profundo se oscurecían, como siempre lo hacían cuando quería tener sexo.

—Mi trabajo.

—Nena. Sus manos se detuvieron—. Simplemente pienso que pasas todo el día de pie, y que luego tienes que ir de un lado al otro y llevarles bebidas a unos idiotas toda la noche. ¿No preferirías acompañarme en algunos de mis viajes? Podrías haber cenado conmigo y con Maureen la semana pasada cuando estuve en Boston.

Maureen era la hermana mayor de Richard y le llevaba siete años; siempre habían sido cercanos. Después de que sus padres murieron cuando él era un adolescente, se había mudado con ella mientras terminaba su educación. Maureen vivía ahora en Cambridge, donde era profesora de estudios femeninos en la universidad, y hablaban varias veces por semana.

—Se muere de ganas de conocerte. Se decepcionó realmente cuando le dije que no podías venir.

—Me encantaría viajar contigo —había dicho Nellie suavemente—. Pero ¿y qué de mis Cachorros?

—Bien, bien. Pero piensa por lo menos en tomar una clase de pintura por la noche en lugar de trabajar como mesera. Una vez mencionaste que querías hacer eso.

Nellie vaciló. No se trataba de si quería tomar una clase de pintura o no. Ella repitió:

—Realmente me gusta trabajar en Gibson's. De todos modos, es solo por un poco más de tiempo...

Permanecieron callados por un momento. Richard pareció como si estuviera a punto de decir algo, pero en vez de eso se agachó y le quitó una de sus medias blancas, agitándola en el aire.

—Me rindo—. Le hizo cosquillas en el pie. Ella gritó y él le clavó las manos en la cabeza y luego en las costillas.

—Por favor, no lo hagas —dijo ella entre jadeos.

—¿No haga qué? —bromeó mientras él seguía.

—En serio, Richard. ¡Para! —. Trató de apartarse, pero él ya estaba encima de ella.

—Parece que encontré tu punto dulce.

Ella sentía como si no pudiera llevar suficiente oxígeno a sus pulmones. El cuerpo fuerte de Richard cubría el suyo, y el control remoto estaba clavado en su espalda. Finalmente, ella desprendió sus manos y lo apartó de un empujón, con mucha más fuerza que cuando él trató de prolongar su beso.

Después de recuperar el aliento, dijo:

—Detesto que me hagan cosquillas—. Su tono era más agudo de lo que había pensado. Él la miró con atención.

—Lo siento, querida.

Ella se ajustó el *top* y se volvió hacia él. Sabía que su reacción había sido exagerada. Richard solo estaba siendo juguetón, pero la sensación de estar atrapada la había aterrorizado. Tenía la misma sensación en los ascensores atestados o al pasar por túneles subterráneos. Richard era generalmente sensible a estos asuntos, pero no podía esperarse que él siempre leyera su mente. Habían tenido una noche muy agradable. La cena. La película. Y él solo estaba tratando de ser generoso y atento.

Ella quería volver a encauzar las cosas.

—No, lo siento. Estoy siendo gruñona... Me siento como si siempre estuviera sin parar últimamente. Y mi calle es tan ruidosa que cada vez que abro mi ventana, es imposible dormir. Tienes razón, sería bueno relajarme un poco más. Hablaré esta semana con el administrador.

Richard sonrió.

—¿Crees que puedan encontrar a alguien pronto? Uno de nuestros nuevos clientes financia a muchos teatros buenos en Broadway. Podría conseguirte boletos para ti y para Sam a todo lo que quieran ver.

Nellie había visto solo tres espectáculos desde que se trasladó a Nueva York; el costo de los boletos era exorbitante. Siempre había ido al balcón, una vez detrás de un hombre con un resfriado fuertísimo y las otras dos con un poste que ocultaba parcialmente su vista.

—¡Eso sería increíble! —. Ella se apretujó más contra él.

Algún día tendrían una pelea de verdad, pero Nellie no podía imaginarse estar realmente enojada con Richard. Era más probable que los modales descuidados de ella le irritaran a él. Ponía la ropa usada sobre la silla de su dormitorio o, a veces la dejaba en el suelo; Richard colgaba sus trajes cada noche, alisando la tela delicada antes de guardarlos en su armario. Incluso sus camisetas estaban organizadas en filas tan rectas como las de soldados con una especie de dispositivo plástico y transparente que se ajustaba a los cajones. Probablemente los había conseguido en Container Store. Y como si fuera poco, estaban clasificadas por tonalidades: una fila para las negras y las grises, una para las de colores y otra para las blancas.

Su trabajo requería un enfoque intenso y atención al detalle; tenía que ser organizado. Y aunque nadie podía decir que enseñar en un preescolar fuera relajante, las cosas eran mucho menos intensas, sin mencionar que los horarios eran más cortos y el único viaje requerido era la excursión ocasional al zoológico.

Richard cuidaba muy bien de sus cosas y de ella. Le preocupaba el recorrido desde Gibson's a su apartamento, y la llamaba o le enviaba mensajes de texto cada noche para asegurarse de que hubiera llegado a casa sin problemas. Le había comprado un teléfono celular de primera línea. —Me sentiría mejor si lo llevas contigo cuando sales —dijo. También se había ofrecido a comprarle un Mace, pero ella le dijo que ya tenía un *spray* de pimienta. —Bien —comentó él—. Hay muchos desgraciados por ahí.

No lo sé, había pensado Nellie, reprimiendo un escalofrío, tan agradecida por ese vuelo, por ese joven soldado, incluso por su ansiedad de estar en el aire porque había provocado su primera conversación.

Richard la rodeó con un brazo.

—¿Te gustó la película?

—Es triste. Él tenía esa casa grande y todo ese dinero, pero estaba muy solo.

Richard asintió. —Exactamente. Eso es lo que pienso siempre que la veo.

A Richard le encantaba sorprenderla, y ella estaba aprendiendo.

Tenía algo planeado para hoy —con él, podía ser cualquier cosa, desde un minigolf hasta un museo—, y le había dicho que saliera temprano del trabajo para recogerla. Necesitaba ponerse algo que pudiera cubrir varias posibilidades, así que decidió ponerse el vestido de seda con rayas azules y blancas y las sandalias planas.

Nellie se quitó la camiseta y los pantalones cargo que había llevado a la Escalera del Aprendizaje, arrojándolos en dirección a su canasto de lavandería, y luego buscó en su armario. Apartó varias prendas, buscando el de rayas estridentes, pero no estaba.

Entró al cuarto de Samantha y lo vio en la cama. Escasamente podía quejarse; Nellie tenía al menos dos *tops* de Sam en su armario. Compartían libros, ropa, comida, todo menos zapatos, porque los pies de Nellie eran una talla más grande, y maquillaje, porque Samantha era birracial, con cabello y ojos oscuros, y Nellie... bueno, por algo sería que Jonah había elegido un malvavisco para representar su tono de piel.

Se echó el perfume Chanel detrás de las orejas —era un regalo de Richard para el día de San Valentín, junto con una pulsera Cartier— y decidió esperarlo afuera, pues debía recogerla en cualquier momento.

Salió de su apartamento y caminó por el pequeño pasillo, luego abrió la puerta principal del edificio precisamente cuando alguien estaba entrando. Nellie saltó instintivamente hacia atrás.

Era Sam. —¡Ah! ¡No sabía que estabas en casa! Estaba buscando mis llaves—. Sam alargó la mano y apretó el brazo de Nellie. No quise asustarte.

Cuando Nellie se había ido a vivir allá, ella y Sam pasaron un fin de semana pintando el apartamento viejo y deteriorado. Mientras pintaban los gabinetes de la cocina con un tono amarillo cremoso, trabajando lado a lado, su conversación pasó por temas como el grupo de escalada en roca al que Sam estaba pensando en unirse para conocer chicos fuertes, el padre en el preescolar que siempre trataba de coquetear con las profesoras, la madre terapeuta de Sam, que quería que ella estudiara medicina, y si Nellie debía aceptar el trabajo en Gibson's o buscar turnos de fin de semana en una tienda de ropa.

Entonces, a medida que la oscuridad se cernía, Sam descorchó la primera de dos botellas de vino, y su conversación se hizo más personal. Habían hablado hasta las tres de la madrugada.

Nellie siempre pensaba en esa noche como en la que se habían convertido en las mejores amigas.

—Te ves bien —dijo Samantha—. Aunque tal vez un poco elegante para cuidar niños.

—Iré a correr primero, pero estaré en la casa de los Coleman a las seis y media.

—De acuerdo. Gracias de nuevo por cubrirme... No puedo creer que haya hecho una reservación doble. No acostumbro hacer eso.

—Sí, qué escándalo—. Nellie se rio; probablemente había sido esa la intención de Sam.

—Los padres juraron que estarían en casa a las once, así que espéralos a la medianoche. Y cuidado con Hannibal Lecter cuando le digas que es hora de acostarse. La última vez trató de roer mi muñeca cuando le quité su *Play-Doh*.

Sam tenía un apodo para todos los chicos de su clase: Hannibal era el mordedor, Yoda el pequeño filósofo, Darth Vader el que respiraba por la boca. Pero cuando se trataba de calmar a un chico en medio de una rabieta, nadie podía hacerlo mejor que Sam. Y había convencido a Linda para conseguir sillas de balancín para que los profesores pudieran calmar a los niños que sufrían de ansiedad de separación.

Sonó un pito y Nellie miró para ver el convertible de BMW de Richard estacionándose. Lo hizo al lado de un Toyota blanco con una multa de estacionamiento en el parabrisas.

—Lindo auto —gritó Sam.

—¿Sí? —le respondió Richard con otro grito—. Déjame saber si quieres pedirlo prestado algún día.

Nellie vio a Sam poner los ojos en blanco. Nellie se había preguntado en más de una ocasión si Sam tenía un apodo para Richard. Pero Nellie nunca se lo había preguntado. —Vamos. Lo está intentando.

Sam entrecerró los ojos mientras miraba otra vez a Richard.

Nellie la abrazó con rapidez, luego se apresuró a bajar las escaleras y se dirigió al auto cuando Richard salió para abrir la puerta del pasajero.

Llevaba gafas de aviador y una camisa negra con *jeans*, una pinta que a Nellie le encantaba.

—Hola, hermosa—. Le dio un beso largo.

Cuando ella subió al auto y se giró para agarrar el cinturón de seguridad, notó que Samantha no se había movido de la puerta.

Nellie saludó con la mano y luego se volvió hacia Richard.

—¿Me vas a decir a dónde vamos?

—No—. Encendió el auto y se alejó de la acera, dirigiéndose hacia el Este por la FDR Drive.

Richard permaneció en silencio durante el trayecto, pero Nellie siguió viendo que los bordes de su boca se curvaban.

Cuando salieron del Hutchinson River Parkway, él hurgó en la guantera y sacó un antifaz para dormir.

Lo arrojó sobre el regazo de ella.

—No puedes ver hasta que lleguemos allá.

—Esto me parece un poco extraño —bromeó Nellie.

—Vamos. Póntelo.

Ella pasó la banda elástica por detrás de su cabeza. Estaba demasiado apretada para poder mirar por debajo.

Richard hizo un giro brusco y ella quedó presionada contra la puerta. Sin pistas visuales, no podía preparar su cuerpo contra los movimientos del vehículo. Y Richard conducía rápido, como de costumbre.

—¿Cuánto tiempo más?

—Cinco o diez minutos.

Sintió que su pulso se aceleraba. Había intentado usar un antifaz para dormir en un avión, con la esperanza de que ayudaría a apaciguar su miedo. Pero tuvo el efecto opuesto: se había sentido más claustrofóbica que nunca. El sudor le pinchaba las axilas y se dio cuenta de que estaba agarrando la manija de la puerta. Estuvo a un paso de preguntarle a Richard si podía cerrar los ojos, pero luego recordó la forma en que él había sonreído —esa sonrisa infantil— mientras arrojaba el antifaz sobre su regazo. Cinco minutos. Sesenta por cinco daba trescientos. Trató de distraerse contando los segundos mentalmente, visualizando la segunda manecilla de un reloj que se movía en círculos. Dejó escapar un jadeo cuando Richard le apretó la rodilla. Ella sabía que lo había hecho afectuosamente, pero sus músculos estaban tensos y sus dedos se habían clavado en puntos sensibles justo encima de su rótula.

—Un minuto más —dijo él.

El BMW se detuvo abruptamente y ella oyó que el motor se apagaba. Estiró la mano para quitarse el antifaz, pero la voz de Richard la detuvo:

—Todavía no.

Ella lo oyó abrir la puerta y luego se acercó para dejarla salir, tomando su brazo para guiarla mientras caminaban sobre algo que se sentía duro bajo sus zapatos. No era hierba. ¿Era pavimento? ¿Una acera? Nellie estaba tan acostumbrada al ruido que la rodeaba constantemente en la ciudad que su ausencia era discordante. Un pájaro empezó a trinar, y luego sus notas murieron abruptamente. Ellos solo habían conducido treinta minutos más o menos, pero se sentía como si hubieran viajado a un planeta diferente.

—Ya casi.

El aliento de Richard era caliente contra su oído.

—¿Lista?

Ella asintió. Habría aceptado cualquier cosa a cambio de quitarse el antifaz. Richard lo levantó y Nellie parpadeó cuando la luz del sol la cegó. Cuando sus ojos se adaptaron a la luz, se encontró mirando una gran casa de ladrillo con un letrero de ¡VENDIDO! en el patio delantero.

—Es tu regalo de bodas, Nellie—. Ella se volvió para mirarlo. Estaba radiante.

—¿La compraste?

La casa estaba distante de la calle y se extendía a través de un terreno que medía al menos un acre. Nellie no sabía mucho de casas: la modesta vivienda de ladrillo de un solo piso en la que había crecido en el sur de la Florida podría describirse como «rectangular» pero esta era obviamente lujosa. Los detalles, al igual que el tamaño, eran los bonos adicionales: una enorme puerta de madera con un vitral y una manija de bronce, jardines bien cuidados bordeando el césped, faroles altos que flanqueaban el pasillo como centinelas. Todo parecía impecable, intacto.

—Estoy… sin palabras.

—Nunca pensé que la vería —bromeó Richard—. Iba a postergarlo hasta después de la boda, pero el negocio se hizo rápidamente, y no pude esperar.

Le entregó la llave.

—¿Entramos?

Nellie subió los peldaños de la escalera y metió la llave en la cerradura. La puerta se abrió y ella entró a un vestíbulo de dos pisos, oyendo sus pasos resonar contra el suelo brillante. A su izquierda pudo ver un estudio con paneles de madera y una chimenea de gas. A su derecha, una sala de forma oval con un nido empotrado junto a la ventana profunda.

—Aún falta mucho por hacer. Quiero que también te sientas parte de esto—. Richard le tomó su mano—. La mejor parte es la de atrás. El gran salón. Ven.

Avanzó adelante mientras Nellie lo seguía y arrastraba las yemas de sus dedos a lo largo del empapelado floral hasta que tropezó y lo arrancó, dejando una mancha.

Decir que era un salón sería un eufemismo. La cocina, con sus mostradores de granito color arena y el bar con una superficie de cocción y un refrigerador de vinos, desembocaba en una zona de comedor cubierta con una lámpara moderna de cristal recortado. La sala hundida tenía un techo empotrado con figuras de madera, una chimenea de piedra y revestimientos en las paredes. Richard abrió la puerta trasera y la condujo a la cubierta del segundo piso. Una hamaca doble se mecía en la distancia bajo un árbol.

Richard la estaba mirando.

—¿Te gusta? —. Un pliegue se formó entre sus cejas.

—Es increíble —logró decir ella—. ¡Me da miedo tocar algo! Luego soltó una risita—. Es tan perfecto.

—Sé que querías vivir en los suburbios. La ciudad es muy ruidosa y estresante.

¿Le había dicho eso?, se preguntó Nellie. Se había quejado del caos de Manhattan, pero no recordaba haber dicho que quería mudarse. Sin embargo, tal vez lo hizo cuando comentó que había crecido en una calle residencial; probablemente había mencionado el deseo de replicar ese ambiente para sus hijos.

—Mi Nellie—. Él se acercó y la envolvió en sus brazos. Espera a ver el segundo piso.

Le tomó la mano y la condujo por la escalera dividida, y luego por un corredor al lado de varios dormitorios más pequeños. —Pensé que podríamos convertir esta en una habitación para Maureen —señaló. Luego abrió la puerta de la *suite* principal. Pasaron a través de cuartos de armario que había en cada lado, y luego entraron al baño principal lleno de claraboyas. Debajo de una hilera de ventanas había un *jacuzzi* para dos personas, y la ducha separada estaba cubierta de cristal.

Una hora atrás, había estado inhalando el olor de las cebollas que estaba fritando su vecina, y golpeado el dedo gordo del pie con la caja de Coca Cola dietética que había dejado Samantha dentro de su puerta. Ella, que se sentía extasiada cuando recibía una propina del veinticinco por ciento o encontraba un lindo par de *jeans* Hudson en una tienda de segunda mano, de alguna manera había entrado a otra vida.

Miró por la ventana del baño. Una hilera de setos verdes y tupidos bloqueaba la vista de la casa vecina. En Nueva York, ella podía oír a través del radiador a la pareja que vivía en el piso de arriba discutir sobre el juego de los Gigantes. Aquí, el sonido de su propia respiración parecía fuerte.

Se estremeció.

—¿Tienes frío?

Ella negó con la cabeza.

—Solo alguien caminando sobre mi tumba. Es una expresión espeluznante, ¿verdad? Mi padre solía decir eso.

—Es muy silencioso—. Richard respiró de manera lenta y profunda—. Muy tranquilo—. Luego la giró suavemente hacia él—. La compañía de alarmas vendrá la próxima semana.

—Gracias—. Richard había pensado obviamente en ese detalle.

Ella envolvió sus brazos alrededor de él y se sintió relajada contra su pecho sólido.

—Mmmm—. Él comenzó a besarle el cuello—. Hueles muy bien. ¿Quieres probar el *jacuzzi*?

—Ah, bebé… —Nellie se apartó lentamente. Se dio cuenta de que estaba girando su anillo de compromiso en el dedo—. Me encanta esa idea, pero realmente tengo que irme. Recuerda que Sam me pidió que la reemplazara en su trabajo como niñera… Lo siento mucho.

Richard asintió y se metió las manos en los bolsillos.

—Supongo que tendré que esperar, entonces.

—Es asombroso. No puedo creer que este vaya a ser nuestro hogar.

Después de un momento, sacó sus manos y la estrechó de nuevo contra él. Su rostro era tierno mientras la miraba.

—No te preocupes por esta noche. Podemos celebrar todas las noches por el resto de nuestras vidas.

CAPÍTULO SEIS

La cabeza me palpita. Un sabor amargo recubre mi boca. Busco el vaso de agua en mi mesa de noche, pero está vacío.

El sol brilla intensamente a través de las persianas abiertas como desafiando mi estado de ánimo, agrediendo mis ojos. Mi reloj me informa que son casi las nueve. Tengo que volver a llamar a decir que estoy enferma, lo que hace que sea otro día de trabajo y de comisiones que no me pagarán. Ayer tenía tanta resaca que mi voz ronca convenció a Lucille de que estaba realmente enferma. Me quedé en la cama y me tomé mi segunda botella de vino, luego vacié la media botella que había quedado en el salón de la tía Charlotte, y también me tomé una píldora cuando las visiones de Richard entrelazado con ella se negaron a ser borradas de mi mente.

Siento un temblor en el estómago cuando trato de alcanzar el teléfono y voy trastabillando al baño. Me arrodillo, pero no puedo vomitar. Mi abdomen está tan vacío que lo siento cóncavo.

Me levanto y abro la llave del lavamanos, tragando ávidamente el agua con sabor metálico. Me echo puñados en la cara y miro mi reflejo.

Mi cabello oscuro y largo está enredado y mis ojos están hinchados. Nuevos huecos se han formado debajo de mis pómulos, y mi clavícula se destaca considerablemente. Me cepillo los dientes, tratando de remover el sabor del alcohol viejo, y saco una bata de baño.

Me dejo caer en la cama y tomo el teléfono. Llamo a Saks y pido que me pasen a Lucille.

—Es Vanessa—. Estoy agradecida de que mi voz suene grave todavía.

—Lo siento, pero sigo muy enferma…

—¿Cuándo crees que podrías estar de vuelta?

—¿Mañana? —sugiero—. Definitivamente pasado mañana.

Lucille hace una pausa. —Comenzamos hoy con las preventas. Estaremos muy ocupadas.

Deja que la implicación se asiente. Lucille probablemente nunca ha perdido un día de trabajo en su vida. He visto cómo aprecia mis zapatos, mi ropa, mi reloj. La forma en que su boca se contrae cuando llego tarde al trabajo. Cree conocerme, piensa que este empleo es divertido; está segura de que todos los días atiende a personas como yo.

—Pero no tengo fiebre —digo rápidamente—. Tal vez pueda intentarlo.

—Bueno.

Cuelgo y releo el texto de Richard, aunque cada palabra está marcada en mi memoria, y luego me obligo a entrar a la ducha, girando la llave tan a la izquierda como sea posible para que el agua salga completamente caliente. Me quedo ahí mientras mi piel se vuelve roja, y luego me toco. Me seco el cabello y lo envuelvo para encubrir las raíces, prometiendo que esta noche me las teñiré.

Me pongo un suéter sencillo de cachemira gris, pantalones negros y unas baletas del mismo color. Me aplico más corrector y rubor para camuflar mi tez pálida.

Cuando entro a la cocina, la tía Charlotte no está, pero me ha dejado algo en el mostrador. Tomo el café y mordisqueo el pan de banana que me dejó. Puedo decir que está hecho en casa. Mi estómago protesta después de algunas punzadas, así que envuelvo los restos de mi rebanada en una toalla de papel y la echo a la basura, esperando que ella piense que me la comí.

La puerta principal se cierra detrás de mí con un ruido metálico. Parece que en los últimos dos días el clima ha sufrido un cambio sísmico. Me doy cuenta inmediatamente de que estoy muy elegante. Sin embargo, es demasiado tarde para ponerme otra ropa; Lucille está esperando. Además, la parada del metro está a solo cuatro cuadras de distancia.

El aire me golpea mientras camino por la acera: es caliente, húmedo, con los olores del vendedor de galletas en la esquina, la basura que no se ha recogido, el hilo de humo de tabaco dirigiéndose a mi cara.

Finalmente, llego a la entrada del metro y bajo las escaleras.

El sol se borra instantáneamente y la humedad se siente incluso más espesa aquí. Deslizo mi MetroCard y empujo a través del torniquete, sintiendo la barra dura que resiste contra mi cintura.

Un tren entra rugiendo a la estación, pero no es mi línea. La multitud presiona hacia delante, cerca del borde, pero permanezco junto a la pared, alejada del carril eléctrico y letal. Algunas personas mueren aquí; unas de ellas son empujadas. Ocasionalmente, la policía no puede determinar qué ha ocurrido.

Una joven se acerca a mí junto a la pared. Es rubia y pequeña, y está muy embarazada. Se frota el estómago con ternura, su mano se mueve en círculos lentos. Miro hipnotizada, y es como si una fuerza centrífuga gobernara mis pensamientos, gravitando mi mente de nuevo al día en que me senté en la baldosa fría del piso del baño, preguntándome si aparecería una línea azul o dos en la prueba de embarazo.

Richard y yo queríamos hijos. Trece al menos, le gustaba bromear a él, aunque habíamos decidido tres en privado. Yo ya habría dejado de trabajar. Tendríamos una empleada que vendría cada semana. Este sería mi único trabajo.

Al principio, me preocupaba el tipo de madre que sería, las lecciones inconscientes que absorbería de mi propio modelo. Algunos días regresaba a casa de la escuela y veía a mi madre usando un palillo de dientes para sacar migajas de las grietas en las sillas de nuestro comedor. Otras veces, el correo aún estaba esparcido en el piso debajo de la ranura de la puerta y los platos amontonados en el fregadero. Desde un comienzo aprendí a no tocar la puerta de la habitación de mi madre en sus días oscuros. Cuando olvidaba ir por mí a las clases de arte después de la escuela o de jugar con amigas, me volví adepta a sacar disculpas y sugerí que más bien llamaran a mi padre.

Empecé a prepararme mis propios almuerzos cuando estaba en tercer grado. Veía a otros niños meter cucharas en termos o en sopas caseras o en recipientes Tupperware de pastas con forma de estrellas —algunos padres dejaban incluso notas con chistes o mensajes amorosos— mientras yo trataba de engullir rápidamente mi sándwich diario, antes de que alguien notara que el pan estaba resquebrajado porque yo había esparcido la mantequilla de maní cuando aún estaba frío.

Pero a medida que pasaron los meses, mi anhelo por un hijo superó mi inquietud. Yo me había criado sola; ciertamente podría cuidar a un niño. Mientras me acostaba junto a Richard por las noches, fantaseaba con leerle los libros del Dr. Seuss a un niño con esos ojos de pestañas largas, o tintineando tazas de té en miniatura con una hija que tenía la sonrisa entrañable del papá.

Había observado, sintiéndome entumecida, cuando apareció una sola línea azul en la prueba de embarazo, tan vívida y recta como la barra de un cuchillo. Richard había estado esa mañana en la habitación, sacando uno de sus trajes de lana negros de la bolsa de la lavandería en seco. Esperando que yo saliera. Yo sabía que él había leído la respuesta en mis ojos y que vería el eco de la decepción en la suya. Estiró los brazos y susurró:

—Está bien, cariño. Te amo.

Pero con esta prueba negativa —la sexta vez consecutiva— mi tiempo había terminado oficialmente. Habíamos acordado que si no sucedía después de seis meses, Richard se haría una prueba. Mi obstetra y ginecóloga había explicado que era menos invasivo hacer un conteo de esperma. Todo lo que Richard tenía que hacer era mirar una *Playboy* y meterse la mano en los pantalones. Él había bromeado de que su adolescencia lo había preparado bien. Yo sabía que estaba tratando de hacerme sentir mejor. Si Richard no tenía problemas —y estaba seguro de que así era—, el problema estaba dentro de mí, y entonces sería mi turno.

—¿Querida? —. Richard había tocado la puerta del baño.

Me levanté y me alisé el camisón rosa pálido sin mangas. Abrí la puerta, mi cara húmeda.

—Lo siento—. Sostuve el palito detrás de mi espalda, como si fuera vergonzoso ocultarlo.

Me abrazó tan fuerte como siempre y dijo todas las cosas correctas, pero sentí un cambio sutil en la energía entre nosotros. Recordé que habíamos dado un paseo en el parque cerca de nuestra casa poco después de nuestra boda y vimos a un padre jugar con su hijo, que parecía tener ocho o nueve años. Llevaban gorras de béisbol de los Yanquis a juego.

Richard se había detenido, mirándolos fijamente. —No veo la hora de hacer eso con mi hijo. Espero que tenga un brazo mejor que el mío.

Yo me había reído, consciente de que mis pechos eran solo la parte más tierna. Sucedió antes de mi período, pero también era una señal de embarazo, había leído. Ya estaba tomando vitaminas prenatales. Llenaba mis mañanas con paseos largos y había comprado un video para principiantes de yoga. Había dejado de comer quesos sin pasteurizar y de tomar más de una copa de vino en la cena. Estaba haciendo todo lo que los expertos recomiendan.

Pero nada funcionó.

—Tendremos que seguir intentándolo —había dicho Richard desde el principio, cuando todavía éramos optimistas. —Eso no es tan malo, ¿verdad?

Había arrojado la sexta prueba de embarazo a la papelera del baño, cubriéndola con un pañuelo de papel, así que no tendría que verla.

—Estaba pensando —dijo Richard. Se alejó de mí para mirarse en el espejo encima de la cómoda mientras anudaba su corbata. En la cama, detrás de él, había una maleta abierta. Richard viajaba con frecuencia, pero normalmente eran solo viajes cortos, de una noche o dos. De repente supe lo que iba a decir: me invitaría a ir con él. Sentí que la oscuridad comenzaba a elevarse mientras me imaginaba escapando de nuestra casa hermosa y vacía, en un barrio encantador donde no tenía amigas. De poner distancia entre mi último fracaso y yo. Pero lo que Richard dijo fue, —¿Tal vez deberías dejar de tomar por completo?

La mujer embarazada se aleja de mí y parpadeo con fuerza, reorientándome. Miro mientras ella se dirige hacia las vías y al rugido del tren subterráneo que se aproxima. Las ruedas se detienen y las puertas se abren con una exhalación cansada. Espero hasta que la multitud haya entrado en medio de empellones, luego camino hacia adelante, sintiendo un asomo de inquietud.

Llego al umbral y oigo la señal de alarma indicando que las puertas se están cerrando. —Disculpe —le digo al tipo que está frente a mí, pero él no se mueve. Su cabeza se balancea al ritmo de la música que retumba en sus auriculares; puedo sentir las vibraciones del bajo. Las puertas se cierran, pero el tren permanece inmóvil. Hace tanto calor que puedo sentir mis pantalones pegados a mis piernas.

—¿Un asiento? —ofrece alguien, y un hombre mayor se levanta para dárselo a la mujer embarazada. Ella sonríe mientras lo acepta. Lleva un vestido a cuadros; es simple y de aspecto barato, y sus pechos llenos presionan contra la tela delgada mientras se estira para levantarse el cabello de la nuca y abanicarse con una mano. Su piel está enrojecida y húmeda; ella está radiante.

El nuevo amor de Richard no puede estar embarazada, ¿verdad?

No creo que sea posible, pero de repente me imagino a Richard de pie detrás de ella, con las manos extendidas para cubrir su vientre lleno.

Respiro con bocanadas superficiales. Un hombre en una camiseta blanca con sobacos amarillentos está agarrado al tubo cerca de mi cabeza. Aparto mi cara pero sigo oliendo su sudor penetrante.

El vagón se tambalea y caigo contra una mujer que está leyendo el *Times*. Ni siquiera levanta su mirada del periódico. *Unas cuantas paradas más*, me digo. Diez minutos, tal vez quince.

El tren ruge a lo largo de las vías, sonando indignado, atravesando el túnel oscuro. Siento un cuerpo presionar contra el mío. Demasiado cerca; todo el mundo está demasiado cerca. Mi mano sudorosa resbala del tubo mientras mis rodillas se doblan. Me derrumbo contra las puertas, agachándome con la cabeza cerca de mis rodillas.

—¿Estás bien? —pregunta alguien.

El chico de la camiseta se acerca a mí.

—Creo que estoy enferma —jadeo.

Empiezo a balancearme, contando el zumbido rítmico de las ruedas a lo largo de las vías. *Uno, dos ...diez... veinte...*

—¡Conductor! —grita una mujer.

—¡Oigan! ¿Hay un médico aquí?

... cincuenta... sesenta y cuatro...

El tren se detiene en la calle setenta y nueve y siento unos brazos alrededor de mi cintura, ayudándome a levantarme. Luego soy llevada a medias a través de las puertas hasta la plataforma sólida. Alguien me lleva a un banco a doce yardas de distancia.

—¿Puedo llamar a alguien? —pregunta una voz.

—No. Es una gripe. Solo necesito irme a casa...

Me siento hasta que puedo respirar de nuevo.

Luego camino catorce cuadras de regreso al apartamento, contando los 1, 848 escalones en voz alta, hasta que puedo arrastrarme a la cama.

CAPÍTULO SIETE

Nellie estaba retrasada de nuevo.

A todas horas se sentía un poco lerda por estos días, aturdida por su insomnio incesante y nerviosa por el café adicional que tomaba para compensarlo. Parecía como si estuviera tratando siempre de meterse en una cosa más. Veamos esta tarde: Richard había sugerido que condujeran de vuelta a su nueva casa tan pronto terminara el preescolar para reunirse con el contratista que estaba construyendo un patio en el sótano inglés.

—Puedes escoger el color de las piedras —dijo Richard.

—¿Vienen en otros tonos que no sean grises?

Él se echó a reír, sin comprender que ella estaba hablando en serio.

Ella aceptó, sintiéndose culpable de interrumpir su primer viaje para ver la casa. Sin embargo, eso significaba cancelar la celebración que había planeado disfrutar con Samantha en preparación para la fiesta de despedida de soltera que Sam le haría esa noche. Sus amigos de la Escalera del Aprendizaje y de Gibson's estarían presentes, siendo una de las pocas veces en que los mundos divergentes de Nellie chocarían. *¡Lo siento!* Nellie le había enviado un mensaje a Sam, vaciló y luego añadió: *Un asunto de bodas de última hora.*

No podía pensar en una manera de explicarlo que no hiciera parecer que estaba eligiendo a su prometido por encima de su mejor amiga.

—Tengo que estar en casa a las seis para prepararme para la fiesta —le había dicho a Richard—. Nos reuniremos con todos en el restaurante a las siete.

—Siempre con el toque de queda, Cenicienta —había dicho él, besando ligeramente la punta de su nariz—. No te preocupes, no llegarás tarde.

Sin embargo, así fue. El tráfico estaba terrible, y Nellie entró a su apartamento casi a las seis y media. Tocó la puerta de Sam, pero su compañera de cuarto ya se había ido.

Permaneció un momento allí, contemplando las lucecitas blancas de Navidad que Samantha había pasado a través de las hendiduras de la cabecera de su cama, y la alfombra azul y verde que habían encontrado en la acera de un lujoso edificio de apartamentos en la Quinta Avenida.

—¿Alguien está tirando esto realmente? —preguntó Samantha—. La gente rica está loca. ¡Aún tiene la etiqueta del precio! —. La habían levantado sobre sus hombros para llevarla a su apartamento, y cuando pasaron frente a un chico lindo que esperaba para cruzar la calle, Sam le guiñó un ojo a Nellie y luego se volvió deliberadamente para golpearlo en el pecho con un extremo de la alfombra. Sam terminó saliendo dos meses con él; fue una de sus relaciones más largas.

Nellie tenía treinta minutos para llegar al restaurante, lo que significaba que no podría bañarse. Aun así, se sirvió una copa de vino mientras se preparaba —no el costoso que Richard siempre pedía para ella, pero de todas formas no podía sentir la diferencia— y le puso volumen a la canción de Beyoncé.

Se echó agua fría en la cara, luego se aplicó la crema hidratante tinturada y comenzó a delinear sus ojos verdes con un lápiz de color gris ahumado. El baño era tan pequeño que Nellie siempre se golpeaba con el lavamanos o con el borde de la puerta, y cada vez que abría el botiquín, se caía un tubo de Crest o una lata de *spray* para el cabello. No se había dado un baño en años; el apartamento solo tenía una cabina de ducha diminuta, que apenas le permitía tener espacio suficiente para inclinarse y afeitarse las piernas.

En la nueva casa, la ducha del baño principal tenía un banco y una boquilla de lluvia-bosque. Y, además, ese *jacuzzi.*

Nellie trató de imaginar bañándose en él, después de un largo día. ¿haciendo qué? Jardinería en el patio trasero, tal vez, y preparar la cena para Richard.

¿Richard habría descubierto que ella había ahogado la única planta doméstica que había tenido en la vida, y que su repertorio de cocina se limitaba a calentar platos Lean Cuisines?

Ella había mirado por la ventana del auto mientras regresaban a la ciudad, contemplando el paisaje. No se podía negar la belleza de su nuevo barrio: las casas señoriales, los árboles florecientes, las aceras prístinas. Ni un solo pedazo de basura enturbiaba las calles bien pavimentadas. Incluso la hierba parecía más verde que en la ciudad.

Richard le había hecho un pequeño gesto de saludo al hombre uniformado mientras pasaban por la estación del guardia. Nellie había visto el nombre del proyecto urbanístico en un letrero arqueado, las letras gruesas y ornamentadas: VIENTOS CRUZADOS.

Por supuesto, todos los días seguiría yendo con Richard a Manhattan. Tendría lo mejor de ambos mundos. Se encontraría con Sam para ir a las horas felices y pasaría por Gibson's para comerse una hamburguesa en el bar y ver cómo progresaba la novela de Chris.

Se había dado vuelta para mirar a través del parabrisas trasero. No había visto ni siquiera una persona caminar por la acera. Ningún automóvil había estado en movimiento. Podría estar viendo una fotografía.

Pero si quedaba embarazada poco después de la boda, probablemente no volvería a la Escalera del Aprendizaje en el otoño, pensó mientras observaba a su nuevo barrio retroceder en la distancia. Sería irresponsable abandonar a los niños a mediados del año. Estaría sola en casa la mayor parte del tiempo, pues Richard viajaba cada semana o dos.

Tal vez tendría sentido esperar unos meses antes de suspender sus píldoras anticonceptivas. Podría enseñar otro año.

Había mirado el perfil de Richard, contemplando su nariz recta, su barbilla fuerte, la cicatriz delgada y plateada sobre su ojo derecho. Se la había hecho a los ocho años al caer sobre el manillar de su bicicleta, le había dicho él. Richard tenía una mano en el volante y la otra en el botón de la radio.

—Entonces, yo… —comenzó a decir ella, al tiempo que él encendía la WQXR, su estación clásica preferida.

—Esta pieza de Ravel es maravillosa —dijo él, subiendo el volumen.

—Sabes, compuso una obra más pequeña que la mayoría de sus contemporáneos, pero muchos lo consideran como uno de los más grandes de Francia.

Ella asintió. Sus palabras se perdieron en las primeras notas musicales, pero quizá estaba bien de todos modos. No era el momento para esta conversación.

Cuando el piano alcanzó un *crescendo*, Richard se detuvo en un semáforo y se volvió hacia ella.

—¿Te gusta?

—Sí. Es encantador—. Necesitaba aprender sobre música clásica y vino, decidió ella. Richard tenía opiniones sólidas en ambos campos, y ella quería poder discutir los temas con erudición.

—Ravel creía que la música debía ser primero emocional y luego intelectual —había dicho él—. ¿Qué piensas?

Ese era el problema, comprendió ahora, mientras hurgaba en su bolso, buscando su brillo labial favorito, el Clinique suave color rosa. Ella se rindió —no había podido encontrarlo la última vez que había buscado— y se aplicó una sombra melocotón en su lugar. Intelectualmente, ella sabía que los cambios por delante eran maravillosos. Envidiables incluso. Pero emocionalmente, todo se sentía un poco abrumador.

Pensó en la casa de muñecas de su salón, la misma que los padres de Jonah querían reemplazar con un tipi. A sus estudiantes les encantaba reorganizar los muebles de la casita entrañable, trasladar las muñecas de una habitación a otra, colocarlas frente a la falsa chimenea, doblarlas en sillas alrededor de la mesa y dejarlas durmiendo en sus camas estrechas de madera.

La idea asaltó su mente como la burla de un matón en el patio escolar: *Casa de muñecas Nellie.*

Nellie tomó un trago de vino y abrió la puerta de su armario, apartando el vestido que había pensado en ponerse y sacó un par de pantalones de cuero negro que había comprado en una venta en Bloomingdale's tras mudarse a Nueva York. Hizo una mueca al hundir el estómago para subir la cremallera. Ya estirarán, se aseguró a sí misma.

Sin embargo, combinó los pantalones con una camiseta sin mangas, suelta y de corte bajo en caso de que más tarde necesitara desabrocharse el botón superior.

Se preguntó si volvería a ponerse alguna de esas prendas. Imaginó La casa de muñecas Nellie con el cabello arriba de los hombros, vestida con pantalones kakis, un suéter de cachemira de punto, y mocasines de gamuza marrones mientras sostenía una bandeja de bizcochos.

Nunca, se prometió a sí misma, mientras buscaba sus tacones altos y negros y finalmente los encontraba debajo de su cama. Ella y Richard tendrían una casa llena de niños, y las habitaciones elegantes serían matizadas por risas y fortalezas de almohadas y zapatos pequeños apilados en canastas a un lado de la puerta principal. Jugarían Candy Land y Monopolio junto al fuego. Harían viajes de esquí en familia; Nellie nunca había esquiado, pero Richard había prometido enseñarle. En pocas décadas, ella y Richard se sentarían el uno al lado del otro en el balcón del porche, unidos por sus recuerdos felices.

Mientras tanto, definitivamente llevaría su propia obra artística para adornar las paredes. Tenía varias comisiones originales elaboradas por sus estudiantes de preescolar, incluyendo su propio retrato como la mujer de malvavisco que había hecho Jonah, y el cuadro cerebral de Tyler titulado acertadamente *Azul sobre blanco*.

Terminó de arreglarse con diez minutos de retraso. Se dispuso a salir del apartamento y luego regresó por dos lazos de perlas coloridas que estaban colgadas en un gancho junto a la puerta principal. Ella y Samantha habían comprado cada una un collar en una feria en una calle del Village hace unos años. Los llamaban sus abalorios entrañables.

Pasó uno de ellos por su cuello, y luego examinó la calle en busca de un taxi.

—Lo siento, lo siento —dijo Nellie mientras se apresuraba hacia las mujeres sentadas en la larga mesa rectangular. Sus colegas de La Escalera del Aprendizaje se alineaban en un lado, y los colegas de Gibson en el otro. Pero Nellie pudo ver varias de copas cortas, así como de vino delante de todos, y todas las mujeres parecían cómodas. Recorrió la mesa, dándole un abrazo a cada uno de sus amigos.

Cuando vio a Sam, pasó los abalorios alrededor del cuello de su compañera de cuarto. Sam se veía preciosa; debía haber ido sola a la celebración.

—Toma primero y habla después —la instruyó Josie, una de sus amigas meseras, pasándole a Nellie un trago de tequila.

Ella se lo tomó hábilmente, obteniendo aclamaciones.

—Y ahora es mi turno de darte algo para que te pongas—. Samantha deslizó un peine fijado a un velo gigante de escarcha y tul por la coronilla de Nellie.

Nellie se rio.

—Sutil.

—¿Qué esperas cuando le pides a una maestra de preescolar que se encargue del velo? —preguntó Marnie.

— ¿Y qué tuviste que hacer hoy? —preguntó Samantha.

Nellie abrió la boca para hablar, y luego miró a su alrededor. Todas las otras mujeres tenían empleos mal pagados, y sin embargo, estaban derrochando en un restaurante famoso por sus pizzas horneadas con leña. Nellie pudo ver también un montón de regalos en la silla vacía al final de la mesa. Sabía que Sam estaba buscando una nueva compañera de cuarto porque no podía pagar el alquiler. De repente, lo último de lo que Nellie tuvo ganas de hablar era de su de casa de revista. Además, técnicamente no había sido un encargo para la boda. Tal vez Sam no lo entendería.

—Nada emocionante —dijo Nellie a la ligera.

—¿Hora de otro trago?

Samantha se rio y señaló a la mesera.

—¿Te ha dicho adónde irán en su luna de miel? —preguntó Marnie.

Nellie negó con la cabeza, deseando que la mesera se diera prisa con la nueva ronda de tequila. El problema era que Richard quería que el destino fuera una sorpresa. «Compra un nuevo bikini» era todo lo que decía cuando ella le suplicaba una pista. ¿Y si Richard la llevaba a una playa en Tailandia? No podía aguantar doce horas en un avión; el simple pensamiento hizo que su corazón palpitara con fuerza.

En las últimas semanas, en dos de sus sueños inquietantes, había estado atrapada en vuelos turbulentos. En el último, una asistente aterrorizada había corrido por el pasillo, gritando para que todos se pusieran en posición de emergencia. Las imágenes eran muy vívidas —los ojos agrandados de la asistente, el avión dando brincos, las gruesas nubes rozando su ventanilla diminuta— y Nellie se había despertado jadeando.

—Un sueño estresante —le había dicho Sam a la mañana siguiente mientras se aplicaba rímel en el baño diminuto y Nellie se acercaba a ella para sacar su loción corporal. A Sam, siempre la hija de la terapeuta, le encantaba analizar a sus amigas. —¿Por qué estás ansiosa?

—Por nada. Bueno, obviamente por volar.

—¿No por la boda? Porque pienso que volar es una metáfora.

—Lo siento, Sigmund, pero este cigarro no es más que un cigarro.

Un nuevo trago de tequila apareció frente a Nellie y ella lo tomó con gratitud.

Sam la vio mirar la mesa y sonrió. —Tequila. Siempre es la respuesta.

La siguiente frase de su rutina brotó instantáneamente de los labios de Nellie: —Aunque no haya una pregunta.

—Déjame echarle otro vistazo a esa roca—. Josie tomó la mano de Nellie.

—¿Richard tiene un hermano atractivo y rico? Ya sabes, solo estoy pidiendo un amigo.

Nellie retiró la mano de nuevo, escondiendo el diamante de tres quilates debajo de la mesa: siempre se sentía incómoda cuando sus amigas hacían un escándalo, y luego se rio. —Lo siento, solo tiene una hermana mayor.

Maureen vendría a Nueva York para pasar el verano, como lo había hecho en años pasados, y enseñar un curso de seis semanas en Columbia. Nellie iba a conocerla finalmente en un par de días.

Una hora después, la mesera había recogido sus platos y Nellie estaba abriendo sus regalos.

—Esto es de Marnie y yo —dijo Donna, una maestra de niños de cuatro años, entregándole a Nellie una caja plateada con un moño rojo y brillante. Nellie sacó un camisón negro de seda mientras Josie soltaba un aullido lobuno. Nellie lo sostuvo contra su cuerpo, esperando que le quedara bien.

—¿Es para ella o para Richard? —preguntó Sam.

—Es espectacular. Estoy sintiendo un tema de una noche *sexy* acá, señoras. Nellie lo puso al lado del perfume Jo Malone, las cartas con la posición del día y las velas de masaje corporal que ya había desempacado.

—Por último, pero no menos importante—. Sam le entregó a Nellie una bolsa de regalo que contenía un marco de plata. Adentro había un papel crudo y grueso y un poema impreso en cursiva. —Puedes quitar el papel y poner una foto de tu boda.

Nellie comenzó a leer en voz alta:

Recuerdo el día que te conocí, la forma en que te ganaste mi afecto

Me diste Advil para mi resaca en la Escalera del Aprendizaje; tuvimos una conexión instantánea

Era tu primer trabajo en la ciudad de Nueva York, y lideré tu camino

Mostrándote los mejores estudios de spinning y dónde encontrar el Duane Reade más cercano

Te enseñé todos los trucos, como cómo ganarte a Linda

Y el armario secreto con los implementos, para cuando necesitaras esconderte
Pronto nos hicimos compañeras de cuarto en un apartamento con bichos
Desbordante de maquillaje, revistas y tazas decoradas para niños
Te retrasabas con el alquiler: seamos honestas, no eres buena con el dinero
Y soy un poco desordenada, dejando siempre tiradas las tazas y la miel
A lo largo de los años has enseñado a los niños a contar y escribir
Y cómo usar las palabras, no sus manos, cuando comienzan a pelear
Todos los días trabajábamos duro, ¿no podían los padres decir que lo estábamos intentando?
Y sin embargo a veces nos gritaban, y luego empezábamos a llorar
Hemos estado juntas cinco años increíbles
Nos conocemos tan bien: nuestras esperanzas y nuestros miedos
Te has comprometido y Linda te compró un pastel de fantasía con muchas calorías
Qué irónico que costara más que nuestros salarios combinados
Te mudarás pronto y me preocupa que pueda hundirme
Por lo menos estoy segura de que me hará beber (¡ejem!, más)
Pero cuando estés caminando por el pasillo llevando algo viejo y nuevo
Por favor ten claro que siempre serás mi mejor amiga y que realmente te amo.

Nellie apenas pudo terminar el poema. La transportó de vuelta a sus primeros días en la ciudad, cuando había estado desesperada por poner una distancia entre ella y todo lo que había sucedido en la Florida. Había intercambiado las palmeras por el pavimento y una casa de hermandad ruidosa y ocupada por un edificio impersonal de apartamentos. Todo era diferente. Salvo que los recuerdos la habían seguido a través de la distancia, cubriéndola como una capa pesada.

Tal vez no se habría quedado de no haber sido por Sam. Aún podía irse y tratar de encontrar un lugar que pareciera seguro. Nellie se inclinó sobre la mesa, le dio un abrazo a su compañera de cuarto, y luego se secó los ojos.

—Gracias, Sam. Me encanta—. Hizo una pausa—. Gracias a todos ustedes. Voy a extrañarlos. Y…

—Ya basta, no te pongas sensiblera. Solo estarás a un viaje en tren de distancia. Nos veremos todo el tiempo. Solo que ahora siempre pagarás la cuenta —dijo Josie.

Nellie soltó una risita.

—Ven. Vámonos de aquí—. Samantha apartó su silla. —Los Killer Angels están tocando en la calle Ludlow. Vamos a bailar.

Nellie no había fumado un cigarrillo desde su último año de universidad, pero ahora, tres Marlboro Light, tres tragos de tequila y dos vasos de vino más tarde, había estado bailando durante horas y podía sentir un hilillo de sudor recorriendo su espalda. Tal vez los pantalones de cuero no habían sido la opción más sabia. Al otro lado de la habitación, un *barman* muy apuesto se había puesto el velo de Samantha y coqueteaba con Marnie.

—Casi se me olvida lo mucho que me encanta bailar —gritó Nellie en medio de la música vibrante.

—Y casi me olvido de lo mala que eres para bailar —gritó Josie.

Nellie se rio.

—¡Estoy entusiasmada! —rezongó. Levantó los brazos sobre su cabeza y se meneó antes de girar en círculo. Quedó petrificada a mitad de camino.

—Hola, Nick —dijo Josie cuando un hombre alto y delgado con una camiseta desteñida de un concierto de los Rolling Stones en 1979, y *jeans* oscuros prelavados, se acercó a ellas.

—¿Qué haces aquí? —le preguntó Nellie, advirtiendo tardíamente que aún tenía los brazos sobre su cabeza. Los bajó y los cruzó sobre su pecho, consciente de que su camiseta húmeda se pegaba a su cuerpo.

—Josie me invitó. Regresé hace unas semanas.

Nellie miró furiosa a su amiga, y Josie hizo una cara inocente, se encogió de hombros, y luego se esfumó entre la multitud.

Nick había atendido mesas junto a Nellie durante un año, hasta que se mudó a Seattle con su banda. Nick el Esquivo, le decían todas, aunque unas cuantas mujeres con el corazón destrozado lo habían cambiado a Nick el Idiota.

Era el hombre más atractivo con el que había salido Nellie, aunque «salir» no era una descripción precisa de sus encuentros, ya que la mayoría habían ocurrido en un cuarto.

El cabello negro de Nick era más corto ahora, resaltando sus pómulos afilados. Cualquiera de sus rasgos —su nariz chata, sus cejas pobladas, su boca ancha—, podría ser apabullante por sí solo, pero todos funcionaban en conjunto. Lo hacían incluso mejor de lo que Nellie había recordado.

—No puedo creer que estés comprometida. Parece que estábamos pasando el rato…—. Se acercó y pasó lentamente la mano por su brazo desnudo. Su cuerpo reaccionó al instante, aunque apartó el brazo y retrocedió un paso.

Qué predecible era que Nick estuviera interesado en ella de nuevo, ahora que ya era de otro. Él había dejado de responder a sus textos unos dos minutos después de abandonar la ciudad. Siempre le habían gustado los retos.

—Felizmente comprometida. La boda es el mes que viene.

Los ojos con párpados pesados de Nick parecían divertidos.

—No pareces alguien que esté a punto de casarse.

—¿Qué quieres decir con eso?

Alguien tropezó con ella por detrás, empujándola más cerca de Nick. Él pasó un brazo alrededor de su cintura. —Te ves atractiva —dijo suavemente, los labios tan cerca de su oreja que la barba oscura en su mentón le hizo cosquillas en su piel—. Las chicas de Seattle no se comparan contigo.

Ella sintió un tirón en la parte baja del estómago.

—Te he extrañado a ti. A nosotros—. Sus dedos se deslizaron bajo la tela de la camiseta y se posaron debajo de su espalda—. ¿Recuerdas aquel domingo lluvioso cuando nos quedamos todo el día en la cama?

Él olía a whisky, y ella podía sentir el calor de su cuerpo firme a través de su camiseta.

La música vibrante y el calor de la sala atestada la hicieron sentir mareada. Un mechón cayó sobre sus ojos y Nick lo apartó.

Inclinó la cabeza lentamente, manteniendo los ojos fijos en los suyos.

—¿Un último beso? ¿Por los viejos tiempos?

Nellie arqueó la espalda para mirarlo y le ofreció su mejilla.

Él acarició suavemente su barbilla, volvió su boca hacia la suya, y la besó con suavidad. Su lengua rozó sus labios y ella los separó. La atrajo hacia él y ella soltó un gemido involuntario.

Detestaba admitirlo incluso para sí misma, pero aunque el sexo con Richard era siempre bueno, con Nick había sido genial.

—No puedo—. Ella lo apartó, respirando más fuerte que cuando había estado bailando.

—Vamos, nena.

Ella negó con la cabeza y caminó hacia el bar, estrechándose entre la gente y encogiéndose de dolor cuando el codo de un hombre chocó contra su sien derecha. También tropezó con un pie.

Finalmente, llegó a Marnie, que le rodeó los hombros con un brazo.

—¿Tiempo de un tequila?

Nellie hizo una mueca. Había estado tan ocupada hablando en la cena que solo había comido una tajada de pizza, y apenas una ensalada al almuerzo. Se sentía un poco nauseabunda, y sus pies le dolían luego de bailar en tacones.

—Primero un poco de agua—. Sus mejillas le ardían y se abanicó con una mano. El *barman* asintió con la cabeza, mientras su velo se balanceaba y empezó a llenar un vaso alto de una llave.

—¿Te encontró Richard? —preguntó Marnie.

—¿Qué?

—Está aquí. Le dije que estabas bailando.

Nellie se dio vuelta, escudriñando los rostros circundantes antes de verlo finalmente al otro lado.

—Vuelvo enseguida —le dijo a Marnie, que estaba inclinada sobre la barra, entrechocando un vaso con el *barman*.

—¡Richard! —gritó Nellie. Se apresuró hacia él, resbalando en el piso pegajoso justo cuando se le acercaba.

—Guau—. La agarró del brazo para estabilizarla. —Alguien ha tomado mucho.

—¿Qué estás haciendo aquí?

Una luz púrpura caía sobre su cara mientras la banda comenzaba a una nueva canción. Nellie no podía descifrar la expresión de Richard.

—Me voy—. Se desprendió de su brazo. —¿Vienes conmigo? —. Él lo había visto. Ella lo sabía por la forma en que se mantenía firme; tenía el cuerpo inmóvil, pero ella podía sentir la energía agitarse dentro de él.

—Sí. Déjame despedirme—. Ella había visto por última vez a Sam y a Josie en la pista de baile, pero ahora no podía localizarlos en ninguna parte.

Miró de nuevo a Richard y vio que ya se dirigía hacia la salida. Corrió para alcanzarlo.

No habló ni una vez cuando estuvieron afuera, ni siquiera después de tomar un taxi y dar la dirección de su apartamento.

—Ese tipo. Trabajé con él.

Richard miró fijamente hacia adelante para que ella observara su perfil, tal como lo había hecho unas pocas horas antes cuando iban en el auto. Pero la mano de él había estado apoyada en su muslo; ahora estaba sentado con los brazos cruzados rígidamente sobre el pecho.

—¿Saludas a todos tus antiguos colegas con tanto entusiasmo?

El tono de Richard fue tan formal que la enfrió.

La náusea subió por sus entrañas mientras el taxista daba bandazos en medio del tráfico. Ella puso una mano en su estómago, luego hundió el botón para bajar su ventanilla unas pulgadas. El viento le azotó el cabello y le abofeteó una mejilla.

—Richard, lo aparté… Yo no hice…

Se dio vuelta y la miró.

— ¿No hiciste qué? —preguntó, enunciando cada palabra de nuevo.

—Piensa —susurró ella. Se había equivocado: él no estaba furioso, si no herido. —Lo siento mucho. Me aparté de él y estaba a punto de llamarte.

Esa parte era una mentira, pero Richard nunca lo sabría.

Finalmente, la expresión de su rostro se suavizó. —Podría perdonarte casi por cualquier cosa—. Ella se dispuso a tomarle la mano. Sus siguientes palabras la detuvieron:

—Pero no me engañes nunca.

Nunca lo había oído sonar tan categórico, ni siquiera cuando había discutido en medio de llamadas de negocios.

—Lo prometo —susurró ella. Las lágrimas asomaron a sus ojos. Richard había elegido una casa exquisita para ella. Le había enviado un correo electrónico ese día preguntándole si pensaba que a sus invitados les gustarían *hors d'oeuvres* o un bufete en el coctel de recepción entre la ceremonia de la boda y la cena. ¿O ambas?, le había escrito él. Se había preocupado cuando ella no había respondido su mensaje: él sabía que ella no se sentiría segura al entrar a su apartamento oscuro solo por la noche. Así que había ido a buscarla y asegurarse de que estuviera bien.

Y en respuesta, ella había besado a Nick, que había salido con la mitad de las mujeres de Gibson's y que probablemente ni siquiera podía recordar su apellido.

¿Por qué había arriesgado tanto?

Quería casarse con Richard; no era que estuviera echándose atrás.

Pero lo de Nick había sido un asunto inconcluso. A pesar de su encanto ensayado, Nellie sabía que él tenía un lado tierno. Lo había oído hablar por teléfono con su abuela en Gibson's. No sabía que Nellie estaba enrollando cubiertos en servilletas a la vuelta de la esquina. Había prometido llevarle a su abuela *cannoli* con chispas de chocolate y ver *La rueda de la fortuna* con ella la noche siguiente.

Nick también fue el primer hombre con el que ella se había acostado desde que salió de la universidad. Había dejado de pensar en él incluso antes de conocer a Richard. Pero cuando Nick se había inclinado hacia ella en la pista de baile, ella había disfrutado aquel momento glorioso de saber cuánto la deseaba. De sentir la energía pasar a sus manos.

Deseaba que fuera algo tan simple como atribuírselo a los tequilas. La verdad no era agradable.

Por un momento breve y rebelde, abrazó la espontaneidad por encima de la firmeza. Había querido una última prueba de la ciudad antes de instalarse en los suburbios.

—Estoy tan contenta de que hayas venido a buscarme —dijo, y por fin sintió el brazo de Richard rodeándola.

Ella respiró profundamente.

Siempre lamentaría ciertas decisiones en su vida, pero Richard nunca sería una de ellas.

—Gracias —dijo ella, apoyando la cabeza en su pecho. Oyó el latido de su corazón, el mismo que la hacía dormir cuando nada más podía hacerlo.

Había sentido por un tiempo que había un dolor profundo en su pasado, y que él guardaba con tanto celo que aún no lo había compartido con ella. Tal vez tenía que ver con su ex, o tal vez le habían roto el corazón antes.

—Nunca haré nada que te haga daño—. Ella sabía que incluso el día de su boda, nunca haría un voto más sagrado.

CAPÍTULO OCHO

GIRO MI CABEZA Y veo la silueta de la tía Charlotte, iluminada por el globo del pasillo mientras permanece en mi puerta. No sé cuánto tiempo ha estado allí, o si ha notado que he estado mirando fijamente al techo.

—¿Te sientes mejor? —. Entra a la habitación y abre las persianas.

La luz del sol lo inunda todo, y me estremezco y me cubro los ojos.

Le dije que tenía gripe. Pero la tía Charlotte entiende la conexión entre la salud emocional y la física: cómo la primera puede engañar a la otra, sofocándola como una liana tupida. Después de todo, ella había cuidado no solo de mí, sino de mi madre durante sus episodios.

—Un poco—. Pero no hago ningún movimiento para levantarme.

—¿Debería preocuparme? —. Su tono discurre entre la broma y la agudeza. Es familiar; lo recuerdo desde cuando ella ayudaba a mi madre a salir de la cama y entrar a la ducha. —Solo por un rato —decía ella, con el brazo alrededor de la cintura de mi madre—. Necesito cambiar las sábanas.

La tía Charlotte habría sido una madre maravillosa. Pero nunca tuvo hijos; sospecho que todos esos años en que nos crio a mi madre y a mí tuvieron algo que ver con el porqué.

—No, iré a trabajar.

—Estaré todo el día en mi estudio. Me comisionaron un retrato. Esta mujer quiere un desnudo suyo para que su marido lo cuelgue en la chimenea.

—¿En serio? —. Trato de inyectarle energía a mi tono mientras me siento. Como un dolor de muela punzante, los pensamientos de la novia de Richard dominan todos los aspectos de mi vida.

—Lo sé. Ni siquiera me gusta el vestuario comunal del Y.

Esbozo una sonrisa mientras ella empieza a salir de la habitación. Pero se golpea la cadera contra el borde de la cómoda junto a la puerta y suelta un pequeño grito.

Salto de la cama, y paso mi brazo alrededor de la cintura de la tía Charlotte, conduciéndola a una silla.

La tía Charlotte me quita el brazo y mi preocupación. —Estoy bien. Los viejos somos torpes.

Y de repente, me atraviesa una comprensión: ella se está haciendo vieja.

Le pongo hielo en la cadera a pesar de sus protestas, luego preparo unos huevos revueltos y les agrego queso *cheddar* y cebollines. Lavo los platos y limpio los mostradores. Y abrazo fuertemente a la tía Charlotte antes de irme a trabajar. El pensamiento me vuelve a sorprender: no tengo a nadie más que a ella.

Tengo miedo de ver a Lucille, pero para mi sorpresa, me saluda con preocupación:

—No debí haberte animado a que vinieras ayer.

Veo que los ojos de Lucille miran fijamente mi bolso Valentino. Richard me lo dio una noche justo antes de partir para un viaje de negocios a San Francisco. El cuero está ligeramente desgastado alrededor del cierre; tiene cuatro años. Lucille es el tipo de mujer que observa esos detalles. La veo contemplarlo, y luego mirar mis viejos Nikes y mi dedo anular desnudo. Sus ojos se agudizan. Es como si realmente me viera por primera vez. La llamé después de la crisis que tuve en el metro. No puedo recordar toda nuestra conversación, pero sí haber llorado.

—Déjame saber si necesitas salir un poco más temprano —me dice ahora.

—Gracias—. Dejo caer la cabeza, sintiéndome avergonzada.

Es un día ajetreado, especialmente para ser un domingo, pero no lo suficiente. Pensé que venir a trabajar podría distraerme, pero el hecho de verla me satura la mente. Imagino sus manos sobre su vientre hinchado.

Las manos de Richard sobre su vientre hinchado. Recordándole que se tome las vitaminas, instándola a dormir lo suficiente, manteniéndola a su lado en las noches. Si ella queda embarazada, probablemente él instalará una cuna y pondrá un osito de peluche adentro.

Incluso cuando yo estaba intentando quedar embarazada, un osito de peluche suave y sonriente esperaba en la habitación que habíamos designado para el bebé. Al principio, Richard lo había llamado nuestro amuleto de la buena suerte.

—Sucederá —había dicho Richard, descartando mi preocupación.

Pero después de esos seis meses de pruebas fallidas, él fue a un médico para que analizara su esperma. Su conteo era normal. —El doctor dijo que nadan como Michael Phelps —bromeó, mientras yo trataba de sonreír.

Entonces conseguí una cita con una especialista en fertilidad, y Richard dijo que trataría de reprogramar una reunión para poder asistir.

—No tienes que hacerlo—. Había intentado mantener mi voz suave. Puedo contarte después.

—¿Estás segura, querida? Tal vez si mi cliente sale temprano pueda encontrarme contigo para almorzar, siempre y cuando estés en la ciudad. Haré que Diane reserve una mesa en Amaranth.

—Me parece perfecto.

Pero una hora antes de la cita, justo cuando yo estaba subiendo al tren, me llamó para decir que iría al consultorio médico. —Le cancelé a mi cliente. Esto es más importante.

Agradecí que no pudiera ver mi expresión.

La especialista en fertilidad me haría preguntas. Preguntas que no quería responder delante de mi esposo.

Mientras mi tren se dirigía hacia la terminal de Grand Central, miré por la ventana los árboles desnudos y los edificios con grafitis llenos de tablas. Podría mentir. O podría tratar de hablar a solas con la doctora y explicarle. La verdad no era una opción.

Un dolor agudo me hizo mirar hacia abajo. Me había mordido las cutículas y me arranqué una casi hasta el hueso. Me metí el dedo en la boca y chupé la sangre.

El tren entró a la terminal con un chirrido antes de que se me hubiera ocurrido un plan, y un taxi me llevó a un edificio elegante en Park Avenue en un abrir y cerrar de ojos.

Cuando Richard se encontró conmigo en el vestíbulo, no pareció notar mi agitación. O tal vez pensó que yo estaba simplemente ansiosa por la cita.

Me sentí como una sonámbula mientras hundía el botón para el piso catorce en el ascensor, y luego di un paso atrás para poder salir primero.

El urólogo de Richard nos había remitido a la doctora Hoffman. Una mujer elegante y delgada de cincuenta y tantos años nos saludó con una sonrisa poco después de registrarnos y nos condujo a su consultorio. Vi un destello de fucsia debajo de su bata de laboratorio. La seguimos por el pasillo, y aunque llevaba tacones de tres pulgadas, me esforcé para seguirle el paso.

Richard y yo nos sentamos juntos en un sofá tapizado frente a su escritorio desordenado. Crucé las manos en mi regazo, jugueteando con las bandas de oro delgadas en mi dedo. Al principio, la doctora Hoffman dudó incluso de dejarse llevar incluso por nuestras inseguridades, pues explicó que muchas parejas tardaban más de seis meses para concebir. —El ochenta y cinco por ciento de las parejas quedan embarazadas dentro de un año —nos aseguró.

Esbocé una sonrisa. —Bueno, entonces…

Pero Richard intervino. —No nos interesan las estadísticas—. Me tendió la mano—. Queremos que ella quede embarazada de inmediato.

Yo debería haber sabido que no sería tan fácil.

La doctora Hoffman asintió.

—No hay nada que les impida explorar tratamientos de fertilidad, pero pueden demandar mucho tiempo y ser costosos. También tienen efectos secundarios.

—Una vez más, con todo el debido respeto, esos no son asuntos que nos preocupen —dijo Richard. Alcancé a vislumbrar cómo debía ser en el trabajo: dominante y persuasivo. Imposible de resistir.

¿Por qué había pensado yo que podría ocultarle algo tan importante?

—Nena, tus manos están heladas—. Richard frotó las mías entre la suya.

La doctora Hoffman giró la cabeza para mirarme directamente. Su cabello estaba recogido en un moño amplio y a la moda, y su piel era suave y sin líneas. Me hubiera gustado haberme puesto algo más elegante que unos simples pantalones negros y un suéter crema de cuello de tortuga, y acababa de notar que tenía una pequeña mancha de sangre en el extremo de la manga. Metí la tela debajo del dedo que me había lastimado y traté de curvar los labios hacia arriba.

—Está bien, entonces. Permítanme comenzar haciéndole algunas preguntas a Vanessa. Richard, ¿te gustaría sentarte en la sala de espera?

Richard me miró. —Querida, ¿quieres que me vaya?

Vacilé. Sabía lo que él quería que yo dijera. Se había marchado del trabajo para acompañarme. ¿Sería una traición más grande si le pedía que se fuera y él lo descubría de todos modos? Tal vez la doctora Hoffman estuviera obligada éticamente a decírselo, o quizá una enfermera podría echar un vistazo a mi historial médico y meter la pata un buen día.

Era muy difícil pensar.

—¿Querida? —preguntó Richard.

—Lo siento. Por supuesto, está bien si te quedas.

Las preguntas comenzaron. La voz de la doctora Hoffman era baja y modulada, pero cada pregunta parecía una bala: ¿Qué tan frecuentes son tus períodos? ¿Cuánto tiempo duran? ¿Qué métodos anticonceptivos has utilizado? Yo tenía el estómago apretado como un puño. Sabía a dónde quería llegar ella.

Entonces la doctora Hoffman preguntó:

—¿Alguna vez has estado embarazada?

Miré fijamente la gruesa alfombra gris con pequeños cuadrados rosados. Comencé a contar las formas.

Pude sentir el calor en la mirada de Richard.

—No has estado embarazada nunca —dijo él. Era una afirmación.

Todavía pensaba en ese momento de mi vida, pero los recuerdos habían permanecido encerrados dentro de mí.

Esto era muy importante. Después de todo, yo no podía mentir.

Miré a la doctora Hoffman.

—Estuve embarazada—. Mi voz sonó chillona y me aclaré la garganta—. Tenía apenas veintiún años.

Reconocí el «apenas» como una súplica dirigida a Richard.

—¿Tuviste un aborto? —. No pude descifrar la expresión en la voz de Richard.

Volví a mirar a mi marido.

Y sabía que tampoco podría decir toda la verdad.

—Yo, ah, tuve un aborto involuntario. Me aclaré la garganta de nuevo y evité su mirada. —Fue solo por unas pocas semanas—. Esa parte, al menos, era cierta. Seis semanas.

—¿Por qué no me lo dijiste? —Richard se echó hacia atrás, lejos de mí.

El impacto asomó a su cara, y luego otra cosa. ¿Rabia? ¿Traición?

—Yo quería... Yo solo. Supongo que no podía saber cómo—. Fue una respuesta muy inadecuada. Había sido muy estúpida al esperar que él no lo descubriría nunca.

—¿Ibas a decírmelo alguna vez?

—Escuchen —interrumpió la doctora Hoffman—. Estas conversaciones pueden volverse emotivas. ¿Necesitan un momento a solas?

Su tono era tranquilo, el bolígrafo grueso y plateado con el que había estado tomando notas suspendido en el aire, como si se tratara de un interludio normal. Pero yo no podía imaginar que muchas otras esposas le hubieran ocultado el mismo tipo de secretos a sus maridos. Sabía que tendría que decirle en privado la verdad completa a la doctora Hoffman en algún momento.

—No. No. Estamos bien. ¿Seguimos? —dijo Richard. Me sonrió, pero unos segundos después cruzó las piernas y soltó mi mano.

Cuando las preguntas terminaron finalmente, la doctora Hoffman me hizo las pruebas físicas y de sangre mientras Richard estaba en la sala de espera, hojeando los mensajes de correo electrónico en su BlackBerry. Antes de salir del consultorio, la doctora Hoffman me puso una mano en el hombro y la apretó suavemente. Se sentía como un gesto maternal, y mi garganta se convulsionó mientras yo trataba de contener las lágrimas. Había esperado que Richard y yo pudiéramos ir a almorzar, pero él dijo que había postergado la reunión del cliente hasta la una y que necesitaba regresar a la oficina. Bajamos en silencio por el ascensor junto con unos cuantos desconocidos, todos mirando hacia adelante.

Cuando salimos, miré a Richard. «Lo siento. Debería...»

Él había silenciado su teléfono durante nuestra cita, pero ahora empezó a zumbar con una llamada entrante. Comprobó el número y luego me besó en la mejilla. —Necesito responder esta. Te veré en casa, querida.

Miré la parte posterior de su cabeza mientras caminaba por la calle, y quise que se girara y me dirigiera una sonrisa o un gesto con la mano. Pero simplemente dobló una esquina y desapareció.

No era la primera vez que traicionaba a Richard, y no sería la última. Tampoco sería la peor, ni siquiera de cerca.

Nunca había sido la mujer con la que él pensaba que se había casado.

Voy a la sala de descanso para tomar café durante una pausa de clientas en Saks. Siento mi estómago normal, pero un dolor sordo persiste entre mis sienes.

Lisa, una vendedora del departamento de calzado, está sentada en el sofá, mordisqueando un sándwich. Tiene veintitantos años, es rubia y bonita de una manera sana.

Desvío mi mirada.

Uno de mis *podcasts* de psicología incluía el fenómeno Baader-Meinhof. Es cuando uno se vuelve consciente de algo —el nombre de una banda oscura, digamos, o un nuevo tipo de pasta— y parece surgir repentinamente en todas partes. También se le llama ilusión de frecuencia.

Las jóvenes rubias me rodean ahora.

Cuando llegué al trabajo esta mañana, una se estaba aplicando labial en el mostrador de Laura Mercier. Otra estaba acariciando telas en la sección de Ralph Lauren. Lisa levanta su sándwich para comer un bocado, y veo el anillo que brilla en su mano izquierda.

Richard y su prometida se van a casar muy rápido. *No puede estar embarazada, ¿verdad?*, me pregunto de nuevo. Siento el espasmo familiar en mi respiración y el frío penetrar en mi cuerpo, pero me obligo a conjurar el pánico.

Necesito verla hoy. Necesito saber con certeza.

Ella vive no muy lejos de donde estoy ahora.

A veces puedes aprender mucho sobre la gente en la Internet, desde si le echaron crema agria a su burrito en el almuerzo hasta su inminente fecha de boda. Otras personas son más difíciles de rastrear. Pero con casi todo el mundo, puedes determinar algunos hechos básicos: su dirección. Su número telefónico. En dónde trabaja.

Puedes conocer otros detalles si observas.

Una noche, cuando todavía estábamos casados, seguí a Richard hasta el lugar de ella y me paré frente a su apartamento. Él llevaba un ramo de rosas blancas y una botella de vino.

Yo podría haber golpeado la puerta, colarme detrás de él, haberle gritado a Richard y pedirle que regresara a casa.

Pero no lo hice. Volví a nuestra casa, y unas horas después, cuando Richard llegó, lo saludé con una sonrisa. —Te preparé la cena. ¿Debería calentarla?

Dicen que la esposa siempre es la última en saberlo. Pero yo no. Simplemente decidí mirar hacia otro lado. Nunca soñé que duraría.

Mi remordimiento es una herida abierta.

Lisa, la vendedora muy joven, está recogiendo sus cosas rápidamente, a pesar de que aún queda algo de su sándwich. Tira los restos en la basura y me mira furtivamente. Su frente está arrugada.

No tengo ni idea de cuánto tiempo he estado mirando.

Salgo de la sala de descanso, y durante el resto de mi turno, saludo cordialmente a las clientas. Busco ropa. Asiento y doy mi opinión cuando me la piden sobre la idoneidad de los vestidos y los trajes.

Mientras tanto, espero el momento, sabiendo que pronto podré satisfacer mi necesidad creciente.

Cuando al fin puedo irme, me encuentro regresando a su apartamento.

A ella.

CAPÍTULO NUEVE

Nellie se inclinó sobre el inodoro, sintiendo arcadas en el estómago, y luego se dejó caer en el piso de mármol del baño de Richard.

Las imágenes de la noche anterior comenzaron a aflorar: los tequilas. Los cigarrillos. El beso. Y la mirada de Richard en el taxi mientras regresaban a su apartamento. No podía creer que casi hubiera saboteado su futuro con él.

Frente a ella, un espejo de cuerpo entero reflejaba su imagen: la mancha de rímel debajo de sus ojos, la escarcha plateada del velo que salpicaba su cabello y una camiseta apretada del maratón de Nueva York, cortesía de Richard.

Se esforzó para ponerse de pie, buscó una toalla para secarse la boca, y luego vaciló. Todas eran blancas como la nieve y tenían un borde azul real. Como todo lo demás en el apartamento de Richard, eran completamente elegantes: *todo excepto ella*, pensó Nellie. Tomó un Kleenex y lo tiró al inodoro. Richard nunca parecía tener basura en las papeleras; ella no iba a dejar su pañuelo sucio.

Se cepilló los dientes y se lavó la cara con agua helada que dejó su piel pálida y llena de manchas. Luego, aunque ansiaba meterse de nuevo bajo el lujoso edredón de Richard, se incorporó al verlo y soportar todo lo que él tuviera que decirle.

En lugar de su prometida, ella vio una botella de Evian y un envase de Advil en el contador de granito brillante de la cocina. A un lado había una nota en un grueso papel crudo y en relieve con sus iniciales: *No quería despertarte. Me fui a Atlanta. Vuelvo mañana. Recupérate. Te amo, R.*

El reloj del horno marcaba las 11:43. ¿Por qué había dormido hasta tan tarde?

¿Y cómo podía haber olvidado el itinerario de viaje de Richard? Ni siquiera recordaba que él hubiera mencionado a Atlanta.

Mientras sacaba dos tabletas y tomaba el agua que aún estaba fresca, estudió la letra clara de Richard y trató de evaluar su estado de ánimo. Las imágenes de la noche anterior eran irregulares e incompletas, pero recordó que él la había puesto en su lugar, y que luego salió de la habitación y cerró la puerta. Si había regresado eventualmente y se había metido en la cama a su lado, ella no se había dado cuenta.

Sacó el teléfono inalámbrico del mostrador y marcó al celular de Richard, pero la llamada se fue directamente al buzón de voz. «Me pondré en contacto contigo», prometía él.

Oír su voz le hizo sentir el dolor de extrañarlo.

—Hola, querido—. Trató de encontrar palabras. —Mm. Solo quería decirte que te amo.

Regresó a la habitación, cruzando el pasillo al lado de unas cuantas fotografías enmarcadas. Su favorita era una de Richard cuando era un niño, su pequeña mano entrelazada con la de Maureen, mientras permanecían al borde del océano. Maureen se veía mucho más alta que él. Richard medía cinco pies con once pulgadas ahora, pero solo se estiró después de cumplir dieciséis años, le había dicho a Nellie. La siguiente fotografía era una instantánea de Richard y de Maureen con sus padres. Nellie percibió que Richard había heredado los ojos penetrantes de su madre y los labios carnosos de su padre. En un extremo había una foto en blanco y negro de su madre y de su padre el día de su boda.

Que Richard decorara las paredes con imágenes de su familia era algo que decía mucho, que esos eran los rostros que él quería ver todos los días. Ella deseó que sus padres aún estuvieran con vida, pero al menos Richard tenía a su hermana. Nellie conocería a Maureen en la cena del día siguiente en uno de los restaurantes favoritos de Richard.

Su ensueño fue interrumpido por el timbre del teléfono de la casa. *Es Richard*, pensó ella, sintiendo una oleada de alegría mientras regresaba corriendo a la cocina y tomaba el auricular.

Pero la voz que sonó era femenina:

—¿Está Richard?

—Mm, no—. Nellie vaciló—. ¿Eres Maureen?

Silencio. La mujer dijo entonces:

—No. Lo llamaré de nuevo—. Luego se escuchó apenas el tono aburrido e ininterrumpido del tono de marcación.

¿Quién había llamado a Richard el domingo y no quería dejar un mensaje?

Nellie vaciló, y luego revisó el identificador de llamadas. El número estaba bloqueado.

Había ido al apartamento de Richard en muchas ocasiones. Pero esta era la primera vez que estaba sola aquí.

Detrás de ella, en la sala, una pared de ventanas ofrecía una vista impresionante del Central Park, así como de varios edificios residenciales. Se acercó y miró hacia afuera, recorriendo los apartamentos con sus ojos. Muchos estaban oscuros o cerrados por persianas o cortinas. Pero otros no tenían nada que cubriera los vidrios transparentes.

Desde ciertos ángulos, ella creyó que podía ver los contornos sombríos de muebles o de figuras adentro.

Lo que significaba que cualquiera de esos edificios también tenía una vista al apartamento de Richard.

Había visto a Richard cerrar las persianas de noche; un complejo sistema electrónico en esa pared programaba la iluminación y las sombras. Apretó un botón y las luces empotradas se apagaron. Estaba tan sombrío afuera que el apartamento se sumergió en la penumbra.

Apretó de nuevo el botón y los focos se encendieron. Exhaló lentamente y luego intentó con otro botón. Esta vez logró hacerlo correctamente y las persianas se deslizaron hacia abajo. A pesar de que un portero estaba parado en el vestíbulo, Nellie fue rápidamente hacia la puerta principal para revisar la cerradura. Estaba echada. *Richard nunca la dejaría desprotegida, por muy molesto que estuviera*, pensó ella.

Nellie se dio un baño, lavándose el cuerpo con el jabón de L'Occitane con aroma a cítricos de Richard y se lavó el cabello con champú para eliminar el olor del humo rancio. Echó la cabeza hacia atrás y cerró los ojos para enjuagar la espuma, luego cerró el agua y se envolvió en la bata de Richard, pensando en la voz suave en el teléfono.

La mujer no tenía acento. Era imposible descifrar su edad.

Nellie abrió el botiquín de Richard y sacó el gel, pasando un poco a través de su cabello húmedo que recogió en una cola de caballo. Se puso la ropa para hacer ejercicio que mantenía en el apartamento, pues de vez en cuando iba al gimnasio del edificio, y luego encontró su *top* arrugado y sus pantalones de cuero doblados cuidadosamente sobre un pequeño bolso de lona al pie de la cama. Guardó sus pertenencias en el bolso y salió del apartamento, sacudiendo la puerta para asegurarse de que la cerradura encajara en su lugar.

Mientras caminaba hacia el ascensor, la única vecina del piso de Richard, la señora Keene, salió de su apartamento, sujetando la correa de su *bichon frisé*. Cada vez que se encontraba con ella en el vestíbulo, Richard fingía que necesitaba recoger su correo o se le ocurría otra excusa para evitarla. —Te hablará eternamente si la dejas —le había advertido Richard.

Nellie sospechaba que la mujer se sentía sola, y le dirigió una sonrisa mientras presionaba el botón de llamada para el ascensor.

—He estado preguntándome por qué no has estado aquí últimamente, querida.

—Ah, estuve aquí hace unos días —dijo Nellie.

—Bueno, la próxima vez, toca mi puerta y te invitaré a tomar el té.

—Tu perro es adorable—. Nellie le acarició rápidamente el pelaje blanco y esponjado.

La mujer y su perro parecían compartir un peluquero, pensó Nellie.

—Le gustas al señor Fluffles. Así que, ¿dónde está tu amante?

—Richard tuvo que ir a Atlanta por trabajo.

—¿A trabajar? ¿Un domingo? El perro olisqueó el zapato de Nellie. —Se mantiene muy ocupado, ¿verdad? Siempre corriendo para tomar un avión. Le he ofrecido estar atenta a su apartamento cuando se vaya, pero me dijo que nunca me impondría… ¿Y a dónde vas ahora?

Solitaria y chismosa, pensó Nellie. El ascensor llegó y Nellie mantuvo la puerta abierta con su antebrazo hasta que la señora Keene y su perro estuvieron adentro.

—Voy a trabajar. Enseño en un preescolar y necesito limpiar mi salón para el fin de año.

La graduación era mañana, y aunque tradicionalmente los maestros arreglaban los salones unos días después de que los estudiantes salieran, hacían una especie de fiesta, llevaban vino de contrabando, y Nellie necesitaba hacerlo ahora porque el fin de semana se iría a la Florida.

La señora Keene asintió con aprobación.

—Qué adorable. Me alegra que Richard haya encontrado una buena dama. Esa última no era muy amable.

—¿Qué?

La señora Keene se inclinó más cerca.

—La vi hablando con Mike, el portero, la semana pasada. Estaba muy agitada.

—¿Estuvo aquí? —. Richard no había mencionado eso.

Un destello en los ojos de la señora Keene le dijo a Nellie cuánto disfrutaba al ser la portadora de semejantes noticias.

—Oh, sí. Le entregó una bolsa a Mike —de Tiffany's, reconocí ese azul distintivo— y le dijo que se la devolviera a Richard.

Las puertas del ascensor se abrieron de nuevo y el perro de la señora Keene se abalanzó hacia otra vecina que acababa de entrar al edificio con su *pug*.

Nellie salió al vestíbulo, que parecía una pequeña galería de arte: una gran orquídea adornaba la mesa de cristal entre dos sofás de respaldo bajo, y las paredes de color crema estaban animadas por pinturas abstractas. Frank, el portero del domingo, con un fuerte acento del Bronx, la saludó. Era su favorito entre los hombres con guantes blancos que protegían a los residentes de este edificio del Upper East Side.

—Hola, Frank —dijo Nellie, agradecida al ver su amplia sonrisa. Miró de nuevo a la señora Keene, que conversaba animadamente con otra vecina. Parecía como si la ex de Richard hubiera devuelto simplemente algo que él le había dado, y que no la había visto. ¿Quién sabe qué había en la bolsa? Obviamente, su separación había sido agria.

Muchas lo eran, se dijo Nellie a sí misma. Sin embargo, aún se sentía inquieta.

Frank le guiñó un ojo y luego señaló hacia afuera.

—Parece que va a llover. ¿Tienes un paraguas, querida?

—Tres. En mi apartamento.

Él se rio.

—Mira, te presto uno—. Se acercó a la repisa de bronce junto a la puerta.

—Eres el mejor—. Ella extendió su mano izquierda para tomarlo. —Prometo que te lo devolveré.

Ella notó que él miró su anillo y reaccionó tarde antes de que él la sorprendiera y apartó la vista. Él había sabido de su compromiso, pero Nellie normalmente giraba el diamante dentro de su mano para mantenerlo escondido cuando caminaba por la ciudad. Richard se lo había sugerido, recordándole que nunca se podía ser demasiado cuidadosa.

—Gracias— le dijo a Frank, sintiendo un rubor en las mejillas.

Le parecía un poco ostentoso llevar algo que probablemente costaba tanto como lo que Frank ganaba en un año, y tanto como lo que ella ganaba también en un año.

¿La ex de Richard vivía cerca?, se preguntó Nellie. Tal vez había pasado incluso a su lado en la calle.

No se dio cuenta de que estaba jugueteando con el botón del paraguas hasta que se abrió. La voz de su padre resonó en su mente: *Nunca abras un paraguas adentro. Es de mal agüero.*

—No te mojes —le dijo Frank mientras Nellie salía al aire gris y abultado.

Sam llevaba su camisa larga de dormir, con el letrero QUÉ DESORDEN TAN HERMOSO escrito adelante.

Nellie sacudió la bolsa de papel que contenía los *bagels* de semillas de amapola con huevo, queso *cheddar*, tocino y kétchup, su remedio favorito para la resaca. «Buenas tardes, sol».

Las sandalias que Sam se había puesto la noche anterior estaban tiradas justo adentro de la puerta principal, seguidas de su bolso, y luego, un poco más allá, de su minifalda.

—El rastro de Sam —bromeó Nellie.

—Oye—. Sam sirvió café en una taza, pero no se dio vuelta para mirarla.

—¿Qué te pasó anoche?

—Fui a casa de Richard. Demasiado tequila.

—Sí, Marnie dijo que él se apareció por allá—. El tono de Sam era seco.

—Qué agradable de tu parte que te despidieras.

—Yo…—. Nellie estalló en lágrimas. También había logrado molestar a Sam.

Sam se giró.

—Guau. ¿Qué está pasando?

Nellie sacudió la cabeza.

—De todo—. Reprimió un sollozo—. Lo siento mucho, no te dije que me iba…

—Gracias por decir eso. Tengo que admitir que estaba enojada, especialmente porque llegaste tarde a la cena.

—No quería irme, pero Sam. Besé a Nick.

—Ya sé. Lo vi.

—Sí, Richard también lo vio—. Nellie se secó los ojos con una servilleta de papel. —Estaba muy molesto…

—¿Pudiste resolverlo?

—Más o menos. Tenía que viajar a Atlanta esta mañana, así que no hablamos mucho… Pero Sam, una mujer llamó hoy a su apartamento cuando yo estaba sola allá. No dio su nombre. Y entonces la vecina de Richard me dijo que su ex había ido la semana pasada.

—¿Qué? ¿Todavía la está viendo?

—No —dijo Nellie rápidamente—. Solo fue a devolver algo. Lo dejó con el portero.

Sam se encogió de hombros.

—Eso suena bastante inocente.

Nellie vaciló.

—Pero ellos terminaron hace meses. ¿Por qué está devolviendo algo ahora? —No sabía muy bien por qué no le había revelado a Sam que sospechaba que el artículo era en realidad un regalo que Richard le había dado a su ex cuando aún estaban juntos. Y si era de Tiffany's, probablemente se trataba de un artículo caro.

Sam tomó un sorbo de café, y luego le pasó la taza a Nellie, quien también tomó otro.

—¿Por qué no le preguntas a Richard por eso?

—Supongo. Siento que no debería molestarme por eso.

—Ja—. Sam mordió un bocado del *bagel* y masticó. Nellie apretó el estómago cuando empezó a desenvolver su propio sándwich. Su apetito había desaparecido.

—Pensé que ella había desaparecido por completo. Esto es totalmente aleatorio, ¿de acuerdo? Pero esas llamadas telefónicas raras que he estado recibiendo.

—¿Es ella?

—No lo sé —susurró Nellie—. ¿Pero no es una coincidencia que empezaran inmediatamente después de que yo me comprometiera con Richard?

Sam no parecía tener una respuesta para eso.

—Y hubo un momento esta mañana después de decir «aló» cuando todo lo que pude oír fue su respiración. Fue como las otras llamadas. Luego esta mujer preguntó por Richard, así que… Parezco un poco loca cuando lo digo en voz alta.

Sam dejó su *bagel* y le dio a Nellie un abrazo rápido y fuerte.

—No estás loca, pero necesitas hablar con Richard. Ellos estuvieron mucho tiempo juntos, ¿verdad? ¿Acaso no mereces saber de esa parte de su vida?

—Lo he intentado.

—No es justo que te calle de esa manera.

—Es un hombre, Sam. No siente la necesidad de hablar interminablemente acerca de las cosas como nosotros. *Como lo haces tú*, pensó Nellie.

—Parece como si no hubieras hablado de eso en absoluto.

Nellie dejó pasar eso. Ella y Sam raramente discutían. Nellie no quería ahondar en esto. —Él me dijo que simplemente se habían separado. Es algo que sucede, ¿verdad?

Pero Richard había dicho una cosa más. Parecía especialmente importante ahora.

Ella no era la que yo pensaba que era.

Esas habían sido sus palabras exactas. Nellie se había quedado sorprendida por el disgusto que retorcía la cara de Richard cuando las había pronunciado.

Su compañera de habitación tendría sin duda algunas reflexiones al respecto.

Pero Sam tenía la misma expresión inescrutable que había asomado a sus rasgos cuando Nellie le contó sobre la casa que había comprado Richard. Ella había tenido también esa expresión el día en que Nellie llegó a casa con el anillo de compromiso.

—Tienes razón —dijo Nellie rápidamente—. Le preguntaré de nuevo.

Podía decir que Sam no había terminado con la conversación, pero Nellie sintió que protegía a Richard. Había querido que Sam la tranquilizara sobre la ex de Richard, y no que señalara los defectos en la relación de Nellie con él.

Nellie agarró unas cuantas bolsas de compras que estaban metidas en la ranura estrecha entre el refrigerador y la pared.

—Necesito ir a la escuela. Tengo que empezar a empacar mi salón. ¿Quieres venir?

—Estoy fundida. Creo que haré una siesta.

Las cosas aún no estaban bien entre ellas.

—Lamento una vez más haberte dejado anoche. Fue una fiesta realmente maravillosa—. Nellie le dio un golpecito con el hombro a su mejor amiga. —Oye, ¿vas a estar aquí esta noche? Podemos hacernos mascarillas y ver Notting Hill. Y pedir comida china. Yo invito.

Sam aún tenía esa mirada, pero aceptó la tregua tácita. —Por supuesto. Suena divertido.

¿Cómo era la ex de Richard?

Delgada y glamorosa, pensó Nellie mientras se acercaba a la Escalera del Aprendizaje. Quizá su ex disfrutaba de la música clásica y podía identificar las notas predominantes en una botella de vino. Y Nellie apostó a que su ex se sentía segura al pronunciar la palabra *charcuterie*, a diferencia de Nellie, que había tenido que anotarla una vez en su menú.

Nellie la había mencionado poco después de conocer a Richard, curiosa por la mujer con la que él había compartido su vida antes de ella. Habían intercambiado secciones del *Times* en una ociosa mañana de domingo después de hacer el amor y de haberse bañado juntos. Nellie había usado el cepillo de dientes que Richard le había comprado, y llevaba una camiseta que había dejado allí en una visita anterior. Esto le había hecho preguntarse por qué no había rastros de la ex de Richard en el apartamento. Habían estado juntos varios años, pero ni una sola banda elástico para el cabello había sido olvidada en el mueble debajo del lavamanos, o una lata de té de hierbas que languideciera en la parte trasera de la despensa, o un cojín bonito que amortiguara las líneas fuertes del sofá de gamuza de Richard.

El apartamento era completamente masculino. Era como si su ex nunca hubiera pasado tiempo allí.

—Estaba pensando... No hemos hablado mucho de tu ex... ¿Por qué se terminó?

—No fue por una sola cosa.

Richard se encogió de hombros y pasó una página de la sección de negocios. —Nos distanciamos.

Fue entonces cuando él dijo la frase que Nellie no podía sacarse ahora de su cabeza: *Ella no era la que yo pensaba que era.*

—Bueno, ¿cómo se conocieron? —Nellie jugueteó con el periódico que estaba leyendo.

—Vamos, querida. Estoy contigo. Lo último que quiero es hablar de ella—. Sus palabras fueron suaves, pero no su tono.

—Lo siento. Simplemente me estaba preguntando.

Nunca la había vuelto a mencionar. Después de todo, Nellie tenía temas de su pasado que tampoco quería hablar con él.

Richard ya habría aterrizado en Atlanta, pensó Nellie mientras abría la puerta que rodeaba el patio de recreo y caminaba hacia la escuela preescolar. Él podía estar en una reunión o solo en su habitación de hotel. ¿Estaría él absorto en las imágenes del ex de Nellie, tal como ella tenía una fijación con la ex de él?

No podía imaginar lo desgarrador que sería ver a Richard besar a otra mujer. Se preguntó si él pensaría que Nellie también podría ser una persona diferente de la que él pensaba que era.

Buscó su teléfono celular para llamarlo, pero se detuvo. Ya le había dejado un mensaje. Y no iba a preguntarle por la visita de su ex. Él se había ganado su confianza, pero ella había alterado la suya.

—¡Hola!

Nellie levantó la vista y vio al líder de la iglesia juvenil abriéndole la puerta.

—Gracias —dijo ella apresurándose hacia él. Le dirigió una gran sonrisa para compensar por el hecho de no recordar su nombre.

—Estaba a punto de cerrarla. No pensé que alguien de la escuela viniera un domingo.

—Iba a empezar a limpiar mi salón.

Él asintió y luego miró hacia el cielo. Las nubes gruesas y cambiantes bloqueaban el sol. —Parece que acabas de ganarle a la lluvia —dijo él alegremente.

Nellie se dirigió hacia el sótano, golpeando la luz del techo mientras bajaba las escaleras. Deseaba haber venido directamente desde el apartamento de Richard, cuando la iglesia hubiera estado llena de parroquianos. No esperaba que estuviera vacía.

Cuando entró a su salón, estuvo a un paso de pisar una corona de papel solitaria. Se inclinó y la recogió, alisando los pliegues. El nombre de Brianna estaba en su interior, escrito en las letras temblorosas que Nellie le había enseñado a formar. «Recuerda, la B tiene dos vientres grandes que sobresalen», le había dicho ella cuando la niña siguió invirtiendo la dirección.

Brianna se había sentido muy orgullosa cuando logró hacerlo bien.

Los Cachorros habían hecho las coronas para usarlas durante la ceremonia de graduación. Permanecieron en una línea ondulada detrás de una cortina hasta que Nellie puso la mano sobre los hombros de cada uno de ellos y les susurró, «¡Adelante!». Entonces ellos marcharon por un pasillo improvisado mientras sus padres se levantaban, aplaudían y tomaban fotos.

Brianna se iba a molestar por haber perdido su corona; había pasado mucho tiempo pegándoles calcomanías y había utilizado media botella de pegamento para poner pompones de colores diferentes en cada punto. Nellie llamaría a sus padres para informarles que la había encontrado.

Metió la corona en una de sus bolsas de compras, y luego permaneció en medio del silencio atípico.

Su salón era modesto y los juguetes eran básicos en comparación con los que la mayoría de los niños tenían en casa, pero sus estudiantes seguían comprometidos cada mañana, guardando sus comidas en cubículos y colgando sus chaquetas y suéteres en ganchos. La parte favorita de Nellie durante el día era el «muestra y repite», que era previsiblemente impredecible. Annie había llevado alguna vez un frisbi en miniatura que había encontrado en el botiquín. Nellie le había devuelto el diafragma a la madre de Annie cuando fue a recogerla. «Al menos no era mi vibrador», había bromeado la madre, ganándose instantáneamente la simpatía de Nellie. En otra ocasión, Lucas había abierto su lonchera, revelando un hámster vivo, que aprovechó de inmediato su oportunidad de libertad y se escapó saltando. Nellie no había podido encontrarlo luego de dos días.

Ella no había pensado que su partida le dolería tanto.

Empezó a retirar de las paredes las mariposas de papel que habían hecho los niños y a meterlas en carpetas que enviaría a casa con cada niño. Hizo una mueca cuando se hizo un corte en la yema delicada de su dedo índice.

«¡Carajo!». No había dicho propiamente groserías en años, desde que había sorprendido al pequeño David Connelly y tuvo que esforzarse para convencerlo de que ella solo le había señalado un camión de juguete. Se llevó el dedo a la boca, fue al armario de suministros y sacó una curita de Elmo.

La estaba envolviendo alrededor de su dedo cuando oyó un ruido en el pasillo.

—¿Hola? —dijo ella.

No hubo respuesta.

Fue a la puerta y se asomó. El corredor estrecho estaba vacío, y los pisos de linóleo reflejaban el brillo de las luces del techo. Los otros salones estaban oscuros y sus puertas cerradas. La antigua estructura de la iglesia crujía a veces; tal vez era un tablón asentándose.

La escuela se sentía un poco extraña tras la ausencia de risas y de caos.

Nellie metió la mano en su bolso y sacó su celular. Richard no la había llamado todavía. Vaciló, y luego le envió un mensaje de texto: *Estoy en la Escalera del Aprendizaje… Llámame si puedes. Estoy sola aquí.*

Sam sabía dónde estaba ella, pero estaba dormida. Nellie se sentiría mejor si Richard también lo supiera.

Empezó a guardar de nuevo el celular en su bolso, pero lo metió en la banda elástica de sus pantalones de lycra. Miró hacia el pasillo de nuevo y escuchó durante un largo rato.

A continuación, Nellie volvió a retirar las ilustraciones, moviéndose con rapidez, hasta que las paredes estuvieron desnudas. Desprendió el programa de actividades impreso en letras grandes de un caballete. Se estiró para arrancar un gran calendario de un tablón de anuncios. Las tarjetas de velcro que tenía pegadas enumeraban el día de la semana y un símbolo para el clima. Un sol sonriente seguía pegado al viernes.

Nellie miró por la ventana. Las primeras gotas de lluvia comenzaron a caer suavemente.

Casi no notó a la mujer que estaba justo detrás de la puerta.

Una estructura alta de escalada obstruía parcialmente su vista. Nellie solo pudo distinguir un impermeable de color canela y un paraguas verde que bloqueaba la cara de la persona. Y su largo cabello castaño meciéndose en el viento.

Tal vez era alguien que paseaba a su perro.

Nellie estiró la cabeza para ver desde un ángulo diferente. No había ningún perro.

¿Podría ser un futuro padre echando un vistazo a la escuela?

Pero no tendría sentido que alguien viniera un domingo, cuando la Escalera del Aprendizaje estaba cerrada.

Podía tratarse de una parroquiana… aunque el servicio había terminado varias horas atrás.

Nellie sacó el teléfono del bolsillo y apretó su cara contra la ventana.

La mujer se movió bruscamente, corriendo y mezclándose con los árboles. Nellie la vio a la vuelta de la esquina junto a las tres lápidas.

En dirección a la entrada en el lado opuesto de la iglesia.

Esa puerta estaba abierta a veces con un ladrillo pesado cuando se programaban actividades nocturnas, como una reunión de Alcohólicos Anónimos.

Algo sobre la manera en que la persona se alejó abruptamente —ese movimiento rápido y espasmódico— le recordó a Nellie la mujer que la había hecho dejar su bolso en el baño en el día de la entrevista con los padres.

Nellie no podía estar un minuto más allá. Agarró sus bolsas, dejando los papeles aún dispersos sobre su escritorio, y se dirigió a la puerta.

Su teléfono celular zumbó en su mano y ella se estremeció. Era Richard.

—Me alegro mucho de que seas tú —jadeó ella.

—¿Estás bien? Pareces molesta.

—Estoy sola en la escuela.

—Sí, me lo dijiste en tu texto. ¿Las puertas de la iglesia están cerradas?

—No estoy segura, pero ya estoy saliendo—. Nellie subió corriendo las escaleras. —Se siente un poco espeluznante por alguna razón.

—No tengas miedo, nena. Me quedaré contigo en el teléfono.

Miró hacia atrás mientras salía de la edificación, y luego caminó más despacio y recuperó el aliento. Llegó al final de la cuadra, abrió su paraguas y comenzó a caminar hacia la calle más concurrida. Ahora que estaba afuera, sabía que había reaccionado exageradamente.

—Te extraño mucho. Y me siento horrible por lo de anoche.

—Mira, he estado pensando en ello, y vi que te alejaste de él. Sé que me amas. Realmente, él era demasiado bueno para ser cierto.

—Ojalá pudiera haber estado contigo hoy—. Ella no quería que Richard supiera que se había olvidado de su viaje—. Después de la graduación, seré toda tuya.

—No tienes ni idea de lo feliz que eso me hace—. Su voz parecía equivaler a la seguridad.

En ese momento, decidió que no quería seguir enseñando. Viajaría con Richard en el otoño. Pero seguiría rodeada de niños; de sus hijos.

—Necesito regresar con mi cliente. ¿Te sientes mejor ahora?

—Mucho mejor.

Entonces Richard pronunció las palabras que permanecerían para siempre con ella:

«Incluso cuando no esté ahí, siempre estoy contigo».

CAPÍTULO DIEZ

Ella vive en una calle ajetreada. La ciudad de Nueva York tiene decenas de cuadras como la suya, ni elegantes ni pobres, si no en alguna parte en la franja ancha del medio.

Me recuerda el barrio donde vivía cuando conocí a Richard.

A pesar de la lluvia torrencial hasta un instante atrás, hay gente suficiente alrededor, por lo que no me destaco. Hay una parada de autobús en su esquina, al lado de una charcutería, y dos puertas abajo de su edificio hay una peluquería pequeña. Un padre que empuja un cochecito se cruza con una pareja que camina tomada de la mano. Una mujer hace malabares con tres bolsas de comestibles. Un chico que reparte comida china pasa por un charco y me salpica con unas gotas, el aroma de las comidas apiladas en la parte trasera de su bicicleta flotando en su estela. Anteriormente, mi estómago se habría sentido tentado por los suculentos olores del arroz frito con pollo o de camarones en salsa agridulce.

Me pregunto qué tan bien conoce ella a sus vecinos.

Ella podría haber tocado la puerta del apartamento arriba del suyo, y entregarle una caja de UPS que habían dejado por error en su puerta. Tal vez ella compra fruta y *bagels* en la charcutería, donde el propietario atiende la caja registradora y la saluda por su nombre.

¿Quién la extrañará cuando desaparezca?

Estoy preparada para esperar un buen rato. Mi apetito es inexistente. No siento mi cuerpo ni caliente ni frío. No hay nada que necesite. Pero poco después —creo al menos que no he esperado mucho tiempo—, siento una aceleración en mi pulso y un tirón en mi aliento mientras ella cruza la esquina.

Lleva una bolsa. Miro de reojo y distingo el logotipo de Chop't, el negocio de ensaladas para llevar. La bolsa se mece mientras ella camina, asemejando el suave balanceo de su cola de caballo alta.

Un *cocker spaniel* corre adelante y ella se detiene para no enredarse con la correa. La dueña jala al perro, la veo asentir y decirle algo, y luego se inclina para acariciar su cabeza.

¿Sabrá ella lo que siente Richard por los perros? Estoy sosteniendo mi teléfono celular contra mi oído, mi cuerpo casi de lado con respecto a ella, mi paraguas inclinado para cubrirme la cara. Sigue caminando hacia mí y la veo de lleno. Lleva capris de yoga y una camiseta blanca y suelta, con un cortaviento atado alrededor de su cintura. Ensalada y ejercicio; debe querer verse lo mejor posible en su vestido de bodas. Se detiene frente a su edificio, busca en su bolso, y un momento después desaparece adentro.

Dejo caer mi paraguas y masajeo mi frente, tratando de enfocarme. Me digo que estoy comportándome como una loca. Aunque ella estuviera embarazada —lo que no creo que sea una posibilidad—, probablemente no se le estaría notando todavía.

Entonces, ¿por qué vine aquí?

Miro su puerta cerrada. ¿Qué diría yo si tocara y ella la abriera? Podría suplicarle que cancelara la boda. Podría advertirle que se arrepentirá, que él me engañó y que hará lo mismo con ella, pero probablemente se limitaría a cerrar la puerta y a telefonear a Richard.

No quiero que él sepa que la he seguido.

Ella piensa que está segura ahora. Me imagino que enjuaga el tazón plástico de su ensalada y lo echa al recipiente del reciclaje, se aplica una mascarilla de barro, tal vez llama a sus padres para hablar sobre los detalles de última hora de la boda.

Todavía hay un poco de tiempo. No puedo ser impulsiva.

Tengo un largo camino a casa. Doblo la esquina, deshaciendo sus pasos. Una cuadra después, paso por Chop't y me doy vuelta para entrar. Estudio el menú, tratando de adivinar lo que podría haber querido ella, y poder ordenar lo mismo.

Cuando la empleada me entrega la ensalada —en un recipiente plástico y dentro de una bolsa de papel blanco con un tenedor y una servilleta—, sonrío y le agradezco. Sus dedos rozan los míos y me pregunto si también atendió a mi reemplazo.

Antes de salir por la puerta, me siento súbitamente abrumada por punzadas agudas de hambre. Todas las cenas que me he perdido por dormir, los desayunos que me he saltado, los almuerzos que he arrojado a la basura, convergen ahora sobre mí, alimentando un deseo casi salvaje de llenar el vacío en mi interior.

Voy a un lado, donde hay un mostrador y taburetes, pero no puedo esperar el tiempo suficiente para dejar mis cosas y sentarme en un asiento.

Mis dedos tiemblan mientras abro el recipiente y empiezo a comer un bocado tras otro, sosteniendo el recipiente cerca de mi mentón para no derramar nada, devorando las verduras agrias, persiguiendo trozos de huevo y tomate alrededor del recipiente resbaladizo con mi tenedor.

Estoy mareada mientras trago el último bocado, y siento el estómago distendido. Pero estoy tan vacía como siempre.

Tiro el plato vacío y empiezo a caminar rumbo a mi casa.

Cuando entro al apartamento, veo a la tía Charlotte extendida en el sofá, su cabeza inclinada contra un cojín, un paño cubriendo sus ojos. Por lo general, da una clase de arte-terapia en Bellevue los domingos por la noche; no he sabido que alguna vez haya faltado a una.

Nunca antes la he visto hacer una siesta.

La preocupación me atraviesa.

Levanta la cabeza tras el golpe luego de cerrar la puerta y el paño cae en su mano. Sin las gafas, sus rasgos parecen más suaves.

—¿Estás bien? Reconozco la ironía: es un eco de las palabras que me ha repetido desde que un taxi me dejó en la acera afuera de su edificio con tres maletas apiladas detrás de mí.

—Solo un dolor de cabeza mortal—. Agarra el borde del sofá y se pone de pie.

—Me excedí hoy. Mira la sala. Creo que despejé veinte años de desorden después de que mi modelo se marchara—. Aún lleva su uniforme de pintora: *jeans* cubiertos por una de las camisas oxford azules de su marido difunto. A estas alturas, la camisa está suave y raída, decorada con capas de goteos y salpicaduras. Es una obra de arte en sí misma; una historia visual de su vida creativa.

—Estás enferma—. Las palabras parecen impulsarse a sí mismas fuera de mí. Mi voz es aguda y asustada.

La tía Charlotte se acerca y pone sus manos en mis hombros. Tenemos casi la misma estatura y ella me mira directamente a los ojos. Sus ojos avellana se han desvanecido por la edad, pero están tan alertas como siempre.

—No estoy enferma.

La tía Charlotte nunca ha evitado las conversaciones difíciles.

Cuando yo era más joven, ella me explicó los problemas de salud mental de mi madre en términos sencillos y honestos, que yo podía entender.

A pesar de que le creo a mi tía, le pregunto,

—¿Me lo prometes? —. Mi garganta se aprieta con lágrimas. No puedo perder a la tía Charlotte. No a ella, también.

—Lo prometo. No me iré a ningún lado, Vanessa.

Ella me abraza e inhalo los olores que me conectaban con la realidad cuando era una niña: el aceite de linaza de sus pinturas, la lavanda que se aplica en las venas de la muñeca.

—¿Ya comiste? Iba a preparar algo…

—No he comido —miento—. Pero déjame preparar la cena. Tengo ganas de cocinar.

Tal vez sea culpa mía que ella esté agotada; tal vez he tomado demasiado de ella.

Ella se frota los ojos. —Eso sería genial.

Me sigue a la cocina y se sienta en un taburete. Encuentro pollo, mantequilla y champiñones en el refrigerador y empiezo a saltear la carne.

—¿Cómo te fue con el retrato?—. Sirvo un vaso de agua con gas para cada una.

—Ella se durmió durante la sesión.

—¿En serio? ¿Desnuda?

—Te sorprenderías. Los neoyorquinos sobreprogramados a menudo encuentran el proceso relajante.

Mientras hago una salsa sencilla de limón, la tía Charlotte se inclina e inhala. —Huele delicioso. Eres una cocinera mucho mejor que tu madre.

Hago una pausa mientras enjuago la tabla de cortar.

Estoy tan acostumbrada a ocultar lo que siento que es fácil soltar una sonrisa y charlar con la tía Charlotte. Pero los recordatorios están por todas partes, como siempre: en el vino blanco que agrego a la salsa, y los vegetales verdes de la ensalada que hago a un lado para sacar los champiñones del recipiente que está en el refrigerador. Me enfrasco en una conversación ligera con mi tía, esquivando los pensamientos que se filtran por mi mente, como un cisne cuyas patas agitadas están ocultas mientras flota sobre el agua.

—Mamá era un tornado —le digo, conjurando incluso una sonrisa—. ¿Recuerdas que el fregadero siempre estaba lleno de ollas y sartenes, los mostradores cubiertos con aceite de oliva o pan rallado? ¡Y el piso! Mis medias prácticamente se pegaban a él. No se suscribía exactamente a la creencia de que debías ordenar a medida que avanzabas—. Tomo el tazón de cerámica del mostrador y saco una cebolla Vidalia. —Sin embargo, su comida era genial.

En sus días buenos, mi madre preparaba comidas elaboradas de tres platos. Los volúmenes desgastados de Julia Child, Marcella Hazan y Pierre Franey alineaban nuestras estanterías, y a menudo la encontraba leyendo uno del mismo modo que yo podía devorar a Judy Blume.

—Probablemente fuiste la única estudiante de quinto grado que comías *bourguignonne* de carne y pastel de limón preparados en casa un martes por la noche —dice la tía Charlotte.

Volteo las pechugas de pollo, y el lado crudo chisporrotea contra la sartén caliente. Puedo ver a mi madre ahora, su cabello alborotado por el calor que sale del horno, haciendo chocar las ollas sobre los quemadores y picando el ajo, mientras canturrea en voz alta. «¡Vamos, Vanessa!», decía al verme. Me daba vueltas, luego echaba sal en su mano y la arrojaba a una olla. «Nunca sigas exactamente una receta», decía siempre mi madre. «Dale tu propio estilo».

Yo sabía que ella sufriría una crisis poco después de esas noches, cuando la energía de mi madre se había consumido. Pero algo en su libertad era glorioso —su alegría pura y tempestuosa— aunque me asustaba en mi niñez.

—Ella era otra cosa —dice la tía Charlotte. Apoya un codo en el mesón de mosaicos azules y la barbilla en su mano.

Me alegro de que mi madre estuviera viva cuando me casé, y en cierto modo agradezco que no esté cerca para ver cómo he terminado.

—¿Te gusta cocinar ahora, también? —. Mi tía Charlotte me está observando con cuidado. Casi estudiándome, se me antoja. —Te pareces mucho a ella, y tu voz a veces es tan similar que creo que es ella la que está en la otra habitación.

Me pregunto si hay otra pregunta tácita en su mente. Los episodios de mi madre se hicieron más severos luego de cumplir treinta años. Casi la misma edad que tengo ahora.

Perdí contacto con la tía Charlotte durante mi matrimonio. Fue culpa mía. Yo era aún más caótica que mi madre, y sabía que la tía Charlotte no podía ayudarme. Yo vivía demasiado lejos para eso. La joven esperanzada y optimista que era cuando me casé con Richard ahora es casi irreconocible para mí.

Ella se volvió un desastre, había dicho Hillary. Tenía razón.

Me pregunto si mi madre también tenía pensamientos obsesivos durante sus episodios. Siempre había imaginado que su mente estaba en blanco —entumecida— cuando se iba a dormir. Pero nunca lo sabré.

Decido responder a la pregunta más simple. —No tengo ningún problema en cocinar.

Detesto, pienso mientras mi cuchillo desciende y corta limpiamente la cebolla.

Cuando Richard y yo nos casamos, no sabía lo que era una cocina. Mis cenas para chicas solteras consistían en comida china a domicilio o, si la báscula me estaba maltratando, en una Lean Cuisine calentada en el microondas. Algunas noches me saltaba la cena por completo y masticaba Wheat Thins y queso mientras tomaba una copa de vino.

Sin embargo, el acuerdo tácito era que una vez que Richard y yo nos casáramos, cocinaría todas las noches para él. Dejaría de trabajar, de modo que fuera más que razonable. Alternaría entre pollo, carne, cordero y pescado. No eran comidas sofisticadas —una proteína, un carbohidrato y un vegetal—, pero Richard parecía valorar mis esfuerzos.

El día que visitamos por primera vez a la doctora Hoffman —el mismo en que Richard supo que yo había estado embarazada en la universidad— fue mi primer intento de hacer algo especial por él.

Quería tratar de aliviar la tensión entre nosotros, y sabía que a Richard le encantaba la comida hindú. Así que después de salir del consultorio de la doctora Hoffman, busqué una receta de cordero *vindaloo*, optando por la que parecía la menos complicada.

Es curioso cómo ciertos detalles se adhieren a la memoria, así como la forma en que la rueda de mi carrito de compras necesitaba que la ajustaran, haciendo que chirriara cada vez que giraba por un nuevo pasillo. Recorrí el mercado, buscando comino y cilantro, tratando de olvidar la cara de Richard cuando supo que yo había quedado embarazada de otro hombre.

Había llamado a Richard para decirle que lo amaba, pero él no me había respondido. Su decepción —peor, la idea de su desilusión—, me molestó más que cualquier discusión. Richard no gritaba. Cuando estaba enojado, parecía enroscarse en sí mismo hasta que recuperaba el control de sus emociones. Normalmente no tardaba mucho tiempo, pero me preocupó haberlo llevado al extremo esta vez.

Recuerdo conducir a casa por las calles apacibles, el nuevo Mercedes sedán que Richard me había comprado ronroneando por las imponentes casas coloniales edificadas por el mismo constructor que le había vendido nuestra casa a Richard. De vez en cuando veía a una niñera con un niño pequeño, pero aún no había conseguido ni una amiga en nuestro barrio.

Estaba esperanzada cuando comencé a preparar la cena. Partí el cordero en pedazos, siguiendo cuidadosamente la receta. Recuerdo cómo brillaba la luz del sol a través de los grandes ventanales de nuestra sala, así como al final de cada día. Había encontrado mi iPod y llegado hasta los Beatles. «Back in the U.S.S.R» retumbaba a través de los altavoces. Los Beatles siempre me levantaban el ánimo porque mi padre solía oír a todo volumen a John, Paul, George y Ringo en nuestro viejo sedán cuando me sacaba para comprarme un helado o llevarme al cine durante los episodios más leves de mamá, aquellos que solo duraban un día o dos y no requerían la ayuda de la tía Charlotte.

Me había permitido imaginar que después de servirle a Richard su comida favorita, nos acurrucaríamos en la cama y hablaríamos. No le diría todo, pero podría admitir algunos detalles. Tal vez mi revelación nos acercaría aún más. Le haría saber cuánto lo lamentaba, cómo deseaba poder borrar lo que había sucedido y empezar de nuevo.

Ahí estaba yo, en mi cocina exquisita, provista de cuchillos Wüsthof y calderos y sartenes Calphalon, preparando la cena para mi nuevo marido. Estaba feliz, creo, pero ahora me pregunto si mi memoria me está jugando bromas. Si me está dando el don de una ilusión. Todos las anteponemos a nuestros recuerdos; los filtros a través de los cuales queremos ver nuestras vidas.

Había intentado seguir fielmente la receta, pero había olvidado comprar el fenogreco porque no tenía la menor idea de lo que era. Y cuando llegó el momento de añadir el hinojo, no pude encontrarlo, aunque juré que lo había puesto en el carro. La frágil paz emocional que había tratado de construir empezó a desmoronarse. Yo, que lo había recibido todo, ni siquiera podía arreglármelas para hacer una comida apropiada.

Cuando abrí la puerta del refrigerador para guardar la leche de coco y vi una botella de Chablis medio llena, vacilé, mirándola fijamente.

Richard y yo habíamos acordado que yo dejara de tomar, pero seguramente unos cuantos sorbos no me harían daño. Me serví media copa. Había olvidado lo bien que sabía el acento mineral y crujiente en mi lengua.

Saqué los individuales prensados de lino azul y las servilletas haciendo juego del gran armario de roble en el comedor. Puse la linda porcelana que Hillary y George nos habían dado como regalo de bodas. Cuando nos casamos, tuve que consultar una página *web* de etiqueta para aprender a poner una mesa formal. A pesar de sus comidas extravagantes, a mi madre no le interesaba el ambiente del comedor; a veces, cuando todos los platos estaban sucios, comíamos en platos de papel.

Coloqué candelabros en el centro de la mesa y puse música clásica, seleccionando a Wagner, uno de los compositores favoritos de Richard. Luego me retiré al sofá, con la copa de vino a mi lado. Ahora nuestra casa tenía más muebles —sofás en el salón, obras de arte en las paredes, incluyendo el retrato que la tía Charlotte había hecho cuando yo era una niña, y una alfombra oriental en azules y rojos vivos frente a la chimenea—, pero me parecía que las habitaciones aún tenían poco carácter. Si solo hubiéramos puesto una silla alta en el comedor, unos cuantos juguetes blandos esparcidos por la alfombra. Detuve mi mano cuando me di cuenta de que estaba golpeando mis uñas contra la copa y haciendo pequeños repiques.

Richard por lo general llegaba a casa alrededor de las ocho y media, pero solo a las nueve oí finalmente su llave en la cerradura y el golpe de su maletín en el suelo.

—Tesoro —dije. No hubo respuesta.

—¿Amor?

—Dame un segundo.

Escuché sus pasos subiendo las escaleras. No sabía si debía seguirlo, así que me quedé en el sofá. Cuando oí que empezaba a bajar, vi mi copa de vino. Corrí hacia el fregadero, la enjuagué con rapidez y la guardé aún mojada en el gabinete, antes de que él pudiera verla.

Era imposible descifrar su estado de ánimo. Podría haber estado molesto conmigo, o haber tenido un día difícil en el trabajo. Parecía haber estado tenso toda la semana; yo sabía que estaba tratando con un cliente difícil. Durante la cena, procuré entablar una conversación, mi tono alegre enmascarando la preocupación que yacía debajo.

—Está bueno.

—Recordé que una vez me dijiste que el cordero *vindaloo* era tu plato favorito.

—¿Dije eso? —Richard inclinó la cabeza para comer el arroz que tenía en el tenedor. Me sentí perpleja. ¿Acaso no lo había dicho?

—Siento no haberte hablado de mí…—. Mi voz se apagó. No pude encontrar la palabra.

Richard asintió con la cabeza. «Asunto olvidado» —dijo en voz baja.

Yo me había preparado para las preguntas. Sus palabras llegaron casi como una decepción. Tal vez yo quería compartir esa parte de mi vida con él, después de todo.

—Está bien— fue todo lo que dije.

Vi que la mitad de su plato aún estaba lleno mientras limpiaba la mesa. Cuando terminé de limpiar, Richard ya estaba dormido. Me acurruqué junto a él, escuchando su respiración constante, hasta que también me quedé dormida.

A la mañana siguiente, Richard se fue temprano a la oficina. A mediados del día, mientras me hacían rayitos en el salón de belleza, mi teléfono timbró con un correo entrante del instituto culinario francés local.

La nota decía, *Ma cherie. Je t'aime. Richard.* Cuando abrí el archivo adjunto, vi un certificado de regalo para diez clases de cocina.

—¿Tesoro? —. La voz de la tía Charlotte denota preocupación.

Me limpio los ojos y señalo la tabla de cortar con un gesto.

—Es por la cebolla—. No sé si me cree.

Después de la cena, la tía Charlotte se acuesta temprano y limpio la cocina. Luego me retiro a mi habitación y escucho los sonidos del viejo apartamento mientras me preparo para la noche: el zumbido repentino del refrigerador, una puerta que golpea en el piso de abajo. El sueño me es esquivo ahora, como si hubiera acumulado lo suficiente durante mis meses perdidos para reprimir mi ritmo circadiano natural.

Mi mente divaga al tema de un podcast reciente: la obsesión.

«Nuestros genes no son nuestro destino», insistía el orador. Pero reconocía que la adicción es hereditaria.

Pienso en la forma en que mi madre dejó un rastro de destrucción.

Pienso en la forma en que mi madre se clavaba las uñas en las palmas de las manos cuando estaba perturbada.

Y pienso, como siempre, en ella.

Un plan comienza a formarse en mi mente. O tal vez ha estado allí todo el tiempo, esperando a que yo le dé alcance. A que sea lo suficientemente fuerte como para llevarlo a cabo.

La veo otra vez, inclinándose para acariciar la cabeza del perrito en su camino. La veo cruzar sus piernas bien formadas y acercarse a Richard en el bar, en nuestro bar. Y la veo el día que fui a su oficina para darle una sorpresa a la hora del almuerzo, cuando aún estábamos casados. Los dos estaban saliendo del edificio. Ella llevaba un vestido colorado. La mano de Richard tocó suavemente la parte baja de su espalda mientras la dejaba salir primero por la puerta. *Ella es mía*, parecía decir el gesto.

Él solía tocarme de esa manera. Una vez le dije que me encantaba la sensación sutil y *sexy* de sus dedos allí.

Me levanto, me muevo en silencio en la oscuridad, y saco mi teléfono de negocios y mi computadora portátil del cajón de la cómoda inferior.

Richard no puede casarse de nuevo.

Empiezo a hacer preparativos. La próxima vez que la vea, estaré lista.

CAPÍTULO ONCE

Nellie yace en la oscuridad, escuchando los sonidos de la ciudad a través de los barrotes de su ventana abierta: un pito, la canción a gritos de «Y.M.C.A.», la alarma de un auto aullando en la distancia.

Los suburbios iban a parecer muy tranquilos.

Sam se había ido unas horas antes, pero Nellie había decidido quedarse.

Quería estar en el apartamento en caso de que Richard llamara. Además, el tumulto de las últimas veinticuatro horas la había dejado agotada.

Cuando volvió a casa de la Escalera del Aprendizaje, ella y Sam se habían aplicado mascarillas de algas azules cobalto mientras esperaban a que llegara la comida china: chicharrones, albóndigas de cerdo, pollo agridulce y un gesto simbólico a la dieta de la boda de Nellie: arroz integral.

—Pareces una rechazada del Blue Man Group —comentó Sam mientras esparcía la pasta en las mejillas de Nellie.

—Y tú te pareces a la Pitufa *sexy*.

Después de la tensión matinal y de la amenaza inexplicable que había sentido en la escuela, era muy agradable reírse con Sam.

Nellie había traído tenedores plásticos del cajón debajo del fregadero, que también estaba abarrotado de paquetes de salsa picante, mostaza y servilletas desiguales de papel. —Estoy usando los cubiertos elegantes esta noche —bromeó. Le impactó que esta fuera probablemente la última comida que compartieran antes de la boda.

Se quitaron las mascarillas cuando llegó la comida. —Diez dólares desperdiciados— proclamó Sam mientras se examinaba la piel. Luego se dejaron caer en el sofá y se acomodaron, charlando sobre todo excepto lo que realmente estaba en la mente de Nellie.

—El año pasado, los Straub le dieron a Barbara un bolso Coach después de la graduación—dijo Sam—. ¿Crees que me darán algo bueno?

—Eso espero—. Richard le había regalado a Nellie un bolso Valentino la semana anterior, después de haber notado una mancha de tinta en el que usaba casi siempre. Aún estaba en su protector de polvo debajo de la cama; de ninguna manera iba a arriesgarse a que un niño lo pintara con el dedo. No le había mencionado la cartera a Sam.

—¿Seguro que no quieres unirte a mí? —preguntó Sam mientras se ponía los *jeans* AG de Nellie.

—No me he recuperado de anoche.

Nellie quería que Sam se quedara a ver una película con ella, pero sabía que también tenía que cultivar sus otras amistades. Después de todo, Nellie se iría en una semana.

Nellie había pensado en llamar a su madre, pero sus conversaciones a menudo dejaban a Nellie un poco nerviosa. Su madre había visto a Richard solo una vez, y de inmediato se había enterado de la diferencia de edad. —Ha tenido tiempo de sembrar su avena y de viajar y vivir —le dijo a Nellie—. ¿No quieres hacer lo mismo antes de echar raíces? —Cuando Nellie respondió que quería viajar y vivir con Richard, su madre se encogió de hombros. —De acuerdo, tesoro —le dijo, pero no pareció plenamente convencida.

Había pasado ya la medianoche, pero Sam seguía afuera; quizá con un nuevo novio, o quizá con uno antiguo.

A pesar del agotamiento de Nellie y de los rituales que había intentado —el té de manzanilla y su música de meditación favorita— seguía escuchando en busca del tintineo de la llave de Sam en la cerradura. Se preguntó por qué era siempre en las noches cuando uno ansiaba dormir más que el sueño se hacía esquivo.

Encontró sus pensamientos volviendo a la ex de Richard. Cuando estaba recogiendo las mascarillas faciales en Duane Reade, había permanecido en la fila detrás de una mujer que estaba hablando por su teléfono celular, haciendo planes para cenar con alguien. La mujer era pequeña y tonificada por el yoga, y su risa se esparcía como monedas relucientes durante la llamada. ¿Sería el tipo de Richard?

El teléfono celular de Nellie esperaba al alcance de su mano en la mesa de noche. Lo miró continuamente, armándose de valor en caso de que hiciera erupción con otra colgada inquietante. A medida que la noche se prolongaba, el silencio empezó a parecer más ominoso, como si se estuviera burlando de ella. Finalmente, se levantó y se acercó a su tocador. Moogie, su perro de peluche de la infancia, estaba encaramado encima, inclinado a un lado, su peluche marrón y blanco desgastado, pero todavía suave. A pesar de sentirse tonta, lo levantó y lo llevó a la cama con ella.

Logró dormirse en algún momento, pero a las seis de la mañana, un martillo neumático irrumpió justo afuera de su apartamento. Se levantó tambaleándose de la cama y cerró la ventana, pero el chisporroteo insistente continuó.

«¡Apaga esa maldita cosa!», gritó el vecino de Nellie, sus palabras circulando a través del radiador.

Puso la almohada sobre su cabeza, pero fue inútil.

Se dio un baño largo, moviendo la cabeza en círculos para tratar de aliviar el dolor en su cuello, luego se puso la bata y se arrastró hacia el armario para buscar su vestido azul claro de florecitas amarillas —sería perfecto para la graduación—, pero recordó que aún estaba en la tintorería, junto con media docena de otras prendas.

Recogerlas había estado en la lista de tareas pendientes que había garabateado en el respaldo del horario de clases de *spinning*, junto con *Llevar los libros a la caja de almacenamiento de Richard* y *comprar el bikini,* y luego *cambiar la dirección postal en la oficina del correo.* Tampoco había ido a una sola clase de *spinning* este mes.

Su teléfono sonó a las siete en punto.

—¡Tengo un comercial de desodorantes! ¡Soy la chica sudorosa tres!

—¿Josie?

—Lo siento, lo siento, no quería llamar tan temprano, pero he intentado con todas las demás. Margot puede hacer la primera mitad de mi turno. Solo necesito que alguien se haga cargo a las dos.

—Ah, yo…

—¡Me darán una línea! ¡Después de esto podré conseguir mi tarjeta profesional como actriz!

Nellie debería haber dicho que no por muchas razones. La graduación no terminaría hasta la una. Aún tenía que acabar de empacar sus cosas. Y esta noche era la cena con Richard y Maureen.

Pero Josie era una amiga muy buena. Y llevaba dos años tratando de conseguir su tarjeta profesional.

—Está bien, está bien, me partiré el olmo. ¿O acaso es 'me partiré el lomo'?

Josie se rio. —¡Te amo! —gritó.

Nellie se frotó las sienes. Un ligero dolor de cabeza comenzó a pulsar entre ellas.

Abrió su computadora portátil y escribió un correo electrónico con la línea de asunto *¡¡¡¡POR HACER !!!!!! Tintorería, empacar libros, a las dos en Gibson's, con Maureen a las siete.*

Un tilín anunció que tenía nuevos mensajes esperando: Linda, recordando a los maestros que fueran temprano para los preparativos de la graduación. Leslie, una antigua compañera de la hermandad, que aún vivía en la Florida, felicitándola por su compromiso de bodas. Nellie hizo una pausa y luego eliminó ese correo electrónico sin responder. Su tía, preguntándole si necesitaba ayuda de última hora para la boda. Una notificación de que su donación de caridad mensual se estaba deduciendo automáticamente de su cuenta corriente. Luego, un correo electrónico del fotógrafo de bodas: *¿Debo devolverle su depósito o cree que volverá a programar?*

Nellie frunció el ceño; las palabras no tenían sentido. Agarró su teléfono celular y marcó el número en la parte inferior de su nota.

El fotógrafo respondió al tercer repique; su voz era somnolienta.

—Espera —dijo cuando ella le preguntó por el correo electrónico. Déjame ir a mi oficina. Nellie pudo oír sus pasos, y luego barajar unos papeles.

—Sí. Aquí está el mensaje. Recibimos una llamada la semana pasada diciendo que la boda se había aplazado.

—¿Qué? —Nellie empezó a pasearse por su pequeña habitación, pasando al lado de su vestido de novia cada pocos pasos—. ¿Quien llamó?

—Mi asistente tomó el mensaje. Me dijo que eras tú.

—¡No he llamado! ¡Y nunca hemos cambiado la fecha! —protestó Nellie, hundiéndose en la cama.

—Lo siento, pero lleva casi dos años trabajando conmigo, y nunca antes ha sucedido algo así.

Ella y Richard querían una boda íntima con una pequeña lista de invitados. «Si la hacemos en Nueva York, tendría que invitar a todos mis colegas» —había dicho Richard. Había encontrado un balneario impresionante en la Florida no lejos de la casa de la madre de ella —un edificio de columnas blancas frente al océano, rodeado de palmeras y de hibiscos rojos y anaranjados— e iba a pagar toda la cuenta, incluyendo las habitaciones de los huéspedes, la comida y el vino. Les iba a dar incluso el tiquete aéreo a Sam, a Josie y a Marnie.

Cuando vieron la página *web* del fotógrafo, Richard había admirado las imágenes de estilo periodístico: —Todos los demás optan por fotos posadas y acartonadas. Este tipo capta la emoción.

Ella había estado ahorrando dinero durante varias semanas, deseando que las fotografías fueran su regalo de boda para él.

—Mira…— Su voz se desvaneció como siempre cuando estaba al borde de las lágrimas. Tal vez pudieran encontrar otro fotógrafo en el balneario, pero no sería lo mismo. —No quiero ser difícil, pero claramente, fue un error tuyo.

—Estoy mirando el mensaje en este instante. Pero espera, déjame comprobar algo. ¿A qué hora es tu ceremonia?

—A las cuatro en punto. También íbamos a tomarnos fotos antes.

—Bueno, ya he reservado otra sesión para las tres. Pero pensaré en algo. Es un retrato de compromiso, así que apuesto a que no les importará que les aplace una hora más o menos.

—Gracias—. Nellie respiró.

—Oye, entiendo, es el día de tu boda. Todo debe ser perfecto.

Sus manos le temblaron cuando colgó el teléfono. La asistente debió confundirse y el fotógrafo la estaba cubriendo, concluyó Nellie. Probablemente había confundido su ceremonia con la de otra pareja. Pero si el fotógrafo no le hubiera enviado el correo electrónico, las imágenes borrosas de la cámara barata de su madre habrían sido las únicas fotos que hubieran tenido.

El fotógrafo tenía razón, pensó ella. Todo debería ser perfecto.

Todo sería perfecto. Excepto… Se dirigió al cajón superior de su cómoda y sacó una bolsita de satín que contenía un pañuelo con un monograma azul claro. Había sido de su padre, y como él no podría acompañarla por el pasillo, Nellie pensó en envolverlo alrededor de su ramo. Quería sentir su presencia en ese recorrido simbólico.

Su papá había sido estoico. No había llorado siquiera cuando le contó sobre su diagnóstico de cáncer de colon. Pero cuando Nellie se graduó de la escuela secundaria, vio sus ojos humedecidos. «Pensando en todas las cosas que me perderé —había dicho él. Le había besado la cabeza, y luego la niebla desapareció de sus ojos, como una broma matutina que se evaporaba con el sol.

Falleció seis meses después.

Nellie extendió el pañuelo suave y lo enrolló entre sus dedos. Deseaba que su padre pudiera haber conocido a Richard. Estaba segura de que lo habría aprobado. «Hiciste bien», habría dicho. «Hiciste bien».

Se pasó el pañuelo por la mejilla y luego lo guardó en la bolsa. Consultó el reloj de la cocina. La tintorería abriría a las ocho; la graduación era a las nueve. Si salía ahora, tendría tiempo suficiente para recoger el vestido floreado, cambiarse y estar en la escuela para ayudar a organizar.

Nellie se recostó contra el bar, esperando que Chris terminara de hacer los *martinis* para la mesa 31, en la que un grupo de abogados celebraba un cumpleaños. Jugueteó con el nuevo brazalete en su muñeca. Los abalorios eran gruesos y brillantes, sujetados con un nudo torpe. Jonah se lo había regalado en la graduación.

Era la tercera ronda de su mesa, y ya eran casi las seis, la hora en que había planeado salir. Nellie no le había dicho a Richard que estaría cubriendo el turno de Josie, y no podía llegar tarde para conocer a Maureen.

Las cosas habían estado lentas en el restaurante inicialmente. Ella había charlado con una pareja de cabello blanco que había venido de visita desde Ohio, recomendándoles un lugar maravilloso de *bagels* y sugiriéndoles que fueran a una nueva exhibición en el Met. Ellos habían sacado fotografías de sus cinco nietos y mencionado que el menor tenía problemas para aprender a leer, por lo que Nellie anotó una lista de libros que podrían ayudarle.

—Eres un ángel —dijo la mujer, guardando la hoja en el bolso. Nellie había notado el anillo de oro en su mano izquierda y se preguntó cómo sería, varias décadas a partir de ahora, tener fotografías de sus propios nietos para mostrarles a nuevos conocidos. Para entonces, su anillo de compromiso seguramente se sentiría como si fuera una parte de ella, incrustado en su propia piel, en lugar de ser un objeto nuevo y pesado en su dedo.

Pero hacia el final de su turno, el restaurante estaba lleno de grupos de veinteañeros y treintañeros.

—¿Puedes terminar con mis mesas? —le preguntó Nellie a Jim, otro mesero, cuando pasó por el bar.

—¿Cuántas te quedan?

—Cuatro. No quieren comer, simplemente están pasando el rato.

—Maldita sea, tengo demasiados pedidos. ¿Y me estás pidiendo que me haga cargo de los tuyos?

Volvió a mirar el reloj. Había esperado llegar a casa para darse un baño y ponerse su vestido negro de ojales. Siempre olía a papas fritas cuando salía de Gibson's. Pero ahora tendría que ponerse otra vez el vestido de flores que había usado para la graduación.

Estaba a punto de levantar la bandeja de *martinis* para los abogados cuando alguien le puso un brazo en los hombros. Se dio vuelta y vio a un chico alto que probablemente había cumplido apenas veintiún años apretujándose junto a ella. Estaba acompañado por unos cuantos amigos, que emanaban la energía bulliciosa de los atletas antes de un partido importante. Normalmente, los grupos masculinos eran sus clientes favoritos; a diferencia de las mujeres, nunca pedían cuentas separadas y le daban buenas propinas.

—¿Cómo hacemos para meternos en tu sección? —. El tipo llevaba una camiseta Sigma Chi, las letras griegas cerca de la cara de Nellie.

Ella apartó los ojos. —Lo siento, pero me iré en pocos minutos.

Y se escurrió por debajo de su brazo.

Mientras recogía las bebidas y se alejaba, oyó a uno de los chicos decir: —Si no puedo meterme en su sección, ¿cómo me meto en sus pantalones?

Ella perdió el control de la bandeja, la cual se volcó, empapándola de ginebra y de jugo de aceitunas. Las copas se rompieron contra el suelo, y los chicos estallaron en aplausos.

—¡Maldición! —gritó Nellie, limpiándose el rostro con la manga.

—¡Competencia de camisetas mojadas! —tarareó uno de los chicos.

—Quédense tranquilos, muchachos —les dijo Jim—. ¿Estás bien? Solo venía a decir que puedo cubrirte.

—Estoy bien—. Un ayudante de mesero se acercó con una escoba mientras ella se apresuraba a la oficina trasera, sosteniendo su camisa empapada lejos de su pecho. Agarró su bolsa de gimnasio y entró al baño, quitándose la ropa y secándose la piel con un puñado de toallas de papel. Mojó otra toalla, se frotó lo mejor que pudo, y luego metió la mano en su bolsa para sacar su vestido de flores. Tenía algunas arrugas, pero al menos estaba limpio.

Se miró en el espejo, sin ver sus mejillas enrojecidas ni su cabello desordenado.

Se vio a la edad de veintiún años, despertándose en la casa de la hermandad aquella mañana cuando todo había cambiado: su garganta ronca de llorar, su cuerpo tembloroso a pesar de su piyama y su edredón cálidos.

Salió del baño, planeando evitar a esos idiotas.

Estaban agrupados en un círculo junto a la barra, sosteniendo botellas de cerveza, y se reían ruidosamente.

—Ah, no queríamos que te fueras —dijo uno de los chicos—. ¿Un beso para hacer las paces? —. Extendió los brazos. Estaba de espaldas al bar, al igual que los otros muchachos, probablemente para comerse con los ojos a las mujeres del bar.

Nellie lo fulminó con la mirada, y sintió deseos de echarle un trago en la cara. ¿Por qué no? No la iban a despedir por eso.

Pero cuando se acercó, notó algo en el bar, justo detrás del tipo.
—Claro —dijo ella con dulzura—. Te daré un abrazo.

Nellie dejó su bolsa de gimnasio en el bar, luego se inclinó y soportó la sensación de su cuerpo presionando contra el suyo.

—Diviértanse esta noche, muchachos —les dijo, recogiendo sus cosas.

Rápidamente llamó a un taxi. Cuando estuvo sentada en la parte trasera, abrió la cubierta de cuero delgado de la chequera que había sacado cuando recogió su bolsa del gimnasio en el bar. La que tenía el borde de la tarjeta de crédito asomando por la parte superior.

Una cuadra después, cuando el taxi se detuvo ante el semáforo en rojo, la dejó caer por la ventana, en un cruce concurrido.

CAPÍTULO DOCE

—¿Estabas en Saks? — me pregunta la tía Charlotte cuando llego.

—Por alguna razón, pensé que tenías el día libre… De todos modos, llegó un paquete de FedEx. Lo dejé en tu habitación.

—¿En serio? —pregunto, fingiendo interés mientras pienso en su pregunta. No fui a trabajar hoy—. No he pedido nada.

La tía Charlotte está parada en un taburete, reorganizando los armarios de la cocina. Baja, dejando los tazones y las tazas que ha estado ordenando alineados en el mostrador.

—Es de Richard. Vi su nombre en la dirección de regreso cuando lo firmé—. Me está mirando, esperando mi reacción.

Mantengo mi expresión tranquila. —Probablemente son solo algunas cosas que dejé.

No puede saber lo que siento por Richard y por su boda inminente. No quiero que se culpe más tarde por no hacer más para ayudarme.

—Traje unas ensaladas para la cena—. Sostengo una bolsa de papel blanco decorada con letras negras y verdes. Prometí traer más. Además, la parada Chop't fue oportuna. —Las guardaré en el refrigerador y luego me cambiaré—. Estoy desesperada por abrir la caja.

El paquete está esperando en mi cama. Me comienzan a temblar las manos cuando veo los números y las letras escritos con cuidado en letras mayúsculas. Richard solía dejarme notas en esa letra casi todos los días antes de irse a trabajar: *Eres tan hermosa cuando estás dormida.* O, *No veo la hora de hacer el amor contigo esta noche.*

El contenido de las notas cambió con el paso del tiempo. *Trata de hacer ejercicio hoy, querida. Te hará sentir mejor.* Y cerca del final de nuestro matrimonio, las notas fueron reemplazadas por correos electrónicos: *Acabo de llamar y no respondiste. ¿Estás durmiendo de nuevo? Tendremos que hablar de esto hoy por la noche.*

Uso tijeras para cortar la cinta adhesiva y abrir mi pasado.

Nuestro álbum de la boda está arriba. Levanto el pesado recuerdo de satín. Debajo de él veo algunas de mis prendas, cuidadosamente dobladas. Cuando me fui, saqué sobre todo trajes para clima frío. Richard ha enviado conjuntos adecuados para el verano. Ha seleccionado las prendas que mejor me quedaban.

En la parte inferior hay una caja negra y acolchada con joyas. La abro y veo una gargantilla de diamantes. Es el collar que no era capaz de ponerme nunca porque Richard me lo dio después de una de nuestras peores peleas.

Obviamente, no es todo lo que he dejado allá. Richard probablemente donó el resto de mis cosas a una organización benéfica.

Él sabe que nunca me importó mucho la ropa. Lo que él quería realmente que yo tuviera eran el álbum y el collar. Pero, ¿por qué?

No hay ninguna nota en la caja.

Sin embargo, veo que me ha enviado un mensaje con el contenido.

Abro el álbum y miro a una joven con un vestido de encaje de falda larga, sonriéndole a Richard. Apenas me reconozco; es como ver una imagen de una persona diferente.

Me pregunto si su nueva novia tomará su apellido: Thompson. Aún es el mío también.

La veo girar su rostro hacia Richard cuando el ministro los casa. Ella está radiante. ¿Pensará él brevemente en mí y recordará cómo me veía en ese momento, antes de apartar el recuerdo? ¿Alguna vez la habrá llamado por mi nombre accidentalmente? ¿Hablarán de mí, ellos dos, cuando se acurrucan en la cama?

Recojo el álbum y lo arrojo al otro lado de la habitación. Deja una marca en la pared antes de caer al suelo con un ruido sordo. Todo mi cuerpo está temblando ahora.

He estado haciendo teatro para la tía Charlotte. Pero mi disfraz ya no puede camuflar aquello en lo que me he convertido.

Pienso en la tienda de licores de la calle. Podría comprar una botella o dos. Un trago podría ayudar a calmar la rabia en mi interior.

Guardo la caja en mi armario, pero ahora estoy imaginando a Richard levantándole el mentón y pasando una gargantilla de diamantes alrededor de su cuello, y luego inclinándose para besarla. No puedo soportar la imagen de los labios en su boca, de las manos sobre ella.

Mi tiempo se está acabando.

Necesito verla. Esperé varias horas afuera de su apartamento, pero ella nunca apareció.

¿Tiene miedo?, me pregunto. *¿Siente ella lo que se viene?*

Decido permitirme una última botella de vino. La tomaré y repasaré mi plan. Pero decido hacer algo antes de ir a la tienda de licores. Y milagrosamente, debido a ese acto simple, una casualidad inesperada cae en mi regazo.

Decido llamar a Maureen. Incluso después de todos estos años, es la persona más cercana a Richard.

Hace mucho tiempo que no hablamos. Nuestra relación comenzó agradablemente, pero durante mi matrimonio con su hermano, sus sentimientos hacia mí parecieron cambiar. Ella se distanció. Estoy segura de que Richard confiaba en Maureen. No era de extrañar que ella me viera con recelo.

Pero traté de entablar una relación independiente con ella desde un principio. A Richard le parecía importante que fuéramos cercanas. Así que yo la llamaba cada semana o dos. Pero rápidamente nos quedamos sin cosas para hablar. Maureen tenía un doctorado y corría el maratón de Boston cada primavera. Rara vez tomaba, con excepción de una sola copa de champaña en ocasiones especiales, y se levantaba a las cinco de la mañana para practicar el piano, un instrumento que había tomado cuando ya era adulta.

Poco después de mi boda, acompañé a Maureen y a Richard en el viaje anual de esquí que hacían para el cumpleaños de ella. Recorrían sin problemas las pistas con diamantes negros, mientras yo lo hacía muy despacio. Terminaba abandonando las laderas a la hora del almuerzo y acurrucándome junto a la chimenea con un ponche caliente hasta que regresaban, emocionados y con las mejillas rosadas, para recogerme a cenar. Siempre me invitaron, pero nunca fui con ellos después de ese primer viaje, y permanecía en casa mientras ellos iban a Aspen o a Vail, y a su viaje de una semana a Suiza.

Ahora marco su número celular.

Ella responde al tercer timbre: —Espera un segundo—. Entonces escucho un «Noventa y dos y Lexington, por favor» sofocado.

Ella está en la ciudad; viene acá en el verano para impartir un curso en Columbia.

—¿Vanessa? ¿Cómo estás? —. Su tono es medido. Neutral.

—Estoy bien —miento.

—¿Qué hay de ti?

—Todo bien.

Uno de mis podcasts relató un experimento de psicología en el que un investigador mostraba rostros diferentes con un proyector y los estudiantes tenían que identificar rápidamente las emociones retratadas. Era asombroso. En menos de un segundo, sin otros indicios aparte de un cambio sutil en los rasgos, casi todo el mundo pudo diferenciar con precisión entre el disgusto y el miedo, entre la sorpresa y la alegría. Pero siempre he pensado que las voces denotan tanta expresión que nuestros cerebros son capaces de descifrar y de categorizar matices casi imperceptibles en el tono.

Maureen no quiere nada conmigo. Va a terminar la llamada con rapidez.

—Me preguntaba si… ¿podríamos reunirnos mañana para almorzar? ¿O para tomar un café?

Maureen exhala.

—Estoy un poco ocupada.

—Puedo ir por ti. Me preguntaba… por la boda. ¿Richard va…?

—Vanessa. Richard ha seguido adelante. Tienes que hacer lo mismo.

Lo intento de nuevo.

—Solo necesito…

—Por favor detente. Detente simplemente. Richard me dijo que has estado llamando todo el tiempo… Mira, esos asuntos desquiciados ya terminaron entre ustedes dos. Pero es mi hermano.

—¿La has conocido? —balbuceo—. Él no puede casarse con ella. No la quiere… él no puede…

—Estoy de acuerdo en que es muy repentino—. La voz de Maureen es más amable cuando habla de nuevo. —Y sé que es difícil verlo con otra mujer. Pensar que está con otra persona que no seas tú. Pero Richard ha seguido adelante.

Luego, el último hilo débil que me unía con Richard se revienta con el clic del teléfono.

Permanezco ahí, sintiéndome entumecida. Maureen siempre protegió a Richard. Me pregunto si se hará amiga de su nueva novia, si las dos saldrán a almorzar.

Entonces la claridad barre mi cerebro nublado como un limpiaparabrisas eléctrico de arco. Noventa y dos y Lexington. Es ahí donde está Sfoglia. A Richard le encantaba ese restaurante. Son casi las siete de la noche.

Maureen debió darle la dirección a un taxista. El restaurante está muy lejos de Columbia, pero cerca del apartamento de Richard. ¿Tal vez iba a encontrarse con ellos?

Tengo que hablar a solas con ella, donde Richard no pueda ver.

Si salgo ahora, tal vez pueda esperarla en la esquina cuando llegue. Si no, puedo pedir una mesa junto al baño de las damas y seguirla si ella lo utiliza.

Todo lo que necesito son dos minutos.

Miro mi reflejo en el espejo de cristal biselado al lado de mi armario. Aunque debo llegar rápidamente, necesito verme presentable, así que me arreglo. Saco un momento para cepillarme el cabello y aplicarme labial, advirtiendo tardíamente que el tono es demasiado oscuro para mi tez calcárea. Limpio el corrector debajo de mis ojos y suavizo el rubor.

Mientras busco mis llaves, llamo para decirle a la tía Charlotte que tengo que salir deprisa para hacer un recado. No espero su respuesta antes de salir corriendo por la puerta. El ascensor es demasiado lento, así que bajo las escaleras, mi cartera golpeando contra un costado. Todo lo que necesito es llegar allá.

Las calles están atascadas por el tráfico. Es hora pico. No hay autobuses a la vista. ¿Tal vez un taxi? Observo con cuidado los vehículos amarillos mientras me dirijo hacia el East Side, pero todos parecen ocupados. Son veinte minutos caminando. Y entonces empiezo a correr.

CAPÍTULO TRECE

Al final del recorrido en taxi, Nellie había apartado la sensación opresiva cuando los chicos la habían tocado. No fue demasiado difícil; hace mucho tiempo había aprendido a compartimentar los sentimientos que se habían conjurado en su interior. Sin embargo, quería sacar un momento para estar sola en el baño del restaurante. Sospechaba que podía ponerse un nuevo retoque de brillo labial, por no hablar de un poco de perfume.

Sin embargo, cuando llegó, el jefe de meseros le informó que otra mujer esperaba en su mesa. —¿Quiere que le reciba el bolso?

Nellie dejó el bolso Nike de color azul eléctrico y amarillo que contenía su uniforme húmedo, y se sintió como una pueblerina. Se preguntó si debía darle propina. Tendría que consultarlo con Richard; ella estaba mucho más familiarizada con restaurantes donde la anfitriona ofrecía menús de gran tamaño junto con paquetes de crayón para los niños.

Nellie fue conducida a través del área del bar, pasó junto a un hombre de cabello plateado y con esmoquin que tocaba un piano de cola, y luego pasó por el comedor de techo alto. Sintió un nudo en el estómago. Maureen le llevaba dieciséis años y era profesora universitaria, y aquí estaba Nellie, una maestra de preescolar ligeramente desarreglada que olía a aceite para freír.

Esta presentación no podría haber sucedido en una noche peor.

Pero Nellie exhaló en el instante en que vio a Maureen. La hermana de Richard parecía el negativo fotográfico de él. Tenía un corte clásico, el cabello arriba de los hombros, y llevaba un traje de pantalón sencillo. Estaba hojeando *The Economist* con gafas de lectura, mordiéndose el labio inferior como siempre lo hacía Richard cuando estaba concentrado.

—¡Hola! —dijo Nellie, inclinándose para darle un abrazo a Maureen—. ¿Te pareció extraño?—. Siento que vamos a ser hermanas. y nunca he tenido una.

Maureen sonrió y guardó la revista en el bolso.

—Es maravilloso conocerte.

—Siento verme horrible—. Nellie se sentó en la silla frente a Maureen, sintiéndose locuaz, un efecto secundario de la tensión que se había estado acumulando en su interior—. Acabo de llegar del trabajo.

—¿En la escuela preescolar?

Nellie negó con la cabeza.

—También soy mesera... o lo era. En realidad, renuncié. Simplemente estaba cubriendo a una amiga. Me siento un poco agotada; estaba preocupada de que pudiera llegar tarde.

—Bueno, me parece que te ves bien—. Maureen seguía sonriendo, pero sus próximas palabras sorprendieron a Nellie con la guardia baja.

—Y eres totalmente del tipo de Richard.

¿La ex de Richard no era morena?

—¿A qué te refieres? —. Nellie buscó en la canasta de pan. Lo último que había comido era una banana de camino a la graduación hace más de diez horas. Sobre la mesa reposaba un tazón de aceite de oliva cubierto con un arrebol flotante de vinagre balsámico y una ramita de tomillo. Arrancó un pedazo de pan y trató de sumergirlo con delicadeza sin arruinar la ornamentación.

—Ah, ya sabes. Dulce. Bonita—. Maureen cruzó las manos y se inclinó hacia adelante.

Richard le había dicho que Maureen era sumamente franca; era una de las cosas que más apreciaba de ella. *El comentario de Maureen no pretendía sonar humillante*, se dijo Nellie a sí misma: nadie consideraría que ser llamada dulce y bonita fuera insulto.

—Cuéntamelo todo de ti —dijo Maureen—. Richard mencionó que eres de la Florida.

—Ajá. Pero debería hacerte preguntas; por ejemplo, cómo era Richard cuando era más joven. Cuéntame una historia que no me haya contado él.

El panecillo estaba tibio y salpicado de hierbas, y Nellie engulló otro bocado.

—Ah, ¿por dónde empezar?

Antes de que Maureen pudiera decir algo más, Nellie vio que Richard se dirigía a su mesa, con los ojos fijos en ella. No lo había visto desde que la llevó a su cama después de su despedida de soltera. Él se inclinó sin vacilar y le dio un beso en los labios. *Está muy bien,* pensó ella. *Me ha perdonado.*

—Lo siento —le dio un beso rápido a su hermana en la mejilla—. El vuelo se retrasó.

—En realidad, llegaste muy temprano. Maureen estaba a punto de contarme todos tus secretos oscuros y profundos —bromeó Nellie.

Tan pronto habló, Nellie vio que las facciones de Richard se tensaban brevemente, y luego sonrió. Esperaba que él fuera alrededor de la mesa para sentarse a su lado, pero tomó la silla a la derecha de Maureen, en sentido diagonal con respecto a Nellie.

—Bueno, todos esos veranos controvertidos en el campo de golf del club—. Richard sacudió la servilleta y la colocó en su regazo.

—Y ese incidente cuando fui elegido vicepresidente del equipo de debates.

—Es una vergüenza —interrumpió Maureen. Retiró una pelusa de la solapa de Richard. A Nellie le pareció un gesto maternal. Richard era huérfano pero tenía una hermana mayor que lo adoraba a todas luces.

—Apuesto a que te veías lindo en tus trajes de golf de muy buen gusto —dijo Nellie.

En lugar de responder, Richard hizo un gesto hacia el mesero.

—Me muero de hambre. Pero primero necesitamos unos tragos.

—Un agua mineral con gas y limón, por favor —le dijo Maureen al mesero.

—¿Podría traer la lista de vinos para mi prometida? —Richard le guiñó un ojo a Nellie—. Nunca he sabido que rechaces una copa.

Nellie se rio, pero comprendió cómo le podría parecer esto a Maureen. Se había preocupado por su olor a grasa. Pero, ¿había olido a ginebra cuando saludó a la hermana de Richard?

—Solo una copa de Pinot Grigio, gracias—. Nellie trató de encubrir su vergüenza sumergiendo el último bocado de su pan en el aceite de oliva agrio.

—Dame un Highland Park en las rocas —dijo Richard.

Hubo una pequeña pausa después de que el mesero se retiró, y Nellie dijo a continuación, —vine directamente de Gibson's. Un idiota me derramó una bebida.

Mi uniforme húmedo está en mi bolsa de gimnasio, así que... —¿Estaba balbuceando de nuevo?

—Pensé que habías renunciado —dijo Richard.

—Lo hice. Pero estaba cubriendo a Josie. Consiguió su primer comercial y no pudo encontrar a nadie más. Nellie dejó escapar las palabras, insegura de por qué sentía la necesidad de explicar.

Cuando el mesero trajo sus bebidas, Richard levantó la suya hacia Maureen.

—¿Cómo está tu isquiotibial?

—Mejorando. Unas cuantas sesiones más de fisioterapia y debería poder volver a participar en carreras más largas.

—¿Te lesionaste? —preguntó Nellie.

—Fue solo una distensión muscular. Me ha estado molestando desde el maratón.

—¡Nunca podría correr un maratón! —dijo Nellie—. Tres millas y estoy muerta. Eso es realmente impresionante.

—No es para todo el mundo —bromeó Maureen. Nellie metió la mano en la canasta y sacó otro panecillo, luego lo devolvió al darse cuenta de que nadie más estaba comiendo. Trató de apartar discretamente las migas alrededor de su plato.

—Disfruté de tu artículo sobre la estratificación de género y la teoría de la intersección —le dijo Richard a Maureen—. Una perspectiva interesante. ¿Cuál ha sido la reacción?

Nellie asintió mientras hablaban, y sonrió y jugueteó con los abalorios del brazalete que le había regalado Jonah, pero no pudo encontrar una manera de contribuir a la conversación.

Miró las mesas de los alrededores y vio un destello verde mientras un mesero recogía una tarjeta de crédito que estaba encima de una bandeja de plata.

Le hizo pensar en la American Express que había arrojado por la ventanilla del taxi. Ahora, esa tarjeta estaba quizá en manos de un ladrón que hacía de las suyas en Best Buy y en P.C. Richard. O mejor aún, en las de una madre pobre comprando comida para sus hijos.

Se sintió aliviada cuando el mesero les llevó las entradas para que ella pudiera pretender centrarse en su pollo y en su cuscús.

Maureen pareció darse cuenta y se volvió hacia Nellie.

—La educación temprana es muy importante. ¿Qué te atrajo a ella? —Maureen enrolló con elegancia los *tagliatelle* en su tenedor y dio un mordisco.

—Siempre me han encantado los niños.

Nellie sintió la pierna de Richard tocar la suya debajo de la mesa.

—¿Preparada para ser tía? —le preguntó él a Maureen.

—Absolutamente.

Nellie se preguntaba por qué Maureen nunca se había casado o tenido hijos.

Richard le había dicho a Nellie que creía que ella intimidaba a los hombres porque era muy inteligente. Y, creía Nellie, ya había sido la madre de Richard.

Maureen miró a Nellie.

—Richard era un bebé adorable. Aprendió a leer cuando tenía apenas cuatro años.

—No puedo recibir todo el crédito por eso. Fue ella quien me enseñó.

—Bueno, ya hemos elegido tu habitación —dijo Nellie—. Tendrás que venir a visitarnos todo el tiempo.

—Lo mismo digo yo. Te mostraré mi ciudad. ¿Has estado en Boston?

Nellie acababa de tomar un bocado de cuscús, así que sacudió la cabeza y tragó lo más rápido posible.

—No he viajado mucho. Solo a unos cuantos estados del Sur.

No profundizó ni explicó que solo había pasado por ellos cuando salió de la Florida para mudarse a Nueva York. El viaje de mil millas había tardado dos días; había querido dejar atrás su ciudad natal lo más rápido posible.

Maureen hablaba francés con fluidez, recordó Nellie, y había sido profesora invitada en la Sorbona unos años atrás.

—Nellie acaba de obtener su primer pasaporte —dijo Richard—. No veo la hora de mostrarle Europa.

Nellie le sonrió con gratitud.

Hablaron un poco sobre la boda —Maureen mencionó que le encantaba nadar y no podía esperar a darse un chapuzón en el océano— y luego, después de que el mesero recogiera sus platos, Maureen y Richard declinaron el postre, de modo que Nellie fingió estar demasiado llena para el *mousse* naranja sanguíneo que anhelaba en secreto. Richard se había levantado para apartar la silla de Nellie cuando ella exclamó:

—Ah, Maureen, se me estaba olvidando. Tengo algo para ti.

Había sido una compra impulsiva. Nellie había caminado por el mercado de Union Square la semana anterior cuando vio a una vendedora que exhibía unas joyas. Le había llamado la atención un collar. Sus perlas de vidrio púrpura y azul claro estaban suspendidas por un hilo delgado de plata y parecían flotar. El broche se asemejaba a una mariposa. No pudo imaginar a nadie que no sintiera alegría cuando lo sujetara alrededor de su cuello.

Richard había preguntado si Maureen podría ser la dama de honor de Nellie, y aunque ella habría preferido a Samantha, había dicho que sí. Debido a que la boda era muy pequeña, Maureen sería su única acompañante. Pensaba ponerse un vestido violeta. El collar combinaría a la perfección con el collar.

La artista lo había puesto sobre un lecho de algodón esponjoso en una caja de cartón marrón (reciclada, le había explicado) y envuelto un moño a su alrededor con una cuerda fibrosa. Nellie esperaba que a Maureen le gustara, y que Richard entendiera que era más que un collar. Era un gesto que significaba que Nellie quería estar cerca de su hermana también.

Metió la mano en el bolso para buscar la caja pequeña. Dos de las esquinas estaban ligeramente dobladas y el moño se había marchitado.

Maureen desenvolvió el regalo con cuidado.

—Es encantador—. Lo levantó para mostrárselo a Richard.

—Pensé que podrías usarlo en la boda —dijo Nellie.

Maureen se lo puso de inmediato, a pesar de que no hacía juego con sus pendientes de oro. «Qué amable».

Richard apretó la mano de Nellie. —Es dulce.

Pero Nellie agachó la cabeza para que no vieran el rubor que cubría sus mejillas. Sabía la verdad. El collar que había parecido artístico y bonito tan solo una semana atrás, de repente se veía frágil y un poco infantil en el cuello de Maureen.

CAPÍTULO CATORCE

Me apresuro por la ciudad, ignorando al hombre que trata de dejar un volante en mi mano. Siento las piernas temblorosas, pero avanzo hacia la entrada del Central Park.

Llego al siguiente cruce peatonal justo cuando la luz se pone en rojo y permanezco en la esquina, respirando con dificultad. Maureen probablemente está en el restaurante ahora. Richard habría pedido un buen vino; un pan sabroso habría sido llevado a su mesa. Tal vez los tres estén entrechocando sus copas, brindando por el futuro.

Debajo de la mesa, la mano de Richard podría apretar la de su prometida. Sus manos siempre se sentían muy fuertes cuando estaban sobre mí.

El semáforo cambia y cruzo rápidamente la calle.

Fuimos a Sfoglia muchas veces juntos, hasta una noche cuando dejamos de hacerlo.

Recuerdo esa noche con mucha claridad. Estaba nevando y me maravillaba por la forma en que los copos blancos habían transformado la ciudad, cubriendo las calles, tapando los bordes ásperos y la mugre. Richard vendría de la oficina y me había pedido que me encontrara en el restaurante con él. Yo había mirado por la ventanilla del taxi, sonriendo al ver a un niño con un sombrero a rayas que sacaba la lengua para saborear el invierno. Sentí una punzada de ansiedad en el pecho; la doctora Hoffman aún no podía precisar por qué yo no había podido quedar embarazada, y acababa de programar otra ronda de pruebas.

Richard había llamado mientras mi taxi paraba frente al restaurante.

—Llegaré con unos minutos de retraso.

—Bueno. Supongo que valdrá la pena esperarte.

Escuché su risa profunda, luego le pagué al conductor y bajé del taxi.

Permanecí un momento en la acera, absorbiendo la energía. Siempre me gustaba encontrarme a Richard en la ciudad.

Me dirigí al bar, donde había un taburete vacío. Pedí agua mineral y escuché a escondidas las conversaciones a mi alrededor.

—Él va a llamar —la joven a mi derecha tranquilizó a su amiga.

—¿Y si no lo hace? —preguntó esta.

—Bueno, ya sabes lo que dice el refrán: un clavo saca otro clavo.

Las mujeres se rieron.

No había visto a mis amigas últimamente; por eso las estaba extrañando.

Aún trabajaban a tiempo completo, y los fines de semana, cuando salían y se compadecían por los hombres con los que salían, yo siempre estaba con Richard.

Después de unos minutos, el *barman* puso un vaso de vino blanco delante de mí. «El caballero al final de la barra te envía sus halagos.

Miré y vi a un hombre levantar su coctel en dirección a mí. Recuerdo haber levantado la copa de vino con la mano izquierda, esperando que viera mi anillo de bodas, y tomé un pequeño sorbo antes de esconderlo.

—¿No eres fanática del Pinot Grigio? —preguntó una voz momentos después.

El tipo era bajito pero musculoso, con el cabello rizado. Lo contrario de Richard.

—No, está bien. Gracias. Estoy esperando a mi esposo. Tomé otro sorbo para restarle cualquier posible animadversión a mi rechazo.

—Si fueras mi esposa, no te haría esperar en un bar. Nunca sabes quién te caerá—.

Me reí, sosteniendo todavía la copa de vino.

Eché un vistazo a la puerta y mi mirada se cruzó con la de Richard. Lo vi darse cuenta de todo —del hombre, del vino, de mi risa nerviosa y aguda—, y luego vino hacia mí.

—¡Tesoro! —grité, poniéndome de pie.

—Pensé que estarías en la mesa. Espero que aún la tengan reservada para nosotros.

El hombre de cabello rizado desapareció mientras Richard le hacía un gesto a la mesera.

—¿Quieres llevarte la copa de vino? —preguntó ella.

Sacudí la cabeza en silencio.

—Realmente no estaba tomando —le susurré a Richard mientras caminábamos hacia la mesa.

Su mandíbula se tensó. No me respondió.

Estoy tan perdida en los recuerdos que ni siquiera me doy cuenta de que estoy en medio del tráfico hasta que alguien me agarra del brazo y me jala. Un segundo después, un camión de reparto acelera, tocando la bocina.

Espero un momento más en la esquina, hasta que el semáforo cambie a verde. Me imagino a Richard pidiendo la pasta de tinta de calamares para su nuevo amor, diciéndole que tiene que probarla. Lo veo incorporarse a medias cuando ella se excusa para ir al baño. Me pregunto si Maureen se inclinará hacia Richard con un gesto de aprobación que diga, *Esta es mejor que la última.*

La noche en que el desconocido me compró una copa de vino y yo había tomado unos sorbos para evitar ser grosera, nuestra comida se había arruinado. El restaurante era completamente encantador, con su pared de ladrillos desnudos y salones íntimos, pero Richard apenas habló conmigo. Traté de entablar una conversación, comentar sobre la cena, preguntarle por su día, pero me callé después de un rato.

Cuando finalmente habló, después de haber apartado mi plato de pasta a medio comer, sus palabras parecieron un pinchazo duro.

—Ese tipo en la universidad, el que te dejó embarazada. ¿Sigues en contacto con él?

—¿Qué? —jadeé—. Richard, no… Hace años que no hablo con él.

—¿Qué más no me has dicho?

—Yo no… ¡Nada! —tartamudeé.

Su tono era incongruente con nuestros alrededores elegantes y con el servidor sonriente que se acercó con el menú de postres. —¿Quién era ese tipo con el que estabas coqueteando en el bar?

Mis mejillas se encendieron tras la nueva acusación. Percibí que la pareja en la mesa de al lado había oído sus palabras y nos estaban mirando. —No sé quién era. Me compró una copa. Eso fue todo.

—Y te la tomaste. Los labios de Richard se tensaron y sus ojos se estrecharon. —A pesar de que podría hacerle daño a nuestro bebé.

—¡Cuál bebé!, Richard, ¿por qué estás tan enojado conmigo?

—¿Algo más que quieras revelarme mientras sabemos más el uno del otro, tesoro?

Parpadeé para contener el aguijón penetrante de las lágrimas, y luego empujé abruptamente mi silla hacia atrás, las patas de madera raspando contra el suelo. Tomé mi abrigo y hui hacia la nieve que seguía cayendo.

Permanecí afuera, las lágrimas resbalando por mis mejillas, preguntándome adónde podría ir.

Y luego apareció. —Lo siento, querida—. Yo sabía que realmente lo decía en serio. —Tuve un día horrible. Nunca debí haberme desquitado contigo.

Extendió los brazos y, un momento después, me arrojé en ellos.

Me acarició el cabello, y mis sollozos se disolvieron en un hipo fuerte. Entonces se rio en voz baja. —Mi amor—. Todo el veneno había desaparecido de su tono, reemplazado por una ternura aterciopelada.

—Yo también lo siento—. Mi voz estaba sofocada porque tenía la cabeza presionada contra su pecho.

Nunca volvimos a Sfoglia luego de esa noche.

Estoy casi allí ahora. He cruzado el parque y solo me falta recorrer tres cuadras. Siento el pecho apretado. Estoy jadeando. Anhelo sentarme, solo por un minuto, pero no puedo perder mi oportunidad de verla.

Me obligo a correr más rápido, a evitar las rejas del metro que quieren pegarse a mis talones, esquivar al hombre encorvado con el bastón. Luego llego al restaurante.

Abro la puerta, me apresuro por la entrada estrecha y paso por el puesto de la anfitriona. —Hola— me dice la joven que sostiene los menús, pero la ignoro. Observo la zona del bar y la gente sentada en las mesas.

No están aquí. Pero hay otro salón, y es donde Richard prefiere sentarse porque es más tranquilo.

—¿Puedo ayudarte? —La anfitriona me ha seguido.

Me apresuro hacia el salón de atrás, tropezando un paso y agarrándome de la pared para mantener el equilibrio. Miro cada una de las mesas, y vuelvo a hacerlo de nuevo.

—¿Estuvo aquí un hombre de cabello oscuro con una rubia joven? —Estoy jadeando. —También podría haber otra mujer con ellos.

La mesera parpadea y da un paso atrás, lejos de mí.

—Hemos tenido mucha gente esta noche. Yo no…

—¡Las reservas! —digo casi gritando—. Por favor, revisa... ¡Richard Thompson! O podría estar bajo el nombre de su hermana, ¡Maureen Thompson!

Alguien se acerca. Un hombre corpulento con un traje azul marino y el ceño fruncido. Veo a la anfitriona intercambiar una mirada con él.

Me toma del brazo.

—¿Por qué no salimos? No queremos molestar a los otros comensales.

—¡Por favor! ¡Tengo que saber dónde están!

El hombre me conduce hacia la salida, agarrándome con fuerza.

Siento que empiezo a temblar. *Richard, por favor no te cases con ella.*

¿Lo he dicho en voz alta? El restaurante se vuelve silencioso de repente. La gente está mirando.

Es demasiado tarde. Pero, ¿cómo es posible? No habrían tenido tiempo de comer. Trato de recordar las instrucciones que Maureen le dio al taxista. ¿Podría haber dicho otra cosa completamente diferente? ¿O mi mente me traicionó diciéndome lo que quería oír?

El hombre del traje me deja en la esquina de la calle. Estoy llorando de nuevo, mis sollozos torpes e incontrolables. Pero esta vez, no hay brazos a mi alrededor. Ningunas manos suaves apartándome el cabello de la cara.

Estoy completamente sola.

CAPÍTULO QUINCE

NELLIE PENSÓ QUE HABÍA estado enamorada una vez, en la universidad. Estaba anocheciendo cuando él se dirigía a la esquina de su casa de hermandad y ella había corrido por el patio para encontrarse con él, la hierba esponjosa bajo sus pies, el aire cálido contra sus piernas desnudas. Él había sacado una manta suave de algodón del baúl de su viejo Alfa Romeo y la sacudió en la playa, luego le pasó una botellita de borbón. Ella había puesto la boca donde había estado la de él momentos antes cuando el líquido ambarino encendió un sendero por su garganta y por su vientre.

Después de que el sol se hundiera, se habían quitado la ropa y corrido hacia el océano, para luego envolverse en la manta. A ella le encantaba el sabor de la sal en la piel de él.

Él citaba poemas y señalaba constelaciones en el cielo nocturno.

Era adictivamente inconsistente, telefoneándola tres veces en un día, y luego ignorándola durante un fin de semana.

Nada de eso había sido real.

A ella no le molestaba cuando él desaparecía por un día o dos, hasta esa noche de octubre, cuando ella lo necesitaba. Lo había llamado una y otra vez, dejándole mensajes cada vez más urgentes. Pero nunca contestó.

Días después apareció sosteniendo un ramo de claveles baratos, y ella lo dejó consolarla. Lo odiaba por haberle fallado. Y se volvió más a sí misma por llorar cuando él le dijo que tenía que irse.

Sería más inteligente la próxima vez, había jurado ella. Nunca volvería a estar con un hombre que desviara la mirada cuando ella empezara a caerse.

Pero Richard hizo más que eso.

De algún modo, la atrapó antes de que ella se diera cuenta de que estaba a punto de tropezar.

—Maureen es genial —le dijo Nellie a Richard mientras iban a su apartamento tomados de la mano.

—Puedo decir que le agradaste mucho—. Richard le apretó la mano.

Conversaron un rato más, y luego Richard señaló la tienda de helados que había al otro lado de la calle.

—Sé que querías un postre en secreto.

—Mi corazón dice que sí, pero mi dieta dice que no —se quejó Nellie.

—Fue tu último día de trabajo, ¿verdad? Mereces celebrar. ¿Cómo estuvo la graduación?

—Linda me pidió que diera una pequeña charla. Me enredé al final, y Jonah pensó que estaba teniendo problemas para leer mis notas. Y entonces gritó: —¡Simplemente dilo! ¡Tú puedes hacerlo!

Richard se rio y se inclinó para besarla justo cuando su teléfono celular irrumpió con «Cuando el sol brille, brillaremos juntos» de «Umbrella», la canción de Rihanna, el tono de llamada que le había asignado a Sam.

—¿No vas a contestar? —Richard no parecía irritado en el instante en que había sido interrumpido, así que Nellie contestó.

—Oye, ¿vas a venir esta noche? —preguntó Sam.

—No tenía planeado hacerlo. ¿Qué pasa?

—Una mujer vino a ver el apartamento. Dijo que supo que yo estaba buscando una nueva compañera de cuarto. Pero después de irse, no pude encontrar mis llaves.

—Las dejaste en una bolsa con comida hace unas semanas y por poco las tiras.

—Pero las he buscado por todas partes. La mujer estaba afuera del apartamento cuando vine, y juro que las guardé de nuevo en mi bolso.

Solo fue cuando Richard susurró, «¿Todo bien?», que Nellie se dio cuenta de que había dejado de caminar.

—¿Qué aspecto tenía ella? —preguntó.

—Totalmente normal. Delgada, de cabello oscuro, un poco mayor que nosotros, pero dijo que estaba soltera de nuevo y empezando otra vez. Era muy ridículo, pero yo tenía que orinar a toda costa y ella seguía haciéndome todas estas preguntas, como si realmente le gustara el tema. Estuvo apenas dos segundos sola en la cocina.

Nellie la interrumpió.

—¿Estás sola ahora?

—Sí, pero le diré a Cooper que venga y que se quede esta noche por si acaso. Le pediré que traiga algo para bloquear la puerta. Rayos, va a costar una fortuna conseguir un cerrajero…

—¿Qué pasa? —susurró Richard.

—Espera —le dijo Nellie a Sam.

Richard sacó su teléfono celular antes de que Nellie hubiera terminado de contar la historia. —¿Diane? —. Nellie reconoció el nombre de su antigua secretaria, una mujer competente de unos sesenta años, con quien se había reunido en varias ocasiones. «Siento molestarte a esta hora… Lo sé, lo sé, siempre me lo dices… Sí, se trata de algo personal, ¿puedes pedirle a un cerrajero de emergencia que haga las llaves de un apartamento tan pronto como sea posible esta noche? No, no del mío… Claro, déjame darte la dirección. Lo que cueste. Gracias. Ven tarde mañana si quieres.

Colgó y guardó el teléfono en el bolsillo.

—¿Sam? —dijo Nellie en su teléfono.

—Lo oí. Guau. Eso fue muy agradable. Por favor, dile que gracias.

—Lo haré. Llámame cuando llegue el cerrajero—. Nellie colgó.

—Hay mucha gente loca en Nueva York —dijo Richard.

—Lo sé —susurró Nellie.

—Pero es muy probable que Sam las volviera a perder—. La voz de Richard tenía la misma cadencia relajada que cuando se habían conocido por primera vez en el avión.

—¿Por qué la mujer habría tomado las llaves y no la billetera de Sam?

—Tienes razón—. Nellie dudó—. Pero, Richard. ¿Y qué de todas esas llamadas que he estado recibiendo?

—Solo han sido tres.

—Hubo otra. No era exactamente la misma, pero una mujer llamó a tu apartamento después de que te fuiste para Atlanta. Pensé que eras tú, así que respondí sin pensar… No dejó su nombre, y yo…

—Querida, era simplemente Ellen, de la oficina. Me llamó a mi teléfono celular.

—Ah—. El cuerpo de Nellie se hundió luego de la tensión liberada. —Pensé… Es decir, era un domingo, de modo que…

Richard le besó la punta de la nariz.

—*Gelato.* Entonces Sam probablemente llamará para decir que encontró sus llaves en el refrigerador.

—Tienes razón—. Nellie se rio.

Richard se movió a un lado de la acera, entre ella y el tráfico, como siempre lo hacía. Pasó su brazo alrededor de ella y siguieron caminando.

Después de que Sam llamó para decir que el cerrajero había hecho la llave y ya se había ido, Nellie fue al baño para ponerse el camisón sin mangas y cepillarse los dientes. Richard ya estaba en la cama con sus bóxers. Cuando se hizo a su lado, notó que la fotografía en el marco plateado en su mesita de noche estaba inclinada hacia la pared. Era una foto de ella sentada en un banco en Central Park con pantalones cortos de mezclilla y una camiseta sin mangas; Richard siempre decía que le gustaba ver la foto al despertarse por las mañanas cuando ella no estaba allá.

Richard también reparó en ello y se estiró para darle vuelta. —La empleada estuvo aquí.

Tomó el control remoto y apagó la televisión, luego apretó su cuerpo contra el de ella. Al principio, ella pensó que sus caricias significaban lo mismo que siempre cuando la buscaba debajo de las sábanas. Pero luego la soltó y le dio la espalda.

—Necesito decirte algo—. Su tono era serio.

—De acuerdo —dijo Nellie lentamente.

—No jugué golf hasta que tuve veintitantos años.

Ella no podía ver su rostro en la oscuridad. —Y… ¿esos veranos en el club?

Él exhaló. —Fui un *caddie*. Un mesero. Un salvavidas. Llevaba los palos. Recogía toallas húmedas. Cuando los chicos pedían perritos calientes que costaban lo que yo ganaba en una hora, se los servía. Odiaba ese maldito club…

Nellie pasó los dedos por su brazo, alisando los vellos oscuros bajo sus yemas. Nunca antes lo había oído parecer tan vulnerable.

—Siempre creí que habías crecido con dinero.

—Te dije que mi padre trabajaba en finanzas. Era contador. Hacía los impuestos para los plomeros y los empleados del vecindario.

Ella permaneció en silencio, sin querer interrumpir.

—Maureen obtuvo una beca universitaria y luego pagó mis estudios—. El cuerpo de Richard se sentía rígido bajo el contacto—. Viví con ella para ahorrar dinero, y trabajé de sol a sol.

Ella notó que Richard no había compartido esa parte suya con mucha gente.

Permanecieron juntos en silencio durante unos minutos, mientras Nellie comprendía lentamente que la revelación de Richard le suministraba información sobre él.

Sus modales eran tan impecables que parecían casi coreografiados. Se defendía bien; sostenía cualquier tipo de conversación, ya fuera que hablara con un taxista o con un violinista de la filarmónica en un evento benéfico. Sabía cómo manejar los cubiertos con elegancia y cambiar el aceite de su auto. Su mesita de noche contenía revistas que iban desde *ESPN* hasta *The New Yorker*, así como una pila de biografías. Ella había pensado que él era un camaleón, el tipo de persona que podía encajar sin esfuerzo en cualquier lugar.

Pero debió haber aprendido esas habilidades, o tal vez Maureen le había enseñado algunas.

—¿Tu madre? —preguntó Nellie—. Sé que era un ama de casa…

—Sí. Bueno, también fumaba Virginia Slims y veía telenovelas—. Podría haber sido un chiste, salvo que no había humor en su tono—. Mi madre nunca fue a la universidad. Maureen era la única que me ayudaba con los deberes escolares. Me presionaba; me decía que yo era lo suficientemente inteligente para hacer cualquier cosa en la que pusiera mi mente. Se lo debo todo.

—Pero tus padres… ellos te amaban—. Nellie pensó en las fotografías en la pared de Richard. Sabía que sus padres habían muerto en un accidente automovilístico cuando él tenía apenas quince años y que entonces se había ido a vivir con Maureen, pero no se había dado cuenta del papel tan profundamente formativo que había desempeñado su hermana mayor en su vida.

—Claro —dijo él. Nellie estaba a punto de preguntarle más por sus padres, pero la voz de Richard la detuvo. —Estoy exhausto. Dejemos esto, ¿de acuerdo?

Nellie apoyó la cabeza en su pecho. —Gracias por decírmelo—. Saber que se había esforzado —que él también había sido mesero, y que no siempre estaba seguro de sí mismo— le produjo sentimientos de ternura.

Estaba tan inmóvil que ella creyó que se había quedado dormido, pero luego se volcó encima de ella y comenzó a besarla, su lengua deslizándose entre sus labios mientras le separaba las piernas con su rodilla.

Ella no estaba lista para él y respiró hondo cuando la penetró, pero no le pidió que se detuviera. Él presionó la cara en su cuello, los brazos a ambos lados de su cabeza. Terminó rápidamente y permaneció encima de ella, respirando con dificultad.

—Te amo —dijo Nellie suavemente.

No sabía si él la había oído, pero luego levantó la cabeza y la besó suavemente en los labios.

—¿Sabes lo que pensé la primera vez que te vi, mi Nellie? —. Le acarició el cabello.

Ella negó con la cabeza.

—Le estabas sonriendo a un niño en el aeropuerto; parecías un ángel y pensé que podías salvarme.

—¿Salvarte? —repitió ella.

Sus palabras fueron un susurro: —De mí.

CAPÍTULO DIECISÉIS

Hace años, poco tiempo después de mudarme a Nueva York, iba caminando al trabajo, mientras contemplaba el paisaje: edificios altísimos, conversaciones en varios idiomas, taxis amarillos yendo a toda velocidad por las calles y las llamadas de vendedores que ofrecían de todo, desde *pretzels* hasta carteras Gucci falsas. Entonces el flujo de tráfico peatonal se detuvo bruscamente. A través de la multitud, pude ver a algunos policías reunidos más allá, cerca de una manta gris que alguien había dejado arrugada en la acera. Una ambulancia estaba en la banqueta.

—Debió arrojarse—dijo alguien. —Debe haber acabado de ocurrir.

Me di cuenta entonces que la manta cubría un cuerpo destrozado.

Había permanecido un momento allí, sintiendo como si fuera irrespetuoso de alguna manera cruzar la calle y alejarme de la escena, a pesar de que la policía nos conminó a hacerlo. Entonces vi un zapato junto a la banqueta. Un zapato azul, delicado y de tacón bajo, estaba de lado, con la suela ligeramente desgastada. El tipo de zapato que una mujer querría usar en un empleo que le exigía vestirse profesionalmente, pero también estar de pie durante largos períodos. Una cajera de banco, tal vez, o una recepcionista de hotel. Un agente de policía se inclinaba para meter el zapato en una bolsa plástica.

No podía dejar de pensar en ese zapato, o en la mujer a la que pertenecía. Debía haberse levantado esa mañana, vestido y saltado al aire desde una ventana.

Busqué en los periódicos al día siguiente, pero solo había una pequeña mención del incidente. Nunca supe qué la había hecho cometer un acto tan desesperado; si lo había planeado, o si algo en su interior había detonado súbitamente.

Creo que he encontrado la respuesta, al cabo de tantos años: fueron las dos cosas. Porque algo se abrió finalmente en mi interior, pero he comprendido también que todo el tiempo me he estado dirigiendo a este momento. Las llamadas telefónicas, el hecho de observar, las otras cosas que he hecho. He estado dando vueltas alrededor de mi reemplazo, acercándome a ella, evaluándola. Preparándome.

Su vida con Richard está empezando. Me parece como si mi vida estuviera terminando.

Pronto entrará con su vestido blanco. Se aplicará maquillaje en su piel clara y joven. Llevará algo prestado y de color azul. Los músicos levantarán sus instrumentos para darle una serenata mientras ella avanza lentamente por el pasillo, hacia el único hombre que ha amado verdaderamente. Una vez que ella y Richard se miren a los ojos y digan «Acepto», no habrá punto de retorno.

Tengo que detener la boda.

Son las cuatro de la mañana. No he dormido. He estado mirando el reloj, repasando lo que tengo que hacer, recreando los diversos escenarios.

Todavía no ha salido de su apartamento. He revisado.

Estaré esperando para interceptarla hoy.

Me imagino sus ojos volverse más grandes, sus manos en alto para protegerse.

¡Es demasiado tarde!, anhelo gritarle. *¡Deberías haber permanecido alejada de mi marido!* Cuando finalmente hay luz afuera, me levanto y voy a mi armario, y sin dudarlo, elijo el vestido de seda esmeralda favorito de Richard. Le encantaba la forma en que hacía resaltar el verde de mis ojos. Alguna vez ciñó mi cuerpo, pero ahora me queda tan suelto que paso una cadena dorada por mi cintura para sujetarlo. Me maquillo con una precisión que no he intentado en años, sacando tiempo para mezclar la base, rizarme las pestañas y aplicarme dos capas de rímel. Luego saco de mi bolso el tubo nuevo de Clinique y paso la suave varita rosada por mis labios. Me pongo mi par de tacones descubiertos más altos para que mis piernas se vean largas y esbeltas. Le mando un mensaje a Lucille para

decirle que saldré hoy, consciente de que casi seguramente su respuesta será que yo no debería volver a entrar nunca más.

Tengo que hacer una parada antes de ir a su apartamento. He reservado una cita temprana en el salón de Serge Normant en el Upper East Side. Habré terminado y estaré en su apartamento con mucho tiempo de antelación.

No tuve dificultades para encontrar su horario; sé cuáles son sus planes para hoy. Me escabullo tranquilamente, sin dejarle una nota a la tía Charlotte.

La colorista me saluda cuando llego al salón. Veo sus ojos posarse en mis raíces, que no me he retocado nunca. —¿Qué estás buscando hoy?

Le entrego una foto de una mujer joven y hermosa y le digo que coincida con su tonalidad cálida y mantequillosa.

La colorista mira desde la foto hacia mí y viceversa.

—¿Eres tú?

—Sí —digo.

CAPÍTULO
DIECISIETE

Pronto los músicos tocarían el Canon de Pachelbel mientras ella caminaba por el pasillo con el pañuelo de su padre —azul— envuelto en un ramo de rosas blancas. «Unan sus manos… Prometo serte fiel… Hasta que la muerte los separe», diría el ministro.

Nellie saldría al aeropuerto en pocas horas. Metió su nuevo bikini rojo en una de sus dos maletas y comprobó su lista de tareas pendientes. Su vestido de novia había sido enviado por FedEx al balneario y el conserje había confirmado el recibo. Sus artículos de tocador eran lo único que le faltaba por empacar.

Unos rectángulos blancos y difusos se veían en las paredes allí donde sus cuadros habían estado colgados. Estaba dejando atrás su cama, su tocador y una lámpara. Sam se había contactado una nueva compañera de cuarto, una instructora de Pilates que vendría mañana.

Si la nueva compañera de cuarto no quería los muebles de Nellie, ella había prometido que haría sacar los muebles. —Voy a pagar el alquiler hasta que alguien se mude —había insistido.

Podía decir que Sam no quería aceptar la oferta, especialmente desde que Richard le estaba pagando su viaje a la Florida y acababa de cubrir el costo del cerrajero.

Nellie sabía que Sam no podía pagar sola el apartamento.

—Vamos —dijo mientras Sam se sentaba en su cama, viéndola terminar de hacer las maletas—. Es apenas justo.

—Gracias—. Sam había apretado a Nellie rápido y con fuerza.

—Odio las despedidas.

—Te veré dentro de unos días —protestó Nellie.

—No es eso lo que quiero decir.

Nellie asintió. —Lo sé.

Un momento después, Sam ya se había ido.

El teléfono sonó mientras Nellie hacía el cheque del alquiler de ese mes. Había observado su firma, comprendiendo que tal vez nunca volvería a firmar con su viejo apellido. *El señor y la señora Thompson*, pensó. Sonaba muy majestuoso.

Nellie miró el identificador de llamadas antes de contestar. —Hola mamá.

—Hola, querida, solo quería confirmar tu número de vuelo. Viajas en American, ¿verdad?

—Sí, espera—. Nellie abrió la computadora portátil y bajó el cursor por sus correos electrónicos para encontrar la confirmación de la aerolínea, y luego leyó la información en voz alta.

—Llega a las siete y cuarto.

—¿Habrás cenado?

—Solo si consideras que un paquete de maní es una cena.

—Puedo cocinar para ti.

—Será mejor que simplifiquemos, ¿por qué no compras algo de camino a casa? Por cierto, ¿ya elegiste tus tratamientos de *spa*? Richard nos reservó masajes y tratamientos faciales, pero tienes que hacerles saber si quieres un masaje de tejidos profundos, uno sueco, o lo que sea. ¿Viste el folleto que te envió por correo electrónico?

—No necesita hacer eso por mí. Ya sabes que me cuesta quedarme quieta para ese tipo de cosas.

Eso era cierto; su forma preferida para relajarse era dar un paseo por la playa al atardecer, en lugar de acostarse boca abajo en la mesa de una masajista.

Pero Richard no sabía eso. Había querido hacer algo especial. ¿Cómo podía decirle Nellie que su madre había rechazado su gesto?

—Inténtalo. Apuesto a que te gustará más de lo que piensas.

—Solo inscríbeme en lo que sea que tú quieras.

Nellie sabía que estaba lejos de ser la única hija que se irritaba por lo que parecían ser comentarios maternos mordaces y velados. —Tanto azúcar procesado —había murmurado su madre la última vez que Nellie se comió una bolsa de Skittles delante de ella, y le había preguntado en más de una ocasión cómo podía soportar la «claustrofobia» de Manhattan.

—Por favor, por lo menos compórtate con entusiasmo ante Richard.

—Querida, pareces muy preocupada todo el tiempo por lo que piensa él.

—No estoy preocupada. ¡Estoy agradecida! Es muy bueno conmigo.

—¿Te preguntó si querías pasar el día antes de tu boda haciéndote un tratamiento facial?

—¿Qué? ¿Por qué te parece importante eso?

Solo la madre de Nellie podía sentirse tan irritada por un estúpido tratamiento en un *spa*. ¡No, no era estúpido! Era un regalo de Richard.

—Déjame decirte algo. Me dijiste que los faciales te brotan la piel. ¿Por qué no le dijiste eso a Richard? Y compró una casa que ni siquiera habías visto. ¿Quieres vivir en los suburbios?

Nellie exhaló entre dientes, pero su madre continuó, —Lo siento, pero él parece tener una personalidad muy fuerte.

—Lo has visto solamente una vez —protestó Nellie.

—Sin embargo, todavía eres muy joven. Me preocupa que pierdas tu intensidad...

—Sé que lo amas, pero por favor, sé fiel a ti misma.

Nellie no iba a hacer esto; evitaría la pelea que su madre parecía decidida a iniciar. —Tengo que terminar de empacar las maletas. Pero te veré en unas horas. *Después de que un poco de vino en el avión me haya fortalecido.*

Nellie colgó el teléfono y fue al baño para recoger sus artículos de tocador. Empacó sus cosméticos, la crema de dientes y las lociones en su kit de viaje, luego se miró en el espejo que había encima del lavamanos. Su piel se veía perfecta a pesar de que no estaba durmiendo bien.

Regresó a la habitación, cogió el teléfono y llamó al salón del balneario para cancelar su facial. —¿Podrían hacerme más bien un envoltorio de algas?

Pasaría apenas unos días con su madre antes de que Richard viajara y se dirigieran al balneario para la boda; sería capaz de superarlo. Además, Sam y su tía estarían viajando a primera hora del día y podrían ayudar a servir como amortiguadores.

Dejó el kit en la maleta que aún estaba abierta y trató de cerrarla. Pero apenas pudo hacerlo a medias.

—¡Maldita sea! —. Trató de forzar la tapa.

El problema era que aún no sabía a dónde irían en su luna de miel. Había pensado que a algún lugar tropical debido al comentario de Richard sobre el bikini, pero incluso en las islas de clima cálido podía hacer frío en las noches. Había empacado vestidos casuales, pareos, ropa deportiva, unos vestidos de noche en caso de que hubiera un código de vestimenta, así como tacones y chancletas.

Tendría que empacar de nuevo. Empezó a sacar todos los artículos que había doblado cuidadosamente. Tres vestidos elegantes en lugar de cuatro, decidió, echando también uno de los pares de tacones en la caja de embalaje marrón de su armario. Y el sombrero flexible de playa que se veía tan lindo en el catálogo de J. Crew tal vez no pasaría la prueba.

Debería haber pensado en esto antes; su avión salía en tres horas y Richard ya estaba en camino para recogerla y llevarla al aeropuerto. Volvió a doblar su ropa y logró que todo cupiera salvo el sombrero flexible en su bolso. Lo puso sobre el tocador; se lo dejaría a Sam. Ahora solo tenía que comprobar que no hubiera olvidado nada, pues no volvería a su apartamento y…

El pañuelo de su padre.

La maleta tenía algunos bolsillos de malla en el interior, y ella estaba segura de que lo había metido en uno. Pero no lo había visto mientras desempacaba.

Volvió a abrir la maleta y buscó la bolsa blanda, y sus movimientos se hicieron frenéticos.

Toda su ropa se estaba arrugando, pero la empujó a un lado para buscar dentro de los bolsillos de malla. No pudo encontrar la bolsa; sus medias, sostenes y calzones seguían allí, pero nada más.

Se sentó en el borde de la cama y dejó caer la cabeza entre las manos. Había empacado la mayoría de sus cosas hacía unas noches. Había estado muy consciente de ese cuadrado azul de tela; era el artículo insustituible que llevaría en la boda.

Un golpe en la puerta abierta de su habitación la hizo jadear. Levantó la cabeza.

—¿Nellie?

Era simplemente Richard.

No lo había oído entrar; debió haber usado la nueva llave que le había dado ella.

—¡No puedo encontrar el pañuelo de mi papá! —gritó.

—¿Dónde lo viste por última vez?

—En mi maleta. Pero ya no está ahí. Lo desbaraté todo, tenemos que irnos al aeropuerto, y si no puedo...

Richard miró alrededor de la habitación y luego levantó la maleta. Ella vio el cuadrado azul y cerró los ojos.

—Gracias. ¿Realmente no lo vi? Pensé que había mirado ahí, pero estaba tan agotada, yo solo...

—Está bien ahora. Y tienes que tomar un avión.

Entonces Richard se acercó a la cómoda y cogió su nuevo sombrero de playa, girándolo en su dedo índice. Él se lo puso en la cabeza. —¿Llevarás esto en el vuelo? Te ves adorable.

—Ahora sí—. Le quedaba bien incluso con los *jeans* y la camiseta de rayas, y con las zapatillas Converse que usaba siempre que viajaba en avión, para ahorrar tiempo durante el chequeo de seguridad.

Su madre no entendía. Richard lo solucionaba todo. Estaría a salvo con él, sin importar dónde vivieran.

Levantó las maletas y se dirigió a la puerta. —Sé que tenías buenos recuerdos en este lugar. Sin embargo, haremos otros nuevos. Mejores. ¿Estás lista?

Estaba estresada y cansada, herida todavía por los comentarios de su madre, y nunca había perdido esas ocho libras malditas. Pero Nellie asintió y lo siguió por la puerta. Richard estaba enviando una compañía de mudanzas para recoger las cajas de embalaje marrones que ella había dejado arrumadas en su armario, así como las cosas que había puesto en la unidad de almacenamiento del edificio, y llevarlas a la nueva casa.

—Me estacioné a un par de cuadras—. Richard dejó sus maletas cerca de la acera—. Vuelvo en dos minutos, nena.

Se alejó, y Nellie miró alrededor de su calle. Una furgoneta de entregas paró a pocas puertas del edificio y un par de hombres forcejearon para sacar una silla enorme.

Pero aparte de esos tipos y de una mujer esperando en la parada del autobús de espaldas a Nellie, la calle estaba tranquila.

Cerró los ojos e inclinó la cabeza hacia atrás. Sintiendo el sol de comienzos de la tarde contra sus mejillas. Esperando el sonido de su nombre para decirle que era hora de irse.

CAPÍTULO DIECIOCHO

Mi reemplazo no me ve venir.

Cuando siente que me acerco y la conmoción invade sus ojos, yo ya estoy muy cerca.

Mira frenéticamente alrededor, probablemente tratando de escapar.

—Vanessa? —. Su voz es incrédula.

Me sorprende que me reconozca con tanta rapidez. —Hola—.

Es más joven que yo, y sus curvas son más generosas, pero ahora que mi cabello tiene otra vez su color natural, podríamos ser hermanas.

He esperado este momento durante mucho tiempo. Sorprendentemente, no siento ningún pánico.

Las palmas de mis manos están secas. Mi respiración es estable.

Finalmente lo estoy haciendo.

Ahora soy una mujer muy diferente que cuando Richard y yo estuvimos enamorados todos esos años.

Todo en mí se ha transformado.

A los veintisiete años, yo era una maestra de preescolar alegre y habladora que odiaba el *sushi* y amaba la película *Notting Hill*.

Cargaba bandejas de hamburguesas en mi trabajo a tiempo parcial como mesera, hurgaba en tiendas de ropa de segunda mano y salía a bailar con mis amigas. No tenía ni idea de lo encantadora que era yo. Qué afortunada era.

Tenía muchas amigas. Perdí a cada una de ellas. Incluso a Samantha.

Lo único que me queda ahora es la tía Charlotte.

En mi antigua vida, yo tenía incluso otro nombre.

Richard me apodó Nellie desde que nos conocimos. Fue así como me dijo siempre.

Pero para todos los demás, siempre fui —y aún soy— Vanessa.

Aún puedo oír la voz profunda de Richard mientras él contaba la historia —nuestra historia— cada vez que la gente le preguntaba cómo nos conocimos.

—La vi en el salón del aeropuerto —decía él—. Tratando de arrastrar su maleta con una mano y sosteniendo su bolso, una botella de agua y una galleta de chocolate con la otra.

Yo estaba regresando a Nueva York luego de visitar a mi madre en la Florida.

El viaje había sido agradable, a pesar de que el hecho de volver a casa siempre me evocaba recuerdos dolorosos. Extrañaba más que nunca a mi padre cuando regresaba a mi antiguo hogar. Y nunca podría escapar de los recuerdos de mi época en la universidad. Pero por lo menos el estado de ánimo errático de mi madre se había estabilizado un poco gracias a una nueva medicina. Sin embargo, yo detestaba volar y me sentía especialmente ansiosa de estar ese día en el aire, a pesar de que el cielo era una franja azul celeste ligeramente salpicada con unas pocas nubes de algodón.

Lo noté enseguida. Llevaba un traje oscuro y una camisa blanca nueva y fruncía el entrecejo mientras escribía en su computadora portátil.

—Un niño comenzó a hacer un berrinche —continuó Richard—. Su pobre madre tenía un bebé en el asiento del auto y estaba desesperada.

Yo tenía una galleta, y le hice un gesto a la madre, preguntando si podía dársela al chico que lloraba. Ella asintió agradecida. Yo era una maestra de preescolar; conocía el poder de un soborno oportuno. Me agaché y le di la golosina al niño, y sus lágrimas se evaporaron. Cuando miré en dirección a Richard un minuto después, había desaparecido.

Pasé a su lado mientras abordaba el avión; obviamente estaba sentado en primera clase.

Tomaba un líquido claro de un vaso. Su corbata estaba desanudada alrededor del cuello.

Había abierto un periódico, pero veía entrar a los pasajeros. Sentí una atracción magnética cuando su mirada se detuvo en mí.

—La vi golpear la maleta por el pasillo —dijo Richard, retomando la historia—. No es una vista desagradable en absoluto.

Arrastré mi maleta azul a la fila veinte. Me acomodé en mi asiento y realicé mis rituales supersticiosos previos al vuelo: me quité las zapatillas Converse, cerré la cortina de la ventanilla y me puse una bufanda acogedora.

—Estaba sentada al lado de un joven soldado del Ejército —continuó Richard, guiñándome un ojo—. Y de repente me sentí muy patriótico.

La auxiliar se acercó para decir que un pasajero de primera clase se había ofrecido a cambiar de asiento con el soldado que estaba a mi lado.

—¡Impresionante! —había dicho el soldado.

Yo sabía de alguna manera que había sido él.

Cuando el avión se adentró en el cielo, sujeté el apoyabrazos y tragué con dificultad.

Él me ofreció su bebida. Su dedo anular estaba desnudo. Me sorprendió que no estuviera casado —tenía treinta y seis años—, pero más tarde supe que tenía una ex, una mujer morena con la que había vivido. Ella se había molestado cuando terminaron.

Después de que Richard me propuso matrimonio, su existencia me persiguió. Sentía su presencia en todas partes. Y tenía razón: alguien me estaba siguiendo. Solo que no era la ex de Richard.

—La entoné un poco —le dijo Richard a su oyente entusiasta—. Pensé que así tendría una mayor oportunidad de que me diera su número.

Yo había sorbido el vodka con agua tónica que me había dado él, muy consciente del calor de su cuerpo.

—Me llamo Richard.

—Vanessa.

Aquí estaba la parte de la historia en la que Richard se alejaba de nuestra audiencia y me miraba tiernamente. —No parece llamarse Vanessa, ¿verdad?

Richard me había sonreído ese día en el avión. Eres demasiado dulce y suave para tener un nombre tan serio.

—¿Qué clase de nombre debería tener?

El avión se zarandeó al pasar por otro espacio de aire y jadeé.

—Es como pasar por un bache. Estás perfectamente a salvo.

Tomé un trago copioso de su bebida y él se rio.

—Eres nerviosa, Nellie—. Su voz era inesperadamente suave—. Es así como te voy a decir: Nellie.

La verdad es que siempre me disgustó el apodo. Pensé que sonaba anticuado. Pero nunca se lo dije a Richard. Era el único que me decía Nellie.

Hablamos durante el resto del vuelo.

No podía creer que alguien como Richard estuviera tan interesado en mí. Cuando se quitó la chaqueta, sentí un olor a cítricos que siempre asociaría con él. Cuando el avión comenzó a descender, me pidió mi número telefónico. Estiró la mano para acariciar todo mi cabello mientras lo anotaba. Un escalofrío me recorrió la espina dorsal. El gesto me pareció tan íntimo como un beso.

—Qué hermoso —dijo—. Nunca te lo cortes.

A partir de ese día —durante nuestro tórrido noviazgo en la ciudad de Nueva York, durante nuestra boda en el balneario en la Florida, y durante los años en que vivimos en la casa nueva que Richard había comprado para nosotros en Westchester—, siempre fui su Nellie. Yo esperaba que mi vida se desplegara con gracia. Pensé que él siempre me mantendría a salvo. Yo sería una madre y volvería a enseñar cuando nuestros hijos hubieran crecido. Soñé con bailar en nuestro aniversario de bodas de plata.

Pero, por supuesto, nada de eso sucedió.

Y ahora Nellie se ha ido para siempre.

Solo soy Vanessa.

—¿Por qué estás aquí? —pregunta mi reemplazo.

Puedo decir que ella está evaluando si puede ser lo suficientemente rápida para esquivarme y correr por la calle.

Pero lleva unas sandalias de tacón alto y una falda ajustada. Sé que hoy irá a probarse el vestido de novia; no tuve problemas para conseguir su horario.

—Solo necesito dos minutos—. Abro mis manos vacías para convencerla de que no quiero hacerle daño físico.

Ella vacila y mira de nuevo a ambos lados de la calle. Pasan unas cuantas personas, pero nadie se detiene. ¿Qué hay para ver? Somos simplemente dos mujeres bien vestidas paradas frente a un edificio de apartamentos en una calle muy concurrida, cerca de una charcutería y una parada de autobús.

Richard llegará en cualquier momento. Está cerrando mi apartamento.

—Richard salió hace veinte minutos—. Me preocupaba que él pudiera llevarla a probarse el vestido, pero lo vi buscar un taxi.

—Por favor, escúchame —le digo a la hermosa joven con rostro en forma de corazón y cuerpo exuberante por la que Richard me dejó. Ella necesita saber la historia de cómo dejé de ser la Nellie alegre y habladora para convertirme en la mujer destrozada que soy ahora.

—Tengo que decirte la verdad sobre él.

SEGUNDA PARTE

CAPÍTULO DIECINUEVE

Su nombre es Emma. —Yo solía ser tú —digo cuando miro a la joven frente a mí.

Sus ojos azules se vuelven más grandes mientras ella adquiere mi apariencia. Examina mi cabello cambiado, y luego el vestido que cubre mi cuerpo excesivamente delgado. Está claro que mi reflejo no es una imagen que ella pueda imaginar superpuesto sobre sí misma.

Me he acostado tantas noches ensayando lo que le diré. Ella era la asistente de Richard; fue así como se conocieron. Menos de un año después de contratarla para reemplazar a su secretaria Diane, él me dejó por ella.

No necesito buscar en mi bolso la copia impresa de mi discurso, mi respaldo en caso de que las palabras me fallen. —Si te casas con Richard, te arrepentirás. Él te hará daño.

Emma frunce el ceño. —Vanessa—. Su voz es uniforme y mesurada. Es como si estuviera hablando con una niña pequeña. Es el tono que usaba cuando les decía a mis Cachorros que era hora de guardar sus juguetes o de terminar sus refrigerios. —Comprendo que el divorcio fue duro para ti. También lo fue para Richard. Lo veía todos los días; realmente trató de hacer que las cosas funcionaran. Sé que has tenido tus problemas, pero él hizo todo lo que pudo—. Percibo una acusación en su mirada; ella cree que tengo la culpa.

—Crees que lo conoces —interrumpo. Me estoy saliendo del guion, pero la presiono. —¿Qué viste? El Richard para el que trabajas no es el hombre real. Es cuidadoso, Emma. No deja entrar a la gente. Si sigues adelante con la boda…

Ella me interrumpe. —Me siento terrible por todo. Quiero que sepas que él comenzó a abrirse a mí como un colega, como un amigo. No soy el tipo de mujer que alguna vez pensara en tener una aventura con un hombre casado. No esperábamos enamorarnos.

Creo en eso. Vi su atracción destellar poco después de que Richard contratara a Emma para gestionar sus llamadas, corregir su correspondencia y manejar su agenda.

—Simplemente sucedió. Lo siento—. Los ojos redondos de Emma son sinceros. Extiende su brazo y toca el mío con suavidad. Me estremezco cuando sus dedos rozan mi piel con delicadeza. «Lo conozco. Paso diez horas al día con él, cinco días por semana. Lo he visto con sus clientes y con nuestros colegas. Lo he visto con las otras asistentes, y lo he visto contigo cuando estaban casados. Es un hombre bueno».

Emma hace una breve pausa, como si se estuviera debatiendo en continuar. Sigue mirando mi cabello más claro. Mis raíces naturalmente rubias finalmente se camuflan bien. —Tal vez eres tú quien nunca lo conoció—. Su tono es crispado.

—¡Tienes que escucharme! —Estoy temblando ahora, desesperada por convencerla. —¡Richard hace este tipo de cosas! ¡Las confunde para que no podamos ver la verdad!

—Dijo que podrías intentar algo semejante a esto—. El desprecio ha reemplazado la simpatía en su voz. Se cruza de brazos y sé que la estoy perdiendo. —Me dijo que estabas celosa, pero esto se ha salido de control. Te vi afuera de mi edificio la semana pasada. Richard dijo que si vuelves a hacer algo así, interpondremos una orden de restricción.

Las gotas de sudor corren por mi espalda, y otras se acumulan en mi labio superior. Mi vestido de mangas largas es demasiado caliente para el clima. Creí que había planeado todo con tanto cuidado, pero he tropezado, y ahora mis pensamientos son tan densos y bochornosos como este día de junio.

—¿Estás tratando de quedar embarazada? —farfullo—. ¿Te dijo que quiere tener hijos?

Emma retrocede un paso, luego se mueve hacia un lado y se aleja de mí. Camina hacia la acera y levanta la mano para tomar un taxi.

—Basta —dice ella, sin volverse para mirarme.

—Pregúntale por nuestro último coctel—. La angustia hace que mi voz sea estridente. —Estabas allá. ¿Recuerdas que los empleados del servicio de banquetes llegaron tarde y que no había ni una sola botella de Raveneau? Fue culpa de Richard; él no hizo el pedido. ¡Nunca lo entregaron!

Un taxi reduce la velocidad. Emma se vuelve hacia mí. —Estuve allá. Y sé que llevaron el vino. Soy la asistente de Richard. ¿Quién crees que hizo el pedido?

Nunca me esperaba esto. Abre la puerta del taxi antes de que pueda recobrarme.

—Él me culpó —grito—. Después de la fiesta, ¡las cosas se pusieron mal!

—Realmente necesitas ayuda—. Emma cierra la puerta de un golpe.

Veo al taxi de Emma alejarse.

Permanezco en la acera afuera de su apartamento, como lo he hecho tantas veces antes, pero por primera vez me pregunto realmente si es cierto todo lo que Richard dijo de mí. ¿Estoy loca al igual que mi madre, quien luchó toda su vida contra la enfermedad mental, a veces con más éxito que otras?

Mis uñas se están enterrando en mis manos. No soporto pensar en ellos juntos esta noche.

Ella le contará todo lo que dije. Él le levantará las piernas sobre las suyas y le hará masajes en los pies y le prometerá que la mantendrá a salvo. De mí.

Espero que ella escuche. Que me crea.

Pero Richard sospechaba que yo intentaría esto después de todo. Él se lo dijo.

Conozco a mi ex marido mejor que nadie. Debería haber recordado que él también me conoce.

Llovió en la mañana de nuestra boda.

«Es de buena suerte», habría dicho mi padre.

Cuando caminé por el tapete de seda azul real que se extendía por el gran patio del balneario, flanqueada por mi madre y por mi tía Charlotte, el cielo se había despejado. El sol acariciaba mis brazos desnudos. Las olas ofrecieron una suave melodía.

Pasé junto a Sam, Josie y Marnie, sentadas en sillas adornadas con lazos blancos de seda, y luego a un lado de Hillary y George y de algunos de los otros socios de Richard. Y al frente, junto al arco cubierto de rosas, Maureen estaba junto a Richard en su papel como dama de honor. Llevaba el collar de cuentas de vidrio que yo le había regalado.

Richard vio que me acercaba y no pude dejar de sonreír agradecida. Su expresión era decidida; sus ojos se veían casi negros. Después de unir nuestras manos y de que el ministro nos declarara marido y mujer, vi temblar sus labios de emoción antes de inclinarse para besarme.

El fotógrafo captó el encanto de la noche: Richard deslizando un anillo en mi dedo, nuestro abrazo al final de la ceremonia, y nuestro baile lento de «It Had to Be You». El álbum que compré contiene una foto de Maureen arreglando la corbata de Richard, Sam alzando su copa de champaña, mi madre caminando descalza en la playa al atardecer, y la tía Charlotte despidiéndose de mí con un abrazo al final de la noche.

Mi vida había estado tan llena de incertidumbre y confusión —con el divorcio de mis padres, las dificultades de mi madre, la muerte de mi padre y, por supuesto, la razón por la que había huido de mi ciudad natal—, pero esa noche mi futuro parecía tan claro y fluido como el tapete de seda azul que me había conducido a Richard.

Al día siguiente volamos a Antigua. Viajamos en primera clase, y Richard pidió mimosas para los dos antes de que las ruedas se levantaran del suelo. Las pesadillas que yo había experimentado no se materializaron nunca.

No era el hecho de volar lo que yo debía temer.

Nuestra luna de miel no quedó registrada en un álbum, pero cuando pienso en ello, es así como lo recuerdo también: como una serie de instantáneas.

Richard abriendo mi langosta y sonriendo de manera sugerente mientras yo sorbía la carne dulce de una tenaza.

Los dos recibiendo un masaje mientras nos acostábamos el uno al lado del otro en la playa.

Richard parado detrás de mí, sus manos sobre las mías, mientras yo le ayudaba a izar la vela en un catamarán que habíamos alquilado ese día.

Cada noche, nuestro mayordomo privado nos llevaba a un baño perfumado con pétalos de rosa y bordeado con velas encendidas alrededor del borde curvo. Una vez, fuimos a la playa bajo la luz de la luna y, escondidos entre las cortinas onduladas diseñadas para bloquear el sol, hicimos el amor en una cabaña. Nos bañamos en nuestro *jacuzzi* privado, tomamos bebidas con ron en la piscina infinita e hicimos una siesta en una hamaca doble.

En nuestro último día completo, Richard me inscribió para ir a bucear. No estábamos certificados, pero el personal del balneario nos dijo que si tomábamos una clase privada en la piscina, podríamos hacer buceo superficial con un instructor.

No me gustaba mucho nadar, pero me sentí bien en el agua plácida y clorada. Otros huéspedes chapuceaban cerca, la luz solar iluminando la superficie a poca distancia de mi cabeza, y el borde de la piscina estaba a pocos pasos de distancia.

Respiré profundamente cuando subimos a la lancha y procuré que mi voz sonara tranquila y despreocupada. —¿Cuánto tiempo estaremos abajo? —le pregunté a Eric un chico joven que estaba en vacaciones de verano de la Universidad de California en Santa Bárbara y quien era el instructor.

—Cuarenta y cinco minutos. Tu tanque tiene más oxígeno, así que podemos estar un poco más si deseas.

Aprobé levantando el pulgar, pero a medida que nos alejábamos de la playa, hacia un arrecife oculto de coral, la presión se acumuló en mi pecho. Tenía el pesado tanque de oxígeno atado a mi espalda y las aletas me pellizcaban los pies.

Miré la careta plástica en la cabeza de Richard, y la mía, que era idéntica, me jalaba los pelos sensibles de mis sienes. Eric apagó el motor y el silencio se sintió tan vasto y absoluto como el agua que nos rodeaba.

Eric saltó del borde del bote y se retiró el cabello de la cara después de salir a la superficie. —El arrecife está a unas veinte yardas. Sigue mis aletas.

—¿Lista, nena? —Richard parecía sumamente emocionado de ver al pez ángel azul y amarillo, al pez loro de color arco iris y a los inofensivos tiburones de arena. Se puso la máscara. Traté de sonreír mientras hacía lo mismo, sintiendo que el sello de caucho me apretaba la piel alrededor de mis ojos.

Puedo volver a subir en cualquier momento, me dije a mí misma cuando empecé a bajar la escalera, donde el equipo pesado me ayudaría a llevarme debajo de la superficie. *No estaré atrapada.*

Todo se hizo difuso momentos después de hundirme en el océano fresco y salado.

Lo único que podía oír era respirar.

No podía ver; Eric había dicho que si nuestras máscaras se empañaban, simplemente deberíamos inclinarlas lo suficiente para permitir que una corriente de agua eliminara la condensación. —Levanta una mano si algo anda mal; esa será nuestra señal de emergencia —había dicho él. Pero lo único que pude hacer fue patear y moverme, tratando de maniobrar para salir a la superficie. Las correas de mi equipo comprimían mi cuerpo, y me sujetaban el pecho. Intenté aspirar oxígeno mientras mi máscara se nublaba.

El ruido era horrible. Incluso ahora, puedo escuchar jadeos agudos y desesperados llenando mis oídos y sintiendo la tensión en mi pecho.

No podía ver a Eric o Richard. Giré sola en el océano, mis miembros se agitaron, y un grito se represó en mis pulmones.

Entonces alguien me agarró del brazo y sentí que me jalaban. Me quedé sin fuerzas

Salí a la superficie, escupí la boquilla y luego me quité la máscara, sintiendo un fuerte dolor al arrancarme algunos mechones.

Traté de llevar más aire a mis pulmones mientras tosía y jadeaba.

—El bote está aquí —dijo Eric—. Te tengo. Flota simplemente.

Extendí la mano y agarré un peldaño de la escalera. Estaba demasiado débil para trepar, pero Eric subió al bote y luego se inclinó para tomar mi mano. Me derrumbé en un banco, tan mareada que tuve que poner mi cabeza entre mis piernas.

Escuché la voz de Richard desde abajo. «Estás a salvo. Mírame».

La presión en mis oídos hizo que sonara como un desconocido.

Intenté hacer lo que me dijo, pero él aún estaba flotando en el agua. Ver las ondas azules me hizo sentir náuseas.

Eric se arrodilló a mi lado y soltó las correas de mi cuerpo. —Estarás bien. Entraste en pánico, ¿verdad? A veces sucede. No eres la única.

—No podía ver —susurré.

Richard trepó por la escalera, se empujó hacia a un lado, y su equipo resonó. «Estoy aquí. Tesoro, estás temblando. Lo siento mucho, Nellie. Debería haberlo sabido».

La máscara había dejado una huella roja que rodeaba sus ojos.

—La tengo —le dijo a Eric, quien terminó de quitarme el tanque y luego se hizo a un lado. —Será mejor que regresemos.

Richard me abrazó mientras la lancha saltaba sobre las olas. Regresamos al balneario en silencio. Después de atracar el bote, Eric metió la mano en un enfriador y me entregó una botella de agua.

—¿Cómo te sientes ahora?

—Mucho mejor —mentí. Aún estaba temblando, y la botella de agua en mi mano se sacudió. —Richard, puedes meterte de nuevo...

Él negó con la cabeza.

—De ninguna manera.

—Vamos a llevarte a tierra firme —dijo Eric. Saltó al muelle y Richard lo siguió. Eric se agachó de nuevo para tomarme de la mano. —Aquí.

Las piernas me temblaban, pero logré estirar el brazo para que él me lo tomara.

Sin embargo, Richard dijo:

—La tengo—. Me agarró del antebrazo izquierdo y me sacó del bote. Hice una mueca tras la sensación de sus dedos presionando mi carne suave mientras me sujetaba con fuerza para estabilizarme.

—La llevaré a la habitación —le dijo a Eric—. ¿Puedes devolver nuestro equipo?

—No hay problema.

Eric parecía preocupado, tal vez porque la voz de Richard era un poco entrecortada. Yo sabía que Richard simplemente estaba preocupado por mí, pero tal vez Eric pensó que interpondríamos una queja.

—Gracias por ayudarme —le dije—. Lamento haberme asustado.

Richard envolvió una toalla fresca en mis hombros y salimos del muelle, por la arena suave, hacia nuestra habitación.

Me sentí mejor después de cambiarme el bikini mojado y de envolverme en una bata blanca y mullida. Cuando Richard sugirió que regresáramos a la playa, dije que tenía dolor de cabeza, pero le insistí que fuera.

—Descansaré un rato —dije.

Las sienes me latían levemente, un efecto secundario de la inmersión, o tal vez era una tensión residual. Entré al baño cuando oí que la puerta se cerró detrás de Richard. Saqué el Advil de mi bolsa de artículos de tocador, y luego dudé. Junto a él estaba la botella plástica naranja de Xanax que me habían recetado para un vuelo largo. Vacilé, pensando en mi madre, tal como lo hacía siempre que me tomaba una pastilla, y luego me tomé una de las tabletas blancas ovaladas y la pasé con un poco de agua Fiji embotellada que la criada reponía dos veces al día. Cerré las cortinas pesadas, bloqueando el sol, luego me metí en la cama y esperé a que la droga surtiera efecto.

Justo cuando me estaba quedando dormida, oí un golpe en la puerta. Pensando que era la criada, dije, —¿Puedes volver más tarde?

—Soy Eric. Tengo tus gafas de sol. Las dejaré afuera.

Sabía que debería haberme levantado para agradecerle, pero sentía mi cuerpo tan pesado que me estaba agobiando. «De acuerdo. Te agradezco».

Mi teléfono celular sonó un momento después. Lo tomé de la mesita de noche.

—Hola.

No hubo respuesta.

—¿Richard? —. Ya sentía mi lengua pesada por el sedante.

De nuevo, no hubo respuesta.

Yo sabía lo que vería incluso antes de mirar mi teléfono: *Número bloqueado.*

Me incorporé de inmediato, agarrando el auricular con la mano, sintiéndome completamente despierta de repente. Lo único que pude oír fue la oleada de aire frío que irrumpía a través de la ventilación de nuestra habitación.

Estaba a mil millas de mi hogar y, sin embargo, alguien me seguía.

Presioné la tecla *Fin de llamada* y salí de la cama. Abrí las persianas y miré por las puertas corredizas de cristal hacia nuestro balcón. Nadie estaba ahí. Miré a través de la habitación, en dirección a la puerta cerrada de nuestro armario.

¿Estaba abierto cuando nos fuimos?

Me acerqué y alcancé la manija, jalándola hacia mí.

Nada.

Vi mi teléfono celular en mi cama, la pantalla azul brillante. Lo arrojé contra el piso de baldosas. Una pieza se desprendió, pero la pantalla seguía iluminada. Lo recogí y lo sumergí en nuestro cubo de hielo, presionando hacia abajo hasta que sentí el impacto del agua helada.

Pero no podía dejarlo ahí; seguramente la criada lo encontraría cuando rellenara el cubo. Escarbé nuevamente en el hielo y lo saqué, y luego miré frenéticamente alrededor de la habitación hasta que vi la papelera que contenía el periódico de esa mañana y algunos pañuelos de papel. Envolví mi teléfono en la sección de deportes y eché los papeles de nuevo en la papelera.

El equipo de limpieza sacaría todo el contenido. El teléfono terminaría en un enorme contenedor junto con la basura de otros cien invitados. Le diría a Richard que lo había perdido, que debía de haberse caído de mi bolsa de playa. Él me lo había comprado justo después de comprometernos, diciendo que quería que yo tuviera un aparato de la mejor calidad, y yo sabía que simplemente me daría uno nuevo. Yo ya había perturbado bastante nuestras vacaciones; no había necesidad de preocuparlo más.

Mi respiración se hizo más lenta; la píldora estaba venciendo mi miedo. Nuestra *suite* era espaciosa y ventilada, con orquídeas moradas en un florero bajo en la mesa de cristal, los pisos de baldosas azules y paredes encaladas. Fui al armario de nuevo y elegí mi vestido naranja holgado y las sandalias de tacón dorado. Colgué el vestido detrás de la puerta del armario y coloqué los zapatos debajo con cuidado; me pondría el atuendo esta noche. En nuestro mini-refrigerador había una botella de champaña. La saqué y la sumergí en el cubo de hielo, y luego coloqué dos copas frágiles a un lado.

Mis párpados ya estaban pesados. Eché un último vistazo. Todo se veía encantador; todo estaba en su lugar. Me metí de nuevo bajo las sábanas. Me acosté sobre mi lado izquierdo e hice una mueca. Cuando miré mi antebrazo, vi una marca roja, el comienzo de un moretón formándose allí donde Richard me había agarrado para sacarme del bote.

Yo tenía un suéter ligero que haría juego con mi vestido de verano. Me lo pondría para cubrir la marca.

Me di vuelta sobre mi otro lado. Una breve siesta, me dije, y luego, cuando Richard volviera, le sugeriría que abriéramos la champaña y nos preparáramos para cenar juntos.

Regresaríamos a Nueva York al día siguiente; nuestra luna de miel casi había terminado. Necesitaba borrar el recuerdo de esta tarde. Quería una noche más perfecta antes de irnos a casa.

CAPÍTULO VEINTE

Veo al mesero verter un chorro claro de vodka en mi vaso y rociarlo con agua tónica espumosa. Coloca una rodaja de limón en el borde, lo desliza sobre la madera suave, luego retira el vaso vacío que tengo frente a mí.

—¿También quieres un poco de agua?

Niego con la cabeza. Las hebras húmedas de mi cabello se me pegan al cuello, y siento mis muslos sudorosos contra la silla de vinilo. Mis zapatos están en el piso debajo de mí.

Después de que Emma me ignoró y desapareció en el taxi, permanecí un largo rato en la esquina, sin saber a dónde ir. Simplemente no tenía nadie a quien recurrir. Nadie que entendiera la manera tan estruendosa en que había fallado.

Entonces, al no poder pensar en una alternativa, comencé a caminar. Con cada paso, mi angustia se hizo más grande, como un bostezo que no podía contener.

Unas pocas cuadras después, encontré el bar del hotel Robertson.

La *barman* empuja silenciosamente otro vaso más delante de mí. Agua. Miro hacia arriba, preguntándome si realmente sacudí la cabeza o simplemente imaginé hacerlo, pero ella evita mi mirada. Se aparta de mí y acomoda el montón de periódicos en un rincón del mostrador.

Me veo en el espejo grande detrás de ella, el mismo que refleja las hileras de Absolut, Johnnie Walker, Hendrick's Gin, y tequila reposado.

Ahora veo lo que vio Emma.

Estoy mirando un espejo de la casa de diversión. La imagen que yo quería proyectar está distorsionada. Mi cabello está debilitado debido al exceso de procesamiento; es más paja que mantequilla. Mis ojos se ven hundidos en mi cara demacrada. El maquillaje que me apliqué con tanto cuidado está regado. No es de extrañar que la *barman* quiera que me mantenga sobria; estoy en el vestíbulo de un buen hotel, que alberga a empresarios internacionales y ofrece tragos de *whisky* escocés de doscientos dólares.

Siento nuevamente la vibración de mi teléfono. Me obligo a sacarlo del bolso y veo cinco llamadas perdidas. Tres de Saks, la primera de ellas a las diez a.m. Y dos de la tía Charlotte en los últimos treinta minutos.

Solo una cosa puede atravesar el dolor sordo que me envuelve: la idea de que la tía Charlotte se preocupe. Entonces contesto.

—¿Vanessa? ¿Estás bien?

No tengo idea de cómo responder.

—¿Dónde estás?

—En el trabajo.

—Lucille me llamó al ver que no fuiste—. Mi tía es mi contacto de emergencia; puse el número de su casa en mi solicitud.

—Es solo que... Estoy retrasada.

—¿Dónde estás? —repite mi tía, su tono firme.

Debería decirle que voy camino a casa, que otra vez estoy agripada.

Debería sacar disculpas para mitigar su preocupación. Pero el sonido de su voz —la única cosa segura que conozco— me desvela. Entonces le doy el nombre del hotel.

—No te muevas —dice y cuelga.

Emma ya debió llegar para probarse el vestido. Me pregunto si habrá llamado a Richard para decirle que la intercepté. Pienso en la manera como la compasión en sus ojos se transformó en desprecio; no sé muy bien qué me hizo sentir peor. Recuerdo sus piernas torneadas dobladas hacia arriba en el taxi, la puerta cerrándose, su imagen retrocediendo mientras yo la miraba fijamente.

Me pregunto si ahora Richard se contactará conmigo.

Antes de que pueda pedir otra bebida, escucho las sandalias Birkenstocks de la tía Charlotte golpear el piso mientras se acerca. La veo contemplar mi nuevo color de cabello, mi copa de coctel vacía y mis pies descalzos.

Espero que hable, pero simplemente se sienta en el taburete junto a mí.

—¿Te puedo servir algo? —pregunta la *barman*.

La tía Charlotte mira el menú de cocteles. —Un *sidecar*, por favor.

—De acuerdo; no está en el menú, pero puedo prepararte uno.

Mi tía espera mientras la mujer vierte el coñac y el licor de naranja sobre el hielo y le exprime un limón.

La tía Charlotte bebe un sorbo y luego deja su copa de cristal en la mesa. Me preparo para más preguntas, pero nunca llegan.

—No puedo lograr que me digas lo que está sucediendo. Pero por favor, deja de mentirme—. Un poco de pintura amarilla mancha el nudillo de su dedo índice —solo un punto diminuto— y lo miro fijamente.

—¿Quién era yo después de casarme? —pregunto un momento después—. ¿Qué viste?

La tía Charlotte se inclina hacia atrás y cruza las piernas. —Cambiaste. Te extrañé.

Yo también la extrañé. La tía Charlotte solo conoció a Richard poco antes de nuestra boda, pues había intercambiado su apartamento durante un año con una amiga artista parisina. Nos vimos después de su regreso a Nueva York, con mayor frecuencia al principio y luego mucho menos a medida que pasaron los años.

—Noté algo en la noche de tu cumpleaños. Simplemente no pareces tu antiguo yo—.

Sé exactamente de qué noche habla. Era agosto, poco después de nuestro primer aniversario. Asiento con la cabeza. —Yo acababa de cumplir veintinueve años.

Un par de años mayor que Emma ahora. «Me trajiste un ramo de dragones rosados».

También me había regalado un cuadro pequeño, del tamaño de un libro de tapa dura. Yo aparecía en el día de mi boda. En lugar de un retrato, tía Charlotte me había plasmado desde atrás mientras yo comenzaba a caminar hacia Richard. La forma de campana de mi vestido y mi velo de gasa se destacaban contra el cielo vívido y azul de la Florida; era casi como si estuviera caminando hacia el infinito.

Habíamos invitado a la tía Charlotte a Westchester para una copa, seguida de una cena en nuestro club. Yo ya había comenzado a tomar pastillas para la fertilidad, y recuerdo que no pude cerrar la falda que pensaba ponerme. El vestido Silueta A de seda era una de las muchas prendas nuevas que llenaban mi armario enorme. Yo había hecho la siesta esa tarde —el Clomid me había mareado—, y me estaba retrasando. En el instante en que me puse un vestido más encubridor, Richard había saludado a la tía Charlotte y le había servido una copa de vino. Yo había escuchado su conversación mientras me acercaba a la biblioteca.

—Siempre fueron sus flores favoritas —dijo la tía Charlotte.

—¿En serio? —respondió Richard—. ¿Lo eran?

Cuando entré, la tía Charlotte dejó los dragones envueltos en celofán sobre una mesita para poder abrazarme.

—Las pondré en un jarrón—. Richard tomó discretamente una de nuestras servilletas de lino y limpió una gota de agua de la superficie de mango; nos habían entregado el mueble el mes anterior.

—Hay agua mineral para ti, querida —me dijo.

Ahora busco el vaso de agua en la barra que tengo enfrente y tomo un trago largo. La tía Charlotte sabía que yo estaba tratando de quedar embarazada, y cuando sonrió tras la observación de Richard, comprendí que ella podría haber tenido una impresión equivocada a partir de mi cintura engrosada y de mi bebida sin alcohol.

Sacudí ligeramente la cabeza, sin querer decir palabras para corregirla. Al menos no entonces, delante de Richard.

—Un lugar hermoso —dice la tía Charlotte ahora, pero no estoy al tanto de la conversación. ¿Está hablando de nuestra antigua casa, o del club?

Todo en mi vida parecía hermoso en aquel entonces: los muebles nuevos que había escogido con la ayuda de una decoradora de interiores, los pendientes de zafiro que Richard me había regalado ese mismo día, el largo camino de entrada que serpenteaba entre exuberantes campos de golf y de un estanque lleno de patos mientras nos acercábamos al club, la explosión de mirtos de crespón y de cornejos cremosos que rodeaban la entrada de columnas blancas.

—Todas las demás personas en el club parecían tan… —Ella vacila—. Instalados, supongo. Es solo que tus amigos en la ciudad eran muy enérgicos y jóvenes.

Las palabras de la tía Charlotte son amables, pero sé lo que quiere decir. Los hombres vestían chaquetas en el comedor —una regla del club— y las mujeres parecían tener sus propios edictos tácitos que dictaminaban cómo mirar y actuar. La mayoría de las parejas también eran mucho mayores que yo, pero esa no era la única razón por la que sentía que no encajaba.

—Nos sentamos en una cabina en un rincón —continúa la tía Charlotte. Richard y yo asistimos a muchos eventos en el club: los fuegos artificiales del 4 de julio, el asado del Día del Trabajo, el baile festivo de diciembre. La cabina del rincón era la favorita de Richard porque le permitía ver el salón y era silenciosa.

—Me sorprendieron las lecciones de golf —dice la tía Charlotte.

Asiento. También habían sido una sorpresa para mí. Richard me las había dado, por supuesto. Quería que jugáramos juntos y había mencionado un viaje a Pebble Beach una vez que dominara mi *fairway drive*. Yo hablaría sobre la manera en que había aprendido a distinguir entre el hierro siete y el nueve, de cómo siempre erraba mi tiro cuando no dedicaba el tiempo suficiente para practicar *swings*, y de lo divertido que era conducir el carrito de golf. Debería haber sabido que la tía Charlotte comprendería en medio de mi conversación animada.

—Cuando apareció el mesero, pediste una copa de Chardonnay —dice la Tía Charlotte—. Pero vi que Richard tocó tu mano. Luego cambiaste tu pedido por agua.

—Estaba tratando de quedar embarazada. No quería tomar.

—Entiendo eso, pero luego sucedió algo más—. La tía Charlotte toma un sorbo de su *sidecar*, sostiene el vaso grueso con ambas manos y luego lo deja cuidadosamente en la barra. Me pregunto si no quiere continuar, pero necesito saber qué hice.

—El servidor te trajo una ensalada César—. La voz de la tía Charlotte es suave. —Le dijiste que querías el aderezo a un lado. No era nada importante, pero insististe en que la habías pedido así. Solo pensé que era extraño porque habías sido mesera, tesoro. Ya sabes lo fácil que es que sucedan errores.

Ella hace una pausa. «La cuestión es que estabas equivocada. También pedí una ensalada César, y simplemente dijiste que pedirías lo mismo. No comentaste nada sobre el aderezo».

Siento mi frente arrugarse. —¿Eso fue todo? ¿Me equivoqué al pedir?

La tía Charlotte niega con la cabeza. Sé que ella será honesta conmigo. También sé que tal vez no me guste lo que oiga a continuación.

—Fue la forma en que lo dijiste. Sonaste… agitada. Él se disculpó, hiciste de eso un problema más grande de lo que ameritaba. Culpaste al mesero por algo que no fue culpa suya.

—¿Qué hizo Richard?

—Finalmente, fue él quien te dijo que no te preocuparas, que te traerían una nueva ensalada en un minuto.

No recuerdo mi intercambio exacto con el mesero —aunque recuerdo otras comidas más tensas en el restaurante durante mi matrimonio—, pero estoy segura de una cosa: mi tía tiene una memoria excelente; ha pasado toda su vida clasificando detalles.

Me pregunto cuántos otros momentos desagradables presenció la tía Charlotte durante esos años y los ha mantenido en silencio debido a su amor por mí.

Aunque todavía estábamos recién casados, mi transformación ya había comenzado.

CAPÍTULO VEINTIUNO

Siempre supe que mi vida con Richard no se parecería a la de antes.

Sin embargo, supuse que mis cambios serían externos: adiciones a lo que ya era y a lo que ya tenía. Sería una esposa. Una madre. Crearía un hogar. Encontraría nuevas amigas en nuestro vecindario.

Pero en ausencia de la revuelta diaria que conformaban mi existencia en Manhattan, era demasiado fácil concentrarse en lo que faltaba. Debería de haber estado despierta tres veces cada noche para amamantar y programar las clases de Mamá & Yo. Debería de haber estado preparando papilla de zanahoria y leyendo *Buenas noches, luna*. Debería haber estado lavando piyamas enterizas en Dreft y congelando anillos de dentición para aliviar encías hinchadas.

Mi vida estaba en espera. Me sentía suspendida entre mi pasado y mi futuro.

Solía angustiarme por el saldo de mi cuenta corriente, el sonido de pasos detrás de mí por las noches, y si lograría subir al vagón del metro antes de que las puertas se cerraran para poder llegar a tiempo a Gibson's. Me preocupaba por la niña de mi clase que se mordía las uñas aunque solo tuviera tres años, de si el chico lindo al que le había dado mi número me llamaría alguna vez, y si Sam se había acordado de desenchufar la plancha después de alisarse el cabello.

Supongo que pensé que casarme con Richard eliminaría mis preocupaciones.

Pero mis viejas ansiedades simplemente cedieron a otras nuevas. El torbellino y el ruido de la ciudad fueron reemplazados por la agitación incesante de mis pensamientos. Mis nuevos entornos pacíficos no calmaron mi mundo interior. En todo caso, la quietud constante y las horas vacías, parecían provocarme. Mi insomnio regresó. También me encontré regresando a casa para asegurarme de que había cerrado la puerta cuando hacía un recado, a pesar de que podía verme a mí misma cerrarla y girar la llave. Salía de una cita dental antes de que me limpiaran los dientes, convencida de que había dejado el horno encendido. Volvía a revisar los armarios para asegurarme de que las luces estuvieran apagadas. Nuestra empleada semanal dejaba todo impecable, y Richard era increíblemente ordenado por naturaleza, pero yo seguía deambulando por las habitaciones, buscando hojas marchitas para arrancarlas de alguna planta en una maceta, un libro que sobresaliera un poco entre los demás en nuestros estantes para acomodarlo de nuevo, toallas para volver a doblarlas en tríos perfectos en nuestro armario de ropa blanca.

Aprendí a prolongar una tarea sencilla como si fuera pan comido; podía orientar todo mi día alrededor de una reunión en el club para el comité de voluntarios jóvenes. Miraba continuamente el reloj, contando las horas hasta que Richard volviera a casa.

Poco después de cumplir veintinueve años y de pasar la noche en el club con la tía Charlotte, fui a la tienda de comestibles a buscar pechugas de pollo para la cena.

Era casi *Halloween*, que siempre había sido mi fiesta favorita cuando les enseñé a los Cachorros. Dudaba que tuviéramos muchos niños en busca de dulces; no los habíamos tenido el año anterior, pues las casas de nuestro barrio eran muy distantes entre sí. Sin embargo, compré algunas bolsas de mini Kit Kats y M&M's, en el mercado mientras esperaba no comer más de las que repartiera. También agregué una caja de Tampax a mi carrito. Cuando doblé accidentalmente hacia el pasillo donde estaban los Pampers y los alimentos para bebés, me retiré abruptamente, tomando el camino más largo a las cajas registradoras.

Mientras ponía la mesa para la cena, solo dos platos en un rincón de la superficie amplia de caoba, la soledad me atravesó. Me serví una copa de vino y marqué el número de Sam. A Richard no le gustaba cuando bebía, pero yo necesitaba un consuelo unos días al mes, así que me aseguré de lavarme los dientes y de enterrar la botella vacía en el fondo de nuestra papelera de reciclaje. Sam me dijo que se estaba preparando para ir a una tercera cita con un chico, y en realidad parecía entusiasmada con él. Pude imaginarla poniéndose sus *jeans* favoritos, los que yo ya no pedía prestados, y aplicándose un labial rojo cereza.

Tomé un sorbo de Chablis mientras disfrutaba de su conversación alegre y sugerí que nos reuniéramos pronto en la ciudad. Sam solo había ido a verme una vez desde la boda. No la culpé; Westchester era aburrido para una mujer soltera. Yo iba a Manhattan con más frecuencia y trataba de encontrarme con Sam cerca de la Escalera del Aprendizaje para un almuerzo tardío.

Pero tuve que aplazar nuestro último almuerzo porque me habían dado parásitos en el estómago, y Sam había cancelado la cena que habíamos programado antes porque había olvidado que la fiesta para celebrar los noventa años de su abuela era esa misma noche.

No nos habíamos visto en años.

Yo me había prometido que estaría en contacto cercano con Sam después de la boda, pero las noches y los fines de semana —los tiempos libres de Sam—, también eran mis únicas oportunidades para estar con Richard.

Él nunca le puso limitaciones a mi horario. Una vez, cuando me recogió en la estación del tren después de haberme encontrado con Sam para el *brunch* del domingo en Balthazar, me preguntó si me había divertido.

—Sam siempre es divertida —le dije, riéndome mientras le contaba que después de salir del restaurante, nos encontramos con la escena de una película que estaban filmando a unas pocas cuadras y Sam me había tomado de la mano y me había llevado a la multitud de extras. Nos habían pedido que nos fuéramos, pero no antes de que ella lograra agarrar una bolsa grande de mezcla de frutos secos de la mesa de comestibles que había para el personal detrás de cámaras.

Richard se había reído conmigo. Pero esa noche, durante la cena, mencionó que trabajaría hasta tarde casi todas las noches de esa semana.

Antes de terminar nuestra conversación telefónica, Sam me dijo que escogiera un momento para reunirnos. —Tomemos tequila y vayamos a bailar como solíamos hacerlo.

Yo dudé. —Déjame ver el calendario de Richard. Puede ser más fácil si voy cuando él no esté en la ciudad.

—¿Planeas llevar un chico a casa? —bromeó Sam.

—¿Por qué solo uno? —ironicé, tratando de cambiar la perspectiva, y ella se rio.

Estaba en la cocina unos minutos después, partiendo tomates para una ensalada, cuando nuestra alarma antirrobo comenzó a sonar.

Según lo prometido, Richard había mandado a instalar un sofisticado sistema de alarmas poco antes de mudarnos a la casa de Westchester. Fue un consuelo durante los días en que él estaba en el trabajo, y especialmente en las noches en que viajaba.

—¿Hola? —dije. Entré al pasillo, estremeciéndome mientras la advertencia aguda resonaba en el aire. Pero nuestra puerta pesada de roble permaneció cerrada.

Nuestra casa tenía cuatro áreas vulnerables, había dicho el contratista de la compañía de alarmas, levantando el mismo número de dedos para enfatizar en su punto. La puerta delantera. La entrada del sótano. La gran ventana en el área de la cocina. Y especialmente las puertas dobles en la sala que daban a nuestro jardín.

Todas esas entradas estaban conectadas. Corrí a las puertas dobles de cristal y miré afuera. No pude ver nada, pero no significaba que nadie estuviera allí, escondido entre las sombras. Si alguien irrumpiera, yo nunca oiría el ruido por encima de la alarma atronadora. Subí corriendo instintivamente, sosteniendo todavía el cuchillo de carnicero que había utilizado para cortar los tomates.

Agarré mi teléfono celular de la mesilla de noche, agradecida de haberlo conectado al cargador. Llamé a Richard mientras hurgaba en el fondo de mi armario, detrás de una hilera de pantalones.

—¿Nellie? ¿Qué pasa?

Apreté el teléfono con fuerza mientras me acurrucaba en el piso de mi armario.

—Creo que alguien está tratando de entrar —susurré.

—Puedo oír la alarma—. La voz de Richard era tensa y urgente.

—¿Dónde estás?

—En mi armario —susurré.

—Llamaré a la policía. Espera.

Lo imaginé en la otra línea dando nuestra dirección e insistiendo en que debían darse prisa, pues su esposa se encontraba sola en la casa.

Sabía que la compañía de alarmas también alertaría a la policía.

El teléfono de nuestra casa también estaba sonando. El corazón me latía, la pulsación frenética saturando mis oídos. Eran muchos los sonidos; ¿cómo podría saber si alguien estaba girando el pomo al otro lado de la puerta del armario?

—La policía estará allá en cualquier momento —dijo Richard—. Y ya estoy en el tren; voy en Monte Kisco. Llegaré en quince minutos.

Esos quince minutos duraron una eternidad. Me acurruqué en una bola más apretada y empecé a contar, obligándome a contar lentamente. *Seguramente la policía vendría cuando llegara a doscientos*, pensé, permaneciendo inmóvil y respirando superficialmente, de modo que si alguien entraba por la puerta del armario, no pudiera detectar mi presencia.

El tiempo se hizo más lento. Yo era muy consciente de cada detalle de mi entorno, y mis sentidos estaban altamente aguzados. Vi motas solitarias de polvo en los zócalos, la pequeña variación en el tono del piso de madera y la ondulación diminuta que creaban mis exhalaciones en la tela de los pantalones negros que colgaban a un palmo de mi cara.

—Espera, querida —dijo Richard cuando llegué al 287—. Me estoy bajando del tren.

Fue entonces cuando finalmente llegó la policía.

Los agentes buscaron, pero no encontraron señales de un intruso, ningún objeto que faltara, ninguna puerta forzada ni ventanas rotas. Me acurruqué junto a Richard en el sofá, tomando té de manzanilla. Las falsas alarmas no eran raras, nos dijo la policía. El cableado defectuoso, los animales que activan un sensor, una falla en el sistema; probablemente había sido una de esas cosas, dijo un agente.

—Estoy seguro de que no fue nada —coincidió Richard. Pero luego vaciló y miró a los dos agentes. Esto probablemente no esté relacionado, pero cuando salí esta mañana, había un camión desconocido al final de nuestra calle. Pensé que pertenecía a una empresa de jardinería o algo así.

Sentí que mi corazón dio un latido adicional.

—¿Tienes el número de la matrícula? —preguntó el agente mayor, el que más habló.

—No, pero estaré atento—. Richard me acercó más hacia él.

—Querida, estás temblando. Prometo que nunca dejaré que nada te suceda, Nellie.

—Seguro que no viste a nadie, ¿verdad? —me preguntó el agente de nuevo.

A través de las ventanas vi las luces azules y rojas parpadear encima de las patrullas. Cerré los ojos, pero aún podía visualizar aquellos colores frenéticos girando a través de la oscuridad, regresándome a aquella noche de antaño cuando estaba en la universidad.

—No. No vi a nadie.

Pero eso no era completamente cierto.

Yo había visto una cara, pero no en una de nuestras ventanas. Solo era visible en mi recuerdo. Pertenece a alguien que vi por última vez en la Florida, alguien que me culpa —que me quiere ver castigada— por los eventos cataclísmicos de aquella noche de otoño.

Yo tenía un nuevo nombre. Una nueva dirección. Incluso había cambiado mi número telefónico.

Siempre había temido que no fuera suficiente.

La tragedia comenzó a desarrollarse durante un día hermoso, también en octubre. Yo era muy joven entonces. Acababa de empezar mi último año en la universidad. El calor abrasador del verano de la Florida había cedido a una calidez suave; las chicas de mi hermandad llevaban vestidos ligeros o camisetas sin mangas y pantalones cortos estampados con *CHI OMEGA* en el trasero. Nuestra casa estaba llena de una energía feliz; las nuevas candidatas serían iniciadas después del atardecer. Como directora social, yo había planeado los tragos de gelatina, las vendas, las velas, y zambullirnos de sorpresa en el océano.

Pero me desperté agotada y me sentía mareada. Mordisqueé una barra de granola cuando me arrastré a mi seminario de desarrollo infantil. Mientras sacaba mi planificador en espiral para anotar la tarea de la próxima semana, una comprensión detuvo mi lápiz en la página: mi período estaba retrasado. No estaba enferma. Estaba embarazada.

Cuando volví a levantar la vista, todos los estudiantes habían empacado y estaban saliendo del aula. La conmoción me había robado unos minutos.

Dejé de asistir a mi próxima clase y fui a una farmacia al borde del campus, donde compré un paquete de chicles, una revista *People*, algunos bolígrafos y una prueba e.p.t como si se tratara de otro artículo casual en mi lista de compras. Un McDonald's estaba al lado y me acurruqué en un puesto, escuchando a dos muchachas preadolescentes cepillarse el cabello en el espejo y hablar del concierto de Britney Spears al que se morían por asistir. El signo más confirmó lo que yo sospechaba.

Yo tenía apenas veintiún años, pensé febrilmente. Ni siquiera había terminado la escuela. Mi novio Daniel y yo llevábamos pocos meses juntos.

Salí del puesto y fui a la fila del lavamanos; me eché agua fría en las muñecas. Levanté la vista y las dos chicas permanecieron en silencio al ver mi rostro.

Daniel tenía una clase de sociología que terminaba a las doce y media; me había aprendido su horario. Me apresuré a su edificio y caminé por el tramo de la acera de enfrente. Algunos estudiantes estaban sentados fumando en los escalones, mientras que otros estaban tendidos en la hierba, algunos almorzando, otros formando un triángulo y lanzando un frisbi. Una chica descansaba con la cabeza apoyada en el regazo de un hombre, su cabello largo sobre el muslo de él como una manta. The Grateful Dead sonaba en un parlante portátil.

Dos horas antes, yo habría sido una de ellos.

Los estudiantes comenzaron a escurrirse por la puerta y escudriñé sus rostros, buscando frenéticamente a Daniel. No sería el tipo con sandalias y una camiseta de la Universidad de Grant, o el que cargaba un estuche pesado con un saxofón, o incluso el que llevaba una mochila encogida sobre un hombro.

No se parecía a ninguno de ellos.

Después de que la multitud se dispersara, apareció en la parte superior de la escala guardando sus lentes en el bolsillo de su camisa oxford, una bolsa de mensajero colgada en cruz sobre su pecho. Levanté la mano y saludé. Cuando me vio, vaciló, luego continuó bajando los escalones hacia donde yo estaba parada.

—¡Profesor Barton! —. Una chica lo interceptó, probablemente con una pregunta sobre su clase. O tal vez estaba coqueteando.

Daniel Barton tenía treinta y tantos años, y hacía que los deportistas que lanzaban frisbis, con sus saltos y gritos cuando atrapaban el disco, parecieran simples mascotas. Siguió mirándome mientras hablaba con la otra chica. Su ansiedad era palpable. Yo había quebrantado nuestra regla: no reconocernos en el campus.

A fin de cuentas, podían despedirlo. Él me había puesto una A durante mi tercer año, unas semanas antes de que nuestra aventura comenzara.

Yo me la había ganado: nunca habíamos compartido una conversación personal, y mucho menos un beso, hasta que tropecé con él después de alejarme de mis amigos en un concierto de Dave Matthews en la playa, pero ¿quién nos creería?

Cuando por fin se acercó a mí, susurró: —Ahora no. Te llamaré más tarde.

—Recógeme en el lugar habitual en quince minutos.

Él negó con la cabeza. —Hoy no funcionará. Mañana sí. Su tono brusco me picó.

—Es muy importante.

Pero él ya se estaba alejando, con las manos en los bolsillos de sus *jeans*, hacia el viejo Alfa Romeo en el que habíamos ido a la playa en tantas noches de luna. Lo vi partir, sintiéndome aturdida y profundamente traicionada. Cumpliría con nuestro acuerdo; él debería haber comprendido que esto era urgente. Dejó la bolsa en el asiento del pasajero, en mi asiento, y se alejó a toda velocidad.

Pasé los brazos alrededor de mi estómago y observé cómo su auto doblaba una esquina y desaparecía.

Entonces regresé lentamente a la casa de la hermandad, donde todos estaban ocupados en los preparativos.

Solo tenía que llegar hasta el final del día, me dije, parpadeando con fuerza por las lágrimas que llenaban mis ojos. Entonces podría hablar con Daniel. Planearíamos algo juntos.

—¿Dónde estabas? —me preguntó la presidenta de nuestro capítulo mientras yo cruzaba la puerta, pero no esperó mi respuesta. Veinte candidatas se unirían oficialmente a nuestra casa esta noche. La velada comenzaría con una cena y con rituales: la canción de la casa y un juego de cultura general sobre nuestros fundadores y fechas importantes de la hermandad. Cada chica sostendría una vela y repetiría los votos sagrados. Yo permanecería detrás de mi «hermanita» Maggie, con quien había estado emparejada durante el año. La novatada comenzaría alrededor de las diez de la noche. Aunque duraría varias horas, no se les haría nada malo a las chicas. Nada peligroso. Con toda seguridad, ninguna sería lastimada.

Sabía esto porque fui yo quien lo planeó.

Las botellas de vodka para los tragos de gelatina estaban alineadas en la mesa del comedor, junto con el alcohol de cereales para el ponche. *¿Necesitábamos tanto licor?*, me pregunté. Lo recuerdo por todo lo que sucedió después. Esas luces intermitentes azules y rojas de la policía. Los gritos agudos que sonaban como una alarma.

Pero mientras subía los peldaños hasta mi habitación, fue solo un pensamiento fugaz que pasó volando como una polilla, y fue reemplazado rápidamente por mi preocupación por el embarazo. El sentimiento de enfermedad irradiaba desde mi centro, abarcando todo mi ser.

Daniel ni siquiera me había mirado mientras se alejaba. Seguí recordando la forma en que pasó a mi lado y susurró:

—Ahora no—. Me había tratado con menos respeto que a la estudiante que lo había interceptado antes de acercarse a mí.

Me metí en mi habitación y cerré la puerta en silencio, luego saqué mi teléfono celular. Me acosté en la cama, llevando las rodillas contra el pecho, y lo llamé. Después de cuatro timbrazos, escuché su mensaje saliente. La segunda vez que marqué, se fue directamente al correo de voz.

Pude ver a Daniel mirar su teléfono mientras el nombre en clave que me había dado «Víctor» titilaba.

Sus dedos largos y afilados, esos que acariciaban mi pierna cada vez que me sentaba a su lado, recogiendo el teléfono y presionando la función *Rechazar*.

Lo había visto hacer exactamente lo mismo con otras personas que lo llamaban cuando estábamos juntos, sin pensar que me lo haría.

Volví a marcar su número, esperando que lo viera y comprendiera que necesitaba hablar a toda costa con él. Pero me ignoró.

Mi dolor estaba siendo superado por la ira. Él debe de haber sabido que algo andaba mal. *Dijo que se preocupaba por mí, pero si realmente te importa alguien, ¿no le responderías al menos su maldita llamada?*, pensé.

Nunca había estado en su casa porque vivía con otros dos profesores en la residencia de la facultad. Sin embargo, sabía su dirección.

Pensé: *Mañana no es lo suficientemente bueno.*

CAPÍTULO VEINTIDÓS

Después de que la tía Charlotte viene a buscarme al bar Robertson, me baño con agua fría para retirarme el sudor y el maquillaje. Deseo poder enjuagar el día tan fácilmente y tener una nueva oportunidad con Emma.

Había planeado mis palabras con mucho cuidado; había anticipado que Emma sería escéptica al principio. Yo también lo habría sido; todavía recuerdo cómo me irritaba cuando Sam parecía sospechar de Richard, o cuando mi madre expresó su preocupación de que yo parecía estar perdiendo mi identidad.

Pero supuse que Emma me escucharía por lo menos. Que yo tendría la oportunidad de plantear dudas que podrían inducirla a mirar más de cerca al hombre con el que estaba eligiendo pasar el resto de su vida.

Pero claramente ella ya se había formado una opinión fuerte sobre mí, una que le dice que no soy de fiar.

Ahora reconozco lo tonta que fui al pensar que esto podría terminar tan fácilmente.

Tendré que encontrar otra manera de hacerla entender.

Noto que mi brazo izquierdo está rojo y ligeramente en carne viva donde lo he estado frotando con saña. Cierro la llave de la ducha y me aplico loción en mi piel delicada.

Luego, la tía Charlotte toca la puerta de mi habitación. —¿Quieres salir a caminar?

—Claro—. Preferiría no hacerlo, pero es mi concesión inadecuada a ella por la preocupación que le he causado.

Nos dirigimos a Riverside Park. Generalmente la tía Charlotte avanza a paso ligero, pero hoy camina lentamente. El movimiento constante y repetitivo de mis brazos y piernas, y la suave brisa que sopla del río Hudson, me ayudan a sentirme más centrada.

—¿Quieres continuar con nuestra conversación? —me pregunta la tía Charlotte.

Pienso en lo que ella me pidió: *Por favor deja de mentirme.*

No voy a hacerlo, pero antes de que pueda decirle la verdad a la tía Charlotte, necesito descubrir qué significa para mí.

—Sí—. La tomo de la mano—. Pero no estoy lista todavía.

Aunque en el bar solo disecamos una sola noche de mi matrimonio, hablar con mi tía ha liberado una parte de la presión que se ha acumulado en mí. La historia completa es demasiado enredada y compleja como para desentrañarla en una sola tarde.

Sin embargo, por primera vez tengo los recuerdos de alguien más en los cuales confiar aparte de los míos. Alguien en quien puedo confiar mientras asimilo las secuelas de mi vida con Richard.

Invito a la tía Charlotte al restaurante italiano cerca de su apartamento y pedimos sopa *minestrone*. El mesero nos trae pan caliente y crujiente, y tomo tres vasos de agua helada, dándome cuenta de que estoy reseca. Hablamos sobre la biografía de Matisse que está leyendo ella y de una película que pretendo querer ver.

Me siento un poco mejor físicamente. Y la conversación superficial con mi tía me distrae. Pero cuando estoy de nuevo en mi habitación, cerrando mis persianas al anochecer, mi reemplazo regresa. Es una invitada no invitada a quien nunca puedo rechazar.

La veo con su vestido ajustado, girando ante un espejo, con el nuevo diamante brillando en su dedo.

La imagino sirviéndole un trago a Richard y llevándoselo, besándolo mientras él lo toma de su mano.

Veo que estoy caminando de un lado a otro en la pequeña habitación.

Voy a mi escritorio y localizo una libreta amarilla en un cajón. La llevo con un bolígrafo a mi cama y miro la página en blanco.

Empiezo a esbozar su nombre, mi bolígrafo detenido en los bordes y curvas de sus letras: *Emma.*

Tengo que escribir las palabras completamente bien. Debo hacer que ella entienda. Me doy cuenta de que estoy presionando el bolígrafo con tanta fuerza en el papel que la tinta se ha esparcido por la página.

No sé qué escribir a continuación. No sé cómo empezar.

Si pudiera averiguar en dónde comenzó mi hundimiento, podría explicárselo. ¿Fue con la enfermedad mental de mi madre? ¿Con la muerte de mi padre? ¿Con mi incapacidad para concebir un hijo?

Cada vez estoy más segura de que el origen se encuentra en esa noche de octubre en Florida.

Sin embargo, no puedo decirle eso a Emma. La única parte de mi historia que ella necesita entender es el papel que tuvo Richard.

Rompo el papel y comienzo de nuevo con uno limpio.

Esta vez escribo, *Querida Emma.*

Entonces oigo su voz.

Por un momento, me pregunto si mi mente la conjuró, hasta que me doy cuenta de que está en el apartamento, y que la tía Charlotte está diciendo mi nombre. Diciéndome que vaya donde Richard.

Me levanto y me miro al espejo. El sol de la tarde y la caminata me dejaron las mejillas sonrosadas, y tengo el cabello recogido en una cola de caballo baja. Llevo pantalones cortos de *lycra* y una camiseta sin mangas. Las ojeras marcan mis ojos, pero la luz suave y tolerante es amable con los ángulos agudos de mi cuerpo.

Horas antes me vestí para Emma, pero en este momento me parezco más a la Nellie de la que se enamoró mi marido de lo que he hecho en años.

Voy descalza a la sala, y mi cuerpo reacciona instintivamente, mi visión hace un túnel hasta que lo único que puedo ver es a él. Es ancho de hombros y está en forma; su figura de corredor se perfeccionó durante los años en que estuvimos casados.

Richard es uno de esos hombres que se vuelven más atractivos con la edad.

—Vanessa—. Esa voz profunda. La que aún escucho en mis sueños todo el tiempo—. Me gustaría hablar.

Se vuelve hacia la tía Charlotte.

—¿Podemos estar un momento a solas?

La tía Charlotte me mira y yo asiento. Tengo la boca seca.

—Por supuesto —dice ella, retirándose a la cocina—. Emma me dijo que fuiste a verla hoy.

Richard lleva una camisa que no reconozco, una que debe haber comprado después de que me fui. O tal vez se trata de una que le compró Emma. Su rostro está bronceado, como siempre lo hace en el verano porque corre afuera cuando hace buen tiempo.

Asiento con la cabeza, sabiendo que es inútil negarlo.

Inesperadamente, su expresión se suaviza y él da un paso hacia mí.

—Te ves aterrorizada. ¿No sabes que vine porque estoy preocupado por ti?

Hago un gesto hacia el sofá. Me tiemblan las piernas.

—¿Podemos sentarnos?

Los cojines están amontonados en cada extremo del sofá, lo que significa que terminamos más cerca de lo que cualquiera de los dos podría haber esperado. Huelo limones. Siento su calor.

—Me voy a casar con Emma. Tienes que aceptar esto.

No tengo que hacerlo, pienso. *No tengo que aceptar que te cases con nadie.* Pero en lugar de eso digo:

—Todo sucedió muy rápido. ¿Por qué tanta prisa?

Richard no será complaciente con mi pregunta.

—Todo el mundo me pregunta por qué estuve contigo todos esos años. Te quejaste de que te dejé demasiado sola en casa, pero cuando socializábamos, estabas… La noche de nuestro coctel; bueno, la gente todavía habla de eso.

No me doy cuenta de que una lágrima resbala por la mejilla hasta que él la limpia suavemente.

Su tacto desencadena una explosión de sensaciones dentro de mí; han pasado meses desde que las sentí. Mi cuerpo se tensa.

—He estado pensando en esto por un tiempo. Nunca quise decirlo porque sabía que te haría daño. Pero después de hoy… no tengo otra opción. Creo que deberías recibir ayuda. Una estadía en un hospital en algún lugar, tal vez donde estuvo tu madre. No querrás terminar como ella.

—Estoy mejorando, Richard—. Siento un destello de mi antiguo espíritu. —Tengo un trabajo. Voy a salir más y a conocer gente. Mi voz se apaga. La verdad es visible para él. —No soy como mi madre.

Hemos tenido esta conversación antes. Está claro que él no me cree.

—Ella sufrió una sobredosis de analgésicos —dice Richard suavemente.

—¡No lo sabemos con seguridad! —protesto—. Podría haber sido un error. Ella podría haber mezclado las pastillas.

Richard suspira. —Antes de morir, ella te dijo a ti y a la tía Charlotte que se estaba sintiendo mejor. Entonces, cuando me dijiste eso... Oye, ¿tienes un bolígrafo?

Me quedo paralizada, preguntándome cómo siente él lo que hacía yo antes de que él llegara.

—Un bolígrafo —repite, frunciendo el ceño ante mi reacción—. ¿Me puedes prestar uno?

Asiento, luego me levanto y regreso a mi habitación, donde la libreta con el nombre de Emma está en mi cama. Miro por encima del hombro, sintiendo súbitamente el temor de que me haya seguido. Pero el espacio en mi estela está vacío. Le doy vuelta a la libreta y sujeto el bolígrafo, luego noto que nuestro álbum de bodas aún está en el suelo. Lo dejo en el piso de mi armario y regreso a la sala. Mi rodilla golpea suavemente contra la de Richard cuando me siento a su lado.

Se inclina hacia mí en el sofá mientras busca su billetera. Retira el único cheque en blanco que lleva siempre. Miro mientras escribe un número y agrega varios ceros.

Me sorprende la cantidad. —¿Para qué es eso?

—No recibiste lo suficiente en la conciliación—. Deja el cheque en la mesa de centro.

—Liquidé algunas acciones para ti y le dije al banco que habría un retiro significativo de mi cuenta corriente. Utiliza esto para obtener ayuda. No podría vivir conmigo mismo si te sucediera algo.

—No quiero tu dinero, Richard—. Él posa sus ojos en mí. —Nunca lo hice.

Conozco personas con ojos color avellana que se pasan del verde al azul o al marrón según la luz o lo que lleven puesto. Pero Richard es la única persona que he conocido cuyos iris cambian únicamente con las tonalidades azules, desde el dénim al mar Caribe hasta el ala de un escarabajo.

Ahora tienen mi tonalidad preferida, un añil suave.

—Nellie—. Es la primera vez que me dice así desde que me fui de su casa—. Amo a Emma.

Un fuerte dolor estalla en mi pecho.

—Pero nunca amaré a nadie tanto como a ti —dice.

Sigo mirándolo a los ojos y luego aparto la mirada. Estoy atónita por su confesión. Pero la verdad es que siento lo mismo por él. El silencio en el aire cuelga como un carámbano a punto de romperse.

Luego se inclina hacia adelante otra vez, y el choque me quita la capacidad de pensar de manera coherente mientras sus labios suaves encuentran los míos. Su mano cubre la parte posterior de mi cabeza, acercándome más a él. Por unos segundos, otra vez soy Nellie y él es el hombre del que me enamoré.

Entonces soy sacudida de vuelta a la realidad. Lo aparto, limpiándome la boca con el dorso de la mano. —No deberías haber hecho eso.

Él me mira un largo rato, luego se pone de pie y se va sin decir una palabra.

CAPÍTULO VEINTITRÉS

El sueño me es esquivo una vez más esa noche cuando recuerdo cada detalle de mi encuentro con Richard.

Cuando finalmente me quedo dormida, él también me visita en mi sueño.

Se acerca a mí mientras estoy en la cama. Recorre mis labios con la punta de los dedos, luego me besa tiernamente, despacio, primero en la boca y luego subiendo por mi cuello. Levanta mi camisón con una mano y luego baja su boca. Mis caderas comienzan a moverse involuntariamente. Reprimo un gemido mientras mi cuerpo me traiciona al hacerse cálido y flexible.

Luego me clava al colchón, su torso aplastando el mío, sus manos atrapando mis muñecas. Trato de empujarlo para que se detenga, pero es demasiado fuerte.

De repente, me doy cuenta de que no soy yo quien está debajo de Richard; mis manos no están presionadas, ni mis labios separados.

Es Emma.

Me despierto y me siento perdida. Mi aliento es un jadeo entrecortado. Miro alrededor de mi habitación, desesperada por centrarme.

Me apresuro al baño y me echo agua fría en la cara para borrar las sensaciones que persisten de mi sueño. Agarro los bordes duros del lavamanos hasta que mi respiración se hace finalmente más lenta.

Me meto de nuevo en la cama, pensando en cómo me retumbó el corazón y se estremeció cuando soñé con Richard. Sigo sintiendo los efectos secundarios de esa reacción traicionera a él.

¿Cómo podría haber sido excitada por él, incluso en un sueño?

Luego recuerdo uno de mis recientes podcasts de psicología sobre la parte del cerebro que procesa las emociones.

«El cuerpo humano a menudo responde de la misma manera a dos estados emocionales globales: excitación romántica y miedo», explicó un científico. Cierro los ojos e intento recordar exactamente lo que dijo el experto. «Piense en el martilleo en el pecho, la dilatación de las pupilas, el aumento de la presión arterial. Son sensaciones que aparecen tanto en el terror como en la excitación».

Sé bien esto.

El experto había dicho algo más acerca de cómo cambian nuestros procesos de pensamiento en ambos estados. Cuando estamos en las garras del amor romántico, por ejemplo, la maquinaria neuronal responsable de hacer evaluaciones críticas de otras personas puede verse comprometida.

¿Eso es lo que está experimentando Emma?, me pregunto. *¿Es eso lo que yo encontré también?*

Estoy demasiado agitada para volver a dormir.

Me quedo tendida allí mientras las imágenes de la visita de Richard azotan mi mente. Fue a la vez vívido y fugaz —como un espejismo— y mientras la larga noche transcurre, empiezo a preguntarme si realmente sucedió, o si también fue parte de mi sueño.

¿Fue real cualquier cosa de la noche anterior?, me pregunto.

Voy a mi armario bajo el primer resplandor dorado de la mañana, como en un trance. Abro el cajón superior. El cheque está entre mis medias.

Cuando lo dejo allí de nuevo, miro hacia abajo y veo la cubierta de satín blanco de nuestro álbum de bodas.

Es la única documentación física que tengo de mi matrimonio.

No puedo imaginar que quiera volver a ver las fotografías después de hoy, pero necesito verlas por última vez. Todas las fotos restantes están en la casa de Westchester, a menos que Richard las haya guardado en la unidad de almacenamiento en el sótano de su apartamento, o que las haya destruido. Me imagino que hizo esto; Richard habría eliminado todo rastro de mí antes de que Emma pudiera tropezar con los recordatorios inquietantes.

La tía Charlotte me contó algo que había presenciado durante mi matrimonio. Sam también me contó lo que había visto durante nuestra última conversación, lo cual desembocó en una pelea peor de lo que jamás podría haber imaginado que tuviéramos. Pero ahora quiero buscarme a mí misma, con ojos nuevos.

Me siento con las piernas cruzadas en mi cama y veo la primera página. En la primera foto, estoy en la habitación del hotel, cerrándome el broche de una pulsera de perlas antiguas, mi «algo prestado» de la tía Charlotte. Junto a mí, ella ata ingeniosamente el pañuelo azul de mi padre alrededor de mi ramo. Paso otra página y veo a la tía Charlotte, a mi madre y a mí caminando juntas por el pasillo. Mis dedos están entrelazados con los de mi madre, mientras que la tía Charlotte tiene su brazo enlazado con el mío del otro lado, pues mi mano izquierda sostiene el ramo de rosas blancas. La cara de la tía Charlotte se ve roja y sus ojos llenos de lágrimas. La expresión de mi madre es difícil de descifrar, aunque sonríe a la cámara. También está un poco apartada de mí y de la tía Charlotte; si no hubiéramos estado tomadas de la mano, podría sacarla fácilmente de la foto con un par de tijeras.

Si les mostrara esta foto a extraños y les pidiera que adivinaran quién era mi madre, probablemente elegirían a la tía Charlotte, aunque físicamente me parezco más a mi madre.

Siempre me he dicho a mí misma que solo recibí rasgos superficiales de mi madre, como su cuello largo y sus ojos verdes. Que, por dentro, yo era hija de mi padre; pero que era más como mi tía. Pero ahora las palabras de Richard se devuelven como un bumerán.

Durante nuestro matrimonio, cada vez que él me decía que yo no estaba actuando racionalmente, que estaba siendo ilógica o, en momentos más acalorados, cuando gritaba: —¡Estás loca! —, yo lo negaba.

«Él está equivocado», me susurraba a mí misma mientras paseaba por las aceras de nuestro barrio, mi cuerpo rígido, mis pasos golpeando el cemento.

Golpeaba el suelo con mi pie izquierdo: *Él está* —luego con mi pie derecho— *equivocado. Él está equivocado. Él está equivocado. Él está equivocado.*

Repetía esas palabras docenas, incluso cientos, de veces. Tal vez pensé que si las dijera lo suficiente, sepultarían la preocupación persistente de arrastrarse a través de mi cerebro: *¿Y que si él tenía razón?*

Veo otra foto de mi madre brindando de pie. En una mesa directamente detrás de ella estaba nuestro pastel de bodas de tres niveles adornado con la réplica de Richard. La sonrisa pintada de la novia de porcelana es serena, pero recuerdo sentirme ansiosa en ese momento. Afortunadamente, el discurso de mi madre en la cena de mi boda había sido coherente, aunque fuera demasiado extensa. Sus medicamentos estaban surtiendo efecto ese día.

Tal vez yo había heredado más de mi madre de lo que me había permitido creer.

Crecí con una mujer que vivía en un mundo diferente al de conducir una camioneta y preparar queso a la parrilla, como las madres de mis amigos. Los sentimientos de mi madre eran como colores intensos: rojos ardientes y rosas chispeantes y suaves, y grises pizarra más profundos. Su caparazón era feroz, pero era frágil por dentro. Una vez, mientras un administrador farmacéutico reprendía a un cajero de edad avanzada por moverse con mucha lentitud, mi madre le gritó, diciéndole matón y recibiendo aplausos de los otros clientes en la fila. En otra ocasión, se arrodilló de repente en la acera, llorando sin cesar por una mariposa monarca que no podía volar porque tenía un ala rota.

¿Había absorbido yo algo de su visión sesgada, de sus reacciones impulsivamente dramáticas? ¿Los genes que dictaban mi destino estaban más influenciados por ella, o por la composición constante y paciente de mi padre? Yo quería saber a toda costa cuáles atributos invisibles había heredado de cada uno de ellos.

Durante el tiempo de vida de mi matrimonio, me agobió una urgencia creciente por captar la verdad. La perseguía en mis sueños. Me preocupaba que mis recuerdos se desvanecieran como una vieja fotografía a color que ha sido blanqueada por la luz, así que traté de mantenerlos vivos. Comencé a escribirlo todo en una especie de diario: un cuaderno Moleskine negro que escondí de Richard debajo del colchón de la cama en nuestra habitación de invitados.

Es irónico ahora, porque me he rodeado de mentiras. A veces me siento tentada a sucumbir a ellas. Podría ser más simple de esa manera, sumergirme de manera silenciosa en la nueva realidad que he creado como si se tratara de arenas movedizas.

Desaparecer bajo su superficie.

Sería mucho más fácil simplemente dejarlo ir, pienso.

Pero no puedo. Por ella.

Dejo el álbum a un lado y voy hasta el pequeño escritorio en un rincón de mi habitación. Recupero mi libreta y el bolígrafo y escribo de nuevo.

Querida Emma:

Nunca habría escuchado a nadie que me dijera que no me casara con Richard. Así que entiendo por qué te estás resistiendo a mí. No he sido clara porque es difícil saber por dónde empezar.

Escribo hasta completar la página. Considero añadir una última línea: *Richard vino anoche,* pero la omito cuando comprendo que ella podría pensar que estoy tratando de que sienta celos, de crear dudas inadecuadas en ella.

Así que simplemente firmo la carta, la doblo en tres partes y la guardo en el cajón superior para leerla una vez más antes de dársela.

Algunas horas después, estoy bañada y vestida. Estoy pasando el labial por mi boca, cubriendo la marca que me dejó Richard, cuando escucho gritar a la tía Charlotte. Voy corriendo a la cocina.

El humo negro se curva hacia el techo. La tía Charlotte sacude un paño de cocina con llamas anaranjadas bailoteando en la superficie de la estufa.

—¡Trae bicarbonato de sodio! —grita.

Saco una caja del gabinete y la arrojo a las llamas, cubriéndolas. La tía Charlotte suelta el paño y abre la llave de la cocina. Veo la marca roja e irritada en su antebrazo mientras el agua circula sobre ella.

Retiro la sartén con el tocino ardiente de la estufa y saco una bolsa de hielo del congelador.

—Toma—. Cierro la llave cuando saca su brazo del agua. —¿Qué pasó? ¿Estás bien?

—Estaba echando las gotas de tocino en la vieja lata de café—. Saco un taburete y ella se sienta pesadamente. —Fallé. Solo un poco de fuego debido a la grasa.

—¿Quieres ir a un médico?

Aparta la bolsa de hielo y se mira el brazo. La quemadura tiene el ancho de un dedo y mide aproximadamente dos pulgadas de largo. Afortunadamente no tiene ampollas. «No está tan mal» — dice ella.

Miro la caja derramada de azúcar Domino sobre el mostrador, los granos regándose sobre la estufa.

—Eché azúcar por accidente. Tal vez eso empeoró las cosas.

—Déjame traerte un poco de sábila—. Me apresuro a ir al baño y encuentro un tubo en el botiquín, detrás de sus viejas gafas de carey y de un frasco de ibuprofeno. Llevo los analgésicos a la cocina, vierto tres tabletas en mi mano, y luego se las doy.

Ella suspira mientras se aplica un poco de sábila. —Eso ayuda—. Le sirvo un vaso de agua y se traga las píldoras.

Miro las gafas nuevas y gruesas asentadas en el puente de su nariz y me siento pesadamente en el taburete junto al suyo.

¿Cómo pude pasarlo por alto?

He estado tan obsesionada con las posibles pistas sobre la relación de Emma y Richard que no me he dado cuenta de lo que transcurre justo en frente de mí.

Su torpeza y dolores de cabeza. La cita con D: es decir, el «doctor». Los muebles despejados para facilitar el movimiento a través del apartamento. Mi tía mira el menú en el bar Robertson y luego pide una bebida que no figura en él. Su ritmo más tentativo en nuestro paseo por el Hudson. Y la caja cuadrada de azúcar que no se parece en nada al bicarbonato de sodio, pero que le parecería similar a alguien en medio de un apuro. Alguien que está tratando de sujetarla en medio de un delgado velo de humo.

Alguien que está perdiendo la vista.

Un sollozo me espesa la garganta. Pero no puedo hacer que sea ella quien me consuele. Busco su mano y su piel delgada semejante al papel.

—Me estoy quedando ciega —dice suavemente la tía Charlotte—. Acabo de tener una segunda cita para confirmarlo. Degeneración macular. Te lo iba a decir pronto. Pero tal vez no de una manera muy dramática.

Pienso en que alguna vez pasó una semana repasando cientos de trazos de pintura en un lienzo para replicar la corteza de una antigua secuoya. Cómo, cuando ella me llevó a la playa durante uno de los días oscuros de mi madre, nos acostamos de espaldas mirando al cielo y me explicó que aunque percibimos el brillo del sol como blanco, realmente está formado por todos los colores del arco iris.

—Lo siento mucho —susurro.

Todavía estoy pensando en ese día —en los sándwiches de pavo y queso y el termo de limonada que empacó mi tía, en la baraja de naipes que había llevado en su bolso para enseñarme cómo jugar *gin rummy*—, cuando vuelve a hablar.

—¿Te acuerdas cuando leíamos juntas *Mujercitas*?

Asiento con la cabeza. —Sí—. Me pregunto qué puede y qué no puede ver.

—En el libro, Amy dijo: «No les temo a las tormentas, porque estoy aprendiendo cómo navegar mi nave». Bueno, yo nunca le he temido al mal clima tampoco.

Luego mi tía hace una de las cosas más valientes que he visto. Sonríe.

CAPÍTULO VEINTICUATRO

Detesto cuando no puedo ver.

Maggie, la tímida novata de diecisiete años natural de Jacksonville, me había dicho esas palabras exactas en la noche de nuestra iniciación en la hermandad.

Pero yo no la había escuchado. Estaba demasiado obsesionada con la forma en que Daniel me había rechazado. *Mañana no es lo suficientemente bueno,* pensé mientras mi enojo aumentaba.

De alguna manera logré participar en la mayoría de los rituales de la noche. Permanecí detrás de Maggie mientras ella estaba en el círculo de chicas en nuestra sala, sus rostros iluminados por la luz de las velas. Cuando todas las hermanas se habían reunido para votar después de la semana de prisa, Maggie no había estado en nuestra lista original de las veinte seleccionadas. Las otras candidatas eran bonitas, animadas y divertidas, el tipo de chicas a las que se les pedía formar parte de la fraternidad y mejorar el espíritu de la casa. Pero Maggie era diferente. Cuando hablé con ella durante uno de nuestros eventos sociales, supe que durante la escuela secundaria, ella había comenzado un programa de voluntariado dirigido a ayudar a los animales en un refugio cerca de la casa de su familia.

—No tenía muchos amigos cuando era pequeña —me había dicho Maggie, encogiéndose de hombros. «Era una especie de *outsider*». Ella había sonreído, pero yo había visto la vulnerabilidad en sus ojos. «Supongo que ayudar a los animales me impidió sentirme sola».

—Es increíble. ¿Puedes explicar cómo empezaste ese programa? Quiero que nuestra casa esté más involucrada en servir.

Su rostro se había iluminado al describir a Ike, el perro salchicha de tres patas que había detonado su idea. Decidí que sin importar lo que pensaran las otras chicas de la casa, Maggie necesitaba ser una de nuestras candidatas.

Pero mientras permanecí detrás de ella, escuchando las voces de mis compañeras de hermandad que empezaban a cantar, me pregunté si había cometido un error. Maggie estaba vestida con un *top* de algodón blanco infantil estampado con un patrón de cerezas pequeñas y pantalones cortos a juego, y apenas había dicho una palabra en toda la noche.

Me había dicho que esperaba tener un nuevo comienzo en la universidad, que quería establecer conexiones con las otras chicas. Pero no estaba haciendo ningún esfuerzo para vincularse con las hermanas. No había aprendido nuestro himno; pude verla fingiendo pronunciar las palabras. Había tomado un sorbo del ponche y lo había escupido de nuevo en su taza. «Horrible», había dicho ella, dejando la taza sobre la mesa en lugar de tirarla, y luego buscó un trago de gelatina.

Era mi tarea vigilar a Maggie, asegurarme de que cumpliera con sus deberes —incluida la búsqueda del tesoro en la casa— y, sobre todo, estar pendiente de ella durante la zambullida en el océano. Incluso nosotras las universitarias sabíamos que tomar y nadar de noche en las olas picadas podía ser peligroso.

Sin embargo, no pude concentrarme en Maggie. Era muy consciente del cambio en mi cuerpo, del teléfono silencioso en mi bolsillo. Cuando ella se quejó de que no podía localizar el gallo de bronce que llamábamos en broma nuestra mascota y que habíamos escondido en la casa, me encogí de hombros y lo taché de su lista.

—Simplemente encuentra lo que puedas —le dije y volví a revisar mi teléfono. Daniel aún no había llamado.

Eran casi las diez en punto cuando la presidenta de nuestra hermandad nos condujo hasta la playa para nuestro rito de iniciación final. Las chicas tenían los ojos vendados y se agarraban mutuamente, riéndose embriagadas.

Vi a Maggie mirar por debajo de su venda, violando otra regla. —Odio cuando no puedo ver. Me hace sentir claustrofóbica.

—Póntela de nuevo —le ordené—. Es solo por unos minutos.

Cuando pasamos por las casas de la fraternidad en Greek Row, los tipos aplaudieron y gritaron:

—¡Vamos, Chi O!

Jessica, la chica más desenfrenada de nuestra hermandad, se levantó la camisa y mostró su sostén de color rosa intenso, ganándose una ovación de pie. Yo estaba bastante segura de que Jessica terminaría por dormirse pronto esta noche; había estado a la par de las candidatas tomando un trago tras otro.

A mi lado estaba Leslie, una de mis mejores amigas. Su brazo estaba unido al mío y cantaba «99 botellas de cerveza en el muro» junto a las otras chicas. Normalmente yo habría gritado las letras junto a ellas, pero no había tomado un solo trago de alcohol. ¿Cómo podría saber que una pequeña vida estaba dentro de mí?

Pensé en la playa. El lugar donde probablemente Daniel y yo la habíamos concebido. No pude ir allá.

—Oye —susurré—. Me siento como una plasta. ¿Me puedes hacer un favor? ¿Mirar a Maggie en el océano?

Leslie hizo una mueca. —Ella es medio inútil. ¿Por qué votamos por ella?

—Es tímida. Estará bien. Y es una buena nadadora, ya le pregunté.

—Como quieras. Espero que te sientas mejor. Y me debes una.

Busqué a Maggie y le dije que estaba enferma. Ella levantó su venda nuevamente, pero esta vez dejé que lo hiciera.

—¿A dónde vas? No puedes dejarme sola.

—Estarás bien—. Me molestó el quejido en su tono. —Leslie cuidará de ti. Dile si necesitas algo.

—¿Cuál rubia delgada es?

Puse los ojos en blanco y señalé en dirección a Leslie. «Es nuestra vicepresidenta».

Me alejé del grupo cuando doblaron la esquina y comenzaron a recorrer las últimas dos cuadras hacia el océano. La presidencia de la facultad estaba al otro lado del campus, quince minutos a pie si cruzaban el patio.

Intenté llamar a Daniel por última vez. Una vez más, se fue directo al correo de voz. Me pregunté si había apagado el teléfono.

Pensé en la chica que se había acercado a él esta tarde después de la clase. Yo estaba tan concentrada en Daniel que no le había prestado atención.

Pero ahora, como si estuviera viendo una película y la cámara hiciera una panorámica para abarcarla, la vi de nuevo. Era bastante atractiva.

¿Qué tan cerca había estado de él?

Daniel me había dicho que yo era la primera estudiante con la que se había acostado. Nunca dudé de eso hasta este momento.

Hasta donde yo sabía, él podía estar con ella.

No me di cuenta de que aceleré el paso hasta que comencé a respirar más fuerte debido al esfuerzo.

Las casas de la facultad estaban en fila, al igual que las casas griegas. Se alineaban en el borde del campus, detrás del invernadero del Departamento de Agricultura. Las estructuras de ladrillo rojo de dos pisos no eran elegantes, pero sí gratuitas, una gran ventaja para un profesor universitario.

Su Alfa Romeo estaba en la entrada de la casa número nueve.

Mi plan había sido tocar una puerta y preguntar dónde vivía Daniel; no, el profesor Barton. Diría que iba entregarle un trabajo, pues le había dado un borrador en clase por error. Pero el auto suprimió la necesidad de hacerlo. Ahora sabía dónde vivía exactamente. Y él estaba en casa.

Presioné el timbre, y una de las compañeras de habitación de Daniel abrió la puerta.

—¿Puedo ayudarte? —. Se acomodó el cabello color trigo detrás de una oreja. Un gato de calicó entró y se frotó la cabeza contra el tobillo.

—Se trata de una tontería. ¿Está el profesor Barton? Me di cuenta de que yo, mm, le di un…

La mujer se dio vuelta para mirar a alguien que bajaba las escaleras. —¿Querido? Una de tus alumnas está aquí.

Él bajó los últimos peldaños casi corriendo. —¡Vanessa! ¿Qué te trae a mi casa tan tarde en la noche?

—Te… te di el trabajo equivocado—. Sabía que mis ojos estaban desorbitados mientras fluctuaban entre Daniel y la mujer que le había dicho «querido».

—Ah, no hay problema —dijo rápidamente. Su sonrisa era excesivamente radiante. —Simplemente entrégame una nueva versión mañana.

—Pero yo—. Parpadeé con fuerza para contener las lágrimas cuando comenzó a cerrar la puerta.

—Espera un minuto—. La mujer estiró la mano para detener el movimiento de la puerta, y fue entonces cuando vi el anillo de oro en su dedo.

—¿Viniste hasta acá para hablar de un trabajo?

Asentí. —¿Eres su esposa? —. Esperaba que fuera una compañera de habitación, que esto era una especie de malentendido. Me esforcé para que el tono de mi voz fuera espontáneo. Pero se entrecortó.

—Así es. Me llamo Nicole—.

Miró mi rostro con mayor detenimiento. —Daniel, ¿qué está pasando?

—Nada—. Los ojos azules de Daniel se hicieron más grandes. —Supongo que ella me entregó el trabajo equivocado.

—¿De qué clase? —preguntó su esposa.

—Sociología de la familia —dije rápidamente. Era la clase que había tomado el semestre anterior. No mentí para proteger a Daniel. Lo hice por la mujer que tenía frente a mí. Estaba descalza y no llevaba maquillaje. Parecía cansada.

Creo que ella quería creerme. Tal vez lo hubiera hecho. Podría haber cerrado la puerta y calentado aceite para hacer palomitas de maíz y acurrucarse con Daniel en el sofá mientras veían *Sacrificios de familia*. Daniel podría haberme desechado, como si yo fuera un mosquito al que se debe hacer a un lado. «Estos chicos están tan estresados por las calificaciones —podría haber dicho—. Recuérdame, ¿cuánto tiempo hasta que pueda retirarme?

Excepto por una cosa.

En el instante en que dije, «Sociología familiar», Daniel dijo:

—Seminario mayor.

Su esposa no reaccionó de inmediato.

—¡Eso es! —. Daniel chasqueó los dedos teatralmente. Sobrecompensando—. Estoy dando cinco clases este semestre. ¡Es de locos! De todos modos, ya es tarde. Dejemos que esta pobre chica vuelva a casa. Lo resolveremos mañana. No te preocupes por el trabajo, sucede todo el tiempo.

—¡Daniel!

Permaneció en silencio tras el grito de su esposa.

Ella me clavó un dedo. «Mantente alejada de mi marido—. Le temblaba el labio inferior.

—Querida — suplicó Daniel. No me estaba mirando; no me vio en absoluto. Dos mujeres destrozadas estaban frente a él. Pero solo le importaba una.

—Lo siento mucho —susurré—. No sabía.

La puerta se cerró de golpe y la oí gritar algo. Mientras bajaba los escalones del frente, tuve que agarrarme de la barandilla para no tropezar cuando vi un triciclo amarillo en la hierba. Un árbol lo había ocultado de mi vista cuando me aproximé a la casa. Cerca de él había una cuerda rosa para saltar.

Daniel ya tenía hijos.

Mucho más tarde, después de regresar a la casa de la hermandad y maldecir a Daniel, lloré y sollocé; después de que Daniel me trajo un ramo de claveles baratos y una disculpa igualmente barata, diciendo que amaba a su familia y que no podía comenzar una nueva conmigo; después de que yo había ido sola a una clínica a una hora de distancia, una experiencia tan desgarradora de la que nunca pude hablar con nadie; después de haber completado mi último año con honores y de haberme ido a Nueva York, desesperada por dejar atrás la Florida, incluso después de todo, cada vez que mi mente regresa a esa cálida noche de octubre, el momento que siempre recuerdo con mayor nitidez es este:

Cuando las candidatas regresaron del océano, Maggie había desaparecido.

Maggie y Emma no tienen nada en común. Excepto yo. Estas dos mujeres jóvenes han cambiado para siempre el curso de mi existencia. Pero ahora una se ha ido de mi vida y la otra siempre está presente.

Solía pasar tanto tiempo pensando en Maggie como lo hago ahora con Emma. Tal vez sea por eso que están comenzando a desdibujarse en mi mente.

Pero Emma no es como Maggie, me recuerdo a mí misma.

Mi reemplazo es deslumbrante y seguro. Su resplandor llama la atención.

La primera vez que la vi, se levantó de su escritorio para saludarme con un movimiento fluido y elegante. —¡Señora Thompson! ¡Estoy muy feliz de conocerte finalmente!

Habíamos hablado por teléfono, pero su voz ronca no me había preparado para su juventud y su belleza.

—Ah, dime Vanessa—. Me sentí vieja a pesar de que solo tenía poco más de treinta años.

Era diciembre, la noche de fiesta en la oficina de Richard. Llevábamos casados siete años para entonces. Yo llevaba un vestido negro en Silueta A para tratar de ocultar mis libras de más. Parecía fúnebre al lado del enterizo rojo amapola de Emma.

Richard salió de su oficina y me besó en la mejilla.

—¿Estás yendo arriba? —le preguntó a Emma.

—¡Si mi jefe dice que está bien!

—Tu jefe dice que es una orden —bromeó Richard. Entonces, los tres subimos juntos en el ascensor hasta el piso cuarenta y cinco.

—Me encanta tu vestido, señora. Es decir, Vanessa—. Emma me dirigió una sonrisa de anuncio de crema dental.

Miré mi atuendo sencillo. —Muchas gracias—. Muchas mujeres podrían haberse sentido amenazadas por las posibilidades de una Emma: esas noches en la oficina cuando pedían comida china y sacaban botellas de vodka del bar de un compañero, los viajes nocturnos para ver a los clientes, su proximidad diaria a la oficina de mi esposo en un rincón.

Pero nunca sentí eso. Ni siquiera cuando Richard me llamó para decirme que trabajaría hasta tarde y que dormiría en su apartamento de la ciudad. Cuando empezamos a salir —cuando yo era la Nellie de Richard—, recuerdo haber pensado en la naturaleza aséptica de ese apartamento. Otra mujer había vivido allí con Richard antes de que él me conociera. Todo lo que él me contó sobre ella fue que aún vivía en la ciudad y que siempre estaba retrasada. Dejé de preocuparme de que fuera una amenaza para mí en algún sentido cuando Richard y yo estuvimos casados; nunca fue una intrusión en nuestras vidas, a pesar de que sentí una mayor curiosidad por ella a medida que pasaban los años.

Pero tampoco dejé huellas en el apartamento. Permaneció como en los días solteros de Richard, con el sofá de gamuza marrón, un complejo sistema de iluminación y una fila ordenada de fotografías familiares alineadas en el pasillo, y una de nosotros dos el día de nuestra boda, en un marco negro sencillo que combinaba con los de las otras imágenes.

Durante esos meses, cuando Richard y Emma pensaron que estaban teniendo una aventura secreta, —cuando él la llevaba a su apartamento o iba al de ella—, realmente disfruté su ausencia. Significaba que no tenía que cambiarme mi sudadera. Podría tomarme una botella de vino sin preocuparme por dónde esconder la evidencia. No tenía que inventar una historia acerca de lo que había hecho ese día o encontrar una nueva disculpa para no tener sexo con mi esposo.

Su aventura fue un respiro. En realidad, unas vacaciones.

Si solo hubiera continuado así: como una aventura.

He pasado la mayor parte de la mañana hablando con la tía Charlotte. Aceptó que la acompañara al médico para saber cómo puedo ayudarla, pero insistió en que nos encontráramos con una amiga suya para una conferencia en el MoMA, tal como lo había planeado.

«Mi vida no va a detenerse», había dicho la tía Charlotte, descartando mi oferta para no ir a trabajar hoy y acompañarla o, al menos, pedirle un taxi.

Después de limpiar la cocina, abro mi computadora portátil y escribo las palabras *degeneración macular*. Leo: *La condición es causada por el deterioro de la parte central de la retina.* Si el ojo es una cámara, la mácula es el área central y más sensible de lo que se llama película, explica el sitio *web*. Una mácula funcional recoge imágenes muy detalladas en el centro del campo de visión y las envía al nervio óptico hacia el cerebro. Cuando las células de la mácula se deterioran, las imágenes no son recibidas correctamente.

Suena muy clínico. Muy estéril. Como si estas palabras no tuvieran relación con la forma en que mi tía ya no podrá mezclar azules, rojos, amarillos y marrones para replicar la piel de una mano, las venas y los pliegues, las pendientes suaves y la protuberancia de los nudillos.

Cierro mi computadora y saco dos cosas de mi habitación: el cheque de Richard, que guardé en mi billetera para cobrar más adelante esta semana. Me dijo que lo usara para obtener ayuda, y lo haré. Ayuda para la tía Charlotte. Para sus facturas médicas, audiolibros y otros implementos, y para todo lo que necesite.

También saco la carta para Emma del cajón del escritorio y la leo por última vez.

Querida Emma:

Nunca habría escuchado a nadie que me dijera que no me casara con Richard. Así que entiendo por qué te estás resistiendo a mí. No he sido clara porque es difícil saber por dónde empezar.

Podría decirte lo que sucedió realmente en la noche de nuestra fiesta, cuando no teníamos botellas de Raveneau en el sótano. Pero estoy segura de que Richard descartará cualquier duda que yo pueda crear en ti. Entonces, si no me hablas —si no me ves—, por favor cree solo en esto: una parte de ti ya sabe quién es él.

Hay una herencia reptil en cada uno de nuestros cerebros que nos alerta sobre el peligro. Seguramente ya lo has sentido despertarse. Lo has descartado. Yo también lo hice. Has sacado disculpas. Yo también. Pero escúchalo cuando estés sola; escúchalo. Hubo indicios antes de nuestra boda que ignoré; dudas que descarté rápidamente. No cometas el mismo error que yo.

No pude salvarme. Pero no es demasiado tarde para ti.

Doblo nuevamente la carta y luego busco un sobre.

CAPÍTULO VEINTICINCO

Uno de los primeros indicios surgió incluso antes de casarnos. Lo sostuve en mi mano. Sam lo vio. Lo mismo hicieron todos en nuestra boda.

Una novia rubia y su novio apuesto, congelados en un momento perfecto.

—Por Dios, se parecen incluso a ustedes dos —había dicho Sam cuando le mostré la figurilla que coronaba el pastel.

Cuando Richard la sacó de la unidad de almacenamiento en el sótano de su edificio de apartamentos, me dijo que había pertenecido a sus padres. En esa época, yo no tenía motivos para dudar de eso.

Pero un año y medio después de nuestra boda, cuando fui una noche a la ciudad para verme con Sam, sucedieron dos cosas. Me di cuenta de lo mucho que nos habíamos distanciado mi mejor amiga y yo.Y comencé a encontrar razones para dudar de mi esposo.

Estaba ansiosa por ver a Sam. Parecía una eternidad, pues escasamente habíamos tenido algo más que un almuerzo rápido. Acordamos una cita para la noche del viernes, cuando Richard estaría en una conferencia de trabajo en Hong Kong. Estaba programada para durar solo tres días, y aunque él me había invitado, convenimos que no tenía sentido. —Ni siquiera te recuperarás del desfase horario cuando volemos a casa —había dicho él. Al igual que con todo lo demás, Richard se adaptaba fácilmente a otras zonas horarias. Pero yo sabía que combinar el Xanax que necesitaría para el largo viaje en avión y el Clomid que estaba tomando para quedar embarazada me dejaría tan aturdida que no disfrutaría la breve estadía en Asia.

Impulsivamente, reservé una mesa en Pica para darle una sorpresa a Sam. Tomé el tren, planeando pasar la noche en el apartamento que Richard tenía en la ciudad. Incluso después de todo este tiempo, y aunque aún tenía algunos artículos de tocador y prendas de ropa allá, siempre pensé que era su lugar.

Sam y yo habíamos quedado en reunirnos en el apartamento que solíamos compartir. Me recibió en la puerta y nos saludamos con un abrazo. Aflojó sus brazos, pero aguanté un poco más, disfrutando de su calor. La había extrañado incluso más de lo que me había dado cuenta.

Llevaba un vestido de gamuza sin mangas y botas altas. Su cabello tenía algunas capas más que la última vez que la había visto, y sus brazos parecían más torneados que nunca.

—¿Tara está? —. Seguí a Sam por la pequeña entrada y la cocina hacia su cuarto. Más allá, la puerta de mi antigua habitación estaba cerrada: esa que ya era la de Tara.

—Sí —dijo Sam mientras me dejaba caer sobre la cama—. Acaba de regresar del estudio. Se está bañando.

Pude oír el agua circular por las viejas tuberías, las que ocasionalmente me escaldaban sin previo aviso. Las luces blancas seguían entretejidas en la cabecera de la cama de Sam, y su ropa estaba esparcida por el suelo. Todo era exactamente igual, aunque diferente.

El apartamento parecía más pequeño y desaliñado; sentí la misma sensación de alienación que experimentaba al visitar mi antigua escuela primaria cuando era adolescente.

—Supongo que tener a una instructora de Pilates como compañera de cuarto tiene sus beneficios. Te ves increíble.

—Gracias—. Sacó un grueso brazalete de cadena de su cómoda y se lo puso en la muñeca. —No te tomes esto de un modo negativo, pero te ves… ¿Cómo digo esto con delicadeza? Un poco terrible.

Agarré una almohada y se la arrojé. —¿Hay una manera correcta de tomarse eso? —. Mi tono era desenfadado, pero me sentí herida.

—Ah, cállate, aún eres hermosa. ¿Pero qué diablos llevas puesto? Me encanta el collar, pero parece como si fueras a una reunión de la PTA.

Miré mis pantalones negros (para adelgazar) y el *top* de gasa gris con encajes que me había dejado suelto. Combiné el atuendo con mis abalorios entrañables.

Sam miró mi blusa con mayor detenimiento. —Ay, Dios mío... Comenzó a reírse. —Esa blu...

—¿Qué?

Sam se rio con más fuerza. —La señora Porter llevaba una exactamente igual en la velada de galletas! —dijo finalmente.

—¿La mamá de Jonah? —Miré de nuevo a la mujer remilgada que había ido a mi entrevista, cuyo labial hacía juego exacto con su vestido de color rosa. —¡No, ella no!

—Lo juro—. Sam se secó los ojos. —La hermanita de Jonah está en mi clase, y recuerdo que un niño le untó escarchado y tuve que ayudarle a limpiar. Oye, no vamos a tomar el té en el Ritz—. Examinó la ropa amontonada sobre el respaldo de una silla. —Tengo este nuevo par de Jeggings que compré en Anthropologie; espera, te van a quedar fantásticos—. Los encontró y me los lanzó, junto con una camiseta negra con cuello redondo.

Sam me había visto vestirme y desvestirme cientos de veces. Nunca había sido tímida con ella, pero esa noche me sentí cohibida. Sabía que sus pantalones me quedarían estrechos, sin importar cuánta Lycra tuvieran.

—Estoy bien—. Envolví mis brazos alrededor de mis rodillas, reconociendo que estaba haciendo eso como un esfuerzo por parecer más pequeña. —No estoy tratando de impresionar a nadie.

Sam se encogió de hombros. —Bueno. ¿Quieres una copa de vino antes de salir?

—Claro—. Salté de la cama y la seguí a la cocina. Los gabinetes seguían pintados con el tono cremoso que habíamos aplicado juntas cuando me mudé con ella, pero ahora estaban descoloridos, y a las manijas se les había caído un poco de pintura. Los mostradores estaban llenos de cajas de té de hierbas: manzanilla, lavanda, menta, hojas de ortiga. La miel sempiterna de Sam estaba allí, aunque envasada en un recipiente con dispensador de chorro.

—Te has vuelto limpia—. Lo tomé en mis manos.

Sam tomó dos vasos del gabinete y los llenó, y luego me entregó uno.

—Tenía la intención de traer vino —dije, recordando súbitamente la botella que había dejado en el vestíbulo de nuestra casa.

—Tengo de sobra—. Entrechocamos nuestras copas y cada una tomó un sorbo. —Probablemente no sea tan bueno como los que tomas con el Príncipe, ¿eh?

Parpadeé. —¿Quién es el Príncipe?

Sam vaciló. —Ya sabes, Richard—. Hizo una pausa otra vez. —Tu Príncipe Encantador.

—Dices eso como si fuera algo malo.

—Por supuesto que no es algo malo. Él lo es, ¿verdad?

Miré mi copa de vino. Sabía un poco amargo —me pregunté cuánto tiempo había permanecido descorchado en el refrigerador de Sam—, y más parecía jugo de manzana que el líquido dorado y pálido que me había acostumbrado a tomar. La blusa que llevaba puesta, de la que se había burlado Sam, costaba más que el alquiler mensual que había pagado aquí.

—No más Coca Cola dietética—. Hice un gesto hacia el espacio vacío junto a la puerta principal. —¿Ahora estás tomando té de ortiga?

—Aún no le he dicho que lo pruebe— dijo una voz suave y despreocupada. Me giré para ver a Tara. Las fotos que Sam me había mostrado en su teléfono no le hacían justicia a ella. Irradiaba buena salud, tenía los dientes blancos y rectos, su piel brillaba y sus ojos eran radiantes. Pude ver el bulto liso y rectangular de los muslos firmes a través de sus *leggings*.

No llevaba el menor rastro de maquillaje. No lo necesitaba.

—Tara me leyó una vez los ingredientes de la Coca Cola dietética. ¿Recuerdas?

Tara se rio. —Cuando llegué al benzoato de potasio, ella se había tapado los oídos.

Sam retomó la historia. —Yo tenía una resaca muy fuerte, y por poco me hace vomitar.

Solté una risita. —Solías tomar esas cosas. ¿Recuerdas que siempre nos golpeábamos los dedos de los pies contra las cajas?

—La tengo tomando agua potable—. Tara se enrolló el cabello húmedo en un nudo sobre su cabeza. —Le pongo perejil. Elimina la inflamación natural en el cuerpo.

—De modo que es por eso que tus brazos se ven tan bien —le dije a Sam.

Cuando Sam abrió la puerta del refrigerador, vi recipientes de humus y bolsas de zanahorias orgánicas y apio. No había una sola caja de comida china. Siempre habían adornado nuestro refrigerador, incluso varios días después de que debían haber sido tiradas a la basura.

—Deberías probarlo —dijo Sam.

¿Porque estoy hinchada? Terminé mi vino con rapidez. —¿Estás lista? Tenemos una reservación.

Sam enjuagó los vasos en el fregadero y los puso en un secador que no tenía cuando vivíamos juntas. —Vámonos—. Se volvió hacia Tara. —Envíame un mensaje de texto más tarde si quieres que nos encontremos para tomar una copa.

—Sí, sería divertido —añadí. Sin embargo, no quería que ella fuera, hablara de su agua infundida con perejil y se riera con Sam.

Tomamos un taxi hasta el restaurante y le di mi nombre al jefe de meseros. Caminamos por la entrada alfombrada hacia el comedor. Casi todas las mesas estaban llenas: el lugar había recibido una reseña excelente en el *Times*. Por eso lo elegí.

—Bien —dijo Sam mientras el mesero sostenía su silla—. Tal vez tenías razón al no ponerte los Jeggings.

Me reí, pero cuando miré a mi alrededor, me di cuenta de que este tipo de restaurante, con su lista de vinos de diez páginas en una gruesa carpeta de cuero y servilletas dobladas de manera ostentosa en los platos, era el tipo de lugar al que me llevaría Richard. No era del estilo de Sam. De repente, deseé haberle sugerido quedarnos sentadas en su cama y pedir rollos de primavera y pollo Szechuan, como acostumbrábamos hacer.

—Pide lo que quieras —le dije a Sam mientras abríamos nuestros menús.

—Recuerda, yo invito. ¿Compartimos una botella de Borgoña blanco?

—Por supuesto. Lo que quieras.

Seguí el protocolo de catar el vino, y decidimos compartir un queso rústico de cabra, una tarta de tomate y una ensalada de berros y toronja como entradas. Luego pedí el *filet mignon*, en término medio, con la salsa a un lado. Sam pidió salmón.

Un servidor llegó a la mesa sosteniendo una canasta con cuatro variedades de pan acomodadas con ingenio.

Describió cada una y me retumbó el estómago.

El olor a pan caliente siempre ha sido mi kryptonita.

—Para mí no —dije.

—Entonces tomaré el pedido de ella. ¿Qué tal la *focaccia* de romero y multicereales?

—¿Tara come pan?

Sam mojó un pedazo en el aceite de oliva. —Por supuesto. ¿Por qué lo preguntas?

Me encogí de hombros. —Parece ser muy saludable.

—Sí, pero no es una fanática. Toma, e incluso fuma hierba de vez en cuando. La última vez que lo hicimos, fuimos a Central Park y montamos en el carrusel.

—Espera, ¿ya estás fumando eso?

—Me gusta, quizá una vez al mes. No es nada importante—. Se llevó el pan a la boca y volví a notar sus bíceps definidos.

Después de una pausa breve, el mesero nos trajo la ensalada y la tarta y cada una se sirvió un poco.

—¿Así que sigues saliendo con ese tipo, el diseñador gráfico? —pregunté.

—No. Pero mañana por la noche iré a una cita a ciegas con el cliente de un hermano de Tara.

—¿Sí? —. Comí un bocado de ensalada. —¿Cuál es su historia?

—Se llama Tom. Sonaba genial por teléfono. Administra su propio negocio.

Traté de fingir entusiasmo mientras Sam me hablaba de Tom, pero sabía que la próxima vez que habláramos, él sería un vago recuerdo para ella.

Sam cogió una cuchara y se sirvió más tarta. —No estás comiendo mucho.

—Es solo que no tengo hambre.

Sam me miró directamente a los ojos. —Entonces, ¿por qué hemos venido aquí?

Siempre había adorado y detestado su franqueza. —Porque quería invitarte a algo agradable —dije despreocupadamente.

La cuchara de Sam hizo un tintineo cuando la dejó de nuevo en el plato. —No soy un caso de caridad. Puedo pagar mi propia cena.

—Sabes que no es eso lo que quise decir—. Me reí, pero por primera vez, la cadencia de nuestra conversación pareció sobresaltada.

El mesero se acercó a la mesa y llenó nuestras copas. Tomé un poco más con gratitud, y luego mi teléfono vibró. Lo saqué del bolso y vi el texto de Richard: *¿Qué estás haciendo, cariño?*

Cenando con Sam, le respondí. Estamos en Pica. *¿Qué estás haciendo?*

Rumbo al campo de golf con los clientes. Vas a pedir un auto a casa, ¿verdad? Acuérdate de programar la alarma antes de acostarte.

Lo haré. ¡Te amo! Yo no había mencionado que tenía la intención de dormir en la ciudad. No sabía muy bien por qué no lo hice. Tal vez pensé que Richard podría sospechar que yo pensaba tomar hasta altas horas de la noche, tal como lo había hecho antes de conocerlo.

—Lo siento—. Puse el teléfono nuevamente en la mesa. Pero lo dejé hacia abajo.

—Era Richard… Quería asegurarse de que llegara a casa sin problemas.

—¿Al apartamento?

Negué con la cabeza. —No le dije que tal vez dormiría allá. Él está en Hong Kong, así que no me pareció importante.

Vi que Sam pensó en eso, aunque no hizo ningún comentario.

—¡Entonces!—. Pude oír incluso la falsa nota de alegría en mi voz. Por suerte, el servidor apareció para recoger nuestras entradas y traer los platos principales.

—¿Cómo está Richard? Dime qué has estado haciendo.

—Bien. Sigue viajando mucho, obviamente.

—Y estás tomando, por lo que no estás embarazada.

—Sí—. Sentí el aguijón de las lágrimas y tomé más vino para ganar tiempo y recobrar la compostura.

—¿Estás bien?

—Claro—. Traté de sonreír. —Supongo que es más demorado de lo que pensábamos. Sentí una punzada de nostalgia por el hijo que no tenía aún.

Miré a los otros comensales: parejas que se inclinaban una hacia la otra en las mesas, y grupos más grandes charlando animadamente. Quería hablar con Sam de la forma en que solíamos hacerlo, pero no sabía cómo empezar. Podría hablarle de la diseñadora de interiores que me había ayudado a elegir la tapicería para nuestras sillas del comedor. Podría mencionarle la bañera de hidromasajes que Richard quería instalar en nuestro patio trasero. Podría mostrarle todos los aspectos envidiables de mi vida, las cosas superficiales en las que Sam no tendría ningún interés.

Ella y yo habíamos peleado antes por cosas estúpidas, como cuando perdí uno de sus aretes favoritos, o cuando ella se olvidó de enviar por correo nuestro cheque del alquiler. Pero esta noche no peleamos.

Fue peor que eso. Una distancia entre nosotros que no había sido causada simplemente por el tiempo de separación ni por el distanciamiento geográfico.

—Háblame de tus niños de este año—. Corté un trozo de carne y vi cómo el jugo se escurría en el plato. Richard siempre pedía la carne a término medio, pero yo la prefería más rosada que roja.

—Son geniales en su mayoría. James Bond es mi favorito: ese chico tiene un estilo serio. Sin embargo, estoy atrapada con el Dormilón y con el Gruñón.

—Podría ser peor. Podrías haber tenido a las hermanastras malvadas.

El apodo que Sam le había puesto a Richard irrumpió de nuevo en mi mente. El Príncipe. El tipo guapo y apuesto que cabalga para salvar el día y brindarle a la heroína una vida nueva y lujosa.

—¿Es así como ves a Richard? ¿Como mi salvador?

—¿Qué?

—Le dijiste Príncipe hace un momento—. Solté el tenedor. De repente, no tuve hambre realmente. —Siempre me pregunté si le tenías un apodo—. Yo era muy consciente de mi *top* caro, del costo del vino que estábamos tomando, de mi bolso Prada colgado en el respaldo de mi silla.

Sam se encogió de hombros. —No lo conviertas en algo importante—. Dirigió la mirada a su plato y se concentró en espolvorear pimienta sobre su salmón.

—¿Por qué nunca quieres venir a mi casa? —Me pregunté por qué había elegido ella este momento para evitar ser sincera. La única vez que había ido, Richard la había saludado con un abrazo. Había preparado hamburguesas a la parrilla. Había recordado que Sam detestaba el pan con semillas de ajonjolí. —Simplemente reconócelo. Realmente nunca te ha caído bien.

—No es que no me caiga bien. No… siento que no lo conozco en absoluto.

—¿Quieres conocerlo? Es mi esposo, Sam. Tú eres mi mejor amiga. Es importante para mí.

—Está bien—. Pero ella lo dejó así y supe que se estaba guardando algo. Sam y Richard nunca se habían conectado de la manera como yo esperaba. Me dije a mí misma que era solo porque eran muy diferentes. Casi la presiono para que siguiera hablando, pero la realidad era que yo no quería oír.

Sam rompió nuestro contacto visual para agachar la cabeza y tomar un bocado de salmón. *Tal vez no era simplemente a Richard a quien no quería conocer*, pensé. Tal vez era a mí como la esposa de Richard a quien ella estaba evitando.

—De todos modos, pensemos a dónde ir —dijo Sam. —¿Quieres bailar? Le enviaré un mensaje de texto a Tara y le diré que estamos terminando.

No salí con ellas, después de todo. Me sentí exhausta cuando pagué la cuenta, aunque no había hecho nada esa tarde, aparte de esperar que el plomero reparara la fuga de agua y luego doblar la ropa, mientras que Sam había trabajado un día entero y había logrado asistir también a una clase de *spinning*. Además, yo no estaba vestida para bailar; como había dicho Sam, parecía como si fuera a una reunión de la PTA.

Dejé a Sam en el club donde Tara la esperaba y tomé un taxi de regreso al apartamento de Richard. Eran apenas las diez. *La noche no fue larga. Estoy a punto de acostarme*, le envié un mensaje de texto a Richard. Razoné que no estaba mintiendo realmente.

Un nuevo portero estaba de servicio, y me presenté. Luego subí al ascensor, pasé por la puerta de la señora Keene, la vecina entrometida, y entré al apartamento de Richard con la llave que me había dado hacía mucho tiempo. Avancé por el pasillo, a un lado de las fotografías de familia que bordeaban la pared.

Nunca le había contado a Sam sobre las primeras épocas de Richard, sobre su madre y su padre, el contador de barrio. Richard lo había revelado durante un momento privado, y sentí que era una historia que él debía contar. *Si Sam realmente le preguntara a Richard por él en lugar de categorizarlo como lo hacía con los niños, tal vez lo habría visto de otra manera*, pensé.

A Sam no le gustaba cómo era yo cuando estaba con Richard; eso estaba claro ahora. Pero también sabía que a Richard no le gustaba la forma en que me comportaba cuando estaba con Sam.

Me dirigí a la sala, notando cómo la configuración de la iluminación, la oscuridad de la sala combinada con el globo brillante de la cocina detrás de mí, convertía los ventanales con vista al Central Park en un espejo. Vi mi imagen borrosa, tan tenue e insustancial como una nube. Como si yo fuera una figura atrapada dentro de un globo de nieve.

Parecía desprovista de color con mi atuendo negro y gris. Parecía estar desvaneciéndome.

Deseé haber viajado con Richard. Deseé haber manejado mejor las cosas en la cena con Sam. Ansiaba desesperadamente algo sólido a lo cual aferrarme. Algo más real para tocar que los muebles prístinos y las superficies lustrosas de este apartamento.

Entré a la cocina y abrí el refrigerador. Estaba vacío a excepción de algunas botellas de Perrier y de una de champaña Veuve Clicquot. Yo sabía que en los gabinetes había pasta, unas pocas latas de atún y vainas de *espresso*. En la sala, las últimas ediciones de las revistas *New York* y *The Economist* estaban en la mesa de centro. Decenas de libros estaban alineados en las estanterías de la oficina de Richard, en su mayoría biografías, y algunos clásicos de Steinbeck, Faulkner y Hemingway.

Empecé a caminar por el pasillo hacia la habitación para irme a dormir. Pasé nuevamente al lado de las fotografías familiares.

Entonces me detuve.

Faltaba una.

¿Dónde estaba la foto de los padres de Richard el día de su boda? Podía ver el pequeño agujero donde había estado el clavo.

Sabía que no estaba en la casa de Westchester. Revisé las otras paredes del apartamento, y miré incluso en el baño. La foto era demasiado grande para caber en un cajón, pero de todos modos la busqué. No estaba en ninguna parte.

¿Richard la había guardado en la unidad de almacenamiento?, me pregunté. Tenía otras fotografías allá, incluso algunas de él cuando era niño.

Ya no estaba cansada. Metí la mano en mi bolso para buscar las llaves y me dirigí al ascensor.

Las unidades de almacenamiento disponibles para los inquilinos del edificio estaban en el sótano. Yo había estado allá con Richard, poco antes de nuestra boda, cuando había llevado unas cuantas cajas a su apartamento para guardarlas hasta que nos mudáramos. Su unidad era la quinta a la izquierda. Después de girar el dial del candado grueso y de guardar mis cosas, él había abierto uno de sus grandes contenedores azules de plástico apilados contra la pared. Había sacado casi una docena de fotos, de cuatro por seis, en un envoltorio amarillo y descolorido que decía *Kodak*. Todas habían sido tomadas el mismo día, una serie de instantáneas de Richard en el entrenamiento de béisbol. El fotógrafo parecía tratar de captar una imagen de Richard girándose y golpeando la pelota, pero en cada foto había hecho clic en el momento equivocado.

—¿Cuántos años tenías en estas fotos? —le había preguntado yo.

—Creo que diez u once. Maureen las tomó.

—¿Me puedo quedar con una? —. Me encantaba la expresión decidida en la cara de Richard, la forma en que su pequeña nariz estaba arrugada debido a la concentración.

Él se rio. —Estaba pasando por una fase estúpida. Te buscaré una mejor.

Pero no lo hizo; no ese día. Teníamos prisa para encontrarnos con George y con Hillary para el *brunch*, por lo que Richard volvió a dejar las fotos sobre una pila de sobres amarillos idénticos, cerró el candado, y subimos en el ascensor hasta el vestíbulo.

Tal vez había guardado la foto de la boda de sus padres en ese recipiente. Cuando entré al ascensor, me dije que simplemente tenía curiosidad.

Ahora, con el beneficio de la retrospección, me pregunto si mi subconsciente me estaba guiando. Si me estaba urgiendo a conocer más sobre mi marido en una noche en la que yo no sabía dónde estaba realmente. En una noche en que estaba tan físicamente lejos de mí como era posible.

Incluso durante el día, el sótano era un lugar triste, el vientre de la estructura elegante que estaba encima. Las bombillas del techo iluminaban el área y estaba limpia, pero las paredes eran grises como el agua con el que se han lavado los platos, y las unidades individuales estaban separadas por gruesas rejillas de cercas de alambre. Parecía una prisión para las pertenencias que la gente no requería para el uso diario.

Richard utilizó la combinación del cumpleaños de Maureen. Era el mismo código temporal que instalaba siempre en las cajas fuertes en las habitaciones de hotel cada vez que viajábamos, así que la conocía bien. Hice girar el dial, el candado de metal frío y denso en la palma de mi mano, y se abrió.

Entré. Las unidades a ambos lados estaban llenas de una mezcla de objetos: muebles, esquís, un árbol plástico de Navidad. Pero Richard era característicamente ordenado. Aparte del par de trineos verdes que usamos en nuestra segunda cita, la unidad tenía solo media docena de grandes recipientes azules idénticos, apilados de dos en dos, alineados en una pared.

Me arrodillé, el piso de concreto áspero contra mis rodillas, y abrí el primero. Anuarios de la escuela, un trofeo de béisbol con la pintura dorada desprendiéndose del beisbolista, una carpeta con unas pocas tarjetas de calificaciones —Richard había tenido problemas con las letras cursivas y había sido un estudiante callado, informó su maestra de segundo grado— y una pila de viejas tarjetas de cumpleaños, todas firmadas por Maureen. Abrí una con Snoopy sosteniendo un globo en la tapa. *Para mi hermanito*, había escrito. *Eres una superestrella. Este será tu mejor año. Te amo*. Me preguntaba dónde estaban las cartas de sus padres. Empecé a abrirme paso a través de los contenedores, dejando a un lado los sobres de fotos que quería llevar al apartamento, y permanecí allá. Pero tuve cuidado de no sacar muchas cosas, y de recordar exactamente dónde había estado cada objeto para guardarlos de nuevo al día siguiente.

El tercer recipiente contenía un montón de documentos viejos y garantías fiscales, una escritura de otro apartamento que había tenido Richard, las matrículas de sus autos y otros papeles. Los acomodé otra vez y busqué la tapa de la siguiente bandeja.

Escuché un sonido retumbante en la distancia, como si fueran pesados engranajes mecánicos en movimiento.

Alguien estaba llamando el ascensor.

Me congelé, escuchando el sonido de las puertas que se abrían al otro lado de la esquina desde donde me había agachado. Pero no vi a nadie.

Tal vez era solo un residente que iba del vestíbulo a su apartamento, comprendí.

Yo sabía que debía regresar al apartamento, y no solo porque el nuevo portero podría comentarle a Richard que yo había estado aquí.

Pero me sentí obligada a continuar.

Cuando retiré la tapa del cuarto recipiente, vi un gran objeto plano envuelto en gruesas capas de papel periódico. Retiré la cubierta protectora, revelando los rostros de los padres de Richard.

¿Por qué lo había traído acá?, me pregunté.

Analicé la estructura desgarbada de su padre y sus labios llenos, los ojos penetrantes de su madre que había heredado Richard, y su cabello oscuro y ondulado alrededor de los hombros. La fecha de su matrimonio estaba escrita en números floridos en la parte inferior.

El padre de Richard tenía el brazo en la cintura de su esposa. Asumí que los padres de Richard habían tenido un matrimonio feliz, pero la foto de la boda era tan posada que no ofrecía ninguna idea al respecto. A falta de información real, mi mente había rellenado los espacios en blanco, creando la imagen que yo quería ver.

Richard nunca me había dicho mucho más acerca de sus padres. Cuando le preguntaba, siempre decía que era demasiado doloroso pensar en ellos. Maureen parecía suscribirse a la misma regla tácita de centrarse en el presente con Richard, y no en su pasado compartido. Quizás hablaban más sobre su infancia cuando estaban solos en sus viajes anuales de esquí, o cuando Richard iba a Boston por negocios y se encontraba para ir a cenar con ella. Pero cuando Maureen venía a visitarnos, nuestras conversaciones siempre giraban en torno a su trabajo y al de ella, a sus regímenes como corredores de carreras, a sus planes de viajes y a los eventos internacionales.

Hablar de mi padre aún me hacía sentir conectada con él, y yo había podido despedirme y decirle que lo amaba en sus últimos momentos. Entendía por qué Richard y Maureen podrían querer bloquear los recuerdos de las muertes repentinas y violentas de sus padres en el accidente automovilístico.

Cuando se trataba de las partes más oscuras y dolorosas de mi propio pasado, también edité algunos detalles mientras compartía las historias con mi esposo. Había moldeado cuidadosamente mi narración, omitiendo las partes que sabía que podrían parecerle sórdidas. Incluso después de que Richard descubrió que yo había quedado embarazada en la universidad, nunca le dije que el profesor estaba casado. No quería que él pensara que había sido una tontería, que yo tenía la culpa en cierto sentido. Y no había sido sincera acerca de cómo terminó mi embarazo.

Mientras me arrodillaba en la unidad de almacenamiento, consideré si había sido un error.

Reconocí que el matrimonio no garantizaba el final de un libro de cuentos, el fueron «felices para siempre» extendiéndose más allá de la página final, las palabras resonando en el infinito. Pero, ¿no se suponía que esta relación más íntima era un lugar seguro, donde la otra persona conocía tus secretos y defectos, pero de todos modos te amaba?

Un sonido agudo y metálico a mi izquierda me sacó de mis pensamientos.

Giré la cabeza y miré en la luz tenue. La unidad al lado de Richard estaba llena de muebles y bloqueaba mi visión.

Es un antiguo edificio de preguerra, me dije. El ruido era apenas el sonido de una tubería. Aun así, me di vuelta para estar de frente a la puerta de la unidad de almacenamiento. De esa manera podría ver a cualquiera que se acercara.

Doblé rápidamente el periódico alrededor de la foto de la boda. Había encontrado aquello que había venido a buscar y debería irme ya. Pero me sentí obligada a ver qué más había oculto, escondido de la órbita de la vida cotidiana de Richard. Quería seguir escarbando en el estrato del pasado de Richard.

Metí otra vez la mano en el recipiente y saqué una pequeña placa de madera con un corazón y la palabra *mamá* grabada en la parte superior. El nombre de Richard estaba en el respaldo; debió haberlo hecho para su madre, tal vez en una clase de carpintería en la escuela. También había una manta amarilla en tejido de punto, y un par de zapatos de bebé de color bronce.

Hacia el fondo del contenedor había un pequeño álbum de fotos. No pude identificar a ninguna de las personas, pero pensé que reconocía a su madre sonreírle a una de las chicas que sostenían la mano de una mujer con pantalones piratas y una camiseta sin mangas. *Quizá el álbum había sido de ella,* pensé. El próximo objeto que toqué fue la caja blanca que contenía la réplica que coronaba nuestro pastel de bodas.

Levanté la tapa y la saqué. La porcelana se sentía delicada y suave; los colores eran pasteles suaves.

¿Has pensado que es demasiado bueno para ser cierto?, me había preguntado Sam el día que le mostré la figurilla del pastel. Ojalá nunca me hubiera hecho esa pregunta.

Miré al novio apuesto y a la novia impecable con sus ojos azul claro. Acaricié las figuras distraídamente mientras les daba vueltas en mi mano una y otra vez.

Entonces la figurita se escapó de mis dedos.

La busqué frenéticamente, desesperada por evitar que se rompiera contra el piso de concreto.

La atrapé a dos pulgadas del piso.

Cerré los ojos y exhalé.

¿Cuánto tiempo había estado aquí? ¿Unos minutos, o tal vez casi una hora? Perdí la noción del tiempo por completo.

Quizá Richard me había enviado un mensaje de texto. Se preocuparía si yo no le respondía. Justo cuando el pensamiento acudió a mí, escuché un ruido débil, de nuevo a mi izquierda. ¿Era la tubería? O tal vez había sido un paso.

Comprendí súbitamente que me sentía atrapada en esta jaula de metal. Había dejado mi teléfono celular arriba, en mi bolso. Nadie sabía dónde estaba yo.

¿El sonido viajaría siquiera hasta el portero en el vestíbulo si yo gritaba?

Contuve la respiración, mi pulso acelerándose, esperando que apareciera un rostro a la vuelta de la esquina.

No vino nadie.

Es tan solo mi imaginación, me dije.

Sin embargo, me tembló la mano cuando guardé de nuevo la réplica en la caja. Mientras la dejaba en posición horizontal, noté algunos números diminutos en relieve en la parte inferior. Miré más de cerca, entrecerrando los ojos para distinguir los números en la luz tenue. Una fecha: 1985. Debe haber sido cuando el adorno fue esculpido.

No, eso no podía estar bien, pensé.

Saqué las estatuillas de nuevo y miré la fecha con mayor detenimiento. Era inequívoca.

Pero los padres de Richard ya llevaban varios años casados para entonces. Él era un adolescente en 1985.

Su boda tuvo lugar más de una década antes de que existiera la réplica. No podría haber sido de ellos.

Tal vez su madre había encontrado simplemente la estatuilla en una tienda de antigüedades y la compró porque le pareció bonita, razoné mientras subía en el ascensor hasta el piso de Richard. O tal vez era culpa mía. Podría ser que simplemente yo había entendido mal a Richard.

Oí mi teléfono celular sonar en el apartamento mientras metía la llave en la cerradura. Me apresuré a mi bolso, pero el teléfono dejó de sonar antes de poder sacarlo.

Entonces la línea del apartamento comenzó a repicar.

Corrí a la cocina y lo cogí.

—¿Nellie? Gracias a Dios. He estado tratando de contactarte.

La voz de Richard sonó más alta de lo habitual, estresada. Yo sabía que él estaba al otro lado del mundo, pero la conexión era tan clara que bien podría haber estado en la habitación contigua.

¿Cómo sabía él que yo estaba aquí?

—Lo siento —espeté—. ¿Todo está bien?

—Pensé que estabas en casa.

—Ah, iba a hacerlo, pero estaba tan cansada —pensé simplemente—, que me pareció más fácil quedarme en el apartamento —musité.

El silencio crepitó entre nosotros.

—¿Por qué no me lo dijiste?

No tenía una respuesta. Al menos no una que sintiera que podía compartir con él.

—Yo iba a… —Me detuve. Por alguna razón, las lágrimas llenaron mis ojos y me las sequé. —Me imaginé que más bien te explicaría mañana que enviarte un mensaje de texto largo mientras estás con clientes. No quería molestarte.

—¿Molestarme? —Hizo un sonido que no era del todo una risa. —Me molestó mucho más imaginar que te había sucedido algo.

—Lo siento mucho. Por supuesto, tienes razón. Debería haberte dicho.

Tardó un momento en responder.

Luego dijo finalmente: —Entonces, ¿por qué no respondiste a tu celular? ¿Estás sola?

Yo lo había enojado. Su tono brusco era la revelación involuntaria. Casi podía ver sus ojos entrecerrarse.

—Estaba en el baño—. La mentira salió de mí—. Por supuesto que estoy sola. Sam salió a bailar con su compañera de cuarto, pero no quise ir, así que vine acá.

Él exhaló lentamente. —Escucha, estoy contento de que estés a salvo. Probablemente debería volver al campo de golf.

—Te extraño.

Su voz era amable cuando habló de nuevo. —Yo también te extraño, Nellie. Estaré en casa antes de que te des cuenta.

Me había inquietado estar en ese sótano —y ser descubierta en mi engaño—, comprendí cuando me puse el camisón y comprobé que había asegurado el cerrojo en la puerta de la entrada.

Entré al baño de Richard, usé su crema dental y una toallita mientras me preparaba para irme a la cama. El olor a limón era tan fuerte que me desconcertó, hasta que percibí que la bata de tela con bucles de Richard, la que siempre se ponía después de bañarse, colgaba de un gancho directamente a mi lado. El aroma de su jabón perduraba en la tela absorbente.

Apagué la luz, luego vacilé y volví a encender el interruptor, cerrando la puerta parcialmente para que no brillara en mis ojos. Retiré el edredón blanco y mullido en la cama de Richard, preguntándome qué estaría haciendo en ese preciso instante. Probablemente socializando con importantes socios comerciales en los *greens*. Tal vez un enfriador de cervezas frías y agua embotellada estaría en el carrito de golf, y un intérprete a mano para facilitar la conversación. Me imaginé a Richard concentrándose en su tiro errado, su cara arrugada, su expresión un eco de la que tenía cuando era un niño jugando béisbol.

Había buscado en los recipientes para entender mejor a Richard. Seguía anhelando más respuestas sobre mi esposo.

Pero mientras me metía entre las sábanas frescas y planchadas en su cama matrimonial, me di cuenta de que él me entendía lo bastante bien como para adivinar exactamente en dónde estaba yo cuando no había podido localizarme en la casa.

Él me conocía mejor de lo que yo lo conocía a él.

CAPÍTULO VEINTISÉIS

La carta para Emma se siente pesada en mi mano, su peso desproporcionado para el que tiene en realidad. Doblo la nota de nuevo, luego busco un sobre en la habitación de la tía Charlotte, donde a ella le gusta sentarse en un escritorio de tapa cerrada para diligenciar trámites y pagar facturas. Encuentro un sobre pero ignoro los sellos. Necesito entregar esto personalmente; no puedo confiar en el correo para que lo haga a tiempo.

Encima del montón de papeles en su escritorio, también veo una fotografía de un perro. Un pastor alemán con pelaje suave negro y marrón.

Lo alcanzo jadeando. *Duque*.

Pero por supuesto, no es él. Es solo una postal promocional de un grupo que ofrece perros-guía para ciegos.

Se parece mucho a la imagen que aún guardo en mi billetera.

Necesito entregarle esta carta a Emma. Necesito investigar cómo puedo ayudar a la tía Charlotte. Debería estar avanzando ahora mismo. Pero todo lo que puedo hacer es derrumbarme en su cama mientras las imágenes llegan mucho y rápido, cayendo como olas sobre mí. Arrastrándome otra vez hacia la resaca del recuerdo.

Mi insomnio regresó cuando Richard volvió de Hong Kong.

Me encontró en nuestra habitación de huéspedes a las dos a.m., la luz encendida y un libro abierto en mi regazo.

—No puedo dormir.

—No me gusta estar en la cama sin ti—. Extendió la mano y me llevó de vuelta a nuestra habitación.

Sin embargo, sentir sus brazos envueltos a mi alrededor y sus respiraciones constantes en mi oído no sirvieron de nada. Comencé a despertarme casi todas las noches, levantándome silenciosamente de la cama, caminando de puntillas por el pasillo hasta la habitación de invitados, y luego me escabullía en nuestra cama antes del amanecer.

Pero Richard debe haber sabido.

En una mañana de domingo escalofriantemente fría, Richard estaba leyendo la sección Week in Review del *Times* en la biblioteca y yo estaba buscando una nueva receta para un pastel de queso. Habíamos invitado a mi madre y a Maureen a cenar el siguiente fin de semana para celebrar el cumpleaños de Richard. Mi madre odiaba el frío y nunca había venido al norte durante los meses de invierno. En cambio, venía cada primavera y otoño para vernos a mí y a la tía Charlotte. Durante esos viajes, pasaba la mayor parte de su tiempo recorriendo las galerías de arte y caminando por las calles de la ciudad para empaparse de la atmósfera, como decía ella. No me importaba que pasáramos tan poco tiempo juntas; estar con mi madre requería reservas profundas de paciencia y una energía ilimitada.

Yo no estaba segura de su motivación para cambiar ese patrón.

Pero sospechaba que se debía a una conversación que tuvimos en una llamada reciente. Ella me había atrapado en un mal día —un día solitario— cuando ni siquiera había salido de la casa. Las calles estaban llenas de nieve rancia y pedazos de hielo, y como no tenía experiencia para conducir durante el invierno, no me sentía cómoda sacando el Mercedes que me había comprado Richard. Cuando mi madre llamó por la tarde y me preguntó qué estaba haciendo, fui honesta. Bajé la guardia con ella.

—Aún estoy en la cama.

—¿Estás enferma?

Comprendí que ya había revelado demasiado.

—No dormí bien anoche—. Pensé que eso apaciguaría a mi madre.

Pero solo hizo que me hiciera más preguntas.

—¿Te sucede con frecuencia? ¿Hay algo que te moleste?

—No, no. Estoy bien.

Hubo una pausa. Y luego: —¿Sabes qué? Estaba pensando que me gustaría ir a visitarte.

Traté de disuadirla, pero ella estaba decidida. Así que finalmente le sugerí que programara el viaje para el cumpleaños de Richard. Maureen vendría a celebrar con nosotros, como lo hacía todos los años, y tal vez su presencia ayudaría a diluir el foco de mi madre.

Cuando sonó el timbre ese domingo por la mañana, lo primero que pensé fue que mi madre había decidido sorprendernos llegando unos días antes o que se había equivocado de fecha. No habría sido impropio de ella.

Pero Richard dejó el periódico y se puso de pie. —Probablemente es tu regalo.

—¿Mi regalo? Eres tú quien pronto cumplirá años.

Yo estaba a unos pasos detrás de él. Escuché a Richard saludar a alguien, pero su cuerpo bloqueó mi vista. Luego se inclinó. —Hola, chico.

El pastor alemán era enorme. Pude ver los músculos de su lomo deslizarse mientras Richard tomaba su correa y lo conducía a la casa, seguido por el hombre que había traído al perro.

—¿Nellie? Ven a conocer a Duque. Este grandulón es la mejor seguridad que podrías pedir.

El perro bostezó, revelando sus dientes afilados.

—Y este es Carl—. Richard se rio. —Uno de los adiestradores de Duque. Lo siento por eso.

—No te preocupes, estoy acostumbrado a que Duque obtenga la mejor de las taquillas—. Carl debió notar mi inquietud. —Tiene un aspecto feroz, pero recuerda que también mirará a todos los demás. Y Duque sabe que su trabajo consiste en protegerte.

Asentí. Duque probablemente pesaba casi tanto como yo. Si se parara sobre sus patas traseras, tendría mi estatura.

—Pasó un año en la Academia Canina Sherman. Entiende una docena de órdenes. *Aquí*; le digo para que se siente—. Al oír las palabras de Carl, el perro se echó sobre sus patas traseras. «*Arriba*», lo instruyó Carl, y el perro se levantó con rapidez.

—Pruébalo, querida —me sugirió Richard.

—Siéntate—. Mi voz sonó áspera. No podía creer que el perro obedecería, pero fijó sus ojos marrones en mí y tocó el piso con el trasero.

Desvié la mirada. Racionalmente, yo sabía que el perro había sido adiestrado para recibir órdenes. Pero, ¿no había sido entrenado también para atacar cuando percibía una amenaza? Los perros podían sentir miedo, recordé, retrocediendo contra la pared.

Yo no tenía problemas con los perros pequeños, con las razas de pelaje esponjado que abundaban en la ciudad de Nueva York, a veces metidos en bolsos o bailoteando mientras eran sujetados por correas de colores brillantes. Incluso me detenía algunas veces para darles una palmadita, y nunca me había importado compartir el ascensor en el apartamento de Richard con la señora Keene y su *bichon frise* con el peinado a juego.

Los perros grandes como este eran raros en la ciudad; los tamaños de los apartamentos simplemente hacían que no fueran prácticos. No había estado cerca de uno en años.

Pero en mi infancia, mis vecinos de al lado en Florida tenían dos *rottweilers*. Los mantenían en un recinto con cadenas en eslabones, y cada vez que yo pasaba en bicicleta frente a su patio, se abalanzaban sobre mí y chocaban contra la cerca como si quisieran atravesarla. Mi padre me dijo que simplemente estaban emocionados, que los perros eran amistosos. Pero sus ladridos profundos y guturales y el sonido de ese traqueteo metálico me aterrorizaban.

La quietud antinatural de Duque era más desconcertante aún.

—¿Quieres acariciarlo? —me preguntó Carl. —Le encanta que lo rasquen detrás de las orejas.

—Por supuesto. Hola, Duque—. Extendí la mano y le di un golpecito rápido. Su pelaje negro y marrón era más suave de lo que esperaba.

—Iré a buscar sus implementos—. Carl fue a su camioneta blanca.

Richard me dirigió una sonrisa tranquilizadora.

—Recuerda lo que nos dijo el tipo de la compañía de seguridad. Los perros son el elemento disuasivo número uno para los intrusos. Son mejores que cualquier sistema de alarma que puedas comprar. Dormirás bien cuando el perro esté cerca.

Duque seguía sentado en el suelo, mirándome. ¿Estaba esperando que yo le dijera que podía levantarse de nuevo? Yo solo había tenido un gato, cuando era pequeña.

Carl regresó, con los brazos llenos de una bolsa de comida y una cama y tazones. —¿Dónde te gustaría que lo acomode?

—Creo que será mejor en la cocina —dijo Richard—. Es por aquí.

Luego de otra palabra entrecortada de Carl, el perro los siguió, sus grandes patas deslizándose de manera casi silenciosa en nuestros pisos de madera. Carl se fue unos minutos más tarde, dejándonos su tarjeta y una lista laminada de las palabras que Duque sabía: *Ven. Quieto. Ataca.* Él había explicado que Duque reaccionaría ante esas palabras solo cuando Richard o yo se las dijéramos en un tono autoritario.

—Es un chico inteligente—. Carl le había dado un último masaje en la cabeza—. Eligieron uno bueno.

Sonreí débilmente, temiendo la mañana siguiente cuando Richard saldría para el trabajo y yo estaría a solas con el perro que se suponía que debía hacerme sentir segura.

Me mantuve al otro lado de la casa durante los primeros días, entrando solo a la cocina para ir por una banana o echar un poco de comida en el tazón de Duque. Carl nos había dicho que debíamos pasear al perro tres veces al día, pero yo no quería lidiar con situaciones como que la correa se apretujara alrededor de la garganta de Duque. Así que simplemente abría la puerta trasera y le decía *Vete* —otra de sus órdenes— y luego limpiaba después de él antes de que Richard volviera a casa.

El tercer día, mientras leía en la biblioteca, levanté la vista y vi a Duque en la entrada, mirándome en silencio. Ni siquiera lo había oído acercarse. Aún temía sostener su mirada —¿los perros no interpretan los ojos cerrados como un desafío? —por lo que volví a mirar mi libro, deseando que se fuera. Richard le daba un corto paseo a Duque todas las noches antes de irse a dormir. Duque tenía mucha comida, agua fresca y una cama cómoda. Yo no tenía motivos para sentirme culpable. Duque tenía una vida maravillosa, con todo lo que posiblemente podría desear.

Se acercó y se echó a mi lado, poniendo la cabeza entre sus grandes patas. Me miró y suspiró pesadamente.

Era un sonido muy humano.

Le eché un vistazo furtivo por encima de mi novela y vi surcos formarse sobre sus ojos color chocolate. Se veía triste. Me pregunté si estaba acostumbrado a estar cerca de otros perros, a estar rodeado de actividad y de ruido. *Nuestra casa debe parecerle muy extraña*, pensé. Estiré la mano tentativamente y le di unas palmaditas detrás de la oreja, tal como el adiestrador había dicho que le gustaba a Duque. Su cola tupida golpeó una vez, luego se detuvo, como si no quisiera hacer demasiado alboroto.

—¿Te gusta eso? Está bien, chico. Puedes moverla todo lo que quieras.

Me deslicé de mi silla para sentarme a su lado mientras seguía acariciando su cabeza, encontrando un ritmo que él parecía disfrutar. También me tranquilizó sentir mis dedos deslizándose por su pelaje cálido y espeso.

Un poco después, me levanté, fui a la cocina y encontré su correa.

Duque me siguió.

—Te pondré esto. Sé un buen perro y *siéntate*, ¿de acuerdo?

Por primera vez, equiparé su quietud con la mansedumbre. Aun así, até el broche plateado a su collar lo más rápido posible para poder retirar mi mano de la proximidad de sus dientes.

El aire fresco del invierno me pellizcó la punta de la nariz y de los oídos tan pronto salimos, aunque no hacía tanto frío que tuviera prisa por regresar a casa. Duque y yo probablemente caminamos cerca de tres millas ese día, explorando rincones de nuestro vecindario que no había visto nunca antes. El siguió mi ritmo, permaneció a mi lado todo el tiempo, deteniéndose únicamente para oler la hierba o hacer sus necesidades cuando yo me detenía.

Soltar su correa no fue tan intimidante cuando llegamos a casa.

Llené su tazón con agua y me serví un vaso de té helado, que tomé con avidez. Sentía mis piernas agradablemente pesadas por el paseo, y me di cuenta de que lo había necesitado tanto como Duque. Me dispuse a regresar a la biblioteca, me detuve en la entrada y miré a Duque.

—*Ven*.

Él se acercó y se sentó a mi lado.

—Eres un chico muy bueno.

En el cumpleaños de Richard, recogimos a mi madre en el aeropuerto y la llevamos a la casa. Cuando Maureen llegó unas horas después, mi madre ya había esparcido sus pertenencias por las habitaciones: su bolso en la cocina, su chal colgado en el respaldo de una silla del comedor, su libro abierto sobre la alfombra otomana favorita de Richard, y había subido la temperatura unos cinco grados más. Podía decir que esto irritó a Richard, a pesar de que no dijo una palabra.

La cena transcurrió sin problemas, aunque mi madre seguía dándole trozos de carne a Duque —ella había renunciado ya al vegetarianismo— debajo de la mesa.

—Es un perro inusualmente intuitivo —señaló ella.

Maureen movió su silla un poco más lejos de Duque y de mi madre, y luego le hizo una pregunta a Richard sobre unas acciones que estaba pensando en comprar. No le gustaban mucho los perros, explicó, aunque le había dado una caricia a Duque.

Una vez que serví el pastel de queso, todos fuimos a la sala para abrir los regalos. Richard abrió el mío primero. Era una camiseta de *hockey* de los Rangers enmarcada y firmada por todos los jugadores, y un collar de los Rangers a juego para Duque.

Mi madre le regaló a Richard el nuevo libro de Deepak Chopra.

—Sé que trabajas muy duro. Quizás puedas leer esto de camino al trabajo.

Él lo abrió cortésmente y hojeó algunas páginas. —Esto es probablemente lo que necesito—. Me guiñó un ojo cuando mi madre fue a buscar la tarjeta que había dejado en el bolso.

—Te daré la versión de CliffsNotes en caso de que ella te pregunte al respecto— bromeé.

Maureen le dio dos entradas en primera fila para un juego de los Knicks en la noche siguiente.

—Aquí tenemos un tema deportivo —se rio. Ella y Richard eran fanáticos del baloncesto.

—Deberías llevar a Maureen al juego —dije.

—Ese era mi plan desde el principio —respondió Maureen jovialmente—.

Recuerdo que Richard intentó explicarte cómo ser portera una vez y vi que te alejaste.

—Culpable como acusado.

Los ojos de mi madre revolotearon de Maureen a Richard, y luego se posaron en mí. —Bien, es agradable que esté acá. De lo contrario, estarías sola en casa, Vanessa. ¿Por qué no vamos mañana a la ciudad y con la tía Charlotte?

—Claro—. Podía decir que mi madre estaba sorprendida de que Maureen no hubiera conseguido tres boletos. Tal vez pensó que yo me sentía excluida, pero la verdad era que estaba feliz de que la hermana de Richard quisiera estar con él. Richard no tenía más familia.

Mi madre se quedó dos días más, y aunque me preparé para sus habituales afirmaciones directas, nunca lo hizo. Me acompañó siempre que saqué a pasear a Duque, y me sugirió que lo bañara por primera vez. Duque se sometió a ella con su dignidad habitual, aunque sus ojos marrones parecían reprocharme, y se desquitó salpicándonos con agua después de salir de la bañera. Reír con mi madre fue lo más destacado de su viaje para mí. Creo que también lo fue para ella.

Cuando nos despedimos en el aeropuerto, me abrazó por mucho más tiempo de lo que acostumbraba cuando nos despedíamos.

—Te amo, Vanessa. Me gustaría verte más. ¿Tal vez podrías venir a Florida en un mes o dos?

Había temido su visita, pero me sentí sorprendentemente confortada por su abrazo. —Lo intentaré.

Y tenía la intención de hacerlo. Pero luego todo cambió de nuevo.

Me acostumbré rápidamente a la sólida presencia de Duque en la casa, a nuestras rápidas caminatas por las mañanas, a charlar con él mientras yo preparaba la cena. Lo cepillaba largamente mientras él descansaba su cabeza sobre mi pierna, y me pregunté cómo había podido sentir miedo de él. Cuando me bañaba, él esperaba como un centinela a la entrada del baño. Cada vez que yo llegaba a casa, él estaba apostado en el pasillo detrás de la puerta principal, con las orejas dobladas en triángulos. Parecía aliviado cuando yo volvía a estar en su campo visual.

Estaba muy agradecida con Richard. Él debió haber sabido que Duque me ofrecería algo más que seguridad. En ausencia del bebé que queríamos con tanto ahínco, Duque era mi compañero.

—Me encanta Duque —le dije a Richard una noche, algunas semanas después—. Tenías razón. Realmente me hace sentir segura—. Le conté la historia de cómo Duque y yo habíamos caminado por nuestra acera, a una docena de yardas de nuestra casa, cuando el cartero salió inesperadamente de un claro en los setos que cercaban el patio de un vecino. Duque se había posicionado rápidamente entre nosotros dos, y escuché un murmullo bajo en su garganta. El cartero se alejó y siguió su camino, y nosotros hicimos lo mismo.

—Es la única vez que he visto ese lado de él.

Richard asintió mientras tomaba un cuchillo y le untaba mantequilla a su panecillo. —Sin embargo, es bueno recordar que siempre está ahí.

Cuando Richard salió en un viaje de negocios de un día para otro a la semana siguiente, llevé la cama de Duque al segundo piso y la coloqué junto a la mía. Cuando me desperté en la noche, miré hacia abajo para ver que él también estuviera despierto. Dejé que mi brazo cayera sobre un lado de la cama para poder tocar su cabeza y me dormí rápidamente. Dormí profundamente y sin soñar, mejor de lo que lo había hecho en varios meses.

Le había dicho a Richard que estaba haciendo muchas caminatas con Duque para perder las libras de más que había ganado desde que me mudé a los suburbios. No eran solo las pastillas para la fertilidad. En la ciudad, podía caminar fácilmente cuatro millas por día, pero ahora conducía incluso para comprar medio galón de leche. Además, cenábamos muy tarde. Richard nunca había hecho comentarios sobre mi peso, pero todas las mañanas me pesaba, y me ejercitaba cinco veces por semana. Quería verme bien para él.

Cuando Richard regresó, no tuve corazón para llevar a Duque al primer piso, a nuestra cocina fría y aséptica. Richard no podía creer lo rápido que había cambiado mi actitud para con Duque.

—A veces creo que amas a ese perro más que a mí —bromeó.

Me reí.

—Él es mi amigo. Cuando no estás cerca, me hace compañía—. Lo cierto era que el amor que sentía por Duque era el afecto más puro y sencillo que había conocido.

Duque era más que una simple mascota. Se convirtió en mi embajador en el mundo. Un corredor con el que nos encontrábamos a menudo durante nuestras caminatas diarias se detuvo para preguntar si podía acariciar a Duque, y terminamos charlando. Los jardineros le llevaban un hueso y me preguntaban tímidamente si estaba bien. Incluso el cartero llegó a quererlo, cuando le dije a Duque que era un *amigo*, otra de las palabras que Duque entendía. En mis llamadas semanales a mi madre, le hablaba efusivamente de nuestras últimas aventuras.

Posteriormente, en uno de esos primeros días de primavera, cuando todos los árboles y las flores parecen estar a punto de florecer, llevé a Duque a un sendero que estaba algunos pueblos más allá.

Mirando hacia atrás, lo consideraría como el último día agradable —el de Duque, y el mío—, pero cuando nos sentamos en una gran roca plana, mis dedos recorriendo distraídamente el pelaje de Duque, mientras el sol nos calentaba, me pareció una tarde perfecta.

Cuando Duque y yo regresamos a casa, sonó mi teléfono celular.

—Querida, ¿fuiste a la tintorería?

Había olvidado que Richard me había pedido que recogiera sus camisas.

—¡Rayos! Les pagaré a los jardineros y luego iré por ellas.

Los tres jardineros se habían encariñado especialmente con Duque y, a veces, si hacía buen tiempo, se quedaban más tiempo para ir a buscarlo.

Yo había estado afuera treinta, o tal vez treinta y cinco minutos como máximo. Cuando regresé a la casa, la camioneta de los jardineros ya no estaba. En el instante en que abrí la puerta de la entrada, sentí una frialdad resbalar por mi cuerpo.

—Duque —dije.

Nada.

—¡Duque! —grité de nuevo con voz temblorosa.

Corrí al patio trasero a buscarlo. No estaba allá. Llamé al servicio de jardinería. Juraron que habían cerrado la puerta trasera. Corrí por el barrio, dije su nombre, luego llamé a la Sociedad Humana y a los veterinarios locales. Richard se apresuró a casa y recorrimos las calles, gritando el nombre de Duque a través de las ventanas abiertas del auto hasta quedar roncos. Al día siguiente, Richard no fue a trabajar. Me abrazó mientras lloré. Colocamos carteles. Ofrecimos una gran recompensa. Permanecía todas las noches afuera, llamando a Duque. Me imaginé que alguien se lo había llevado o que Duque había saltado la valla para perseguir a un intruso. Incluso busqué en Google avistamientos de animales salvajes en nuestra área, preguntándome si Duque podría haber sido atacado por un animal más grande.

Una vecina afirmó que lo había visto en la calle Orchard. Otra creyó haberlo visto en Willow. Alguien llamó al número en nuestro cartel y trajo un perro que no era Duque. Incluso llamé a un vidente de mascotas, quien me dijo que Duque estaba en un refugio de animales en Filadelfia.

Ninguna de las sugerencias se materializó. Era como si el canino de noventa libras hubiera desaparecido de mi vida tan mágicamente como había aparecido.

Duque estaba muy bien entrenado; no se habría escapado. Y habría atacado a cualquiera que hubiera tratado de llevárselo. Era un perro guardián.

Pero no pensaba eso alrededor de las tres de la madrugada cuando me arrastraba por el pasillo, marcando distancia entre mi esposo y yo.

Justo antes de que Duque desapareciera, Richard había llamado para preguntarme sobre las camisas. Supuse que estaba llamando desde su trabajo, aunque yo no podría verificar eso; él nunca me había dado las contraseñas de su teléfono celular ni del BlackBerry, y yo tampoco se las había pedido, por lo que no podía consultar sus registros de llamadas.

Pero cuando fui a la tintorería, la señora Lee me saludó con su exuberancia habitual: *¡Qué bueno verte! Tu esposo acaba de llamar hace un rato, y le dije que sus camisas estaban listas, con poco almidón, como siempre.*

¿Por qué habría llamado Richard a la tintorería para asegurarse de que yo no había recogido sus camisas, y luego me llamó para ver si yo lo había hecho?

No le pregunté por eso de inmediato. Pero muy pronto, fue lo único en lo que pude pensar.

Me salieron ojeras debido al insomnio. En las noches en que conseguía dormir un poco, a menudo me despertaba con el brazo colgando sobre un lado de la cama, mis dedos tocando el espacio vacío donde Duque solía echarse. Permanecía insensible la mayor parte del tiempo. Me levantaba con Richard, le preparaba café, y me tomaba unas tazas de más. Le daba un beso de despedida a mi marido cuando salía por la puerta hacia el trabajo, mirándolo mientras caminaba tarareando hacia su automóvil.

Unas semanas después de la desaparición de Duque, mientras sembraba flores en nuestro patio, me encontré con uno de sus juguetes favoritos, un cocodrilo de caucho verde que le encantaba masticar. Lo apreté contra mi pecho y grité como no lo había hecho desde el funeral de mi padre.

Finalmente reprimí mis lágrimas y entré a la casa. Permanecí en el silencio afectado con el cocodrilo todavía en mi mano. Luego caminé por nuestra sala, sin importarme que pudiera estar llenando de barro nuestra alfombra inmaculada, y dejé el juguete de Duque sobre la mesa en el pasillo donde Richard ponía siempre sus llaves. Quería que lo viera en el momento en que llegara a casa.

Esto es lo que no hice a continuación: no me cambié mi ropa sucia.

No ordené los periódicos, no doblé la ropa ni guardé las herramientas de jardinería. No preparé el pez espada, las arvejas y los *tortellini* que había planeado preparar la cena.

Esto es lo que hice en su lugar: me preparé un vodka con agua tónica y me senté en el estudio. Esperé mientras la luz disminuía al atardecer. Luego me serví más vodka, esta vez sin el agua tónica. Yo no había tomado mucho más que una copa ocasional o dos de vino. Pude sentir el alcohol fuerte circulando por mi cuerpo.

Cuando finalmente Richard entró por la puerta, permanecí en silencio.

—Nellie —dijo.

Por primera vez en nuestro matrimonio, no respondí «Hola, cariño» ni me apresuré a saludarlo con un beso.

—¿Nellie? —Esta vez mi nombre era una pregunta, no una afirmación.

Estoy aquí —dije finalmente.

Apareció en la puerta, sosteniendo el cocodrilo fangoso de Duque que había perdido la mitad de su cola.

—¿Qué haces sentada en la oscuridad?

Levanté el vaso y apuré el resto del vodka.

Lo vi contemplar mi ropa: los *jeans* descoloridos con tierra en las rodillas y la camiseta vieja y demasiado grande.

Dejé mi vaso, sin importarme que no hubiera usado un posavasos.

—Tesoro, ¿qué pasa? —. Se acercó y me abrazó.

Sentí su calor sólido y mi determinación comenzó a desvanecerse. Había estado muy enojada con él toda la tarde, pero lo que más quería ahora era que el hombre que había causado mi angustia me consolara. Las acusaciones que se estaban formando en mi mente se hicieron difusas; ¿Cómo pudo Richard hacer algo tan horrible?

Nada de eso tenía sentido de nuevo.

En lugar de decir lo que había planeado, espeté: —Necesito un descanso.

—¿Un descanso? —Retrocedió.— ¿De qué? —. Frunció el ceño.

Yo quería decir, *De todo*, pero más bien respondí: —Del Clomid.

—Estás borracha. No hablas en serio.

—Sí, creo que estoy un poco tomada, pero hablo en serio. No lo voy a tomar más.

—¿No crees que esto es algo que deberíamos discutir como pareja? Es una decisión conjunta.

—¿Fue una decisión conjunta deshacerse de Duque?

Tras decir esas palabras, supe que había cruzado una línea en nuestra relación.

Lo que me sorprendió fue lo bien que se sintió. Nuestro matrimonio, al igual que todos, tenía reglas tácitas, y yo había roto una de las más importantes: no desafiar a Richard.

Ahora comprendo que mi adherencia a ese mandato me impidió preguntar por qué había comprado una casa sin mostrármela, y por qué nunca quiso hablar sobre su infancia, así como otras preguntas que había tratado de apartar de mi mente.

Richard no había formulado esa regla solo; yo había sido una cómplice voluntaria. Era mucho más fácil dejar que mi esposo —el hombre que siempre me había hecho sentir segura—, se hiciera cargo de la dirección de nuestras vidas.

Ya no me sentía segura.

—¿De qué estás hablando? —. La voz de Richard era fría y mesurada.

—¿Por qué llamaste a la señora Lee y le preguntaste si tus camisas estaban listas? Sabías que yo no las había recogido. ¿Estabas tratando de sacarme de la casa?

—¡Cielos! —Richard se levantó bruscamente.

Tuve que alzar la cabeza para mirarlo mientras se inclinaba sobre mí en la silla.

—Nellie, estás siendo completamente irracional—. Pude ver su mano agarrar el cocodrilo y destrozarlo. Sus rasgos parecían tensarse, sus ojos se estrecharon y sus labios se doblaron hacia adentro; era como si mi esposo desapareciera detrás de una máscara—. ¿Qué diablos tiene que ver la limpiadora con Duque? ¿O con el hecho de que queramos tener un bebé? ¿Por qué querría yo que salieras de la casa?

Yo estaba perdiendo el rumbo, pero no podía dar marcha atrás.

—¿Por qué me preguntaste si había recogido tus camisas cuando sabías que no lo había hecho? —Mi voz era estridente.

Arrojó el cocodrilo al suelo.

—¿Qué estás sugiriendo? Te estás comportando como una loca. La señora Lee está vieja y siempre anda apurada. Debes haber entendido mal.

Cerró los ojos brevemente. Cuando los abrió, era Richard de nuevo. La máscara había desaparecido.

—Estás deprimida. Hemos sufrido una gran pérdida. Los dos queríamos a Duque. Y sé que los tratamientos de fertilidad son difíciles para ti. Tienes razón. Démonos un pequeño descanso.

Todavía estaba muy enojada con él; ¿Por qué se sentía como si me estuviera perdonando?

—¿Dónde está Duque? —susurré—. Por favor dime que está vivo. Solo necesito saber que está a salvo. Nunca más te lo preguntaré.

—Nena—. Richard se arrodilló a mi lado y me envolvió en sus brazos—. Por supuesto que está a salvo. Es muy inteligente y fuerte. Probablemente esté a pocos pueblos de acá, viviendo con una nueva familia que lo quiere tanto como nosotros. ¿No puedes verlo perseguir una pelota de tenis en un gran patio trasero? —. Secó las lágrimas que corrían por mis mejillas—. Vamos a sacarte esta ropa sucia e irnos a la cama.

Vi los labios carnosos de Richard moverse mientras hablaba; traté de leer sus ojos. Tenía que tomar una decisión, tal vez la más importante a la que me había enfrentado. Si yo no ignoraba mis sospechas, significaría que todo lo que había creído acerca de mi esposo y de nuestra relación era falso, que cada momento de los últimos dos años era una mentira horrible. No estaría dudando de Richard, estaría desmantelando mis propios instintos, mi juicio, mi verdad más profunda.

Así que elegí aceptar lo que Richard me dijo. Él quería a Duque y sabía lo mucho que yo también lo hacía. Tenía razón; me había vuelto loca al pensar que él le haría algo a nuestro perro.

Toda la tensión se esfumó de mi cuerpo, dejándome tan densa y pesada como el cemento.

—Lo siento —le dije mientras Richard me llevaba al segundo piso.

Cuando salí del baño después de cambiarme, vi que él había sacado las sábanas y puesto un vaso de agua en mi mesita de noche.

—¿Quieres que me acueste aquí contigo?

Negué con la cabeza.

—Debes tener hambre. Me siento mal por no haber hecho la cena.

Me besó en la frente.

—No te preocupes por eso. Descansa un poco, querida.

Era como si nada de eso hubiera sucedido nunca.

A la semana siguiente, me inscribí en una nueva clase de cocina —esta vez asiática— y me uní a un comité de alfabetización infantil en el club.

Recogíamos libros para distribuir a escuelas en áreas subatendidas de Manhattan. El grupo se reunía a la hora del almuerzo. Siempre servían vino, y yo solía ser la primera en vaciar mi copa y en pedir más. Mantenía una botella de Advil en mi bolso para aliviar los dolores de cabeza que a veces me daban luego de tomar durante el día. Esperaba las reuniones porque hacía una siesta después, llenando algunas horas más. Mi aliento era mentolado y el Visine había suprimido el enrojecimiento de mis ojos cuando Richard llegaba a casa.

Pensé en sugerir que consiguiéramos otro perro, tal vez de una raza diferente. Pero nunca lo hice. Y entonces nuestra casa —sin mascotas, sin niños— se redujo a ser simplemente una casa.

Empecé a odiarlo, el silencio constante que nunca cejaba.

CAPÍTULO VEINTISIETE

DEJO LA POSTAL CON el pastor alemán en el escritorio de la tía Charlotte. He faltado mucho al trabajo. No puedo llegar tarde otra vez. Guardo la carta para Emma en mi bolso. Se la entregaré después de mi turno. Me imagino que puedo sentir su peso jalando la correa en mi hombro cuando empiece a caminar por Midtown.

Estoy a mitad de camino cuando suena mi teléfono. Por un momento breve, pienso, *Richard*. Pero cuando miro la pantalla, el número que titila es el de Saks.

Vacilo, luego respondo y espeto:

—Ya casi estoy allá. Otros quince minutos cuando más—. Camino más rápido.

—Vanessa, odio tener que hacer esto —dice Lucille.

—Lo siento mucho. Perdí mi teléfono celular, y luego… —. Ella se aclara la garganta y permanezco en silencio.

—Pero tenemos que dejarte ir.

—Dame otra oportunidad —digo desesperada. Con la condición de la tía Charlotte, ahora necesito trabajar más que nunca. —Estaba pasando por un momento difícil, pero lo prometo, yo no… Las cosas están cambiando.

—Llegar tarde es una cosa. Las ausencias repetidas son otra. ¿Pero esconder mercancía? ¿Qué pensabas hacer con esos vestidos?

Me dispongo a negarlo, pero algo en su voz me dice que no me moleste en hacerlo. Tal vez alguien me vio retirar los tres vestidos florales en blanco y negro de Alexander McQueen y esconderlos en el depósito.

Es inútil. No tengo ninguna defensa.

—Tengo tu último cheque. Te lo enviaré por correo.

—En realidad, ¿puedo pasar a recogerlo? —. Espero poder convencer a Lucille para que me dé otra oportunidad personalmente.

Lucille duda. —De acuerdo. Estamos un poco ocupados en este momento. Pasa por aquí en una hora.

—Gracias. Así está perfecto.

Ahora tengo tiempo de entregar la carta en la oficina de Emma en lugar de esperar hasta después del trabajo y dejarla en su casa. Han pasado veinticuatro horas desde la última vez que vi a la prometida de Richard, pero eso significa que hoy ya es un día más cerca de su boda.

Debería usar este tiempo para planear lo que le diré a Lucille. Pero lo único en lo que puedo pensar es cómo puedo permanecer en el patio y ver si Emma sale a tomar un café o a hacer un recado. Tal vez yo pueda entender, a partir de su expresión, si Richard le contó sobre la visita que me hizo.

La última vez que entré a este rascacielos elegante fue para ir a la fiesta de la oficina de Richard. La noche en que todo comenzó.

Pero tengo muchos otros recuerdos de este lugar: venir acá desde la Escalera del Aprendizaje para encontrarme con Richard y verlo concluir una llamada de negocios, su voz tan intensa que era casi severa, mientras hacía caras tontas por encima del auricular; viajar desde Westchester para reunirme con Richard y sus colegas para cenar; ir para sorprender a Richard y hacer que me levantara del piso con un abrazo alegre.

Empujo la puerta giratoria y me acerco al escritorio del guardia de seguridad. A las diez en punto, el vestíbulo no está congestionado, algo que agradezco. No quiero encontrarme con ninguna persona conocida.

Reconozco vagamente al guardia, así que me pongo mis gafas de sol. Le entrego el sobre con el nombre impreso de Emma. —¿Puedes entregar esto al piso treinta y dos?

—Espera un momento—. Toca una pantalla en su escritorio y escribe su nombre. Luego me mira. —Ella ya no trabaja aquí.

Me devuelve el sobre por encima del escritorio.

—¿Qué? ¿Cuándo? ¿Renunció?

—No tengo esa información, señora.

Una repartidora de UPS se me acerca por detrás y el guardia desvía su atención.

Tomo el sobre y vuelvo a cruzar la puerta giratoria. En el patio cercano hay un banco pequeño donde pensé esperar a Emma. Ahora me derrumbo en él.

No debería estar tan sorprendida. Después de todo, Richard no querría que su esposa trabajara, particularmente no con él. Me pregunto brevemente si ha aceptado otro trabajo, pero sé que no lo haría antes de su boda. También estoy segura de que ella no volverá a trabajar después de casarse.

Su mundo está empezando a encogerse.

Necesito contactarme con ella de inmediato. Amenazó con llamar a la policía si yo me volvía a acercar a su apartamento, pero no me puedo concentrar ahora en ese tipo de consecuencias.

Me levanto y me dispongo a guardar la carta en mi bolso. Mis dedos rozan mi billetera. La que contiene la foto de Duque.

Saco la pequeña fotografía a color de su cubierta protectora de plástico. La rabia se cierne sobre mí; si Richard estuviera aquí, me abalanzaría sobre él, le arañaría la cara y le gritaría obscenidades.

Pero me obligo a regresar, una vez más, al escritorio del guardia de seguridad.

—Disculpe —le digo cortésmente—. ¿Tiene un sobre?

Me da uno sin hacer ningún comentario. Introduzco la foto de Duque y busco un bolígrafo en mi bolso. Saco un delineador gris y lo uso para escribir *Richard Thompson* en el sobre. El delineador suave y de punta roma deja un rastro de letras progresivamente más desordenadas, pero no me importa.

—Piso número 32. Sé que todavía trabaja allá.

El guardia levanta una ceja, pero por lo demás permanece impasible, al menos hasta que me voy.

Necesito ir a Saks, pero tengo la intención de ir directamente al apartamento de Emma apenas termine. Me pregunto qué está haciendo en este instante. ¿Preparando sus cosas para la mudanza? ¿Comprando un camisón *sexy* para su luna de miel? ¿Tomando un café con sus amigas de la ciudad, prometiéndoles que siempre volverá para verlas?

Golpeo el pavimento con el pie izquierdo. *Sálvala*. Mi pie derecho desciende. Camino más y más rápido, las palabras haciendo eco en mi cerebro. *SálvalaSálvalaSálvala*.

Yo había llegado muy tarde una vez, cuando estaba en mi último año en la hermandad de la Florida. Eso no volverá a suceder.

La noche en que Maggie desapareció, volví a la casa de Daniel justo cuando las candidatas regresaban a la casa, mojadas y riendo, oliendo a mar.

—¡Creí que estabas enferma! —gritó Leslie.

Me abrí paso a empellones entre las candidatas y subí a mi habitación. Estaba destrozada, incapaz de pensar con claridad. No sé qué me hizo mirar de nuevo a las chicas, que se secaban ahora con las toallas que alguien arrojaba por encima de la escalera.

Me di vuelta. —Maggie.

—Ella tiene razón… ella tiene razón —balbuceó Leslie. Esas dos sílabas resonaron mientras mis hermanas escudriñaban la habitación, su risa desvaneciéndose mientras examinaban sus rostros, buscando a quien no estaba allí.

La historia de lo que sucedió en la playa emergió en esquirlas y fragmentos frenéticos; recuerdos distorsionados por el alcohol y la euforia que se había transformado en miedo. Algunos muchachos de la fraternidad se habían deslizado detrás de las chicas mientras iban a la playa, tal vez galvanizados por el destello de ese sostén de color rosa. Todas las candidatas se habían desnudado, como se les había ordenado, y luego corrieron hacia el océano.

—¡Revisa su habitación! —le grité a nuestra presidenta de la hermandad—. Iré a la playa.

—La vi salir del agua —dijo Leslie mientras corríamos hacia el océano.

Pero los chicos también lo habían hecho. Para entonces, habían corrido a la arena, aullando y riendo, recogiendo la ropa desechada y colgándola fuera del alcance de las chicas desnudas. Fue una broma, pero no una que hubiéramos planeado.

—¡Maggie! —grité mientras corríamos hacia la playa.

Las chicas también habían gritado, y algunas de las hermanas vestidas perseguían a los chicos. Las candidatas intentaron cubrirse con blusas o vestidos que los chicos soltaban mientras se adentraban en la arena. Habían recuperado finalmente sus ropas y corrido hacia la casa.

—¡No está aquí! —gritó Leslie—. Volvamos a la casa en caso de que la hayamos perdido de vista en el camino.

Luego vi la camiseta blanca de algodón con cerezas pequeñas y pantalones cortos a juego esparcidos en la arena.

Luces azules y rojas girando. Buzos examinando en el océano, arrastrando redes a través del agua. Un foco danzando sobre las olas.

Y el grito alto y prolongado cuando un cuerpo fue sacado del océano. Salió de mí. La policía nos interrogó una por una, hasta esbozar una narración de forma metódica.

El periódico local llenó cuatro páginas con artículos, recuadros y fotografías de Maggie. Una estación de noticias de Miami filmó imágenes de nuestra casa de hermandad y emitió un informe especial sobre los peligros de beber en semana. Yo era la directora social; era la hermana mayor de Maggie. Estos detalles fueron reportados. Mi nombre salió impreso. Lo mismo sucedió con mi foto.

En mi mente, siempre veo a Maggie delgada y pecosa retirándose al océano, tratando de ocultar su cuerpo. La veo salir muy lejos, y perder el equilibrio en la arena inestable. Una ola rompe sobre su cabeza. Tal vez grita, pero su voz se mezcla con los otros gritos. Traga agua salada. Gira desorientada en medio de la tinta negra. No puede ver. No puede respirar. Otra ola la arrastra hacia abajo.

Maggie desapareció. Pero tal vez no lo habría hecho si yo no hubiera desaparecido antes.

Emma también desaparecerá si se casa con Richard. Perderá a sus amigas. Se alejará de su familia. Se desconectará de sí misma, tal como lo hice yo. Y entonces todo empeorará mucho más.

Sálvala, canturrea mi mente.

CAPÍTULO VEINTIOCHO

Entro por la puerta de los empleados y tomo el ascensor hasta el tercer piso. Encuentro a Lucille doblando suéteres. Tiene escasez de personal por mi culpa; está haciendo mi trabajo.

—Lo siento realmente—. Estiro la mano hacia la pila de peltre donde están los suéteres de cachemira—. Necesito este trabajo, y puedo explicarte lo que ha estado sucediendo.

Ella se vuelve hacia mí a medida que mi voz se apaga. Intento leer su expresión mientras evalúa mi aspecto: confusión. ¿Pensó que simplemente recogería mi cheque y me iría? Su mirada se detiene en mi cabello, y me giro instintivamente hacia el espejo junto a los suéteres. Por supuesto que está perpleja; ella solo me ha conocido como una morena.

—Vanessa, soy yo quien lo siento, pero te di varias segundas oportunidades—. Me dispongo a suplicar un poco más, pero veo que el piso está lleno de clientas. Algunas vendedoras nos están mirando. Quizás fue incluso una de ellas quien le contó a Lucille sobre los vestidos.

Es inútil. Dejo los suéteres en la pila.

Lucille saca el cheque y me lo da.

—Buena suerte, Vanessa.

Mientras camino hacia el ascensor, veo los vestidos con estampados intrincados en blanco y negro que cuelgan en el lugar que les corresponde en el estante. Contengo la respiración hasta haberlos dejado atrás sin ningún percance.

Ese vestido me quedaba como anillo al dedo, como si estuviera hecho a la medida para mis curvas.

Richard y yo llevábamos varios años casados para entonces. Sam y yo habíamos dejado de hablar. La desaparición de Duque nunca se había resuelto.

Mi madre también canceló inesperadamente su próximo viaje para visitarnos en la primavera, diciendo que quería ir en una gira grupal a Nuevo México.

Pero en lugar de retirarme de la vida, comencé a adentrarme nuevamente en ella.

No había tomado un sorbo de alcohol en casi seis meses, y la hinchazón se había disipado de mi cuerpo como el helio que escapa lentamente de un globo. Empecé a levantarme temprano todas las mañanas para correr por las calles anchas y las suaves colinas de nuestro barrio.

Le había dicho a Richard que me estaba concentrando en volver a estar saludable. Pensé que me creía, que simplemente aceptaba mi nuevo comportamiento como un cambio positivo. Después de todo, era él quien imprimía las facturas detalladas que el club campestre le enviaba por correo electrónico cada mes antes de ser cargadas a su tarjeta de crédito. Había empezado a dejarlas en la mesa de la cocina para que yo las viera, resaltando los cargos por mi consumo de licor. Resulta que nunca habría tenido que molestarme con el Visine y las pastillas de menta; él sabía exactamente cuánto había estado tomando durante esos almuerzos del comité.

Pero yo estaba cambiando algo más que mi salud física. También comencé un nuevo trabajo voluntario. Los miércoles, viajaba en el tren con Richard y luego tomaba un taxi al Lower East Side, donde leía a los niños de kínder en un programa de Head Start. Había conocido a los organizadores del programa mientras repartía libros para el programa de alfabetización del club.

Solo trabajaba con los niños unas pocas horas cada semana, pero eso me daba un propósito. Regresar a la ciudad también fue rejuvenecedor. Me sentía más como mi antigua yo de lo que había hecho desde mi luna de miel.

—Ábrelo —me había dicho él la noche de la gala de Alvin Ailey mientras yo miraba la caja brillante y blanca envuelta con un lazo rojo.

Desaté la seda y levanté la tapa. Desde que me casé con Richard, había llegado a apreciar las texturas y los detalles que separaban mis viejas prendas básicas de H&M de las piezas de diseño. Este vestido era uno de los más elegantes que había visto en mi vida. También contenía un secreto. Desde la distancia, parecía ser un simple patrón en blanco y negro. Pero era una simple ilusión. De cerca, cada hilo había sido colocado deliberadamente, cosido puntada sobre puntada para crear un paraíso floral.

—Póntelo esta noche —me dijo Richard—. Te ves preciosa.

Se puso su esmoquin y le aparté la mano cuando comenzó a abrocharse el corbatín.

—Déjame—. Sonreí. Algunos hombres con corbata negra se ven como chicos rumbo al baile de graduación, con el cabello peinado hacia atrás y sus zapatos brillantes. Otros parecen impostores pomposos, ese uno por ciento que quieren y no pueden. Pero era algo innato en Richard. Enderecé las alas de su corbatín y lo besé, dejando un rastro rosa en su labio inferior.

Puedo vernos esa noche como si fuera desde arriba: saliendo de nuestro Town Car a la nieve que cae ligeramente y entrar tomados del brazo a la fiesta de gala. Encontrando nuestra tarjeta en la mesa que decía *Sr. y Sra. Thompson*: *Mesa 16* con letras fluidas. Posando sonrientes para una foto. Aceptándole copas de champaña a un servidor que pasaba.

Y, ah, ese primer sorbo, esas burbujas doradas que se aplastaban en mi boca, esa tibieza goteando por mi garganta. Sabía a euforia en una copa.

Habíamos visto a los bailarines saltar y elevarse, sus brazos vigorosos y sus piernas musculosas girando, sus cuerpos dando vueltas en formas imposibles, mientras los tambores retumbaban frenéticamente. No me di cuenta de que me balanceaba hacia adelante y hacia atrás y aplaudía levemente hasta que sentí la mano de Richard dándome un suave apretón en el hombro. Me estaba sonriendo, pero sentí una oleada de vergüenza. Nadie más se movía al ritmo de la música.

Cuando terminó el espectáculo, hubo más cocteles y *hors d'oeuvres*. Richard y yo charlamos con algunos de sus colegas, uno de los cuales, un caballero de cabello blanco llamado Paul, estaba sentado en la mesa de la compañía de baile y había comprado asientos en una para la cena benéfica. Estuvimos allí como invitados suyos.

Los bailarines se mezclaban entre nosotros, sus cuerpos eran esculturas ondulantes, parecían dioses y diosas que habían descendido del cielo.

Por lo general, me duele la cara de tanto sonreír al final de la noche en estos eventos sociales. Siempre traté de parecer involucrada y alegre para compensar el hecho de no tener mucho que decir, especialmente en el silencio aburrido que sigue a la pregunta inevitable, esa que los extraños siempre piensan que es tan inofensiva: —¿Tienes hijos?

Pero Paul era diferente. Cuando me preguntó qué hacía y mencioné el voluntariado, él no dijo «qué bueno» y buscó a una persona más competente. En su lugar, preguntó: —¿Cómo te metiste en eso?—. Me vi contándole sobre mis años como maestra de preescolar y de mi trabajo voluntario con Head Start.

—Mi esposa ayudó a obtener los fondos para una escuela subvencionada nueva y maravillosa no muy lejos de aquí —dijo él—. Deberías pensar en involucrarte con ella.

—Me encantaría. Extraño mucho enseñar.

Paul metió la mano en el bolsillo del pecho y sacó una tarjeta de negocios.

—Llámame la próxima semana—. Se inclinó un poco más cerca y susurró, —Cuando digo que mi esposa les ayudó con los fondos, me refiero a que ella me dijo que les hiciera un cheque grande. Nos deben un favor—. Sus ojos se arrugaron en los extremos y le devolví la sonrisa. Sabía que era uno de los hombres más exitosos del salón y que todavía estaba felizmente casado con su novia de la escuela secundaria, una mujer de cabello blanco que estaba charlando con Richard. —Te presentaré a varias personas —continuó Paul—. Apuesto a que pueden encontrar un lugar para ti. Si no ahora, tal vez al comienzo del año escolar.

Un mesero nos ofreció copas de vino de una bandeja, y Paul me dio una. —Salud. Por los nuevos comienzos.

Yo había calculado mal la fuerza con que entrechocamos nuestras copas. Los bordes finos y delicados colisionaron con estruendo, y me quedé sosteniendo un tallo irregular mientras el vino corría por mi brazo.

—¡Lo siento mucho! —espeté cuando el mesero corrió hacia mí, ofreciéndome un manojo de servilletas de coctel y retirando el tallo roto de mi mano.

—La culpa es toda mía —dijo Paul—. ¡No conozco mi propia fuerza! Soy yo el que lo siento. Espera, no te muevas, hay vidrio en tu vestido.

Me quedé allí mientras él sacaba algunos fragmentos del tejido fino, y los dejaba en la bandeja del mesero. Las conversaciones a nuestro alrededor se habían detenido por un momento, pero ahora se reanudaron. Aun así, sentí que todos eran más conscientes de mí. Quise derretirme debajo de la alfombra.

—Déjame ayudarte —dijo Richard, acercándose a mí. Secó mi vestido húmedo—. Menos mal que no estabas bebiendo vino tinto.

Paul se rio, pero sonó forzado. Podía decir que estaba tratando de suprimir un poco de la incomodidad del momento. —Bueno, ahora realmente te debo un trabajo—. Paul miró a Richard—. Tu encantadora esposa solo me estaba diciendo cuánto extraña enseñar.

Richard arrugó la servilleta húmeda en su mano, la puso en la bandeja del mesero y dijo:

—Gracias —despachando al hombre. Entonces sentí que Richard me tocaba la espalda. —Ella es genial con los niños —le dijo a Paul.

Su esposa llamó la atención de Paul, haciéndole señas para que se retirara. —Tienes mi número —me dijo él—. Hablemos pronto.

En el instante en que se fue, Richard se inclinó hacia mí.

—¿Cuánto has tomado, querida? —Sus palabras eran inocuas, pero su cuerpo tenía una quietud que no era natural.

—No mucho —dije rápidamente.

—Según mis cuentas, tomaste tres copas de champaña. Y todo ese vino—. Aumentó la presión de su mano sobre la parte baja de mi espalda. —Olvídate de la cena —me susurró al oído—. Vámonos a casa.

—Pero… Paul compró una mesa. Nuestros asientos estarán vacíos. Prometo que solo tomaré agua.

—Creo que sería mejor si nos fuéramos —dijo Richard en voz baja—. Paul lo entenderá.

Fui a buscar mi abrigo. Mientras esperaba, vi a Richard acercarse a Paul y decirle algo, y darle luego una palmada en el hombro. *Richard estaba inventando excusas para mí,* pensé, pero Paul percibiría el subtexto: Richard necesitaba llevarme a casa porque yo estaba demasiado tomada para quedarme a cenar.

Pero no estaba borracha. Richard quería únicamente que todos pensaran que yo lo estaba.

—Todo está listo —me dijo Richard cuando regresó. Ya había pedido nuestro auto, que estaba afuera del edificio.

La nieve caía con más intensidad ahora. Sentí náuseas, aunque nuestro conductor avanzó lentamente por las calles prácticamente vacías.

Cerré los ojos y me apoyé contra la puerta tanto como me lo permitía el cinturón de seguridad. Fingí dormir, pero estoy segura de que Richard sabía que no quería enfrentarlo.

Él podría haberlo ignorado, dejarme subir las escaleras y acostarme en nuestra cama.

Pero cuando subí los escalones hacia la puerta de entrada, tropecé y tuve que agarrarme a la barandilla.

—Son estos tacones nuevos —dije con desesperación—. No estoy acostumbrada a ellos.

—Por supuesto que sí —dijo él con sarcasmo—. No podrían ser todas esas bebidas con el estómago vacío. Este era un evento de trabajo, Nellie. Era una noche importante para mí.

Permanecí en silencio detrás mientras él abría la puerta principal. Una vez adentro, me senté en el banco con nudos en nuestra entrada y me quité los zapatos. Los coloqué el uno al lado del otro en la escalera inferior, alineando los tacones con precisión, luego saqué mi chal y lo colgué en el armario.

Richard todavía estaba allí cuando me di vuelta. —Necesitas comer algo. Ven.

Lo seguí hasta la cocina, donde sacó una botella de agua mineral del refrigerador y me la entregó en silencio. Abrió la despensa y sacó una caja de galletas Carr.

Comí una rápidamente. —Me siento mejor. Hiciste bien en traerme a casa… También debes tener hambre. ¿Quieres que te parta un poco de Brie? Lo compré hoy en el mercado de agricultores.

—Estoy bien—. Me di cuenta de que Richard estaba a punto de desaparecer como lo había hecho durante otras discusiones que yo había tratado de olvidar; estaba luchando por evitar que su ira aflorara. Evitando que se lo tragara.

—Con respecto al trabajo —dije rápidamente, tratando de restarle importancia—. Paul simplemente me ofreció presentarme a unas personas de la escuela subvencionada. Podría ser a tiempo parcial o incluso podría no suceder.

Richard asintió lentamente. —¿Hay alguna razón especial por la que quieras estar en la ciudad con mayor frecuencia?

Lo miré fijamente; de todas las cosas que podía decir él, yo no esperaba esto. —¿Qué quieres decir?

—Uno de los vecinos mencionó verte en la estación de tren el otro día. Completamente elegante —añadió—. Es curioso, pero cuando te llamé esa mañana, dijiste que estabas nadando en el club y que fue por eso que no contestaste el teléfono.

Yo no podía negarlo; Richard, con su mente tan rápida como un rayo láser, me haría tropezar si intentaba mentir. *¿Cuál vecino?,* me pregunté. La estación estaba casi vacía a esa hora del día.

—Fui a nadar esa mañana. Pero luego fui a ver a la tía Charlotte. Solo para una visita corta.

Richard asintió. —Por supuesto. ¿Otra galleta? ¿No? —Pasó la lengüeta de cartón por la ranura de la caja. —No hay ninguna razón por la que no deberías visitar a tu tía. ¿Cómo estaba?

—Bien —espeté cuando se suavizaron los latidos de mi corazón. Él iba a dejar pasar esto. Me había creído—. Tomamos té en su apartamento.

Richard abrió el armario para guardar las galletas, la puerta de madera se interpuso entre nosotros y ocultó momentáneamente su rostro.

Me estaba mirando cuando la cerró. Estaba muy cerca. Sus ojos entrecerrados parecían atravesar los míos.

—Lo que no puedo entender es por qué esperaste hasta que me fui al trabajo, te pusiste elegante, tomaste el tren a la ciudad, llegaste a tiempo para preparar la cena y te sentaste a comer lasaña conmigo, pero nunca se te ocurrió mencionar que habías visitado a tu tía—. Hizo una pausa breve—. ¿A dónde fuiste realmente? ¿Con quién estabas?

Oí un sonido semejante al chillido de un pájaro y comprendí que había salido de mí. Richard me estaba sujetando la muñeca. Retorciéndola mientras hablaba.

Miró hacia abajo y la soltó de inmediato, pero los óvalos blancos de las yemas de sus dedos siguieron ahí, como una quemadura.

—Lo siento—. Dio un paso atrás. Pasó una mano por su cabello. Exhaló lentamente—. ¿Pero por qué carajos me mentiste?

¿Cómo podría decirle la verdad? ¿Que no era feliz, que todo lo que él me había dado no era suficiente? Quería conocer a alguien para hablar de mis preocupaciones acerca de mi matrimonio. La mujer a la que había buscado me había escuchado atentamente y me había hecho algunas preguntas, pero yo sabía que una sesión con ella no sería suficiente. Estaba pensando en escabullirme a la ciudad para verla nuevamente el próximo mes.

Pero era demasiado tarde para conjurar una excusa plausible para mi engaño.

Richard me había atrapado.

Ni siquiera vi su palma abierta venir hasta que conectó con mi mejilla produciendo un fuerte crujido.

Escasamente dormí las dos noches siguientes. Me dolía la cabeza y sentía la garganta en carne viva por el llanto. Cubrí la dispersión de hematomas en mi muñeca con mangas largas y corrector adicional sobre los moretones debajo de mis ojos. Todo lo que podía pensar era si debería quedarme con Richard o tratar de dejarlo.

Luego, mientras trataba de leer en la cama, aunque sin entender ninguna de las palabras de la página, Richard golpeó suavemente la puerta abierta de la habitación de huéspedes. Levanté la vista para decirle que entrara, pero mis palabras se disolvieron ante la expresión de su rostro.

Sostenía el teléfono inalámbrico de la casa.

—Es tu madre—. Frunció la cara—. Es decir, la tía Charlotte. Está llamando porque...

Eran las once de la noche, mucho después de la hora en que mi tía solía irse a dormir. La última vez que hablé con mi madre, me había dicho que mi tía estaba bien; sin embargo, no me había devuelto las llamadas más recientes.

—Lo siento mucho, nena—. Richard me pasó el teléfono.

Tomarlo fue una de las cosas más difíciles que he tenido que hacer.

CAPÍTULO VEINTINUEVE

Richard fue todo lo que yo necesitaba que fuera tras la muerte de mi madre.

Volamos a Florida con la tía Charlotte para el entierro, y alquiló una suite de hotel con habitaciones contiguas para que pudiéramos estar juntos. Recordé cómo se veía mi mamá cuando estaba más feliz: haciendo ruidos con las ollas y arrojando especias en un plato en la cocina; o en sus días buenos, cantándome una canción tonta para despertarme, o riendo mientras se limpiaba el agua que Duque le había salpicado en la cara después de bañarlo. Traté de imaginarla la noche de mi boda, caminando descalza en la arena, con la cara vuelta hacia el sol poniente, mientras yo decía ese último adiós. Pero otra imagen se filtraba continuamente: mi madre tal como había muerto: sola en el sofá, con un frasco vacío de píldoras a su lado y la televisión a todo volumen.

No dejó ninguna nota, por lo que nos quedamos con preguntas que nunca podrán responderse.

Cuando la tía Charlotte se desmoronó en la tumba, culpándose a sí misma por no saber que mi madre había tomado una mala decisión, Richard la consoló:

—Nada de esto es tu culpa; no es culpa de nadie. Ella estaba muy bien. Siempre estuviste ahí para tu hermana, y ella sintió tu amor.

Richard también ordenó los documentos y organizó la venta de la pequeña casa de ladrillo donde crecí, mientras que la tía Charlotte y yo revisamos las pertenencias personales de mi madre.

Por lo demás, la casa estaba relativamente limpia, aunque la habitación de mi madre era un desastre, con libros y ropa apilados en todas las superficies. Las migas en su cama me dijeron que desde hace un tiempo había comido casi siempre ahí. Viejas tazas de café y vasos de agua llenaban su mesita de noche. Vi que las cejas de Richard se arqueaban en señal de sorpresa cuando notó el desorden, pero lo único que dijo fue, —contrataré un servicio de limpieza.

No tomé muchas de las pertenencias de mi madre: la tía Charlotte sugirió que seleccionáramos algunas bufandas de mi madre, y elegí algunas piezas de bisutería. Las únicas otras posesiones que yo quería eran nuestras viejas fotografías familiares y dos de los libros de cocina maltratados y queridos de mi madre.

También sabía que tenía que limpiar algunas cosas de mi antigua habitación, actualmente el cuarto de huéspedes. Dejé intencionalmente algunos artículos en el estante atrás de mi armario. Mientras la tía Charlotte limpiaba el refrigerador y Richard hablaba por teléfono con un agente de bienes raíces, traje un taburete para alcanzar la repisa polvorienta. Saqué un prendedor de la hermandad de una bolsa de basura, y luego hice lo mismo con mi anuario de la universidad y mis transcripciones finales. También eché a la bolsa de basura mi certificado de honor en desarrollo infantil temprano. Saqué mi diploma de atrás del estante, aún enrollado en un cilindro y atado con un lazo descolorido.

Lo arrojé sin siquiera mirarlo.

Me pregunté por qué había guardado esas cosas después de todos estos años.

No podía mirar el prendedor o el anuario sin pensar en Maggie. No podía mirar el diploma sin pensar en lo que sucedió el día que me gradué.

Estaba cerrando la bolsa cuando Richard entró a mi antigua habitación.

—Pensaba en salir para conseguir algo de cenar—. Miró la bolsa—. ¿Quieres que tire eso a la basura?

Vacilé y se la di.

—Por supuesto.

Lo vi sacar los últimos remanentes de mis días universitarios, y luego miré alrededor de la habitación vacía. La mancha de agua aún arruinaba el techo; si cerraba los ojos, casi podía imaginar a mi gato negro acurrucado junto a mí en mi edredón de rayas rosadas y moradas mientras leía un libro de Judy Blume.

Sabía que nunca volvería a ver esta casa.

Esa noche en nuestro hotel, mientras me daba un baño caliente, Richard me llevó una taza de té de manzanilla. La tomé con gratitud. A pesar del calor de la Florida, yo parecía no poder calentarme.

—¿Cómo estás, querida? —. Yo sabía que no se estaba refiriendo solo a la muerte de mi madre.

Me encogí de hombros.

—Bien.

—Me preocupa que no hayas sido feliz últimamente—. Richard se arrodilló junto a la bañera y buscó una toalla—. Todo lo que quiero es ser un buen esposo para ti. Pero sé que no lo he sido siempre. Estás sola porque trabajo largas horas. Y mi temperamento... —La voz de Richard se hizo ronca. Se aclaró la garganta y comenzó a limpiarme la espalda con suavidad—. Lo siento, Nellie. He estado estresado... El mercado ha estado muy convulsionado, pero nada es tan importante como tú. Como nosotros. Voy a hacer las paces contigo.

Pude ver lo mucho que trataba de comunicarse conmigo, de ganarme de nuevo.

Pero yo me seguía sintiendo muy fría y sola.

Miré el agua que goteaba lentamente de la llave del baño mientras él susurraba, —quiero que seas feliz, Nellie. Tu madre no siempre fue feliz. Bueno, la mía tampoco. Trató de comportarse como era conmigo y con Maureen, pero lo sabíamos... No quiero que eso te suceda a ti.

Entonces lo miré, pero su mirada era distante, sus ojos nublados, así que miré la cicatriz plateada sobre su ojo derecho.

Richard nunca hablaba de sus padres. Esta admisión significaba más que todas sus promesas.

—Mi padre no siempre fue bueno con mi madre—. Su mano seguía moviéndose en círculos sobre mi espalda, en un gesto que haría un padre para calmar a un niño molesto—. Podría vivir con cualquier cosa salvo con ser un mal esposo para ti... Y, sin embargo, lo he sido.

Fue la conversación más sincera que tuvimos. Me pregunté por qué había sido necesaria la muerte de mi madre para conducirnos a este punto. Pero tal vez no había sido su sobredosis. Tal vez había sido lo que sucedió dos días antes de que nos enteráramos, cuando volvíamos a casa de la gala de Alvin Ailey.

—Te amo —dijo él.

Entonces lo busqué. Su camisa se humedeció por el agua de la bañera que le cayó de mis brazos mojados.

—Ahora somos huérfanos —dijo él—. Así que siempre seremos la familia el uno del otro.

Lo apreté con fuerza. Me aferré a la esperanza.

Esa noche hicimos el amor por primera vez en mucho tiempo. Ahuecó mis mejillas entre sus palmas y me miró a los ojos con tanta ternura y anhelo que sentí algo dentro de mí, algo que parecía un nudo apretado y duro, una liberación. Mientras me estrechaba después, pensé en el lado amable de Richard.

Recordé cómo había pagado las facturas médicas de mi madre, cómo había asistido a las inauguraciones de la galería de la tía Charlotte, incluso si eso significaba cancelar una cena con algún cliente, y cómo en el aniversario de la muerte de mi padre llegaba siempre a casa con una pinta de helado de ron con pasas en una bolsa de papel blanco. Era el sabor favorito de mi padre, el mismo que pedía cuando salíamos a pasear en los días oscuros de mi madre. Richard servía una cucharada para cada uno de nosotros, y yo le contaba detalles sobre mi padre que de otra manera se volverían polvorientos y olvidados, como por ejemplo, que a pesar de sus supersticiones, me había dejado adoptar el gato negro del que me había enamorado cuando estaba muy pequeña. El helado se derretía en mi lengua, llenando mi boca de dulzura en esas noches. Pensé que Richard les daba propinas generosas a los meseros y taxistas, y hacía donaciones a varias obras de caridad.

No era difícil concentrarme en la bondad de Richard. Mi mente se sumía fácilmente en esas reminiscencias, como una rueda que se engancha cómodamente en los surcos de una pista diseñada para sus rotaciones.

Lo miré mientras estaba en sus brazos. Sus rasgos eran apenas perceptibles.

—Prométeme algo —susurré.

—Lo que sea, mi amor.

—Promete que las cosas no volverán a estar mal entre nosotros.

—Lo prometo.

Fue la primera promesa que me hizo y que incumplió. Porque las cosas empeoraron aún más.

Cuando nuestro avión despegó rumbo a Nueva York a la mañana siguiente, miré por la ventana la topografía que se hacía cada vez más pequeña y me estremecí. Estaba muy agradecida de irme de la Florida. La muerte me rodeaba allí como anillos concéntricos. Mi madre. Mi padre. Maggie.

El broche de la hermandad que yo había tirado no era mío. Se suponía que debía dárselo a Maggie después de que fuera aceptada oficialmente en nuestra casa. Pero en lugar del *brunch* celebratorio que habíamos planeado hacerles a las candidatas el fin de semana, mis hermanas y yo asistimos a su funeral.

Nunca le había contado a mi madre lo que pasó después del funeral de Maggie; su reacción habría sido demasiado impredecible. Llamé a la tía Charlotte, pero no le dije que estaba embarazada. Richard también sabía apenas una parte de la historia. Una vez, cuando desperté en su cama después de una pesadilla, le expliqué por qué no iba sola a casa por las noches; por qué llevaba *spray* de pimienta y dormía con un bate a mi lado.

Mientras permanecía en brazos de Richard, describí cómo había ido a ofrecer mis condolencias a la familia de Maggie. Sus padres se limitaron a asentir, tan aturdidos que parecían incapaces de hablar. Pero Jason, su hermano mayor, que estaba en su último año en la Universidad de Grant al igual que yo, había sujetado mi mano tendida. No para estrechármela. Sino para ponerme en mi lugar.

—Eres tú —resolló. Olí el licor rancio en su aliento; el blanco de sus ojos estaba impregnado de un rojo carmesí. Tenía la piel pálida de Maggie, las pecas de Maggie, el cabello rojo de Maggie.

—Lo siento tan… —comencé a decir, pero él me apretó la mano con más fuerza. Se sentía como si me estuviera triturando los huesos. Alguien se acercó para abrazarlo y él me soltó, pero sentí que sus ojos me seguían. Las hermanas de mi fraternidad se quedaron para la recepción en la sala comunitaria de la iglesia, pero me escabullí al cabo de unos minutos y salí.

Mientras cruzaba la puerta, me encontré exactamente con quien yo había tratado de evitar: con Jason.

Estaba solo en los escalones de la entrada, golpeando un paquete de Marlboro rojo contra la palma de su mano. Chasquearon una y otra vez. Traté de agachar la cabeza y pasar a su lado, pero su voz me detuvo.

—Ella me habló de ti—. Sacó un encendedor e inhaló profundamente mientras prendía su cigarrillo. Exhaló una espiral de humo—. Ella tenía miedo de lo que podría pasarle en su semana como candidata, pero dijiste que la ayudarías. Eras su única amiga en la hermandad. ¿Dónde estabas cuando murió? ¿Por qué no estuviste a su lado?

Recuerdo dar un paso atrás y sentir que Jason no apartaba sus ojos de mí, tal como lo había hecho al agarrarme.

—Lo siento —dije de nuevo, pero eso no atenuó la rabia en su expresión. Al contrario, mis palabras parecieron avivarla.

Empecé a alejarme lentamente, agarrando la barandilla para no caerme mientras bajaba las escaleras. El hermano de Maggie mantuvo sus ojos en mí. Justo antes de llegar a la acera, me llamó, su voz áspera y cruda.

—Nunca olvidarás lo que le hiciste a mi hermana.

Sus palabras me cayeron con tanta fuerza como puños.

—Me aseguraré de eso.

Sin embargo, no necesitaba su amenaza para aferrarme a Maggie. Pensaba en ella constantemente. Nunca más volví a esa playa. Todas las integrantes de la hermandad habíamos estado en libertad condicional por el resto del año, pero no fue por eso que acepté un trabajo como mesera en una taberna del campus los jueves y los sábados por la noche. Las fiestas y bailes de la hermandad dejaron de atraerme. Guardé una parte de mis propinas, y cuando tenía unos pocos cientos de dólares, busqué el refugio de animales —Garras peludas—, donde Maggie se había ofrecido como voluntaria y comencé a hacer donaciones anónimas en honor a Maggie. Prometí seguir enviando dinero cada mes.

No esperaba que mis pequeñas donaciones me eximieran de mi culpabilidad, de mi papel en la muerte de Maggie. Sabía que siempre llevaría eso conmigo, que siempre me preguntaría qué habría pasado si no me hubiera alejado del grupo de chicas que caminaban hacia el océano. Si hubiera esperado siquiera una hora más para enfrentar a Daniel.

Exactamente un mes luego de la muerte de Maggie, me desperté luego de oír gritar a una de mis hermanas de la fraternidad. Corrí escaleras abajo en mis bóxers y mi camiseta, y vi las sillas volcadas, la lámpara destrozada, las obscenidades pintadas de negro en la pared de la sala. *Perras. Vagabundas.*

Y el mensaje que sabía era solo para mí: *La mataste.*

Contuve el aliento y miré las tres palabras que proclamaban mi culpabilidad para que todos las vieran.

Otras chicas bajaron mientras la presidenta de nuestro capítulo llamaba al departamento de seguridad del campus. Una de las estudiantes de primer año comenzó a llorar; vi a otras dos chicas alejarse de nuestro grupo y susurrar entre ellas. Pensé que me miraban furtivamente.

El olor a humo rancio de cigarrillo impregnaba la habitación. Vi una colilla en el suelo y me arrodillé para mirarla. Era de Marlboro rojo.

Cuando llegó el guardia, nos preguntó si teníamos alguna idea de quién había destrozado nuestra casa. Él sabía de la muerte de Maggie; la mayoría de la gente en la Florida también se había enterado.

Jason, pensé, pero no pude decirlo.

—¿Tal vez una de sus amigas? —se aventuró a decir alguien—. ¿O el hermano de ella? Está en último año, ¿verdad?

El guardia le echó un vistazo a la habitación. —Tendré que llamar a la policía. Ese es el procedimiento. Regreso en un minuto.

Salió, pero lo intercepté antes de que sacaran la radio de su auto. —Por favor no lo metas en problemas.

—Si fue su hermano Jason… no queremos formular cargos.

—¿Crees que fue él?

Asentí.

—Estoy segura de que fue él.

El guardia suspiró.

—Irrupción en propiedad ajena, destrucción de propiedad… eso es bastante serio. Ustedes, niñas, deberían comenzar a cerrar sus puertas con llave.

Miré hacia atrás en dirección a nuestra casa. Si alguien entraba y subía las escaleras, mi habitación era la segunda a la izquierda.

Tal vez ser interrogado por la policía enardecería aún más a Jason. Él también podría culparme por eso.

Después de que la policía viniera, tomara fotografías y reuniera pruebas, me puse los zapatos para no cortarme los pies con los vidrios de la lámpara rota y ayudar a mis hermanas a limpiar el desastre. Aunque restregamos con toda la fuerza posible, no pudimos borrar las palabras desagradables de la pared. Fui a comprar pintura a la ferretería con algunas hermanas.

Mi teléfono celular sonó mientras mis hermanas veían los diferentes colores. Lo saqué del bolsillo. Número no divulgado, decía la pantalla, lo que probablemente significaba que la llamada provenía de un teléfono público. Un segundo antes de que el tono sonara en mi oído, pensé que podía escuchar algo.

Una respiración.

—Vanessa, ¿cómo te parece este color? —preguntó una de mis hermanas.

Tenía el cuerpo rígido y la boca reseca, pero me las arreglé para asentir y decir:

—Se ve muy bien.

Luego fue directamente a otro pasillo, donde estaban los candados. Compré dos, uno para la puerta de mi habitación y otro para mi ventana.

Más tarde esa semana, un par de agentes de la policía fueron a la casa. El mayor de los dos nos informó que habían interrogado a Jason, quien había admitido la responsabilidad por el delito.

—Estaba borracho esa noche y lo lamenta —dijo el oficial—. Está logrando un acuerdo para hablar con una consejera.

—Lo importante es que nunca vuelva por aquí —dijo una de mis hermanas.

—No lo hará. Esa fue una parte del acuerdo. No puede acercarse a menos de cien yardas de este lugar.

Mis hermanas parecían pensar que todo había terminado. Se dispersaron después de que los agentes se marcharan, dirigiéndose a la biblioteca, a las clases, a los apartamentos de sus novios.

Permanecí en nuestra sala, mirando la pared *beige*. Ya no podía ver las palabras, pero sabía que aún existían y que siempre lo harían.

Tal como siempre reverberarían en mi cabeza.

Tú la mataste.

Mi futuro parecía estar lleno de posibilidades antes de ese otoño. Había estado soñando con las ciudades a donde podría mudarme después de la graduación, considerándolas como una mano de cartas: Savannah, Denver, Austin, San Diego... Yo quería enseñar. Quería viajar. Quería una familia.

Pero en lugar de apresurarme hacia mi futuro, comencé a hacer planes para huir de mi pasado.

Conté los días hasta poder escapar de la Florida. Nueva York, con sus ocho millones de residentes, me parecía atractiva. Conocía la ciudad luego de mis visitas a la casa de la tía Charlotte. Era un lugar donde una mujer joven con un pasado complicado podía comenzar de nuevo. Los compositores musicales habían creado letras apasionadas al respecto. Los autores la habían convertido en la pieza central de sus novelas. Los actores declaraban su amor por ella en entrevistas nocturnas. Era una ciudad con muchas posibilidades. Y una ciudad donde cualquiera podría desaparecer.

El día de la graduación ese mes de mayo, me puse mi túnica azul y mi gorra. Nuestra universidad era tan grande que después de que concluyeron los discursos, los estudiantes se dividieron según sus especializaciones y recibieron sus diplomas en grupos más pequeños. Cuando crucé el escenario del Auditorio Piaget del Departamento de Educación, miré a la audiencia para sonreír a mi madre y a la tía Charlotte. Mientras escudriñaba a la multitud, alguien llamó mi atención. Un joven pelirrojo a un lado, lejos de los otros estudiantes graduados, a pesar de que también llevaba una túnica azul brillante.

Era Jason, el hermano de Maggie.

«¿Vanessa?». El decano de nuestro departamento apretujó mi diploma enrollado en mi mano mientras una cámara destellaba. Bajé los escalones, parpadeando debido a la luz, y regresé a mi asiento. Pude sentir los ojos de Jason clavados en mí durante el resto de la ceremonia.

Me di vuelta para mirarlo de nuevo cuando terminó. Ya se había ido.

Sin embargo, yo sabía muy bien lo que me estaba diciendo Jason. Él también había esperado su oportunidad hasta la graduación. No podía acercarse a mí a menos de cien metros en la escuela. Pero no había reglas sobre lo que podría hacer cuando yo no estuviera en el campus.

Unos meses después de la graduación, Leslie nos envió por correo electrónico el enlace de un periódico a algunas de nosotras. Jason había sido arrestado por conducir ebrio. Los efectos en cadena de lo que había hecho yo seguían propagándose. Sin embargo, una pequeña explosión de alivio egoísta me atravesó: tal vez Jason ya no podría irse de la Florida y encontrarme.

Nunca supe nada más: si fue a la cárcel o a rehabilitación, o si simplemente le hicieron otra advertencia. Pero casi un año después, justo antes de que se cerraran las puertas de mi vagón del metro, vi un cuerpo delgado y una mata de cabello rojo: alguien se apresuraba entre la multitud. Se parecía a él.

Me escabullí entre el grupo de personas en el vagón, esforzándome para que no me viera. Me dije a mí misma que mi teléfono estaba a nombre de Sam, que nunca había cambiado mi licencia de conducir por una de Nueva York, y que debido a que vivía en alquiler, él no podría encontrar un rastro en ningún documento que lo condujera a mí.

Luego, unos días después de que mi madre me sorprendió al colocar un anuncio de compromiso en el periódico local de la Florida que mencionaba mi nombre, así como el de Richard y mi lugar de residencia, comenzaron las llamadas telefónicas. No hubo palabras, simplemente su respiración, solo Jason diciéndome que me había encontrado. Recordándome en caso de que me hubiera olvidado. Como si alguna vez pudiera olvidarme.

Aún tenía pesadillas con Maggie, pero ahora Jason se coló en mis sueños, su rostro retorcido por la furia, sus manos extendidas para agarrarme. Él era el motivo por el que nunca escuchaba música a alto volumen cuando trotaba. Era su cara la que vi la noche en que se disparó nuestra alarma de robo.

Me hice muy consciente de mi entorno. Cultivé mi sentido de detección de miradas para no convertirme en una presa. La sensación de estática que asomaba a mi piel, la elevación instintiva de mi cabeza para buscar un par de estos primeros signos de advertencia era en lo que yo confiaba para protegerme.

Nunca me di cuenta de que podría haber otra razón por la que mi sistema nervioso se intensificó con refinamiento inmediatamente después de mi compromiso con Richard. Por qué revisaba obsesivamente las chapas, por qué empecé a recibir llamadas de números bloqueados y luego colgaban, por qué había apartado a Richard de una manera tan brusca cuando mi prometido *sexy* y cariñoso me había sujetado para hacerme cosquillas la noche que vimos *El ciudadano Kane.*

Los síntomas de excitación y de miedo pueden confundirse en la mente.

Después de todo, yo tenía puesta una venda.

CAPÍTULO TREINTA

SALGO DE SAKS POR última vez, evitando los ojos del guardia de seguridad cuando revisa mi bolso, y luego empiezo a caminar hacia el apartamento de Emma. Intento decirme a mí misma que también es por última vez. Que después de esto la dejaré en paz. Que seguiré adelante.

¿Seguir a qué?, susurra mi mente.

Adelante de mí, una pareja camina tomada de la mano por la acera. Sus dedos están entrelazados, y sus movimientos sincronizados. Si tuviera que hacer una evaluación rápida de la calidad de su relación, diría que son felices. Enamorados. Pero, por supuesto, esos dos sentimientos no siempre están entrelazados.

Considero cómo la percepción ha moldeado el curso de mi propia vida; cómo vi lo que quería —lo que necesitaba— durante los años que estuve con Richard. Tal vez estar enamorada conlleva el requisito de una visión filtrada; tal vez sea así para todos.

En mi matrimonio, había tres verdades, tres realidades alternativas y algunas veces conflictivas. Estaba la verdad de Richard. Estaba mi verdad. Y estaba la verdad real, que siempre es la más difícil de reconocer. Este podría ser el caso en cada relación, que creemos haber entrado en una unión con otra persona cuando, de hecho, hemos formado un triángulo con un punto anclado por un juez silencioso pero que todo lo ve, el árbitro de la realidad.

Mi teléfono suena mientras paso junto a la pareja. Sé quién es incluso antes de ver destellar el nombre de Richard.

—¿Qué carajos, Vanessa? —dice él en el instante en que contesto.

La furia que yo había sentido antes cuando miré la foto de Duque acude rugiendo hacia mí.

—¿Le dijiste que dejara de trabajar, Richard? ¿Le dijiste que cuidarías de ella? espeto.

—Escúchame—. Mi ex marido muerde cada palabra. Puedo escuchar bocinazos al otro lado de la línea. Obviamente, acaba de recibir la foto, por lo que debe estar en la calle frente a su oficina. —El guardia me dijo que trataste de entregarle algo a Emma. Mantente alejada de ella.

—¿Ya le compraste una casa en los suburbios, Richard? —. No puedo dejar de provocarlo; es como si estuviera dejando salir todo lo que él me obligó a reprimir durante nuestro matrimonio. —¿Qué vas a hacer la primera vez que te haga enojar? ¿Cuando ella no sea tu pequeña esposa perfecta?

Oigo el portazo de un auto y, de repente, los sonidos de fondo de su teléfono (los ruidos ambientales de la ciudad) cesan.

Hay un silencio, y luego una voz distintiva que reconozco como un mensaje que aparece en el sistema televisivo de los taxis de Nueva York: «¡Abróchense los cinturones para mayor seguridad!»

Richard es experto en estar un paso adelante de mí; debe saber exactamente a dónde voy. Él está en un taxi. Está tratando de llegar primero donde Emma.

Ni siquiera es mediodía; el tráfico es liviano. Desde la oficina de Richard hasta el apartamento de Emma, tal vez sean quince minutos en auto, calculo.

Pero estoy más cerca que él; mi camino a Saks me llevó en dirección al apartamento de ella. Estoy a solo diez cuadras de distancia. Si me apresuro, le ganaré.

Apresuro el paso, buscando la carta en mi bolso. Todavía está ahí. Una brisa tintinea a través de la ligera transpiración en mi cuerpo.

—Estás loca.

Ignoro eso; esas palabras suyas ya no tienen el poder de sacarme de casillas. —¿Le dijiste que anoche me besaste?

—¿Qué? —grita él—. ¡Fuiste tú quien me besaste!

Mi ritmo decae un instante, y entonces recuerdo lo que le dije a Emma la primera vez que la confronté: *¡Richard hace esto! ¡Confunde las cosas para que no podamos ver la verdad!*

Tardé años en darme cuenta de eso. Solo al escribir todas las preguntas que sacudían mi mente comencé a ver un patrón.

Empezó casi un año después de la muerte de mi madre. Comencé a llevar un diario secreto que escondí debajo del colchón en la habitación de huéspedes. En mi cuaderno negro Moleskine, registré todas las afirmaciones de Richard que podrían interpretarse en más de un sentido. Grabé los supuestos lapsos de mi memoria —discrepancias importantes, como mi deseo de vivir en una casa en los suburbios, o la mañana siguiente a mi despedida de soltera, cuando había olvidado que Richard estaba volando a Atlanta—, así como otras más triviales, como que supuestamente mencioné que quería tomar clases de pintura, o pensar que el cordero *vindaloo* era el plato favorito de Richard.

También documenté con sumo detalle conversaciones inquietantes sobre las que no podía hacerle frente a mi marido, como por ejemplo, cómo supo él que yo había ido a ver a otra persona que no fuera mi tía cuando fui en secreto a la ciudad. Anoté algo de lo que había sucedido durante esa primera reunión clandestina. Después de presentarme a la mujer de aspecto simpático que me había conducido adentro, me hizo un gesto para que me sentara en el sofá frente a un acuario lleno de peces coloridos. Se sentó en la silla tapizada de respaldo recto a mi izquierda y me sugirió que le dijera Kate. *¿De qué te gustaría hablar?*, me preguntó. *A veces me preocupa que no conozco a mi esposo en absoluto,* espeté. *¿Puedes decirme por qué crees que Richard está tratando de que estés desequilibrada?*, preguntó ella hacia el final de nuestra charla. *¿Cuál sería su motivación para hacer eso?*

Eso fue lo que intenté descifrar durante los días largos y vacíos en que Richard trabajaba. Sacaba mi libreta y reflexionaba sobre cómo habían empezado a llamarme a mi teléfono celular y a colgar inmediatamente después de que Richard y yo nos comprometimos, algo que solo parecía ocurrir cuando él no estaba.

Escribí de que estaba segura de decirle a Richard que lamentaba haberle insistido a Maggie que tenía que ponerse la venda en los ojos, y hasta qué punto ese detalle en particular —que yo la había hecho vendarse los ojos— me había molestado. *Entonces, ¿por qué me había entregado él una venda para los ojos cuando íbamos a la nueva casa?*. —pregunté. Hice una crónica de cómo había encontrado la figurilla que coronaba el pastel de bodas, elaborada años después de que los padres de Richard se casaran. Las palabras en mi página se borraron debido a mis lágrimas cuando recordé la misteriosa desaparición de Duque.

Cuando el insomnio se apoderaba de mí, me levantaba de la cama y caminaba de puntillas por el pasillo para poder llenar las páginas con los pensamientos insistentes que invadían mi cerebro en las horas más oscuras de la noche, mi letra cada vez más descuidada a medida que mis emociones se exaltaban. Subrayaba ciertas notas, trazaba flechas para conectar pensamientos y garabateaba en las márgenes. En cuestión de meses, ya había llenado más de la mitad de mi cuaderno manchado de tinta.

Pasaba muchas horas escribiendo, plasmando mis palabras en las páginas, y en el proceso, desentrañando mi matrimonio. Era como si mi relación con Richard fuera un suéter precioso tejido a mano, y yo hubiera encontrado un pequeño hilo que me preocupara entre las yemas de mis dedos. Lo jalaba despacio, girándolo y dándole vueltas, borrando patrones y colores y que distorsionaban la forma con cada pregunta e inconsistencia que dejaba al descubierto en mi diario.

Él está, pie izquierdo, *equivocado*, pie derecho. Las palabras llenan mi cerebro mientras mis piernas se agitan aún más rápido. Debo contactar a Emma antes que él.

—No, Richard. Fuiste tú quien me besaste—. Lo único que Richard detesta más que ser desafiado es estar equivocado.

Paso por Chop't y doblo la esquina, mirando hacia atrás en la calle. Una docena de taxis vienen en la misma dirección que yo. Él podría estar en cualquiera de ellos.

—¿Estás tomando? —. Él es muy hábil para cambiar el enfoque, para exponer mis vulnerabilidades y ponerme a la defensiva.

Pero me tiene sin cuidado mientras él siga hablando. Necesito mantenerlo en el teléfono para que no le advierta a Emma que iré allá.

—¿Le has contado sobre el collar de diamantes que me diste? —le digo en broma—. ¿Crees que tendrás que comprarle uno algún día?

Sé que esta pregunta es el equivalente a arrojar una bomba por la ventana de su taxi, y es exactamente lo que pretendo. Quiero enfurecer a Richard. Quiero que apriete los puños y entrecierre los ojos. De esa forma, si llega primero donde Emma, ella comprenderá finalmente lo que él ha ocultado con tanta habilidad. Verá su máscara.

—Rayos, podrías haberte pasado el semáforo —grita él. Lo imagino enroscado en el borde del asiento del taxi, acechando detrás del conductor.

—¿Se lo has dicho? —pregunto de nuevo.

Él respira pesadamente; sé por experiencia que está a punto de perder el control.

—No me voy a enfrascar en una conversación tan ridícula como esta. Si te acercas a ella otra vez, haré que te encierren.

Presiono *Fin de llamada*. Porque justo frente a mí está el apartamento de Emma.

La he agraviado muchísimo; me he aprovechado de su inocencia.

Así como nunca fui la esposa que Richard pensó que yo era, tampoco soy la mujer que Emma creía que yo era.

La primera noche que conocí a mi reemplazo en la fiesta de la oficina, ella se levantó de detrás de su escritorio con un enterizo color rojo amapola. Exhibió esa amplia sonrisa abierta y me extendió la mano.

La reunión fue tan elegante como todo lo demás en el mundo de Richard: una pared de vidrio con vista a Manhattan. Seviche en cucharas de degustación individuales y chuletas diminutas de cordero con menta que ofrecen los meseros con esmoquin.

Una estación de mariscos con una mujer sorbiendo ostras Kumamoto salobres. Música clásica emanando de un cuarteto de cuerdas. Richard fue al bar para traernos bebidas.

—¿Vodka y soda con un toque de lima? —le preguntó a Emma.

—¡Te acordaste! —. Ella lo siguió con los ojos mientras él se alejaba.

Todo comenzó en ese instante: un nuevo futuro se materializó frente a mí.

En las horas siguientes, tomé un sorbo de agua mineral y sostuve una conversación educada con los colegas de Richard. Hillary y George estaban allí, pero Hillary ya había comenzado a distanciarse de mí.

Toda la noche sentí formarse una oleada de energía entre mi esposo y su asistente. No es que intercambiaran sonrisas privadas o que terminaran lado a lado en el mismo grupo; aparentemente, eran perfectamente oportunos. Pero vi sus ojos posarse en ella mientras soltaba una risa gutural.

Sentí su conciencia mutua; era un enlace tangible y reluciente que los unía al otro lado del salón. Al final de la fiesta, él hizo que un auto la llevara a casa de manera segura, a pesar de sus protestas de que podía tomar un taxi. Todos salimos juntos y esperamos a que llegara su transporte de sedán de lujo antes de subir a nuestro auto.

—Es dulce —le dije a Richard.

—Es muy buena en su trabajo.

Cuando Richard y yo llegamos a casa después de la fiesta, comencé a subir las escaleras a la habitación, pues quería bajar la banda elástica de las medias que me lastimaban el estómago. Richard apagó la luz del pasillo y comenzó a seguirme. Cuando entré a la habitación, me dio vuelta en dirección a la pared. Me besó la nuca y se apretó contra mí. Ya estaba erecto.

Por lo general, Richard era un amante tierno y considerado. Al principio, me había saboreado como una cena de cinco platos. Pero esa noche, me agarró de las manos y usó la suya para aprisionarlas sobre mi cabeza. Me bajó las medias con su otra mano. Oí el sonido de un desgarro y supe que me había roto las medias. Jadeé cuando me penetró por detrás. Había pasado mucho tiempo y no estaba preparada para él. Empujó contra mí mientras yo miraba el papel a rayas de la pared. Se vino rápidamente con un gruñido fuerte y crudo que pareció resonar en la habitación. Se apoyó en mi cuerpo, jadeando, luego me giró y me dio un beso en los labios.

Tenía los ojos cerrados. Me pregunté de quién era la cara que estaba viendo.

Unas pocas semanas después, la volví a ver cuando fue a la fiesta que Richard y yo organizamos en nuestra casa de Westchester. Estaba tan impecable como la había recordado.

No mucho después de nuestra velada, se suponía que yo debía ir a la Filarmónica con Richard. Pero tuve un problema estomacal y me vi obligada a cancelar en el último minuto. Él fue con Emma. El director era Alan Gilbert; interpretarían obras de Beethoven y Prokofiev. Me imaginé a los dos sentados el uno al lado del otro mientras escuchaban melodías líricas y expresivas. Probablemente tomarían cocteles en el intermedio, y Richard le explicaría el origen del estilo disonante de Prokofiev a Emma, tal como una vez lo había hecho conmigo.

Me fui a la cama y me dormí con las imágenes de ellos juntos. Richard se quedó esa noche en la ciudad.

No tengo forma de saberlo con certeza, pero me imagino que fue la noche de su primer beso. La veo mirándolo con sus redondos ojos y azules mientras le agradece por una noche maravillosa.

Vacilan, reacios a separarse. Un momento de silencio. Luego sus párpados se cierran mientras él se inclina, cerrando la distancia entre ellos.

Poco después de la Filarmónica, Richard voló a Dallas para una reunión.

Para entonces, yo me había propuesto hacer un mejor seguimiento de su agenda. Se trataba de un cliente importante para Richard. Emma lo acompañaría. No me sorprendió eso: Diane también había viajado con él en otras ocasiones.

Pero Richard no me llamó ni me envió un mensaje de texto para desearme las buenas noches.

Yo estaba segura de que su aventura había comenzado después de ese viaje. Llámalo intuición de esposa. Fui a la ciudad unas semanas después. Quería echarle otra mirada a Emma. Permanecí en el atrio de su edificio, cubriéndome la cara con un periódico. Fue el día en que Richard, tocando suavemente la parte baja de su espalda, sostuvo la puerta para mi reemplazo cuando salieron al aire libre. Llevaba un vestido rosa que combinaba con el tinte de sus mejillas mientras miraba a mi marido por debajo de sus pestañas.

Podría haberlos confrontado. O podría haberlos llamado, fingiendo entusiasmo, y sugerir que almorzáramos juntos. Pero simplemente los vi alejarse.

Ahora presiono frenéticamente todos los botones de intercomunicación del edificio de Emma, esperando que alguien me deje entrar. Oigo el sonido de la puerta un segundo después e irrumpo en el vestíbulo pequeño y modesto. Miro la fila de buzones de correo, agradeciendo que su apellido revele el número de su piso y de su apartamento: 5C. Mientras corro escaleras arriba, me pregunto si habrá tomado el apellido de Richard. Si también estaremos vinculadas de esa manera.

Me paro frente a su apartamento y golpeó la puerta con fuerza.

—¿Quién es? —dice ella.

Me hago a un lado para que no pueda verme a través de la mirilla. Si Emma reconoce mi voz, es probable que no lea mi nota. Así que empujo el sobre por la rendija en la parte inferior de su puerta. Veo desaparecer mi nota y regreso corriendo por el pasillo hacia las escaleras, con la esperanza de salir antes de que llegue Richard.

La imagino abriendo mi carta, y pienso en todas las cosas que no dijo.

Como por ejemplo, cuando fingí mi malestar estomacal la noche de la Filarmónica.

—¿Por qué no te llevas a Emma? —le sugerí a Richard cuando lo llamé para decirle que no iría. Me aseguré de que mi voz sonara débil.

—Recuerdo cuando yo estaba en la ciudad y era joven y pobre. Sería un verdadero regalo para ella.

—¿Estás segura?

—Por supuesto. Lo único que quiero es dormir. Y detestaría que te lo pierdas.

Él aceptó.

Cuando colgamos, me preparé una taza de té y comencé a pensar en mi próximo movimiento.

Sabía que debía tener cuidado. No podía permitirme un solo error. Mi atención al detalle debía ser tan escrupulosa tal como lo hacía siempre Richard.

Puse una botella de Pepto-Bismol en mi mesita de noche, junto con el agua, cuando me acosté esa noche.

Me contuve. Ni siquiera la mencioné en varias semanas, pero cuando Richard cerró un gran negocio, le sugerí que le agradeciera a Emma por su ayuda dándole un generoso certificado de regalo de Barneys.

Por un momento, me preocupé de haber ido demasiado lejos. Hizo una pausa mientras se tensaba y me miró detenidamente.

—Nunca me recordaste que hiciera algo por Diane.

Me encogí de hombros y busqué el cepillo para el cabello. Simplemente trato de hacer algo por ella, dije.

—Creo que me identifico con Emma. Diane estaba casada. Tenía una familia. Emma me hace acordar de mí cuando llegué a Nueva York. Creo que sería un lindo detalle hacer que se sienta apreciada.

—Buena idea.

Exhalé lentamente el aliento que había contenido.

La imaginé abriendo el certificado, sus cejas arqueadas en señal de sorpresa. Tal vez iría a su oficina para agradecerle. Quizá, unos días después, iría al trabajo con un vestido que había comprado con su certificado y se lo mostraría.

Las probabilidades eran muy altas. Traté de continuar con mis rutinas habituales, pero la adrenalina me anegó. Me encontré caminando de un lado al otro constantemente. Mi apetito se evaporó y perdí mucho peso. Permanecía despierta junto a Richard por la noche, revisando mentalmente mi plan, buscando lagunas y debilidades.

Estaba desesperada por apurar las cosas, pero me obligué a esperar el momento. Era una cazadora vendada, esperando a que mi presa estuviera en posición.

Mi gran oportunidad surgió cuando Emma me llamó una tarde desde Dallas, diciendo que Richard tendría que aplazar su vuelo porque su reunión se estaba prolongando.

Yo había orado por una oportunidad exactamente como esta. Todo dependía de lo que sucediera a continuación; tenía que representar mi papel a la perfección. Emma no podía sospechar que yo había estado creando un castillo de naipes; que estaba lista para poner el último en marcha.

—Pobrecito —dije—. Ha estado trabajando muy duro. Debe estar exhausto.

—Lo sé. ¡Este cliente es realmente exigente!

—Tú también has estado trabajando duro —repliqué como si se me acabara de ocurrir—. No tiene que apresurarse—. ¿Por qué no sugieres que tenga una cena agradable y reserve un hotel? Simplemente regresen mañana. Será más fácil para ustedes dos. *Por favor, muerdan el anzuelo.*

—¿Estás segura, Vanessa? Sé que quiere llegar a casa para estar contigo.

—Insisto—. Fingí un bostezo. —A decir verdad, tengo muchas ganas de ver un poco de televisión y de vegetar. Y él solo querrá hablar sobre el trabajo.

La esposa ociosa y aburrida. Era eso lo que yo quería que ella pensara de mí.

Richard merecía algo mejor, ¿verdad? Necesitaba a alguien que pudiera apreciar las complejidades de su trabajo; que lo cuidara después de un día difícil. Alguien que no lo avergonzara delante de sus colegas. Alguien que estuviera ansiosa por estar todas las noches con él.

Alguien exactamente como ella.

Por favor, había pensado de nuevo.

—De acuerdo —dijo Emma finalmente—. Voy a consultar con él, y luego, si está de acuerdo, te haré saber a qué hora aterrizamos mañana una vez que cambie los boletos.

—Gracias. Mientras colgaba el teléfono, me di cuenta de que estaba sonriendo por primera vez en mucho tiempo. Había encontrado mi reemplazo perfecto. Richard terminaría pronto conmigo y yo sería libre finalmente.

Ninguno de los dos sabía lo que yo había orquestado. Siguen sin saberlo.

TERCERA PARTE

CAPÍTULO
TREINTA Y UNO

Bajo corriendo las escaleras y me escabullo por el tercer piso luego de doblar el pasillo. Mi cadera choca contra el borde de un escalón antes de poder agarrarme de la barandilla, y siento un dolor que irradia hacia el lado izquierdo de mi cuerpo. Me levanto y avanzo casi sin detenerme. Si Richard decide subir las escaleras y no por el ascensor, nos encontraremos.

La idea me impulsa a avanzar incluso más rápido, y salgo de la escalera al vestíbulo justo cuando las puertas del ascensor se cierran. Quiero ver los números parpadear en el panel arriba del ascensor para ver si se detiene en el piso de Emma. Pero no puedo arriesgarme a tomar unos segundos para comprobarlo. Corro hacia la calle, donde un taxi se está alejando de la acera. Golpeo el maletero y las luces rojas de los frenos parpadean.

Entro como puedo y cierro la puerta con seguro antes de colapsar en mi asiento. Abro la boca para dar la dirección del apartamento de la tía Charlotte, pero las palabras se atragantan en mi garganta.

El aroma a limones me rodea. Se filtra por mi cabello y me impregna la piel. Puedo sentir las agudas notas cítricas invadir mi nariz y gotear hacia mis pulmones. Richard debe haberse bajado de este taxi. Cada vez que estaba agitado —cuando sus rasgos se tensaban y el hombre que yo amaba parecía evaporarse—, su aroma se hacía cada vez más fuerte.

Quiero huir de nuevo, pero no puedo esperar otro taxi. Así que bajo la ventanilla hasta donde puedo mientras le doy mi dirección al taxista.

Mi carta tiene solo una página; a Emma solo le tomará un minuto examinarla. Espero que tenga tiempo de hacerlo antes de que Richard llegue a su puerta.

El taxista gira hacia la cuadra siguiente, y después de que una última mirada por la ventana me asegura que Richard no me está siguiendo, apoyo la cabeza contra el asiento. Me pregunto cómo pude pasar por alto la falla en mi plan para escapar de mi esposo. Tuve mucho tiempo para formularlo; después de su fiesta en la oficina, se convirtió en mi trabajo de tiempo completo, y luego en mi obsesión. Fui muy cuidadosa y, sin embargo, cometí el mayor error posible en términos de cálculo.

No pensé que yo estaría sacrificando a una joven inocente. Solo podía aferrarme desesperadamente a mi escape. Había renunciado casi a la esperanza de que fuera posible. Hasta que comprendí que él nunca me dejaría ir a menos que creyera que era su idea.

Estaba segura de esto debido a lo que él me había hecho cuando creía que yo estaba tratando de dejarlo.

Empecé a distanciarme de mi matrimonio justo antes de la gala de Alvin Ailey. Aún era relativamente joven y fuerte. Aún no me había desmoronado.

Inmediatamente después de la gala, cuando Richard me confrontó en la cocina, miró mi muñeca derecha, que se ponía blanca en sus manos fuertes. Era como si ni siquiera se diera cuenta de que me la estaba retorciendo; como si alguien más fuera responsable del grito de dolor que había escapado de mis labios.

Richard no me había lastimado antes de esa noche. Al menos no en términos físicos. A veces se detenía al borde de lo que ahora reconozco como el límite. Registré cada uno de esos episodios en mi cuaderno negro de Moleskine: en el taxi después de besar a Nick en mi despedida de soltera, en Sfoglia cuando un hombre en el bar me había comprado un trago, y en la noche en que confronté a Richard sobre la desaparición de Duque. En otras ocasiones había estado aún más cerca. Una vez que arrojó al piso nuestra foto enmarcada de la boda, rompiendo el vidrio y haciendo una acusación ridícula: que yo había estado coqueteando con Eric, el instructor de buceo, durante nuestra luna de miel. *Lo vi detenerse frente a nuestra habitación*, me había gritado Richard, mientras yo recordaba que mi esposo me había dejado moretones en el antebrazo después de ayudarme a salir del bote. En otra ocasión, poco después de una de nuestras visitas a la médica de fertilidad, cuando perdió un cliente importante,

Richard golpeó la puerta de su oficina con tanta fuerza que un jarrón se cayó de un estante.

También me había agarrado del antebrazo unas cuantas veces más, apretándolo con una fuerza excesiva, y una vez mientras me preguntaba por mi afición a la bebida y yo miré hacia abajo, él me agarró la mandíbula y me empujó la cabeza hacia arriba para obligarme a mirarlo.

En esos casos, él siempre había podido contener su furia; se retiraba a una habitación de invitados o se iba de la casa y regresaba cuando se le había pasado la rabia.

La noche después de la gala de Alvin Ailey, al principio pareció como si mi gemido agudo estuviera dirigido a él.

—Lo siento —dijo mientras me soltaba la muñeca. Dio un paso atrás. Se pasó una mano por el cabello. Exhaló lentamente.

—¿Pero por qué diablos me mentiste?

—Tía Charlotte —susurré de nuevo—. Juro que solo fui a verla a ella.

No debería haber dicho eso. Pero me preocupaba admitir que hablar acerca de nuestro matrimonio con alguien podría hacer que explotara aún más, o que me hiciera preguntas que no estaba preparada para responder.

Mi mentira repetida hizo que algo se rompiera en su interior. Perdió la batalla.

El sonido de su palma contra mi mejilla fue como un disparo. Caí sobre el piso duro de baldosas. La conmoción reprimió mi dolor por un momento mientras yacía allí con el vestido precioso que él me había regalado, ahora arrugado alrededor de mis muslos. Lo miré fijamente, sosteniendo mi mano en mi cara.

—¿Qué... cómo pudiste...?

Se inclinó y pensé que me ayudaría a ponerme de pie, que suplicaría mi perdón, que me explicaría que había querido golpear el armario detrás de mí.

En cambio, me agarró el cabello con el puño y jaló hacia arriba.

Me puse de puntillas y le arañé los dedos, desesperada porque me soltara. Sentí como si me estuviera arrancando el cuero cabelludo del cráneo. Las lágrimas brotaron de mis ojos.

—Detente, por favor —le supliqué.

Él me soltó, pero luego se inclinó para sujetarme contra el borde del mostrador. Ya no me estaba haciendo daño. Pero supe que era el momento más peligroso de la noche. De mi vida.

Todo en su cara estaba comprimido. Sus ojos entrecerrados se oscurecieron. Pero la parte más extraña fue su voz. Era la única parte de él que seguí reconociendo; era la voz que me había tranquilizado tantas noches y que había prometido amarme y protegerme.

«Necesitas recordar que incluso cuando no esté ahí, siempre estoy contigo».

Me miró un momento.

Entonces mi esposo resurgió. Dio un paso atrás. —Deberías irte ya a la cama, Nellie.

Richard me llevó una bandeja con el desayuno a la mañana siguiente. Yo no había dormido ni me había movido de la cama.

—Gracias—. Mantuve mi voz tranquila y uniforme. Estaba aterrorizada de volver a provocarlo.

Su mirada se posó en mi muñeca derecha, que ya estaba magullada. Salió de la habitación y regresó con una bolsa de hielo. La puso sobre la herida sin decir palabra.

—Regresaré temprano, tesoro. Traeré la cena.

Comí sumisamente la granola y las bayas. Aunque no tenía marcas en la cara, sentía la mandíbula floja y me dolía masticar. Bajé las escaleras y enjuagué el tazón, haciendo una mueca cuando, sin pensarlo, jalé la puerta del fregadero con mi antebrazo lastimado.

Tendí la cama, teniendo cuidado de no golpearme la muñeca contra los bordes. Me bañé, estremeciéndome cuando el chorro me golpeó el cuero cabelludo. No podía lavarme el cabello ni sostener un secador, así que me lo dejé húmedo. Cuando abrí la puerta de mi armario, encontré el vestido de Alexander McQueen colgando pulcramente adelante. Ni siquiera podía recordar cuándo me lo había quitado; el resto de la noche había sido un recuerdo muy vago. Solo recordaba la sensación de tratar de encogerme; de querer volverme tan pequeña en términos físicos como fuera posible.

De estar dispuesta a ser invisible.

Pasé frente al vestido y busqué capas para cubrirme: *leggings* y medias gruesas, una camiseta de manga larga y un cárdigan. Mis maletas eran visibles desde un estante alto. Las miré.

Podría haber empacado algunas de mis cosas y haberme ido. Podría haber reservado un hotel o haberme ido a la casa de mi tía. Incluso podría haber llamado a Sam, aunque no habíamos hablado en mucho tiempo, ya que una grieta nos había separado. Pero sabía que dejar a Richard no sería tan fácil.

Cuando salió esa mañana, yo había oído los pitidos que significaban que él estaba activando nuestra alarma, y luego el golpe de la puerta de la entrada cerrándose tras él.

Pero lo que oí con más fuerza fue el eco de sus palabras: *Siempre estoy contigo*.

El timbre sonó mientras yo seguía mirando las maletas.

Levanté la cabeza. Era un sonido muy desconocido; casi nunca teníamos visitas no anunciadas. No había necesidad de responder; probablemente era una persona que venía a entregar un paquete.

Pero el timbre sonó de nuevo, y un momento después sucedió lo mismo con el teléfono de la casa. Cuando levanté el auricular, escuché la voz de Richard.

—Nena, ¿dónde estás? —. Parecía preocupado.

Miré el reloj en la mesita de noche. De alguna manera, ya eran las once.

—Estoy saliendo del baño—. Oí que alguien tocaba.

—Deberías ir a abrir la puerta.

Colgué y bajé las escaleras, sintiendo que se me oprimía el pecho.

Usé mi brazo bueno para desactivar la alarma y desbloquear el seguro. Las manos me temblaban. No sabía quién estaba al otro lado, pero Richard me había dicho lo que tenía que hacer.

Me estremecí cuando el aire invernal sopló contra mi cara. Un mensajero estaba allí, sosteniendo un portapapeles electrónico y una pequeña bolsa negra.

—¿Vanessa Thompson?

Asentí.

—Por favor firme aquí.

Extendió el portapapeles hacia mí. Tuve dificultades para sujetar el bolígrafo. Escribí mi nombre con cuidado. Cuando levanté la vista, vi que él me miraba la muñeca. Los moretones color berenjena asomaban debajo de la manga de mi chaqueta.

El mensajero se contuvo rápidamente.

—Esto es para usted—. Me entregó el paquete.

—Estaba jugando tenis. Me caí.

Pude ver el alivio filtrarse en sus ojos. Pero luego se giró y observó la nieve que cubría nuestro barrio, y me miró.

Cerré la puerta con rapidez.

Solté la cinta de la bolsa y vi una caja adentro. Cuando levanté la tapa, vi un brazalete de oro grueso de Verdura, de al menos dos pulgadas de diámetro.

Metí la mano en la caja y lo sostuve. El brazalete que Richard había enviado cubriría perfectamente los hematomas grotescos que rodeaban mi muñeca.

Antes de tener siquiera la oportunidad de decidir si podría usarlo alguna vez, recibimos la llamada de que mi madre había muerto.

Durante años, he permitido que el miedo me domine. Pero mientras voy sentada en el taxi, me doy cuenta de que otra emoción está saliendo a la superficie: la ira. Me sentí catártica al desatar mi ira contra Richard después de haber absorbido la suya por tanto tiempo.

Sofoqué mis sentimientos durante nuestro matrimonio. Los rocié con alcohol; los enterré en señal de negación. Tenía sumo cuidado con el estado de ánimo de mi esposo, esperando que si yo creaba un entorno lo suficientemente agradable —si decía y hacía lo correcto—, podría controlar la atmósfera de nuestra casa, tal como solía pegar un sol sonriente en la tabla del clima en el salón de mis Cachorros.

A veces tuve éxito. Mi colección de joyas —el brazalete de Verdura fue el primero de los objetos que Richard me dio después de lo que él llamó nuestros «malentendidos»—, me recuerda los tiempos en que no lo fui. No pensé en empacar esas cosas cuando me marché de la casa. Incluso si las vendiera, el dinero que recibiría me parecería manchado.

Durante mi matrimonio, e incluso después de él, las palabras de Richard produjeron un eco en mi mente, haciendo que me cuestionara constantemente y que limitara mis acciones. Pero ahora recuerdo lo que dijo la tía Charlotte esta misma mañana: *No le temo a las tormentas, porque estoy aprendiendo cómo navegar mi barco.*

Cierro los ojos e inhalo el aire de junio que entra por mi ventana abierta, limpiando el último aroma de Richard.

No basta con que yo haya escapado de mi esposo. Y sé que no bastará para detener la boda simplemente. Incluso si Emma deja a Richard, estoy segura de que él se irá a vivir con otra mujer joven. Con otro reemplazo más.

Lo que debo hacer es encontrar una forma de detener a Richard.

¿Dónde está él en este momento exacto? Lo veo envolver a Emma en un abrazo, diciéndole cuánto lamenta que su ex la esté molestando. Él le quita la carta de las manos y la examina, luego la arruga en una bola. Está enojado, pero ella piensa quizá que tiene razón en hacerlo debido a mis acciones. Lo que espero, sin embargo, es que la haya convencido de reexaminar su pasado, de mirar su historia a través de un nuevo lente. Tal vez está recordando momentos en los que las reacciones de Richard parecían un poco fuera de lugar. Cuando su necesidad de control se reveló de manera sutil.

¿Cuál será su próximo movimiento?

Él tomará represalias contra mí.

Me devano los sesos. Luego abro los ojos y me inclino hacia adelante.

—Cambié de opinión —le digo al taxista, quien me está llevando al apartamento de la tía Charlotte—. Necesito parar en otro lugar—. Levanto una dirección en mi teléfono y se la digo.

Me deja frente a una sucursal del Citibank en Midtown. Allí donde Richard tiene sus cuentas.

Cuando Richard me dejó el cheque, me dijo que usara el dinero para obtener ayuda. Incluso avisó al banco que yo lo depositaría. Pero después de entregar la foto de Duque y la carta a Emma, le he mostrado que no voy a desaparecer de manera silenciosa.

Sospecho que hoy tratará de impedir el pago del cheque.

Así es como Richard comenzará mi castigo; es una forma relativamente fácil para él de dejar claro que no tolerará mi insubordinación.

Necesito cobrar su cheque antes de que él tenga la oportunidad de decirle al banco que ha cambiado de opinión.

Hay dos cajeros desocupados; uno es un chico joven con una camisa blanca y corbata. La otra es una mujer de mediana edad. Aunque el hombre está más cerca de mí, me acerco a la ventana de la mujer. Me saluda con una cálida sonrisa. La placa de su nombre dice Betty.

Busco el cheque de Richard en mi billetera.

—Me gustaría cobrar esto.

Betty asiente, luego echa un vistazo a la cantidad. Frunce el ceño.

—¿Cobrarlo? —. Mira de nuevo el pedazo de papel.

—Sí—. Empiezo a golpear un pie contra el piso y me detengo. Me preocupa que Richard pueda llamar al banco mientras estoy allá.

—¿Quieres sentarte? Creo que sería mejor si mi supervisor te ayuda con esto.

Le miro la mano izquierda. No lleva un anillo de bodas.

No es difícil esquivar preguntas una vez que aprendes los trucos. Cuéntales historias coloridas y prolongadas que desvíen la atención del hecho de que en realidad no estás compartiendo nada. Evita los detalles. Sé ambigua. Miente, pero solo cuando sea completamente necesario.

Me inclino lo más cerca posible de la ventana.

—Mira, Betty... Guau, es decir, me refiero a que era el apellido de mi madre. Ella falleció recientemente—. Esta mentira es necesaria.

—Lo siento—. Su expresión es comprensiva. Elegí la cajera indicada.

—Seré honesta contigo—. Hago una pausa. —Mi esposo, el señor Thompson, se está divorciando de mí.

—Lo siento —repite ella.

—Sí. Yo también. Se casará de nuevo este verano—. Sonrío con ironía—. De todos modos, este cheque me lo dio él, y necesito el dinero porque estoy tratando de alquilar un apartamento. Su prometida joven y bonita ya se fue a vivir con él—. Mientras hablo, me imagino a Richard presionando los números del banco en su teléfono.

—Pero es una cifra muy alta.

—No para él. Como puedes ver, nuestros apellidos coinciden—. Busco en mi bolso y le paso mi licencia de conducir.

—Y aún tenemos la misma dirección, aunque me haya mudado. Estoy en un hotel pequeño y lúgubre a unas cuadras de aquí.

La dirección en el cheque es la de nuestra casa de Westchester; cualquier neoyorquino sabe que es un suburbio exclusivo.

Betty mira mi licencia y duda. La foto fue tomada hace varios años, por la misma época en que pensé en dejar a Richard por primera vez. Mis ojos eran brillantes y mi sonrisa genuina.

—Por favor, Betty. Te diré algo. Puedes llamar al gerente de la sucursal en Park Avenue. Richard le avisó que yo cobraría este cheque.

—Discúlpeme un momento.

Espero mientras se hace a un lado y murmura en el teléfono. Me siento mareada por la tensión, preguntándome si Richard me ha superado una vez más.

No puedo leer la expresión en su rostro cuando ella regresa. Hace clic en el teclado de su computadora y me mira finalmente.

—Me disculpo por el retraso. Todo está en orden. El gerente confirmó que el cheque estaba autorizado. Y veo que usted y el señor Thompson solían tener una cuenta conjunta aquí que se cerró hace solo unos meses.

—Gracias —respiro. Cuando regresa unos minutos después, tiene varios fajos de dinero en efectivo. Los pasa por el contador de dinero y luego cuenta dos veces cada billete de cien dólares mientras siento un nudo en mis entrañas. Espero que alguien se apresure hacia ella y la detenga todo en cualquier momento. Pero ella desliza el dinero por la abertura poco profunda debajo de la ventana, junto con un sobre acolchado de gran tamaño.

—Que tengas un buen día —le digo.

—Buena suerte.

Cierro mi bolso, sintiendo el peso tranquilizador contra mis costillas.

Me merezco este dinero. Y ahora que he perdido mi trabajo, lo necesito más que nunca para ayudar a mi tía.

Además, es exquisitamente satisfactorio pensar en la reacción de Richard cuando un funcionario del banco le diga que su dinero ha desaparecido.

Él me mantuvo desequilibrada durante años; sufrí las consecuencias cada vez que lo contrariaba. Pero también disfrutó claramente de ser mi salvador y de consolarme cuando yo estaba molesta. Los aspectos conflictivos de la personalidad de mi esposo lo convirtieron en un enigma para mí. Aún no entiendo completamente por qué necesitaba controlarlo todo en su entorno con la misma precisión con que organizaba sus medias y sus camisetas.

Recuperé un poco del poder que él me quitó. He ganado una batalla menor. Estoy llena de euforia.

Imagino su ira como un tornado, girando y rotando hacia afuera, pero en este instante, estoy fuera de su alcance.

Salgo a la acera y me apresuro a la sucursal de Chase más cercana. Deposito el dinero en efectivo en mi nueva cuenta, la que abrí después de que Richard y yo nos separamos. Ya estoy lista para volver a casa de la tía Charlotte. Pero no a la seguridad de mi cama; estoy decidida a desechar a esa mujer derrotada como si se tratara de una cáscara.

Estoy llena de energía al pensar en lo que haré a continuación.

CAPÍTULO
TREINTA Y DOS

«Tengo veintiséis años. Estoy enamorada de Richard. Nos vamos a casar pronto», susurro mientras me miro en el espejo. *Más labial*, pienso, buscando en mi estuche de cosméticos. «Trabajo aquí como asistente». Tengo un vestido de color rosáceo que compré esta tarde en Ann Taylor. No es una réplica exacta, pero está cerca, especialmente con mi nuevo sostén acolchado.

Sin embargo, mi postura no es del todo correcta. Enderezo mis hombros y levanto el mentón. *Está mejor.*

«Me llamo Emma», le digo al espejo. Sonrío: es una sonrisa amplia y confiada.

Cualquiera que la conozca bien no se habría engañado. Pero todo lo que tengo que hacer es pasar a un lado de la cuadrilla de limpieza en la oficina de Richard.

Si uno de sus colegas está trabajando hasta tarde esta noche, todo habrá terminado. Y si Richard sigue aquí; no, no puedo pensar en eso, pues no tendré el coraje de seguir adelante con esto.

«Me llamo Emma», repito una y otra vez, hasta que estoy satisfecha con el timbre gutural de mi voz.

Camino hacia la puerta del baño, la abro y me asomo. El pasillo está vacío y las luces son tenues; no veo las puertas dobles de cristal que están al otro lado y que conducen a la empresa de Richard. Sé que estarán cerradas como todas las noches.

Pocas personas tienen las llaves. La información financiera de cientos de clientes está guardada en las computadoras de la compañía. Todas están protegidas por contraseñas, y estoy segura de que los expertos en ciberseguridad de la empresa recibirán una alerta si alguien intenta piratear el sistema.

Sin embargo, lo que busco no es un registro electrónico. Necesito un documento simple de la oficina de Richard, uno que no tenga importancia para nadie más en la empresa.

Incluso si Emma tuvo la oportunidad de leer mi carta, e incluso si algunas dudas fugaces han empezado a formarse en su mente, sé que es una joven inteligente y sensata. ¿A quién le creerá finalmente? ¿A su prometido insuperable y perfecto o a su ex mujer loca?

Necesito pruebas para influir en ella. Y Emma es la persona que me reveló cómo obtenerlas.

Cuando la confronté afuera de su edificio, le dije a Emma que le preguntara a Richard por el Raveneau que me envió a buscar a nuestra bodega la noche de nuestra fiesta y que ya había desaparecido. *¿Quién crees que hizo el pedido?*, preguntó ella antes de despacharme y salir en un taxi.

Fue un movimiento brillante por parte de Richard que Emma, que era su asistente, ordenara ese vino para nuestra fiesta.

Él no había necesitado castigarme en mucho tiempo. Yo había tenido el mejor de los comportamientos durante meses, levantándome temprano con él, haciendo ejercicio todas las mañanas, y preparando cenas saludables por la noche. Estos actos de servicio hicieron que Richard se sintiera benévolo conmigo. En este punto de mi matrimonio, no me hacía ilusiones acerca de lo peligroso que podría ser mi esposo cuando temiera que mi amor estaba escapando de él.

Así que anticipé que pagaría con creces cuando me cambiara el color del cabello unos días antes de nuestra fiesta. Primero le pedí a mi estilista que me lo tiñera de color marrón caramelo. Ella protestó, diciendo que las mujeres le pagaban cientos de dólares para recrear mi tono natural, pero yo estaba decidida. Cuando terminó de oscurecerlo, le pedí que cortara cinco pulgadas, lo que resultó en un *bob* a la altura de los hombros.

El día que nos conocimos, Richard me había dicho que nunca me cortara el cabello. Fue la primera regla, enmascarada como un cumplido, que había establecido él.

Le obedecí a lo largo de nuestro matrimonio.

Pero yo ya había conocido a Emma. Sabía que tenía que darle razones a mi marido para deshacerse de mí, sin importar las repercusiones.

Cuando Richard vio mi cabello, hizo una breve pausa y luego me dijo que era un cambio agradable para el invierno. Entendí que él quería que yo retomara mi viejo estilo en el día de verano. Después de ese breve intercambio, trabajó hasta tarde todas las noches hasta nuestra fiesta.

Richard le había pedido a Emma que pidiera el vino para poder armar su caso contra mí. Y ahora puedo usarlo para armar mi caso contra él.

Hillary estaba con Richard en el bar improvisado de nuestra sala en la casa de Westchester esa noche. Los empleados del servicio de banquetes llegaron tarde y yo había pedido disculpas por la rueda de Brie y el queso *cheddar* que había servido.

—¿Querida? ¿Puedes traer algunas botellas de Raveneau 2009 de la bodega? —me dijo Richard desde el otro lado de la sala—. Pedí una caja la semana pasada. Están en el estante del medio en el refrigerador de vinos.

Me moví en lo que parecía ser cámara lenta hacia el sótano, retrasando el momento en que tendría que decirle a Richard, delante de todos sus amigos y socios de negocios, lo que yo ya sabía: que no había Raveneau en nuestra bodega.

Pero no porque me lo hubiera tomado.

Obviamente, todos pensaron que era por eso. Esa había sido la intención de Richard. Así era nuestro patrón: yo desafiaba a Richard tratando de afirmar mi independencia, y él me hacía pagar por mi transgresión. Mis castigos siempre fueron proporcionales a mis ofensas percibidas. En la noche de la gala de Alvin Ailey, por ejemplo, yo sabía que Richard le había dicho a su compañero Paul que necesitaba llevarme a casa porque estaba borracha.

Pero eso no era cierto; Richard estaba enojado porque Paul se había ofrecido a ayudarme a encontrar un trabajo. Y más que eso, mi esposo ya sabía que yo había ido a la ciudad para una reunión secreta, y que finalmente expliqué como una visita a una terapeuta.

Hacerme quedar mal en público —hacer que otras personas me consideraran inestable y, lo que es peor, hacer que me cuestionara a mí misma—, fue una de las formas predeterminadas de Richard para disciplinarme. Eso fue especialmente efectivo dadas las dificultades de mi madre.

—Querido, no hay ni una botella de Raveneau —le dije cuando volví de la bodega.

—Pero acabo de dejar una caja allá... —respondió y se calló. La confusión se explayó por su rostro y fue reemplazada con rapidez por una vergüenza evidente.

Era un actor muy hábil.

—¡Ah, me sentiré contenta con cualquier vino blanco añejo! —dijo Hillary con alegría excesiva.

Emma estaba al otro lado de la sala. Llevaba un vestido negro, sencillo y ceñido para mostrar su figura de reloj de arena. Su cabello rubio exuberante estaba ligeramente rizado en las puntas. Ella era tan perfecta como yo la recordaba.

Yo necesitaba lograr tres cosas esa noche: convencer a todos en la fiesta de que la esposa de Richard estaba hecha un lío. Convencer a Emma de que Richard merecía algo mejor. Y lo más importante, convencer a Richard de lo mismo.

Me sentí mareada por la ansiedad. Miré a Emma en busca de coraje. Luego representé una pequeña parte de mi propia actuación.

Pasé mi brazo por el de Hillary.

—Me uniré a ti en eso —dije alegremente, esperando que Hillary no pudiera sentir mis dedos fríos bajo su manga—. ¿Quién dice que las rubias se divierten más? Me encanta ser una morena. Vamos, Richard, ábrenos una botella.

Dejé mi primera copa en el fregadero de la cocina cuando fui a buscar más servilletas de coctel, asegurándome de que Richard estuviera al alcance del oído cuando le pregunté a Hillary si necesitaba una recarga. Su copa aún estaba medio llena. Vi que sus ojos se posaron en la mía, que ya estaba vacía, antes de negar con la cabeza.

Un momento después, Richard me dio un vaso de agua.

—¿No deberías llamar de nuevo al servicio de banquetes, tesoro?

Busqué el número y marqué los primeros seis dígitos, alejándome lo suficiente de Richard para que no captara la cadencia antinatural de una conversación unilateral. Asentí después de la llamada y le dije:

—Deberían estar aquí en cualquier momento—. Luego dejé el vaso de agua.

Iba por mi supuesta tercera copa de vino cuando llegaron los empleados del servicio de banquetes.

Richard le hizo un gesto al encargado de la cocina para que entrara mientras los servidores comenzaban a preparar un bufete. Los seguí.

—¿Qué está pasando? —pregunté antes de que Richard pudiera decir una sola palabra. No hice ningún esfuerzo por mantener mi voz baja.

—Se supone que ustedes deberían haber llegado hace una hora.

—Lo siento, señora Thompson—. El hombre miró su portapapeles. —Pero llegamos cuando usted nos lo ordenó.

—No puede ser. Nuestra fiesta comenzó a las siete y media. Estoy segura de haber dicho que los queríamos aquí a las siete.

Richard estaba a mi lado, listo para desatar sus quejas por el error de la compañía.

El encargado del servicio de banquetes volteó su portapapeles en silencio y señaló la hora —8 p.m.— y luego mi firma en la parte inferior de la página.

—Pero... —Richard se aclaró la garganta—. ¿Qué pasó?

Tenía que expresar mi respuesta a la perfección. Necesitaba transmitir mi ineficacia y mi falta de preocupación por la agitación que le había causado.

—Oh, supongo que es mi culpa —dije despreocupadamente—. Bueno, al menos están aquí ahora.

—¿Cómo pudiste...?

Richard reprimió el resto de su frase. Exhaló lentamente. Pero la tensión en su rostro no cedió.

Sentí que la náusea me subía a la garganta y sabía que no podía mantener mi comedia por mucho tiempo más, así que corrí al tocador. Me eché agua fría en las muñecas y llevé la cuenta de mi respiración hasta que los latidos de mi corazón finalmente se hicieron uniformes.

Luego salí del baño y encuesté a nuestros invitados reunidos.

Aún no había conseguido todo lo que necesitaba.

Richard estaba charlando con uno de sus colegas y con un compañero de golf del club, pero el hormigueo en la piel me alertó de que su mirada seguía posándose en mí. Mi cabello, mi manera de beber, mi reacción ante los empleados del servicio de banquetes: yo estaba actuando como una mujer muy diferente de la que había revisado escrupulosamente cada detalle de la fiesta con él en las semanas anteriores. Pasamos horas examinando nuestra lista de invitados, mientras Richard me recordaba detalles personales sobre sus asociados para poder interactuar y presentarlos con mayor facilidad. Discutimos las opciones de flores para nuestros arreglos. Richard me había ordenado que evitara pedir camarones porque uno de nuestros huéspedes era alérgico, y le dije que me aseguraría de tener ganchos suficientes para que nadie tuviera que dejar su abrigo tirado en una cama.

Había llegado el momento de tachar otro ítem de mi lista privada, aquel que mantenía solo en mi cabeza y revisaba cuando Richard se iba al trabajo: *Hablar con Emma.*

Un servidor pasó y me ofreció un *crostini* parmesano aún caliente de su bandeja. Me obligué a sonreír y tomé uno, pero lo envolví en una servilleta.

Hice una breve pausa, hasta que el servidor llegó donde el grupo en el que estaba Emma, y luego me acerqué.

—Tienes que probar esto —le dije efusivamente. Forcé una risa—. Tienes que mantener tu fortaleza si trabajas para Richard.

Emma frunció brevemente el ceño, y luego su rostro se aclaró.

—Él trabaja muchas horas. Pero no me importa.

Ella tomó un *crostini* y lo mordió. Pude ver a Richard comenzar a acercarse a nosotros desde el otro lado de la sala, pero George lo interceptó.

—Oh, no son solo las horas —dije—. Él es muy particular, ¿verdad?

Ella asintió y se llevó rápidamente el resto del aperitivo a la boca.

—Bueno, me alegra que todos finalmente tengan algo para comer. Uno pensaría que las empresas de banquetes al menos llegarían a tiempo teniendo en cuenta lo que cobran—. Hablé lo suficientemente fuerte para que el hombre de mediana edad que sostenía la fuente de alimentos pudiera oír, y más importante aún, para que Emma pensara que yo le había dirigido el duro comentario a él. Sentí que me ardían las mejillas, pero esperaba que Emma sospechara que era por el exceso de vino. Cuando la miré a los ojos, vi desdén en ellos debido a mi rudeza.

Richard se separó de George y vino directamente hacia nosotros. Justo antes de que llegara, me di vuelta y caminé en dirección opuesta.

Dales una razón más. Yo sabía que tenía que hacerlo ahora o que perdería mi osadía.

Cada paso fue una lucha mientras cruzaba la sala lentamente. El pulso me latía en los oídos. Sentía una fina capa de sudor frío acumularse en mi labio superior.

Todos mis instintos me gritaban que me detuviera, que diera media vuelta. Me obligué a avanzar, escabulléndome entre grupos de personas sonrientes. Alguien me tocó el brazo, pero me alejé sin mirar.

El simple hecho de pensar en Emma y en Richard me impulsó hacia adelante.

Sabía que no tendría otra oportunidad de estar cerca de ella pronto.

Tomé el iPod que estaba conectado a nuestros altavoces. Richard había seleccionado con cuidado una lista de reproducción, alternando *jazz* con algunas de sus composiciones clásicas favoritas. La música elegante sonó en la sala.

Hice clic en la aplicación de Spotify y puse música disco de los años setenta, tal como lo había practicado.

Luego aumenté el volumen.

—¡Comencemos esta fiesta! —grité, levantando los brazos en el aire. Mi voz se quebró, pero añadí, —¿Quién quiere bailar?

Las conversaciones murmuradas se detuvieron. Las caras se volvieron hacia mí al unísono, como si hubieran sido coreografiadas.

—¡Vamos, Richard! —dije.

Incluso los proveedores del servicio de banquetes me miraban ahora. Vislumbré a Hillary desviando la mirada, luego a Emma observarme antes de darse vuelta con rapidez para mirar a Richard. Se dirigió hacia mí velozmente y sentí un nudo en mi interior.

—Olvidaste nuestra regla de la casa, querida dijo, su voz llena de una alegría forzada. Bajó el volumen—. ¡No hay Bee Gees hasta después de las once!

Una risa de alivio atravesó la sala cuando Richard puso de nuevo a Bach, me tomó del brazo y me condujo al pasillo.

—¿Qué te pasa? ¿Cuánto has tomado? —Sus ojos se entrecerraron y no tuve que conjurar la nota de disculpa en mi voz.

—No… solo un par de copas, pero… lo siento. Tomaré agua en este instante.

Cogió mi copa de Chardonnay medio llena y se la arrebaté con rapidez.

Sentí la mirada de mi esposo por el resto de la noche. Vi apretar su vaso de *whisky* con los dedos. Traté de recordar la simpatía mezclada con admiración en el rostro de Emma cuando él había suavizado la escena que yo había creado; eso fue lo que me ayudó en el resto de la fiesta.

Logré todo lo que me había propuesto hacer.

Valió la pena, a pesar de que mis moretones tardaron dos semanas en desaparecer.

Richard nunca me envió una nueva joya para enmendar ese malentendido. Era la confirmación de que ya no estaba tan interesado en nosotros; su centro de atención empezaba a cambiar.

«Estoy enamorada de Richard», digo por última vez mientras miro por el pasillo vacío. «Se supone que debo estar aquí».

No fue difícil entrar al edificio donde estaba la oficina de Richard. Solo unos pocos pisos abajo de su firma había una compañía de contabilidad que les llevaba las cuentas a individuos con patrimonios cuantiosos. Hice una cita, explicando que era una mujer soltera que acababa de recibir una herencia. No estaba lejos de la verdad. Después de todo, aún tenía el recibo del cheque de Richard en mi billetera. Reservé la última cita del día, a las seis en punto, y pasé frente al escritorio del guardia con mi calcomanía de visitante pegada a mi vestido nuevo.

Después de mi cita, tomé el ascensor hasta el piso de Richard y fui rápidamente al baño de las mujeres. El código no había cambiado, y me metí en la cabina del fondo. Me veía tan parecida a Emma como era posible; mi nuevo labial rojo, mi vestido ajustado y mi cabello rizado completaban mi transformación física. Rompí mi pase de visitante en una docena de pedazos y lo metí en el bote de la basura. Pasé las dos horas siguientes practicando su voz, su postura, sus gestos. Algunas mujeres entraron para usar el baño, pero ninguna lo hizo por mucho tiempo.

Ahora son las ocho y media. Finalmente veo que el equipo de limpieza de tres personas sale del ascensor, empujando un carrito lleno de implementos. Me obligo a esperar hasta que lleguen a la puerta de la empresa de Richard.

Estoy confiada.

—*¡Hola!* —digo mientras camino rápidamente hacia ellos.

Estoy tranquila.

—Qué gusto verlos de nuevo.

Pertenezco aquí.

Seguramente esta cuadrilla debe haberse encontrado con Emma en las noches en que trabajaba hasta tarde con Richard. El hombre que acaba de abrir las puertas dobles de vidrio me dirige una sonrisa vacilante.

—Mi jefe necesita que revise algo en su escritorio—. Señalo la oficina del rincón que conozco tan bien—. Tardaré un minuto.

Camino rápidamente al lado de ellos, dando pasos más largos de lo normal. Una de las mujeres de la limpieza toma un trapo y me sigue, algo que yo esperaba.

Paso por el viejo cubículo de Emma, que ahora tiene una violeta africana en una maceta y una taza de té con flores. Luego abro la puerta de la oficina de Richard.

—Debería estar exactamente aquí—. Voy detrás del escritorio y abro uno de los dos cajones pesados de abajo. Pero está vacío excepto por un calmante para el estrés, algunas barras energéticas y una caja de pelotas de golf Callaway sin abrir.

—Ah, debe de haberlo movido —le digo a la empleada. Puedo sentir que su energía aumenta; es obvio que ahora está un poco nerviosa. Se acerca a mí. Puedo leer su proceso mental. Se dice a sí misma que debo trabajar aquí, pues de lo contrario, el guardia no me habría dejado entrar. Y ella no quiere ofender a un empleado de la oficina. Pero si estuviera equivocada, podría estar poniendo su trabajo en peligro.

Mi salvación me está mirando: una fotografía con marco de plata de Emma en un rincón del escritorio de Richard. Lo tomo y se lo enseño a la mujer de la limpieza, asegurándome de mantenerlo a un par de pies de ella.

—¿Ves? Soy yo—. Ella sonríe aliviada, y me alegro de que no piense en preguntar por qué mi jefe tiene una foto de su asistente en el escritorio.

Abro el segundo cajón y veo los archivos de Richard. Cada uno tiene una etiqueta mecanografiada.

Encuentro el marcado con AmEx y hojeo sus extractos hasta que encuentro el correspondiente al mes de febrero. Lo que estoy buscando está en la parte superior: Vinos Sotheby's, reembolso por $ 3,150.

La mujer de la limpieza se ha girado hacia las ventanas para quitar el polvo de las persianas, pero no puedo permitirme siquiera la más fugaz de las celebraciones.

Deslizo el pedazo de papel en mi bolso.

—¡Listo! ¡Gracias!

Ella asiente y me dispongo a salir de la oficina. Cuando rodeo el borde del escritorio, extiendo la mano y toco de nuevo la foto de Emma. No puedo resistir. Le doy vuelta para que quede hacia la pared.

CAPÍTULO
TREINTA Y TRES

AL DÍA SIGUIENTE, ME despierto sintiéndome más refrescada que en años. He dormido nueve horas seguidas sin la ayuda de alcohol o de una pastilla. Otra pequeña victoria.

Puedo escuchar a la tía Charlotte dando vueltas en la cocina cuando me acerco. Me paro detrás de ella y la envuelvo en un abrazo. Linaza y lavanda; su olor es tan reconfortante para mí como es inquietante el aroma de Richard.

—Te amo.

Sus manos cubren las mías.

—Yo también te amo, tesoro—. La sorpresa se entreteje en su voz; es como si ella pudiera sentir el cambio dentro de mí.

Nos hemos abrazado docenas de veces desde que me fui a vivir con ella. La tía Charlotte me abrazó mientras yo lloraba después de que un taxi me dejó en la puerta de su edificio.

Cuando no podía dormir porque los recuerdos de los peores momentos de mi matrimonio me atormentaban, sentía que se metía en mi cama y me envolvía en sus brazos. Era como si ella quisiera absorber mi dolor. Por cada página de mi cuaderno que llené con descripciones del engaño de Richard, podría escribir un número igual contando las veces que la tía Charlotte me ha animado con su amor constante y poco exigente.

Pero hoy soy yo quien se acerca a ella. Para compartir mi fortaleza con ella.

Cuando la suelto, la tía Charlotte toma la cafetera que acaba de preparar, saco la crema del refrigerador y se la paso.

Tengo ansias de calorías: de alimentos nutritivos para alimentar mi nueva fortaleza. Vierto los huevos en una sartén, agrego tomates *cherry* y queso *cheddar* rallado, y pongo dos rebanadas de pan integral en la tostadora.

—He estado investigando un poco—. Me mira y puedo decir que ella sabe exactamente de qué estoy hablando—. Nunca estarás sola en esto. Estoy aquí para ti. Y no me iré a ningún lado.

Ella revuelve la crema en su café.

—De ninguna manera. Eres joven. Y no vas a pasar tu vida cuidando a una anciana.

—Mala suerte —digo a la ligera—. Te guste o no, estás atrapada conmigo. Encontré el mejor especialista en degeneración macular en Nueva York. Es uno de los mejores del país. Lo veremos en dos semanas—. El gerente de la oficina ya me envió un correo electrónico con los formularios que ayudaré a completar a la tía Charlotte.

Su muñeca se mueve en círculos más rápidos, y el café está en peligro de chapotear por los bordes de su taza. Puedo decir que se siente incómoda. Estoy segura de que, como artista por cuenta propia, no tiene un gran plan de atención médica.

—Cuando Richard vino, me dio un cheque. Tengo mucho dinero—. Y merezco hasta el último centavo. Busco una taza para mí antes de que ella pueda protestar. —No puedo discutir sobre esto sin tomarme un café—. Se ríe y cambio de tema.

—¿Entonces, qué vas a hacer hoy?

—Pensaba ir al cementerio. Quiero visitar a Beau.

Por lo general, mi tía solo visita su tumba en su aniversario de bodas, que es en otoño. Pero entiendo que ahora ella lo está viendo todo bajo una nueva luz, arreglando imágenes familiares en su banco de recuerdos para volver a visitarlas cuando su vista haya desaparecido.

—Si quieres compañía, me encantaría ir contigo—. Revuelvo los huevos por última vez y agrego sal y pimienta.

—¿No tienes que trabajar?

—Hoy no.

Le pongo mantequilla a la tostada, saco los huevos de la sartén, y los divido en los dos platos. Le sirvo a la tía Charlotte, luego tomo un sorbo de café para ganar un poco de tiempo. No quiero preocuparla, así que se me ocurre una historia sobre los despidos en toda la tienda.

—Te lo explicaré durante el desayuno.

Sembramos geranios amarillos, rojos y blancos junto a su lápida en el cementerio, mientras intercambiamos algunas de nuestras historias favoritas de Beau. La tía Charlotte relata que cuando se conocieron, él fingió ser la cita a ciegas con el que ella iba a encontrarse en una cafetería. No le dijo la verdad hasta una semana después, en su tercera cita. He oído esta historia muchas veces, pero siempre me hace reír cuando ella cuenta la parte de lo aliviado que estaba él por no tener que responder al nombre de David. Comento que me encantaba la pequeña libreta de periodista que él mantenía en el bolsillo de atrás con un lápiz metido en la espiral. Cada vez que venía de visita a Nueva York con mi madre, el tío Beau me regalaba una igual. Pretendíamos informar sobre una historia juntos. Me llevaba a la pizzería local, y mientras esperábamos, me decía que grabara todo lo que viera —los sitios de interés, los olores, lo que escuchaba— como una reportera de verdad. No me trataba como a una niña pequeña. Respetaba mis observaciones y me decía que tenía buen ojo para los detalles.

El sol del mediodía está alto en el cielo, pero los árboles nos protegen del calor. Ninguna de nosotras tiene prisa; es una sensación muy agradable estar sentada en la hierba suave, conversando tranquilamente con la tía Charlotte. Veo en la distancia a una familia venir en nuestra dirección: una madre, un padre y dos hijas. Una de ellas va sobre los hombros de su padre, y la otra sostiene un ramo de flores.

—Ustedes dos fueron maravillosos con los niños. ¿Alguna vez quisiste tener uno? —. Le había hecho esa misma pregunta a mi tía una vez, cuando era más joven. Pero ahora le estoy preguntando como mujer, como una igual.

—Para ser honesta, no. Mi vida estaba bastante llena, con mi arte y Beau viajando todo el tiempo en misión y yo encontrándome con él… Además, tuve la suerte de poder compartir contigo.

—La afortunada soy yo—. Me inclino para apoyar brevemente mi cabeza sobre su hombro.

—Sé lo mucho que querías tener hijos. Lamento que no haya sucedido.

—Lo intentamos por mucho tiempo—. Pienso en esas líneas azules en diagonal, en el Clomid, las náuseas y el cansancio resultantes, en los análisis de sangre, en las visitas al médico…

Cada mes, me sentía como una fracasada.

—Pero después de un tiempo, no estaba segura de si debíamos tener hijos juntos.

—¿De veras? ¿Fue así de simple?

No, por supuesto que no, no fue nada simple, pienso.

Fue la doctora Hoffman quien finalmente me sugirió que Richard debería hacerse un segundo análisis de semen. —¿Nadie le ha dicho eso —me preguntó ella mientras estaba sentada en su oficina inmaculada durante uno de mis exámenes físicos anuales—? Puede haber errores en cualquier examen médico. Es habitual repetir el análisis de esperma después de seis meses o un año. Y es muy inusual que una mujer joven y saludable como tú tenga tantos problemas.

Esto fue después de que mi madre murió; después de que Richard había prometido que las cosas nunca volverían a ser desagradables. Había hecho un esfuerzo por volver a casa a las siete en punto varias noches a la semana; hicimos un largo viaje de fin de semana a Bermudas y otro a Palm Beach, donde jugamos golf y tomamos el sol en una piscina. Me volví a comprometer con nuestro matrimonio, y después de unos seis meses, acordamos intentar nuevamente tener un bebé. El empleo que Paul me había sugerido nunca se materializó, pero continué mi trabajo voluntario con el programa de Head Start. Me dije a mí misma que yo había sido parcialmente culpable por la violencia de Richard. ¿Qué marido estaría feliz de saber que su esposa estaba yendo furtivamente a la ciudad y mintiendo al respecto? Richard me había dicho que pensaba que yo tenía un amante; concluí que nunca me hubiera lastimado en caso contrario. A medida que el tiempo transcurría y que mi esposo dulce y atento me traía flores de manera espontánea y me dejaba notas de amor en la almohada, me resultó fácil racionalizar que todos los matrimonios tenían puntos bajos. Que él no lo volvería a hacer nunca.

Cuando mis moretones se desvanecieron, también lo hizo la voz pequeña e insistente en mi interior que me gritaba que lo dejara.

—Mi matrimonio fue algo así como... desigual —le digo ahora a mi tía.

—Empecé a preocuparme por traer un niño a un entorno tan inestable.

—Parecías feliz con él al principio —dice la tía Charlotte con cuidado—. Y era obvio que él te adoraba.

Ambas afirmaciones son ciertas, así que asiento.

—A veces esas cosas no son suficientes.

Richard accedió de inmediato a someterse a otra prueba cuando le conté lo que había dicho la doctora Hoffman. —Haré la cita para el jueves a la hora del almuerzo. ¿Crees que puedes tener tus manos lejos de mí por tanto tiempo? —bromeó. Fue cuando supimos que debía esperar dos días para acumular una gran cantidad de espermatozoides móviles.

Decidí acompañar a Richard a última hora para esta prueba. Pensé que él siempre estuvo a mi lado en mis citas de fertilidad. Además, yo no tenía mucho más que hacer ese día y pensé que sería agradable pasar la tarde en la ciudad, y luego encontrarme con él para cenar después del trabajo. Al menos esas fueron las razones que me dije.

Llamé a la clínica cuando no pude contactar a mi esposo en su teléfono celular. Recordaba el nombre desde la primera vez que Richard fue años atrás, la Clínica Waxler, porque él había dicho en broma que realmente debería llamarse Clínica Guácala.

—Llamó hace un momento para cancelar la cita —dijo la recepcionista.

—Ah, debió suceder algo inesperado en el trabajo—. Me sentí agradecida de no haber ido a la ciudad.

Supuse que iría al día siguiente, y pensé en decirle que lo acompañaría cuando cenáramos.

Él me abrazó cuando lo saludé en la puerta esa noche. —Mis chicos de Michael Phelps siguen fuertes.

Recuerdo que el tiempo pareció detenerse estrepitosamente. Estaba tan aturdida que no pude hablar.

Retrocedí, pero él me abrazó más fuerte.

—No te preocupes, tesoro. No vamos a rendirnos. Llegaremos al fondo de esto. Lo resolveremos juntos.

Tuve que esforzarme al máximo para mirarlo a los ojos cuando me soltó.

—Gracias.

Él me sonrió, su expresión gentil.

Tienes razón, Richard. Llegaré al fondo de esto. Lo resolveré.

Al día siguiente, compré mi cuaderno Moleskine negro.

Mi tía ha sido mi confidente durante gran parte de mi vida, pero no la agobiaré con esto. Busco en mi bolso las botellas de agua que he traído y le doy una, luego tomo un sorbo grande de la mía. Nos ponemos de pie después de un rato. Antes de irnos, la tía Charlotte pasa lentamente la punta de sus dedos por las letras grabadas del nombre de su marido.

—¿Alguna vez se vuelve más fácil?

—Sí y no. Ojalá hubiéramos tenido más tiempo. Pero estoy muy agradecida de haber pasado dieciocho maravillosos años con él.

Entrelazo mi brazo con el suyo mientras vamos a casa, tomando un camino largo.

Pienso qué más puedo hacer por ella con el dinero de Richard. La ciudad favorita de mi tía en el mundo es Venecia. Decido que cuando todo haya terminado —después de salvar a Emma—, la llevaré a Italia.

Cuando llegamos y la tía Charlotte entra a su estudio para trabajar, estoy lista para ejecutar mi plan y enviarle a Emma el extracto de AmEx. Sé cómo hacerlo, porque Emma nunca cambió el número del teléfono celular que usaba como asistente de Richard. Tomaré una foto del documento y se la enviaré en un mensaje de texto. Pero debo hacerlo cuando Richard no esté cerca, para que ella pueda absorber todas las implicaciones de lo que vea.

Era muy temprano cuando la tía Charlotte y yo salimos esta mañana; ellos aún podrían estar juntos. Pero él ya debería estar trabajando. Saco el extracto de mi bolso y lo abro. La AmEx es la tarjeta de negocios de Richard, la que tiene para su uso exclusivo. La mayoría de los cargos en este extracto son por concepto de almuerzos, taxis y costos relacionados con un viaje a Chicago. También veo la tarifa del servicio de banquetes de nuestra fiesta; firmé el contrato y especifiqué los detalles, pero como era principalmente una transacción comercial en nuestra casa, Richard había dicho que usara la tarjeta AmEx que mantenía para nosotros en nuestros archivos. El cargo de cuatrocientos dólares de Petals en Westchester cubría el costo de nuestros arreglos florales.

El reembolso del vino de Sotheby's se encuentra en la parte superior del extracto, unas pocas líneas arriba del cargo por los servicios del banquete.

Uso mi teléfono para tomar una fotografía de toda la página, asegurándome de que la fecha, el nombre de la tienda de vinos, y la cantidad, se destaquen claramente. Luego, le envío un mensaje de texto a Emma con una sola frase:

Tú hiciste el pedido, pero, ¿quién lo canceló?

Suelto mi celular cuando veo que el mensaje ha sido enviado. No usé mi teléfono prepago; ya no hay necesidad de ocultar lo que hago. Me pregunto qué revelará la memoria de Emma cuando mire esa noche en retrospectiva. Ella piensa que yo estaba borracha. Ella cree que Richard me cubrió. Ella tiene la impresión de que yo me tomé una caja de vino en una semana.

Si se da cuenta de que una de esas cosas no es cierta, ¿cuestionará a los demás?

Miro mi teléfono, esperando que este sea el hilo que comience a mover entre sus dedos.

CAPÍTULO
TREINTA Y CUATRO

La respuesta de Emma llega a la mañana siguiente, también en la forma de un mensaje de texto de una sola frase:

Veámonos en mi apartamento hoy a las seis de la tarde.

Miro las palabras por un minuto completo. No lo puedo creer; he estado tratando de contactarla durante tanto tiempo, y ahora finalmente me da la bienvenida. He creado las dudas necesarias en su mente. Me pregunto qué sabe ella y qué me preguntará.

La emoción invade mi cuerpo. No sé por cuánto tiempo me concederá una audiencia, por lo que anoto los puntos que debo abordar: puedo mencionar a Duque, pero, ¿qué pruebas tengo? En cambio, escribo *preguntas sobre la fertilidad*. Quiero que le pregunte a Richard por qué no pudimos quedar embarazadas. Él mentirá seguramente, pero la presión se acumulará en él. Tal vez ella verá lo que él se esfuerza en mantener oculto. *Sus visitas sorpresa*, escribo. ¿Alguna vez Richard ha ido inesperadamente, aunque ella no le haya dicho cuál es su horario para el día? Pero no bastará con eso; ciertamente no lo fue para mí. Tendré que contarle sobre las veces en que Richard me lastimó físicamente.

Nunca he compartido con nadie lo que estoy a punto de revelarle a Emma. Necesito aprovechar mis emociones para que no me abrumen y reforzar cualquier sospecha persistente que pueda tener ella sobre mi desequilibrio.

Si me escucha con la mente abierta —si parece receptiva a lo que yo diga—, debo explicarle cómo elaboré un plan meticuloso para liberarme. Que le tendí una trampa, pero que no sabía que llegaría tan lejos.

Imploraré su perdón. Pero más importante que mi absolución es la suya. Le diré que tiene que dejar a Richard de inmediato, incluso esta misma noche, antes de que él la haga caer en una trampa.

La última vez que vi a Emma, intenté crear la imagen que yo quería que viera: que éramos versiones intercambiables la una de la otra. Ahora me esfuerzo simplemente por la honestidad. Me baño y me pongo *jeans* y una camiseta de algodón. No me preocupo por mi maquillaje o peinado. Pienso en ir caminando a su apartamento y consumir así mi energía nerviosa. Decido salir a las cinco en punto. No puedo llegar tarde.

Mantén la calma, sé racional, sé convincente, me repito. Emma ha visto la dramaturgia que he representado; ha escuchado la representación de Richard de mi personaje; ella conoce mi reputación. Necesito revertir todo lo que ella cree sobre mí.

Sigo practicando lo que diré cuando suene mi teléfono celular y vea un número que no reconozca. Pero conozco bien el código de área: es de la Florida.

Mi cuerpo se tensa. Me hundo en mi cama y miro la pantalla cuando suena el teléfono por segunda vez. Debo responder.

—¿Vanessa Thompson? —pregunta un hombre.

—Sí—. Tengo la garganta tan reseca que no puedo tragar.

—Soy Andy Woodward, de Garras Peludas—. Su voz suena cordial y afable. Nunca había hablado con Andy, pero comencé a hacer donaciones anónimas al refugio en honor de Maggie después de su muerte, ya que ella había sido voluntaria allí en la escuela secundaria. Cuando me casé con Richard, él me sugirió que aumentáramos sustancialmente mi contribución mensual y que financiáramos la renovación del refugio. Y por esta razón, el nombre de Maggie está en una placa junto a la puerta. Richard siempre ha servido como contacto para el refugio; él lo sugirió, diciendo que sería menos estresante para mí.

—Recibí una llamada de tu exmarido. Me dijo que ustedes dos han decidido que, en vista de la situación, ya no pueden hacer sus donaciones caritativas.

Aquí está mi castigo, me doy cuenta. Cogí el dinero de Richard, así que es así como él cobrará venganza. Hay un florecimiento simbólico en ello, un equilibrio de las balanzas, que sé que Richard está saboreando.

—Sí —digo cuando me doy cuenta de que el silencio se ha prolongado demasiado.

Esto era para Maggie, no para mí, pienso con furia.

—Lo siento mucho. Si le parece bien, puedo contribuir con una pequeña cantidad cada mes. No será lo mismo, pero es algo.

—Es muy generoso de su parte. Su exmarido explicó que se siente muy mal por esto. Dijo que llamaría personalmente a la familia de Maggie para hacerles saber lo que sucedió. Me pidió que se lo transmitiera para que usted no tenga que preocuparse por ningún cabo suelto.

¿Por cuál de mis acciones está tomando represalias Richard? ¿Estoy siendo castigada por la fotografía de Duque, por mi carta para Emma o por el cobro del cheque?

¿O acaso sabe también que le envié un mensaje de texto a Emma con el extracto de AmEx?

Andy no entiende; nadie lo hace. Richard habría sido encantador cuando charlaron. Se comportará igual cuando llame a la familia de Maggie. Se asegurará de hablarles a todos individualmente, incluyendo a Jason. Richard mencionará mi apellido de soltera, se integrará perfectamente a la conversación, y tal vez diga algo sobre mi traslado a Nueva York.

¿Qué hará Jason?

Espero a que el pánico ya conocido se instale.

Pero eso no sucede.

En cambio, me llama la atención que no he pensado en Jason desde que Richard me dejó.

—La familia estará encantada de tener la oportunidad de agradecerles personalmente —dice Andy—. Por supuesto, cada año escriben notas que le envío a su esposo.

Mi cabeza se mueve de un tirón. *Piensa como Richard. Mantén el control.*

—No, ya sabes, mi marido no compartió esas notas conmigo—. De alguna manera, mi tono es casual y mi voz permanece firme.

—Realmente me afectó la muerte de Maggie, y él seguramente pensó que leerlas sería demasiado doloroso para mí. Sin embargo, ahora quisiera saber lo que dicen.

—Por supuesto. Son básicamente correos electrónicos para que yo los reenviara. Recuerdo el contenido, aunque no las palabras exactas. Siempre expresaron cuán agradecidos están con usted y que esperaban conocerla algún día. Ellos van al refugio de vez en cuando. Lo que usted ha hecho ha significado mucho para ellos.

—¿Sus padres van al refugio? ¿Y también Jason, el hermano de Maggie?

—Sí. Todos lo hacen. Y la esposa de Jason y sus dos hijos. Son una familia encantadora. Los niños cortaron la cinta el día de apertura después de la renovación.

Retrocedo medio paso y casi dejo caer el teléfono.

Richard debe haber sabido esto desde hace varios años; él interceptó la correspondencia. Él *quería* que yo tuviera miedo, que fuera su Nellie nerviosa. Él necesitaba fingir que era mi protector, debido a alguna depravación en su interior. Cultivó mi dependencia de él; se aprovechó de mi miedo.

De todas las crueldades de Richard, esta es quizá la peor.

Me hundo en mi cama al comprender esto. Entonces me pregunto qué más hizo él para despertar mi ansiedad cuando estábamos juntos.

—Me gustaría llamar a los padres de Maggie, y también a su hermano —dije después de un momento—. ¿Podría darme su información de contacto?

Richard debe estar nervioso; debería haberse dado cuenta de que Andy podría mencionar los correos electrónicos y las cartas. Mi exmarido es quien no está pensando ahora con claridad.

Nunca antes lo había provocado tanto, ni siquiera de cerca. Probablemente esté dcsesperado por hacerme daño, por hacer que me detenga. Por borrarme de su vida ordenada.

Me despido de Andy y comprendo que necesito ir al apartamento de Emma. Son casi las cinco en punto, la hora en que había planeado salir. Sin embargo, me siento abrumada súbitamente por el hecho de que Richard esté esperando afuera. A fin de cuentas, no puedo ir caminando. Tomaré un taxi, pero de todos modos necesito hacerlo de manera segura.

Una segunda salida en la parte posterior del edificio conduce a un callejón estrecho donde están los contenedores de la basura y el reciclaje. ¿Qué puerta espera Richard que use yo?

Él sabe que sufro de claustrofobia leve, que detesto sentirme atrapada. El callejón es estrecho y casi vacío, confinado a ambos lados por edificios altos. Así que elijo esa ruta.

Me pongo zapatillas y espero hasta las cinco y media. Bajo por el ascensor y busco el pestillo de la puerta de incendios. Lo descorro y miro afuera.

El callejón parece estar vacío, pero no puedo ver detrás de los contenedores altos de plástico. Respiro hondo y me alejo de la puerta, corriendo por el pasadizo.

Se me va a reventar el corazón. Espero que sus brazos salgan disparados y me agarren en cualquier momento. Me dirijo hacia la franja de la acera que veo más adelante. Cuando finalmente llego allá, giro en un círculo completo, jadeando, mientras exploro mi entorno.

Él no está aquí; estoy segura de que yo podría sentir su mirada depredadora sobre mí.

Levanto un brazo para hacer señas a los taxis mientras me apresuro por la calle. No pasa mucho tiempo antes de que uno se detenga, y el taxista conduce con destreza en medio del tráfico de la hora pico hacia el apartamento de Emma.

Cuando llegamos a la esquina, veo que faltan cuatro minutos para las seis. Le pido al taxista que mantenga el taxímetro encendido mientras ensayo mentalmente y por última vez lo que tengo que decir. Luego bajo del taxi y camino hacia la puerta del edificio de Emma. Presiono el timbre del 5C y escucho la voz de Emma a través del intercomunicador:

—¿Vanessa?

—Sí—. No puedo evitarlo; miro detrás de mí por última vez. Pero nadie está ahí.

Tomo el ascensor hasta su piso.

Ella abre la puerta cuando me acerco. Es tan encantadora como siempre, pero parece preocupada; su frente está arrugada.

—Adelante.

Cruzo el umbral y ella cierra la puerta pesada detrás de mí. Por fin, estoy a solas con ella. Siento una oleada de alivio tan intensa que estoy prácticamente mareada.

Su apartamento es de un solo espacio, pequeño y limpio. Algunas fotografías enmarcadas están en la pared, y un jarrón de rosas blancas sobre una mesa auxiliar. Gesticula hacia el sofá de respaldo bajo y me siento en el borde. Pero ella permanece de pie.

—Gracias por verte conmigo.

No responde.

—He querido hablar contigo desde hace mucho tiempo.

Hay algo que parece estar apagado. Ella no me está mirando. Pero mira hacia la puerta de su habitación por encima del hombro.

Por el rabillo del ojo veo que la puerta comienza a abrirse.

Retrocedo en el sofá y levanto instintivamente las manos para protegerme. *No*, pienso desesperadamente. Quiero correr, pero no me puedo mover, al igual que en mis pesadillas. Solo puedo mirar mientras él se acerca.

—Hola, Vanessa.

Mis ojos se posan en Emma. Su expresión es inescrutable.

—Richard —susurro. —¿Qué... ¿Por qué estás aquí?

—Mi prometida me dijo que le enviaste un mensaje de texto con una tontería sobre un reembolso del vino—. Continúa avanzando hacia mí, su paso fluido y sin prisas. Se detiene al lado de Emma.

Una parte del terror se libera de mi cuerpo. No ha venido para lastimarme. No físicamente, por lo menos; él nunca haría eso delante de nadie. Ha venido para ponerle fin a esto al derrotarme frente a Emma.

Me levanto y abro la boca, pero él me arrebata el control de la situación. El elemento sorpresa está de su parte.

—Cuando Emma me llamó, le expliqué exactamente lo que sucedió—. Richard desea cerrar la distancia entre nosotros. Sus ojos entrecerrados me lo dicen.

—Como bien lo sabes, me di cuenta de que el vino no era técnicamente un gasto comercial, pues no estaba seguro de que lo tomáramos en la fiesta. Lo ético era cancelar el pago de AmEx y ponerlo en mi Visa personal. Recuerdo que te conté esto cuando Sotheby's llevó el Raveneau a la casa y lo guardé en el sótano.

—Eso es una mentira—. Me vuelvo hacia Emma. —Él nunca pidió el vino. Es muy bueno en esto; ¡puede dar explicaciones para cualquier cosa!

—Vanessa, él me dijo de inmediato lo que sucedió. No tuvo tiempo de inventar una historia. No sé qué pretendes.

—No pretendo nada. ¡Estoy intentando ayudarte!

Richard suspira.

—Esto es agotador...

Lo interrumpo. Estoy aprendiendo cómo anticiparme a su línea de ataque.

—¡Llama a la compañía de tarjetas de crédito! —balbuceo.

—Llama a Visa y confirma ese cargo mientras Emma escucha. Tardará treinta segundos y podremos resolver esto ahora.

—No, te diré cómo vamos a resolver esto. Llevas varios meses acechando a mi prometida. La última vez te advertí lo que pasaría si seguías con esto. Lamento todos tus problemas, pero Emma y yo estamos presentando órdenes de restricción en tu contra. No nos has dejado otra opción.

—Escúchame —le digo a Emma. Sé que solo tengo esta última oportunidad de convencerla. —Él me hizo pensar que yo estaba loca. Y se deshizo de mi perro; dejó la puerta abierta o algo así.

—Cielos —dice Richard. Pero sus labios se tensan.

—¡Intentó convencerme de que era culpa mía no poder tener hijos! —balbuceo.

Veo que Richard aprieta las manos en puños y me estremezco reflexivamente, pero sigo adelante.

—Y él me lastimó, Emma. Me golpeó y me tiró al suelo y casi me estrangula. Pregúntale por las joyas que me regaló para cubrirme las heridas. ¡Él también te hará daño! ¡Arruinará tu vida!

Richard exhala y aprieta los ojos.

¿Puede sentir ella lo cerca que está de su límite?, me pregunto. *¿Alguna vez ha visto a Richard desaparecer sumido en la ira?* Pero tal vez he dicho demasiado. Ella podría haber creído algo de lo que le dije, pero ¿cómo puede conciliar mis extrañas acusaciones con el hombre sólido y exitoso que está a su lado?

—Vanessa, hay algo profundamente errado contigo—. Richard lleva a Emma cerca de él—. Nunca debes volver a acercarte a ella.

La orden de restricción significa que Richard tendrá un registro oficial de que yo soy una amenaza para ellos. Si alguna vez hay una confrontación violenta entre nosotros, las pruebas estarán de su parte. Él siempre controla la percepción de nuestra narrativa.

—Tienes que irte—. Richard se acerca y me toma del codo.

Me estremezco, pero su presión es suave. Ha dominado su enojo por ahora.

—¿Debería llevarte abajo?

Siento que mis ojos se abren ante sus palabras. Niego rápidamente con la cabeza e intento tragar, pero tengo la boca demasiado reseca.

Él no me haría nada delante de Emma, me aseguro. Pero sé lo que insinúa.

Cuando paso junto a Emma, ella cruza los brazos sobre el pecho y se aparta.

CAPÍTULO
TREINTA Y CINCO

OJALÁ PUDIERA HABERLE DADO mi libreta Moleskine a Emma junto con el recibo del Raveneau. Tal vez si ella tuviera la oportunidad de hojear las páginas, detectaría la corriente oculta que agitaba estos eventos aparentemente dispares.

Pero ese cuaderno ya no existe.

Cuando escribí mi última entrada, mi diario contenía páginas y páginas de mis recuerdos y, cada vez más, de mis miedos. Después de la noche en que Richard me dijo que había ido para el análisis de esperma y prometí llegar al fondo de lo que había sucedido realmente, ya no pude reprimir mi intuición. Mi cuaderno funcionó como la sala de una corte, donde mis palabras discutían los dos aspectos de cada tema. *Tal vez Richard fue a otra clínica para el examen de semen*, escribí. *Pero, ¿por qué haría eso si programó una cita en la clínica original?* Me acurruqué en la cama de la habitación de huéspedes, la bombilla oscura en la luz de la mesita de noche iluminando mis garabatos mientras trataba de descifrar otros encuentros confusos, desde el comienzo de nuestro matrimonio: *¿Por qué me dijo él que el cordero* vindaloo *estaba delicioso, pero dejó más de la mitad y me envió un certificado de regalo para clases de cocina a la mañana siguiente? ¿Era un gesto amable? ¿Estaba tratando de transmitir un mensaje sutil sobre la baja calidad de la comida? ¿O era un castigo por mi revelación en el consultorio de la doctora Hoffman de que yo había quedado embarazada en la universidad?* Y, unas páginas antes de eso: *¿Por qué había aparecido el de repente la noche de* *mi despedida de soltera cuando no lo habíamos invitado? ¿Estaba impulsado por el amor, o por el control?*

A medida que mis preguntas aumentaban, me fue imposible seguir negándolo: algo estaba profundamente mal con Richard, o profundamente mal conmigo. Ambas posibilidades eran aterradoras.

Estaba segura de que Richard percibió el cambio entre nosotros. De todos modos, no pude dejar de apartarme de él. Dejé todo mi trabajo voluntario. Raramente iba a la ciudad. Mis amigos de Gibson's y de la Escalera del Aprendizaje habían seguido adelante con sus vidas. Incluso la tía Charlotte estaba ausente; ella y un amigo artista parisino habían organizado un intercambio de apartamentos de seis meses, algo que habían hecho varias veces en el pasado. Yo me había sentido nadando en la soledad.

Le expliqué a Richard que estaba deprimida porque no podíamos tener un bebé. Pero no estar embarazada fue una bendición ahora.

Me refugié en el alcohol, pero nunca delante de mi marido. Necesitaba ser aguda en su presencia. Acepté cuando Richard notó la cantidad de vino que estaba consumiendo durante el día y me pidió que dejara de beber. Luego empecé a comprar el Chardonnay en lugares más distantes. Escondía las botellas vacías en el garaje y salía furtivamente a mis caminatas matutinas para ocultar la evidencia en la papelera de reciclaje de un vecino.

El alcohol me daba sueño, y dormía la mayoría de las tardes, despertando a tiempo para el regreso de Richard del trabajo. Ansiaba la comodidad de los carbohidratos blandos y pronto me vestí solo con pantalones de yoga y camisetas sueltas. No necesité que un psiquiatra me dijera que yo estaba tratando de añadir una capa protectora a mi cuerpo. De hacerme menos atractiva para mi esposo esbelto y consciente del acondicionamiento físico.

Richard no dijo directamente una palabra sobre mi aumento de peso. Yo había bajado las mismas quince libras varias veces durante nuestro matrimonio. Cada vez que subía de peso, él insistía en que preparara pescado a la parrilla para la cena, y cuando íbamos a restaurantes, evitaba el pan y pedía que sirvieran el aderezo a un lado de la ensalada. Seguí su ejemplo, avergonzada de no tener su disciplina. Me había alterado durante la cena de mi cumpleaños con la tía Charlotte en el club, pero no porque pensara que el mesero había cometido un error con mi ensalada.

La ropa ya no me servía ese día. Mi esposo se había abstenido de hacer comentarios.

Pero la semana anterior a la cena de celebración, yo había comprado una nueva báscula de alta tecnología y la había instalado en el baño.

Una noche me desperté en nuestra casa de Westchester extrañando inmensamente a Sam. La tarde anterior había recordado que era su cumpleaños. Me pregunté cómo lo estaría celebrando. Ni siquiera sabía si seguía trabajando en la Escalera del Aprendizaje y aún vivía en nuestro antiguo apartamento, o si ya se habría casado. Me di vuelta para ver que el reloj marcaba casi las tres a.m. Esto no era inusual; rara vez dormía toda la noche. Richard estaba como una estatua a mi lado en la cama. Otras mujeres se quejaban de que sus maridos roncaban o acaparaban las mantas, pero la quietud de Richard siempre ocultaba el hecho de si dormía profundamente, o si estaba a punto de despertarse. Permanecí un momento allí, escuchando sus exhalaciones constantes, y luego salir de la cama. Me dirigí silenciosamente a la puerta y miré hacia atrás. ¿Mis movimientos lo habían despertado? Era imposible saber si tenía los ojos abiertos debido a la oscuridad.

Cerré la puerta y fui a la habitación de invitados. Culpé a Sam por nuestra ruptura, pero ahora que lo estaba reevaluando todo, comencé a preguntarme de quién era realmente la culpa. Después de nuestra cena en Pica nos alejamos aún más. Sam me había invitado a una fiesta de despedida para Marnie, que regresaría a vivir a San Francisco, pero Richard y yo ya teníamos planes para cenar en la casa de Hillary y George esa misma noche.

Cuando llegué tarde a la fiesta con Richard, reconocí la decepción en la cara de mi mejor amiga. Nos quedamos menos de una hora. Durante buena parte de ella, Richard permaneció hablando por teléfono en un rincón. Lo vi bostezar. Yo sabía que él tenía una reunión a primera hora de la mañana siguiente, así que me disculpé antes de irnos. Unas semanas después, llamé a Sam para ver si quería encontrarse conmigo para tomar una copa.

—Richard no vendrá, ¿verdad?

Le devolví el latigazo:

—No te preocupes, Sam, él no quiere pasar tiempo contigo más de lo que tú lo haces con él.

Nuestra discusión se hizo más acalorada, y esa fue la última vez que hablamos.

Mientras entraba a la habitación de los huéspedes y buscaba debajo del colchón para sacar mi cuaderno, me pregunté si yo me sentía tan herida y enojada porque Sam parecía saber algo que yo no me permitía aceptar: que Richard no era el marido perfecto. Que nuestro matrimonio solo se veía bien en la superficie. *El príncipe. Demasiado bueno para ser cierto. Estás vestida como si fueras a una reunión de la PTA*. Ella también me había dicho Nellie una vez en un tono que parecía más burlón que una broma.

Levanté el colchón con la mano derecha y estiré el brazo izquierdo, pasándolo hacia adelante y hacia atrás sobre el somier. Pero no podía sentir los bordes familiares de mi diario.

Alcé el colchón y encendí la lámpara de la mesita de noche. Me arrodillé y levanté el colchón un poco más. No estaba. Revisé debajo de la cama, luego comencé a quitar el edredón, y después la sobresábana.

Mis manos dejaron de moverse cuando sentí que la estática afloraba en mi piel. Detecté la mirada de Richard antes de que él dijera una sola palabra.

—¿Es esto lo que estás buscando, Nellie?

Me puse de pie y me volteé lentamente.

Mi esposo estaba parado en la puerta, con bóxers y una camiseta, sosteniendo mi libreta.

—No has escrito esta semana. Aunque supongo que has estado ocupada. Fuiste a la tienda de comestibles el martes justo después de irme a trabajar, y ayer fuiste a la tienda de vinos en Katonah. Eres solapada, ¿verdad?

Él sabía todo lo que yo hacía.

Levantó el diario.

—¿Crees que no puedes quedar embarazada porque el problema es mío? ¿Crees que me pasa algo malo?

Él sabía todo aquello que yo estaba pensando.

Se acercó a mí y me encogí. Pero él sacó simplemente un objeto de la mesita de noche detrás de mí. Un bolígrafo.

—Olvidaste algo, Nellie. Lo dejaste aquí. Lo vi el otro día. Su voz era diferente, más aguda que siempre, y la cadencia era casi juguetona—. Donde hay un bolígrafo, debe haber papel.

Hojeó las páginas.

—Esto es una locura—. Sus frases salían cada vez más rápidas—. ¡Duque! ¡Cordero *vindaloo*! ¡Volteando tu foto! ¡*Yo* desactivé la alarma de la casa! —. Arrancó una nueva página con cada acusación—. ¡Foto de la boda de mis padres! ¡Te colaste a la unidad de almacenamiento! ¿Te estás preguntando por la reliquia de mis padres? ¿Has estado yendo a la ciudad para hablar sobre nuestro matrimonio con una extraña? Eres una psicótica. ¡Eres peor que tu madre!

No me di cuenta de que estaba retrocediendo hasta que sentí que mis piernas chocaban contra la mesita de noche.

—Eras una mesera patética que ni siquiera podía caminar por la calle sin pensar que alguien te estaba persiguiendo—. Se pasó las manos por el cabello, levantando parte de él. Tenía la camiseta arrugada y una barba incipiente—. Perra ingrata. ¿Cuántas mujeres no darían la vida por tener un hombre como yo? Por vivir en esta casa, irse de vacaciones a Europa y conducir un Mercedes.

Toda la sangre pareció escapar de mi cabeza; me sentí mareada del miedo.

—Tienes razón, eres muy bueno conmigo —comencé a implorar—. ¿No viste las otras páginas? Escribí lo generoso que eras al pagar por la renovación del refugio de animales. Lo mucho que me ayudaste cuando mi madre murió. Y cuánto te amo.

Yo no estaba llegando a él; parecía estar mirando a través de mí. —Limpia este desastre —ordenó.

Me arrodillé y recogí las páginas.

—Rómpelas.

Ya estaba llorando, pero obedecí, reuní un puñado y traté de partirlas por la mitad. Pero las manos me temblaban y el manojo de páginas era demasiado grueso para destrozarlo.

—Eres tan jodidamente incompetente.

Sentí un cambio metálico en el aire, que parecía haberse inflamado debido a la presión.

—Por favor, Richard —sollocé—. Lo siento mucho... Por favor...

Su primera patada aterrizó cerca de mis costillas. El dolor fue explosivo. Me enrosqué en un ovillo y jaló las rodillas de mi pecho.

—¿Quieres dejarme? —gritó mientras me daba otra patada.

Se subió sobre mí, obligándome a ponerme de espaldas y me sujetó los brazos con sus rodillas. Sus rótulas se clavaron en mis codos.

—Lo siento. Lo siento. Lo siento—. Intenté alejarme de él, pero él estaba sentado en mi abdomen y me tenía inmovilizada.

Cerró sus manos en mi cuello.

—Se suponía que me ibas a amar para siempre.

Me atraganté mientras me sacudía y pateaba debajo de él, pero Richard era demasiado fuerte. Mi visión se hizo borrosa. Liberé una mano y le arañé la cara luego de sentirme más mareada.

—Se suponía que debías salvarme—. Su voz ya era suave y triste.

Esas fueron las últimas palabras que oí antes de desmayarme. Cuando volví en mí, seguía tirada en el suelo. Las páginas de mi cuaderno habían desaparecido.

Richard también se había ido.

Sentía la garganta en carne viva y desesperadamente seca. Permanecí un largo rato allí. No sabía dónde estaba Richard. Rodé sobre un costado, rodeando mis tobillos con mis brazos, temblando en mi camisón delgado. Al cabo de un rato estiré la mano y me cubrí con el edredón. El miedo me paralizó; no podía salir de la habitación.

Entonces olí el café recién hecho.

Escuché los pasos de Richard subiendo las escaleras. No había ningún lugar para esconderme. Tampoco podría correr; él se interponía entre la puerta y yo.

Entró sin prisa a la habitación, sosteniendo una taza.

—Perdóname —farfullé. Mi voz era ronca—. No me di cuenta… He estado tomando y no he estado durmiendo. No he estado pensando con claridad…

Él se limitó a mirarme. Era capaz de matarme. Tuve que convencerlo de que no lo hiciera.

—No iba a dejarte —mentí—. No sé por qué escribí esas cosas malas. Eres muy bueno conmigo.

Richard tomó un sorbo de café, manteniendo sus ojos en los míos sobre el borde de su taza.

—A veces me preocupa que esté siendo igual a mi madre. Necesito ayuda.

—Por supuesto que no me dejarías. Lo sé—. Él había recobrado la compostura. Yo había dicho las palabras correctas—. Reconozco que perdí los estribos, pero tú me provocaste —dijo él, como si simplemente me hubiera respondido durante una disputa trivial—. Me has estado mintiendo. Me has estado engañando. No estás actuando como la Nellie con la que me casé—. Hizo una pausa. Dio unas palmaditas en la cama y me levanté vacilante para sentarme en el borde, cubriéndome con el edredón como si fuera un escudo.

Se sentó a mi lado, y sentí el colchón hundirse bajo su peso, inclinándome hacia él.

—Lo he pensado, y tengo parte de la culpa. Debería haber reconocido las señales de advertencia. Fui permisivo con tu depresión. Lo que necesitas es una estructura. Una rutina. A partir de ahora te levantarás conmigo. Nos ejercitaremos juntos por la mañana. Luego desayunaremos. Más proteína. Recibirás aire fresco todos los días. Vuelve a unirte a algunos comités en el club. Solías hacer un esfuerzo con la cena. Me gustaría que lo hicieras de nuevo.

—Sí. Por supuesto.

—Estoy comprometido con nuestro matrimonio, Nellie. Nunca me hagas preguntarte de nuevo si tú también lo estás.

Asentí rápidamente, a pesar de que el movimiento me lastimaba el cuello.

Se fue al trabajo una hora más tarde, diciéndome que me llamaría cuando llegara a la oficina y que esperaba que yo le respondiera. Hice exactamente lo que me dijo. Solo pude tomar un poco de yogurt al desayuno debido al dolor de garganta, pero era alto en proteínas. Era principios de otoño, así que salí a caminar en el aire fresco, manteniendo el timbre de mi teléfono celular en el máximo volumen. Me puse un suéter de cuello de tortuga para cubrir las marcas rojas y ovales que se convertirían en hematomas, luego fui a la tienda de comestibles y compré *filet mignon* y espárragos blancos para servirle a mi esposo.

Estaba en la fila de pago cuando oí a la cajera decir: «¿Señora?». Comprendí que estaba esperando a que yo pagara mis compras. Levanté la vista de la bolsa de alimentos, preguntándome si él sabría ya lo que yo le estaba comprando para la cena. De alguna manera, Richard se enteraba cada vez que yo salía de la casa; había descubierto mis viajes en secreto a la ciudad, la licorería que frecuentaba, los recados que hacía.

Incluso cuando no esté ahí, siempre estoy contigo.

Miré a la mujer en la caja de al lado mientras apaciguaba a un niño irritable que quería que lo sacaran del carro. Levanté la vista hacia la cámara de seguridad cerca de la puerta. Vi la pila de cestos rojos con asas de metal relucientes, la exhibición de revistas sensacionalistas, los dulces en envoltorios brillantes y arrugados.

No tenía la menor idea de que mi esposo me observaba continuamente. Pero su vigilancia ya no era sigilosa. Yo no podía desviarme de las nuevas reglas más estrictas de nuestro matrimonio. Y ciertamente nunca podría tratar de dejarlo.

Él lo sabría.

Él me detendría.

Él me haría daño.

Él podría matarme.

Al cabo de una semana o dos, levanté la vista de la mesa de la cocina y vi a Richard seleccionar un trozo crujiente de tocino de pavo que yo había preparado además de los huevos revueltos. Tenía la cara ligeramente enrojecida debido a su rutina matinal de ejercicios. El vapor emanaba de su taza de *espresso*; el *Wall Street Journal* estaba doblado a un lado de su plato.

Mordió el tocino. —Esto está perfectamente preparado.

Gracias.

—¿Qué planes tienes para hoy?

—Me voy a bañar y luego iré al club para llevar los libros usados. Hay mucho que ordenar.

Él asintió.

—Suena bien—. Se limpió las yemas de los dedos en la servilleta, y luego abrió el periódico.

—Y no olvides que el almuerzo del retiro de Diane es el próximo viernes. ¿Puedes conseguir una tarjeta agradable? Pondré los boletos del crucero adentro.

—Por supuesto.

Inclinó la cabeza y comenzó a examinar las acciones.

Me levanté y limpié la mesa. Cargué el lavavajillas y limpié los mostradores.

Richard se me acercó por detrás y me rodeó la cintura con sus brazos mientras yo pasaba la esponja por el mostrador de mármol. Me besó en el cuello.

—Te amo —susurró.

—Yo también te amo.

Se puso la chaqueta del traje, luego recogió el maletín y fue hacia la puerta principal. Lo seguí con la mirada mientras se dirigía a su Mercedes.

Todo estaba exactamente como Richard quería que fuera. Cuando regresara esta noche, la cena ya estaría lista. Yo me habría cambiado los pantalones de yoga por un lindo vestido. Lo entretendría con una historia divertida sobre lo que había dicho Mindy en el club.

Richard me miró a través del ventanal mientras se dirigía hacia el camino de entrada.

—¡Adiós! —dije, saludándolo con la mano.

Su sonrisa era amplia y genuina. Irradiaba alegría.

Comprendí algo en ese momento. Parecía como si atisbara un puntito de luz solar en el gris algodonoso y sofocante que se apoderaba de mí.

Había una forma en que mi esposo me dejaría ir.

La idea de terminar con nuestro matrimonio tendría que ser suya.

CAPÍTULO
TREINTA Y SEIS

ESTOY ACTUALIZANDO MI HOJA de vida en la computadora portátil cuando suena mi teléfono celular.

Su nombre aparece en la pantalla. Dudo antes de responder. Me preocupa que esta pueda ser otra de las trampas de Richard.

—Tenías razón —dice la voz ronca que he llegado a conocer tan bien.

Permanezco en silencio.

—En relación con la factura de la tarjeta Visa—. Me temo que incluso la menor de mis afirmaciones hará que Emma deje de hablar, cambie de opinión y cuelgue—. Llamé a la compañía de tarjetas de crédito. No había ningún cargo por el vino de Sotheby's. Richard nunca ordenó el Raveneau.

Apenas puedo creer lo que acabo de oír. Una parte de mí aún se preocupa de que Richard pueda estar detrás de esto, pero el tono de Emma es diferente al del pasado. Ya no hay desprecio en ella con respecto a mí.

—Vanessa, la manera como te veías cuando él dijo que te acompañaría abajo… eso fue lo que me convenció de revisar. Pensé que estabas celosa. Que lo querías de vuelta. Pero no es así, ¿verdad?

—No.

—Estás aterrorizada de él —dice Emma sin rodeos—. ¿Realmente te golpeó? ¿Trató de estrangularte? No puedo creer que Richard lo hiciera, pero…

—¿Dónde estás? ¿Dónde está él?

—Estoy en casa. Él está en un viaje de negocios en Chicago.

Agradezco que no esté en el apartamento de Richard. El de ella probablemente sea seguro. Aunque su teléfono tal vez no lo sea.

—Necesitamos reunirnos personalmente—. Pero esta vez será en un lugar público.

—¿Qué tal en el Starbucks de…?

—No, tienes que seguir con tu rutina. ¿Cuáles son tus planes para hoy?

—Iba a tomar una clase de yoga esta tarde. Y luego a recoger mi vestido de novia.

No podremos hablar en un estudio de yoga. —¿Dónde está la tienda de novias?

Emma me da la dirección y la hora. Le digo que me encontraré allá con ella. Lo que Emma no sabe es que llegaré temprano para asegurarme de que no me vuelvan a emboscar.

—Qué esposa tan perfecta —exclama Brenda, la dueña de la boutique.

Los ojos de Emma se encuentran con los míos en el espejo mientras ella está de pie en la plataforma elevada con un vestido de seda color crema. No sonríe, pero Brenda parece demasiado ocupada examinando los ajustes finales del vestido como para notar el humor sombrío de Emma.

—No creo que necesite un solo ajuste —añade Brenda. —Voy a plancharlo y te lo enviaremos mañana.

—En realidad, podemos esperar —digo—. Nos gustaría llevárnoslo personalmente—. El vestidor está vacío, y hay varios sillones en un rincón. Es privado. Seguro.

—¿Quisieran tomar un poco de champaña entonces?

—Nos encantaría —digo, y Emma asiente con la cabeza.

Desvío la mirada mientras Emma se quita el vestido. Aun así, veo su reflejo —su piel suave y su lencería rosada de encaje— en media docena de ángulos en los espejos alrededor del vestidor. Es un momento extrañamente íntimo.

Brenda toma el vestido y lo coloca con cuidado en un gancho acolchado mientras espero con impaciencia a que salga del vestidor. Me dirijo a las sillas antes de que Emma pueda terminar de apretar el botón de su falda. Esta tienda de novias es un lugar donde puedo estar segura de que

Richard no aparecerá de improviso. Está prácticamente prohibido que un novio vea a su prometida con un vestido de novia antes de la ceremonia.

—Pensé que estabas loca —dice Emma—. Cuando trabajaba para Richard, solía escucharlo hablar contigo por teléfono, preguntarte qué habías desayunado y si habías salido a tomar un poco de aire fresco. Tuve acceso a correos electrónicos que él me enviaba preguntando dónde estabas. Diciendo que te había llamado cuatro veces ese día pero que no habías respondido. Siempre se preocupó mucho por ti.

—Puedo ver que todo parecía ser así.

Guardamos silencio mientras Brenda regresa con dos copas de champaña. —Felicitaciones de nuevo—. Me preocupa que ella permanezca charlando un buen tiempo, pero se excusa para examinar el vestido.

—Pensé que tenía una idea clara de ti —me dice Emma sin rodeos cuando Brenda se va. Me mira con cuidado, y veo una familiaridad inesperada en sus ojos redondos y azules. Ella continúa antes de que yo pueda recordarlo, —tuviste esta vida perfecta con este tipo maravilloso. Ni siquiera trabajaste, simplemente holgazaneabas en la casa lujosa que él compró. Pensé que no te merecías nada de eso.

La dejo continuar.

Inclina la cabeza hacia un lado. Es casi como si me viera por primera vez.

—Eres diferente de lo que imaginaba. He pensado mucho en ti. Me pregunté qué sentirías si supieras que tu esposo estuviera enamorado de otra persona. Eso me quitaba el sueño por las noches.

—No fue culpa tuya—. Ella no tiene idea de cuán cierta es esa afirmación.

Un fuerte sonido emana del bolso de Emma. Ella se paraliza con la copa casi tocando sus labios. Ambas miramos su bolso.

Saca su teléfono.

—Richard me envió un mensaje de texto. Acaba de llegar a su hotel en Chicago. Me preguntó qué hacía yo y me escribió que me extraña.

—Envíale un mensaje de texto y dile que tú también lo extrañas, y que lo amas.

Ella levanta una ceja, pero hace lo que le pido.

—Dame tu teléfono—. Le doy un golpecito y se lo muestro a Emma.

—Te está siguiendo—. Señalo la pantalla—. Richard te lo dio, ¿verdad? Su nombre aparece en la cuenta. Él puede acceder a la ubicación de tu teléfono —a *tu* ubicación— en cualquier momento.

Él hizo lo mismo conmigo después de comprometernos. Finalmente lo descubrí después de ese día en la tienda de comestibles cuando me pregunté si él ya sabía lo que yo le prepararía para la cena. Fue así como descubrió mi visita clandestina a la ciudad, y a la tienda de vinos que estaba dos pueblos más allá.

Me di cuenta de que Richard también fue responsable de las colgadas misteriosas que comenzaron después de conocerlo. A veces eran una suerte de castigo, como en nuestra luna de miel, cuando Richard pensó que yo coqueteaba con el joven instructor de buceo. Otras veces creo que él trataba de mantenerme desequilibrada; de ponerme nerviosa y poder tranquilizarme más tarde. Pero no le cuento esta parte a Emma.

Emma está mirando su teléfono. Entonces, ¿él finge que no sabe lo que estoy haciendo aunque lo haga? —. Sorbe su bebida.

—Dios, eso es enfermizo.

—Comprendo que es mucho para asimilar—. Reconozco que es una subestimación extraordinaria.

—¿Sabes en qué sigo pensando? En que Richard apareció justo después de que metieras esa carta debajo de mi puerta. La rompió de inmediato, pero sigo recordando esta frase: 'Una parte de ti ya sabe quién es él'—. Los ojos de Emma se desenfocan y sospecho que está reviviendo el momento en que comenzó a ver a su prometido bajo una nueva luz—. Richard quería... era como si quisiera *aniquilar* esa carta. Siguió rompiéndola en pedazos cada vez más pequeños y luego se los metió en el bolsillo. Y su cara, ni siquiera parecía ser la suya.

Se detiene un largo rato en sus recuerdos, luego los aparta y me mira directamente. —¿Me dirás la verdad sobre algo?

—Por supuesto.

—Inmediatamente después del coctel en su casa, él llegó con un rasguño en la mejilla. Cuando le pregunté qué le había sucedido, me dijo que el gato de un vecino lo había arañado cuando intentó recogerlo.

Richard podría haber cubierto el rasguño o inventar una historia mejor para eso. Pero todos sacarían conclusiones después de mi conducta descuidada en nuestra fiesta; era una prueba más de mi inestabilidad, de mi volatilidad.

Emma está muy quieta ahora.

—Crecí con un gato —dice lentamente—. Sé que su rasguño era diferente.

Asiento.

Luego inhalo hondo y pestañeo.

—Yo estaba tratando que él se alejara de mí.

Emma no reacciona inicialmente. Quizá se da cuenta instintivamente de que si me muestra simpatía, me pondré a llorar. Me mira simplemente y luego se da vuelta.

—No puedo creer que lo haya entendido mal —dice finalmente—. Pensé que tú eras… Él regresará mañana. Se supone que debo pasar la noche en su casa. Y Maureen vendrá a la ciudad. Nos reuniremos en mi apartamento para ver mi vestido… ¡Y luego iremos a probar pasteles de boda!

Su charla es la única señal de que está nerviosa, de que nuestra conversación la ha desconcertado.

Maureen es una complicación adicional. No me sorprende que Richard y Emma la incluyan en los preparativos de la boda; recuerdo que quise hacer lo mismo. Además del collar de mariposa que le regalé, le pregunté si Richard quería fotografías en blanco y negro o en color para el álbum, que fue mi regalo de bodas para él. Richard también la llamó y la puso en el altavoz mientras los tres discutíamos opciones de entradas para la cena.

Paso mi brazo alrededor de Emma. Al principio su cuerpo es rígido, pero se ablanda por un instante antes de apartarse. Ella debe estar reprimiendo una verdadera oleada de emociones.

Sálvala. Sálvala.

Cierro los ojos y recuerdo a la chica que no pude salvar.

—No temas. Yo te ayudaré.

Cuando llegamos a la casa de Emma, ella deja el vestido de novia en el respaldo del sofá.

—¿Puedo traerte algo para tomar?

Escasamente probé la champaña; quiero que mis pensamientos permanezcan claros para poder descubrir cómo Emma puede separarse de Richard de una manera segura.

—Me encantaría un poco de agua.

Emma camina por la cocina alargada, hablando ansiosamente de nuevo.

—¿Con hielo? Sé que mi apartamento está un poco desordenado. Iba a lavar la ropa y, de repente, sentí que tenía que verificar el cargo de la tarjeta Visa. Él me agregó a esa cuenta después de comprometernos, así que todo lo que tenía que hacer era llamar al número que aparecía en el reverso de mi tarjeta. Tengo algunas uvas y almendras por si quieres un bocado... Por lo general, yo revisaba sus extractos de AmEx antes de enviarlos a contabilidad para su reembolso, pero él me dijo un par de veces que se encargaría personalmente de ello. Es por eso que nunca vi el reembolso—. Emma niega con la cabeza.

La escucho distraídamente mientras miro alrededor. Sé que está buscando formas de mitigar el impacto de lo que ha descubierto sobre Richard. La champaña que ella tomó con rapidez, la energía frenética: reconozco los síntomas demasiado bien.

Observo la sala mientras Emma pone cubitos de hielo en los vasos. El sofá, la mesa auxiliar, las rosas que ahora están ligeramente marchitas. No hay nada más en la mesa del extremo, y de repente me percato de lo que estoy buscando.

—¿Tienes un teléfono fijo?

—¿Qué? —Ella niega con la cabeza y me da el vaso de agua. —¿No, por qué?

Me siento aliviada. Pero lo único que digo es:

—Estaba pensando simplemente en la manera más efectiva de comunicarnos.

No voy a decirle todo a Emma por ahora. Si se entera de que la realidad podría ser mucho peor, es probable que se inhiba por completo.

No hay necesidad de explicar que estoy segura de que Richard escuchaba a escondidas las llamadas que yo hacía desde el teléfono de nuestra casa durante nuestro matrimonio.

Finalmente hice la conexión después de ver emerger el patrón en las páginas de mi cuaderno.

Cuando nuestra alarma antirrobo sonó en la casa de Westchester y me refugié en mi armario, al principio me tranquilizaron las cámaras de video que había en las puertas delantera y trasera que no mostraban evidencias de ningún intruso. Entonces comprendí que Richard había revisado las cámaras. Nadie más había verificado lo que podrían revelar.

Además, yo estaba hablando por teléfono con Sam justo antes de que sonara la sirena. Había hecho una broma acerca de llevar tipos a la casa después de una noche de andar de bar en bar. Ahora creo que Richard apagó la alarma. Era mi castigo.

Él se daba un festín con mi miedo; nutría su sentido de la fortaleza. Pienso en las veces que me colgaron misteriosamente en el teléfono celular, algo que comenzó poco después de nuestro compromiso, la manera en que él hizo una reservación para bucear con su nueva novia claustrofóbica, y cómo me recordaba siempre que debía configurar la alarma antirrobo. En cómo había disfrutado al consolarme, susurrando que solo él me mantendría a salvo.

Tomo un trago grande de agua.

—¿A qué hora vuelve Richard mañana?

—Al final de la tarde.

Emma mira su vestido.

—Debería colgarlo.

Voy con Emma a su habitación y la veo colgar el vestido detrás de la puerta del armario. Parece flotar. No puedo apartar mi mirada de él.

La novia que debía usar este vestido exquisito ya no existe. El vestido permanecerá vacío el día de su boda.

Emma endereza ligeramente el gancho, y su mano se detiene en el vestido antes de soltarlo lentamente.

—Él parecía ser tan maravilloso—. Su voz se llena de sorpresa. —¿Cómo puede un hombre así ser tan brutal?

Pienso en mi vestido de novia, guardado en una caja libre de ácido en mi viejo armario de Westchester, preservado para la hija que nunca tuve.

Trago saliva antes de poder hablar.

—Richard tenía algunas cosas que *eran* maravillosas. Es por eso que estuvimos tanto tiempo casados.

—¿Por qué nunca lo dejaste?

—He pensado en ello. Hay muchas razones por las que debería haberlo hecho. Y tantas razones por las que no pude.

Emma asiente.

—Necesitaba que Richard me dejara.

—Pero, ¿cómo sabías que alguna vez lo haría?

La miro a los ojos. Tengo que confesarle. Emma ya ha quedado devastada hoy. Pero merece que le digan la verdad. De lo contrario, quedará atrapada en una realidad falsa, y sé exactamente lo destructivo que puede ser eso.

—Hay una cosa más—. Regreso a la sala y ella me sigue. Hago un gesto hacia el sofá—. ¿Podemos sentarnos?

Ella se sienta rígidamente en el borde de un cojín, como si se preparara para lo que está por venir.

Lo revelo todo: la fiesta de la oficina cuando la vi por primera vez. La reunión en nuestra casa cuando fingí estar borracha. La noche que simulé estar enferma y le sugerí a Richard que la llevara a la Filarmónica. El viaje de negocios cuando los animé a pasar la noche allá.

Ella está sosteniendo su cabeza en sus manos cuando termino.

—¿Cómo pudiste hacerme esto? —grita. Se pone de pie y me mira.

—Lo sabía desde el principio. ¡Realmente tienes un problema!

—Lo siento mucho.

—¿Sabes cuántas noches me quedé despierta preguntándome si había contribuido al fracaso de tu matrimonio?

Ella no dijo que sentía culpa, pero es natural que lo hubiera hecho; estoy segura de que su relación física comenzó mientras Richard y yo aún estábamos casados. Ahora todos los recuerdos de Emma con Richard están doblemente contaminados. Ella debe sentirse como un peón en mi matrimonio disfuncional. Tal vez ella piensa incluso que nos merecíamos la una a la otra.

—Nunca pensé que llegaría tan lejos… No pensé que él te propondría matrimonio. Creí que solo sería una aventura.

—¿*Solo* una aventura? —grita Emma. Sus mejillas se llenan de ira; la pasión en su voz me sorprende. —¿Como si fuera una cosa insignificante e inocua? Los amoríos destruyen a las personas. ¿Alguna vez pensaste cuánto sufriría yo?

Me siento mal por sus palabras, pero luego algo se enciende en mí y me encuentro presionándola.

—¡*Sé* que los amoríos destruyen a la gente! —grito, pensando en cómo me había acurrucado en la cama durante semanas después de enterarme del engaño de Daniel, después de ver a su esposa de aspecto cansado. Sucedió hace casi quince años, pero aún puedo ver ese pequeño triciclo amarillo y una cuerda rosa de saltar detrás del roble en su jardín. Aún recuerdo cómo me había temblado el bolígrafo en la página cuando me registré en la clínica de Planned Parenthood.

—Fui engañada por un hombre casado en la universidad —digo ahora con más suavidad. Es la primera vez que le cuento este aspecto particular de mi historia a alguien.

La avalancha de dolor que me golpea es tan fresca, que es como si fuera de nuevo esa mujer de veintiún años con el corazón destrozado...

—Pensé que él me amaba. Nunca me habló de su esposa. A veces pienso que mi vida podría haber sido muy diferente si simplemente lo hubiera sabido.

Emma camina a través de la habitación. Abre la puerta de un tirón.

—Vete—. Pero su tono ya no contiene veneno. Le tiemblan los labios y sus ojos relumbran con lágrimas.

—Solo déjame decir una última cosa —suplico—. Llama a Richard esta noche y dile que no puedes seguir adelante con la boda. Dile que vine otra vez y que fue la gota que colmó el vaso.

Ella no reacciona, así que añado rápidamente mientras empiezo a caminar hacia la puerta.

—Pídele que les diga a todos que el compromiso está cancelado; esa parte es realmente importante —insisto—. Él no te castigará mientras pueda controlar el mensaje. Si sale avante con su dignidad.

Me detengo frente a ella para que no deje de oír mis palabras.

—Solo di que no puedes tratar con su ex esposa psicópata. Prométeme que harás eso. Entonces estarás a salvo.

Emma está callada. Pero al menos me está mirando, aunque lo hace con una mirada fría y evaluadora. Sus ojos recorren mi rostro y mi cuerpo, y luego suben de nuevo.

—¿Cómo se supone que debo creer en todo lo que dices?

—No es necesario. Por favor, vete a dormir a la casa de una amiga. Deja tu teléfono celular aquí para que no pueda encontrarte. A Richard siempre se le pasa rápido la ira. Simplemente protégete.

Cruzo la puerta y oigo que se cierra bruscamente detrás de mí.

Salgo al pasillo y miro la alfombra azul oscura bajo mis pies. Emma debe estar reevaluando todo lo que le dije. Probablemente no sepa en quién confiar.

Si Emma no sigue el guion que le he dado, Richard podría desatar su furia contra ella, especialmente si no puede encontrarme. O, lo que es peor, podría convencerla de que cambie de parecer y siga adelante con la boda.

Tal vez yo no debería haberle contado sobre mi papel en esto. Su seguridad debería haber superado mi necesidad de descargar mi culpabilidad, de ser escrupulosamente honesta. Su percepción errónea la habría dejado menos vulnerable que esta verdad peligrosa.

¿Cuál será el próximo paso de Richard?

Tengo veinticuatro horas hasta que regrese. Y no sé qué hacer.

Camino lentamente por el pasillo. Soy muy reacia a dejarla. Estoy a punto de entrar al ascensor cuando oigo que una puerta se abre. Levanto la vista y veo a Emma parada en el umbral.

¿Quieres que le diga a Richard que cancelaré la boda por tu culpa?

Asiento rápidamente.

—Sí. Échame la culpa de todo.

Ella frunce el ceño. Inclina la cabeza hacia un lado y me mira de arriba abajo.

—Es la solución más segura —digo.

—Podría serlo para mí. Pero no es seguro para ti.

CAPÍTULO TREINTA Y SIETE

—Te he extrañado mucho, querida —dice Richard.

Algo gira en mi pecho cuando el amor y la ternura llenan su voz.

Mi exmarido está a menos de nueve pies de mí. Regresó de Chicago hace unas horas y se detuvo en su casa para ponerse unos *jeans* y una camisa polo antes de llegar a casa, al apartamento de Emma.

Estoy agachada, mirando por un antiguo ojo de cerradura en el armario de su habitación. Es el único lugar que me da cobertura y un punto de vista en la habitación.

Emma se sienta en el borde de su cama con una sudadera y una camiseta.

Un paquete de Sudafed, una caja de pañuelos de papel y una taza de té descansan en su mesita de noche. Pensé en esos accesorios.

—Te traje sopa de pollo y jugo de naranja recién exprimido de Eli's. Y un poco de zinc. Mi entrenador asegura que elimina los resfríos de verano.

—Gracias—. La voz de Emma es débil y suave. Ella es convincente.

—¿Quieres que te traiga un suéter?

Siento que mis entrañas se tensan cuando la silueta de Richard llena mi campo visual, borrando el resto de la habitación. Él se está acercando a mi escondite.

—En realidad, estoy muy caliente. ¿Podrías traerme una toalla fresca para ponerme en la frente?

No ensayamos esas frases; Emma improvisa bien.

No exhalo hasta oír que sus pasos se alejan mientras él se dirige al baño.

Me muevo un poco; he estado arrodillada por varios minutos y me duelen las piernas.

Emma no ha mirado en dirección a mí ni una sola vez. Aún está recuperándose de mi revelación; no parece confiar completamente en mí. No la culpo.

—No vas a seguir orquestando mi vida —me había dicho ella ayer mientras estaba en el pasillo junto al ascensor—. No voy a terminar con Richard por teléfono solo porque me dijiste que lo hiciera. Decidiré cuándo cancelar mi boda.

Pero al menos ella me permite permanecer cerca esta noche con mi teléfono celular en la mano. Mirándola. Protegiéndola.

Ambas predijimos que Richard insistiría en visitarla cuando Emma le dijera que estaba enferma. Fingir una enfermedad resuelve una multitud de problemas. Si Richard sigue los movimientos de Emma, eso explicaría por qué ella no fue a su clase de yoga. Por qué quiere dormir en su propio apartamento. Y por qué ni siquiera puede besarlo, y mucho menos tener relaciones sexuales con él. Yo quería ahorrarle eso.

—Aquí tienes, nena —dice Richard, volviendo a la habitación.

Lo veo inclinado sobre la cama, y luego su espalda me impide ver sus movimientos. Aun así, me lo imagino sosteniendo la toalla húmeda en la frente de Emma y acariciándole el cabello. Mirándola con tanto amor.

Siento como si mis rodillas estuvieran aplastadas contra el duro piso de madera. Me arden los muslos; estoy desesperada por pararme y sacudirme las piernas. Pero Richard podría oír.

—Detesto que me veas así. Estoy hecha un desastre.

Si yo no supiera la verdad, estaría segura de que ella era inocente de cualquier motivo ulterior.

—Incluso cuando estás enferma, eres la mujer más hermosa del mundo.

Aún conozco muy bien a Richard. Él es genuino en cada palabra. Si Emma expresara ansias por un sorbete de fresas o por unas medias cómodas de cachemira, él buscaría lo mejor en todo Manhattan. Dormiría en el piso a su lado si ella le dijera que la haría sentir mejor. Esta es la parte de la naturaleza de mi exmarido más difícil de borrar de mi corazón. En este momento, al igual que su perfil a través del ojo de la cerradura, es todo lo que puedo ver.

Cierro mis ojos por completo.

Y me obligo a abrirlos de inmediato. Aprendí el peligro de no observar las cosas que no quiero contemplar. Si Emma no estuviera a la altura de las expectativas de Richard, —y era inevitable que no lo hiciera—, habría consecuencias. Si ella no fuera la esposa de sus fantasías, él la lastimaría, y luego le daría joyas para matizar las cosas. Si ella no aportaba a la familia ni creaba el tipo de hogar que él quería, atacaría sistemáticamente su realidad y la retorcería hasta que ella se volviera irreconocible. Y lo peor de todo es que él le quitaría lo que fuera o a quien ella amara más.

—Le diré a Maureen que necesitas cancelar mañana —le dice Richard a Emma.

Perfecto, pienso. Esta demora podría darnos más tiempo para descubrir cómo sonsacar mejor a Emma.

Pero en lugar de estar de acuerdo, Emma dice:

—No, estoy segura de que estaré mejor si descanso.

—Lo que quieras, mi amor, pero lo más importante eres tú.

Puedo sentir el tirón magnético de su carisma incluso a través de la puerta del armario.

Yo estaba aferrada a la esperanza de que Emma comenzaría a crear distancia entre ella y Richard esta noche. Aunque parece vacilar después de solo unos minutos en su presencia. Puedo ver sus manos entrelazadas por el ojo de la cerradura. Él le acaricia suavemente la muñeca con el pulgar.

Quiero saltar del armario y separarlos; él la está meciendo. Atrayéndola de nuevo a él.

—Además, Maureen tiene que venir para ver mi vestido de novia—. Ese vestido ahora cuelga seis pulgadas a la izquierda; Emma lo metió allí para que Richard no lo viera—. Además, tenemos esos recados de bodas divertidos. No crees que voy a dejar que pruebes el pastel solo, ¿verdad? —continúa ella con voz juguetona.

Esto es lo opuesto de lo que debería estar sucediendo. La Emma de ahora es una mujer completamente diferente a la de hace veinticuatro horas que me preguntó, en esta misma habitación, cómo Richard podía ser tan maravilloso y tan brutal.

No puedo mantener mi postura por más tiempo. Levanto lentamente la rodilla derecha del piso y apoyo el pie suavemente hacia abajo. Repito el movimiento con la pierna izquierda. Me levanto de manera tan lenta como dolorosa. Los vestidos y las camisas me envuelven, las telas sedosas se deslizan por mi cara.

Un gancho tintinea contra la varilla metálica, el sonido tan delicado y preciso como una campana de viento que emite una sola nota.

—¿Qué fue eso? —pregunta Richard.

No puedo ver nada.

Su aroma cítrico me envuelve, ¿o lo estoy imaginando? Respiro con una inhalación superficial. Mi corazón palpita con violencia. Siento terror de poder desmayarme, mi cuerpo golpeando contra la puerta del armario.

—Es solo mi vieja cama crujiente—. Oigo que Emma se mueve, y milagrosamente, la cama produce un chirrido—. No puedo esperar hasta dormir únicamente en la tuya.

Otra vez estoy sorprendida por su subterfugio tan rápido como un rayo.

Y luego Emma dice:

—Pero hay una cosa que necesito decirte.

—¿Qué es, querida?

Ella duda.

Me agacho de nuevo para mirar por el ojo de la cerradura. Me pregunto por qué está alargando la conversación. Ella sabe lo inteligente que es Richard; ¿No quiere que él salga del apartamento antes de darse cuenta de que ella no está realmente enferma?

—Vanessa me llamó hoy.

Mis ojos se hacen más grandes y escasamente reprimo un jadeo. No puedo creer que ella me haya puesto una trampa de nuevo.

Richard masculla un improperio y patea violentamente la pared junto a la cómoda de Emma. Siento las vibraciones a través de los tablones del piso. Veo sus puños apretarse y aflojarse.

Se para de cara a la pared por unos momentos y luego se da vuelta para mirar a Emma.

—Lo siento, nena—. Su voz es tensa. —¿Qué mentira te dijo esta vez?

Emma ha elegido creerle a Richard. El teatro que ella ha estado haciendo era para engañarme. Puedo llamar al 911, pero, ¿qué pensará la policía si Emma y Richard dicen que entré aquí por la fuerza?

La ropa de Emma me está sofocando. No hay aire en este armario pequeño. Estoy atrapada. Siento las garras de la claustrofobia cernirse mientras mi garganta se tensa.

—No, Richard, no fue así. Vanessa se disculpó. Ella dijo que me dejaría en paz.

Estoy confundida. Emma se ha desviado tanto de cualquier guion que yo podría haber anticipado, que ni siquiera puedo adivinar sus intenciones.

—Ella dijo eso antes—. Puedo oír a Richard respirar pesadamente.

—Pero ella sigue llamando y yendo a mi oficina y escribiendo cartas. No se detendrá. Está loca…

—Querido, está bien. Realmente le creo. Ella sonaba diferente.

Siento como si mis piernas se hubieran vuelto líquidas. No sé por qué Emma creó este simulacro.

Richard exhala.

—No hablemos de ella. Espero que nunca tengamos que volver a hacerlo. ¿Puedo traerte algo más?

—Lo único que quiero es dormir. Y no quiero que te enfermes. Deberías irte ya. Te amo.

—Te recogeré a ti y a Maureen mañana a las dos. Yo también te amo.

Permanezco en el armario hasta que Emma abre la puerta unos minutos después. —Ya se fue.

Doblo y flexiono mis piernas y me estremezco. Quiero preguntarle sobre el giro inesperado en su conversación, pero su rostro es tan inexpresivo que sé que ella solo quiere que yo me vaya.

—¿Puedo esperar unos minutos antes de irme?

Ella duda y luego asiente.

—Vamos a la sala—. La veo lanzarme miradas furtivas y evaluativas. Ella es cautelosa.

—¿Qué haremos ahora?

Ella frunce el ceño. Puedo ver que le irrita que yo haya dicho *nosotros*.

—Pensaré en algo—. Se encoge de hombros.

Emma no entiende. No parece sentir ninguna urgencia para cancelar la boda. Si Richard puede ser tan convincente en una visita tan breve, ¿qué pasará cuando él le dé bocados de pastel, pase el brazo alrededor de su cintura, y le susurre promesas de lo feliz que la hará?

—Lo viste patear la pared —le digo, y mi voz se hace más fuerte—. ¿No ves cómo es él?

Se trata de algo mucho más importante que simplemente de Emma. Incluso si Richard deja que ella se vaya —cosa que no estoy segura que haga— ¿qué pasa con las diversas maneras en que él me lastimó? ¿Y la mujer delante de nosotros dos, la ex de cabello oscuro que no podía soportar el hecho de mantener ese regalo de Tiffany's? Ahora estoy segura de que él también le ha hecho daño.

Mi exmarido es una criatura de hábitos, un hombre gobernado por rutinas. Cualquier joya impresionante que contuviera esa bolsa brillante y azul era su disculpa; su intento por encubrir literalmente un episodio desagradable.

Emma no sabe que tengo la intención de salvar a cualquier mujer que pueda convertirse en la futura esposa de Richard.

—Tienes que terminar con eso pronto. Cuanto más tiempo pase, será peor…

—Dije que pensaría en algo.

Ella camina hacia la puerta y la abre. Paso de mala gana por su lado.

—Adiós —me dice. Tengo la clara sensación de que no piensa volver a verme nunca.

Pero se equivoca en ese sentido.

Porque ahora sé que necesito un plan propio. La semilla de una idea fue sembrada cuando vi el destello explosivo de ira de Richard ante la mención de mi nombre, de mi llamada ficticia. Eso toma forma en mi mente mientras camino por el pasillo alfombrado de azul, siguiendo el camino que Richard tomó hace solo unos minutos.

Emma piensa que Maureen irá a ver mañana su vestido de novia, y que luego irán a probar pasteles con Richard.

Ella no tiene idea de lo que sucederá realmente.

CAPÍTULO TREINTA Y OCHO

LAS PÁGINAS DE MI flamante póliza del seguro de vida salen de la impresora.

Las recojo y las guardo en un sobre manila. Me aseguré de elegir un plan que cubra no solo mi fallecimiento por causas naturales, sino también mi muerte y desmembramiento debido a un accidente.

La dejo en mi escritorio, al lado de la nota que le escribí a la tía Charlotte. Es la carta más difícil que he escrito. Contiene información sobre mi cuenta bancaria y mi nuevo saldo para poder acceder fácilmente a él. Mi tía es también la única beneficiaria de mi póliza de seguro de vida.

Me quedan tres horas.

Tomo mi lista de cosas por hacer y tacho esa tarea. Mi habitación está limpia, mi cama bien hecha. Todas mis pertenencias están almacenadas en mi armario. Hoy he tachado también otras dos cosas. Llamé por teléfono a los padres de Maggie. Y luego llamé a Jason.

Al principio no reconoció mi nombre. Tardó un momento en recordar. Caminé durante la pausa en la que él hizo la conexión mental, preguntándome si reconocería nuestros encuentros pasados.

Sin embargo, me agradeció profusamente por las donaciones al refugio de animales, y luego me puso al día sobre su vida desde la universidad. Me dijo que se había casado con la novia que había conocido en el campus. —Ella permaneció a mi lado —dijo Jason, su voz llena de emoción—. Estaba muy enojado con todos, pero sobre todo conmigo por no haber estado ahí para ayudar a mi hermanita. Cuando me arrestaron por conducir ebrio y fui a rehabilitación, mi novia fue mi roca. Nunca se dio por vencida conmigo. Nos casamos un año después.

Dijo que su esposa era maestra de secundaria. Se había graduado el mismo año que yo. Por eso fue a la ceremonia en el Auditorio Piaget y se detuvo en la esquina. Había ido para apoyarla.

Mi culpa y mi ansiedad habían inventado una mentira. Nunca se trató siquiera de mí.

No pude dejar de sentir tristeza por la mujer que permitió que todo ese miedo determinara tantas de sus elecciones de vida.

Aún tengo mucho miedo, pero ya no me constriñe.

Solo unos pocos elementos permanecen ahora en mi lista.

Abro mi computadora portátil y borro el historial de mi navegador, suprimiendo la evidencia de mis investigaciones recientes. Hago una verificación doble para asegurarme de que mis búsquedas de boletos de avión y de moteles pequeños e independientes ya no sean visibles para alguien que pueda acceder a mi computadora.

Emma no entiende a Richard como lo hago yo. No comprende de lo que él puede ser capaz realmente. Le es imposible imaginar en qué se convierte en sus peores momentos.

Richard simplemente seguirá adelante a menos que yo lo detenga. Sin embargo, será más cuidadoso. Encontrará una forma de girar el caleidoscopio y borrar la realidad actual, formando una nueva imagen brillante y distractora.

Dejo mi atuendo en mi cama y me doy un largo baño caliente, tratando de aliviar la rigidez de mis músculos. Me envuelvo en mi bata y despejo la niebla del espejo que está arriba del lavamanos.

Quedan dos horas y media.

Primero mi cabello. Recojo las mechas húmedas en un moño apretado. Me aplico el maquillaje con cuidado y tomo los aretes de diamantes que me regaló Richard en nuestro segundo aniversario. Me pongo el reloj Cartier Tank. Es esencial que pueda hacer un seguimiento de cada segundo.

El vestido que he seleccionado es el mismo que me puse cuando Richard y yo fuimos a Bermuda. Un clásico vestido de tubo, tan blanco como la nieve. Podría servir casi como un vestido de bodas en una ceremonia simple junto a la playa. Es uno de los conjuntos que me envió él hace unas semanas.

Lo he elegido no solo por su historia y sus posibilidades, sino también porque tiene bolsillos.

Quedan dos horas.

Me pongo un par de zapatos planos y luego reúno los artículos que necesitaré.

Rompo mi lista en pedazos y los arrojo al inodoro. Observo mientras desaparecen, la tinta haciéndose borrosa.

Resta una última cosa que debo hacer antes de irme. Es el elemento más desgarrador de mi lista. Requerirá toda la fuerza y toda la experiencia de actuación que he acumulado.

Encuentro a la tía Charlotte en la habitación adicional que le sirve de estudio.

La puerta está abierta.

Los lienzos se apilan a lo largo de tres niveles en todo el espacio. Salpicaduras de colores suculentos cubren el suave piso de madera. Por un momento, me rindo ante la belleza: cielos cerúleos, estrellas clásicas, el horizonte en el instante efímero antes del amanecer. Una rapsodia de flores silvestres. El grano desgastado de una mesa vieja. Un puente parisino que atraviesa el Sena. La curva de la mejilla de una mujer, su piel lechosa y arrugada por la edad. Conozco muy bien esa cara; es el autorretrato de mi tía.

La tía Charlotte está extraviada en el paisaje que está creando. Sus pinceladas son más sueltas que en el pasado; su estilo es más indulgente.

Quiero capturarla así en mi memoria.

Levanta la vista y parpadea un momento después.

—Ah, no te había visto, querida.

—No quiero molestarte —le digo en voz baja—. Saldré un momento, pero te dejé el almuerzo en la cocina.

—Estás muy elegante. ¿A dónde vas?

—A una entrevista de trabajo. No quiero invocar la mala suerte, pero te lo contaré esta noche.

Mis ojos se posan en un lienzo al otro lado del estudio: una línea de ropa tendida afuera de un edificio sobre un canal veneciano, las camisas, los pantalones y las faldas ondeando en una brisa que casi puedo sentir.

—Tienes que prometerme una cosa antes de que me vaya.

—Estás mandona hoy, ¿verdad? —bromea la tía Charlotte.

—En serio. Es importante. ¿Irás a Italia antes de que termine el verano?

La sonrisa se desvanece de los labios de la tía Charlotte.

—¿Pasa algo malo?

Quiero cruzar la habitación desesperadamente y aferrarme a ella, pero me temo que si lo hago, es posible que no pueda irme.

De todos modos, esto es lo que dice mi carta:

¿Recuerdas ese día cuando me enseñaste que la luz del sol contiene todos los colores del arco iris? Tú eras mi luz del sol. Tú me enseñaste a encontrar el arco iris… Por favor, ve a Italia por nosotros. Siempre me llevarás contigo.

Niego con la cabeza.

—No, no pasa nada malo. Estaba planeando llevarte de sorpresa. Pero me preocupa que no podamos ir juntas si consigo este trabajo. Eso es todo.

—No pensemos en eso ahora. Simplemente concéntrate en tu entrevista. ¿Cuándo es?

Miro mi reloj.

—En noventa minutos.

—Buena suerte.

Le lanzo un beso y lo imagino aterrizando en su mejilla suave.

CAPÍTULO
TREINTA Y NUEVE

Por segunda vez en mi vida, estoy con un vestido blanco al final de una estrecha franja azul, esperando que Richard se acerque.

Las puertas del ascensor se cierran detrás de él. Pero él está inmóvil.

Siento la intensidad de su mirada en mi extremo del pasillo. He estado avivando su ira deliberadamente durante días, persuadiéndolo desde el lugar donde él se esfuerza por contenerla. Es lo opuesto a cómo aprendí a comportarme durante mi matrimonio.

—¿Estás sorprendido, querido? Soy yo, Nellie.

Son exactamente las dos en punto. Emma está en su sala con Maureen, a una docena de yardas de mí. Ninguna de las dos sabe que estoy aquí; me colé en el edificio hace una hora luego de seguir a un repartidor por la puerta. Sabía exactamente cuándo llegaría el hombre uniformado que llevaba la caja larga y rectangular. Fui yo quien pidió una docena de rosas blancas para que se las entregaran a Emma esta tarde.

—Pensé que no estabas en la ciudad —dice él.

—Cambié de opinión. Quería tener otra conversación con tu prometida.

Mis manos tocan algunos objetos en mis bolsillos. Lo que saque primero dependerá de la reacción de Richard. Da un paso hacia el pasillo alfombrado. Me es casi imposible dejar de retroceder. A pesar del calor del verano, su traje oscuro, su camisa blanca y su corbata de seda dorada se ven elegantes y sin arrugas. No está desquiciado aún, no como necesito que lo esté.

—¿De veras? ¿Y qué piensas decirle? —. Su voz es peligrosamente silenciosa.

—Voy a comenzar con esto—. Saco un pedazo de papel—. Es tu factura de Visa que muestra que nunca ordenaste el Raveneau—. Está demasiado lejos para ver la letra pequeña y darse cuenta de que en realidad es uno de mis extractos.

Necesito continuar antes de que él exija ver la prueba. Le sonrío a Richard, aunque siento el estómago revuelto.

—También voy a explicarle a Emma que la estás rastreando a través de su teléfono—. Mantengo mi voz tan baja y firme como la suya—. Tal como lo hiciste conmigo.

Casi puedo sentir su cuerpo apretarse.

—Has llegado al límite, Vanessa—. Otro paso calculado—. Te estás metiendo con mi prometida. Después de todo lo que pasé contigo, ¿y estás tratando de arruinar esto ahora?

Miro la distancia a la puerta del apartamento de Emma por el rabillo del ojo. Tenso mi cuerpo en anticipación.

—Mentiste sobre Duque. Sé lo que hiciste con él, y se lo diré a Emma—. Eso no es cierto —nunca supe lo que le sucedió a mi perro amado, aunque realmente no creo que Richard lo haya lastimado realmente—, pero cumple su objetivo. Veo la cara de Richard contraerse de rabia.

—Y también mentiste sobre el análisis de esperma—. Tengo la boca tan reseca que es difícil formar las palabras. Doy un paso hacia atrás, hacia la puerta de Emma. —Gracias a Dios que no pudiste dejarme embarazada. No mereces tener un hijo. Tomé fotos después de que me lastimaste. Recopilé pruebas. No pensaste que yo era lo suficientemente inteligente, ¿verdad?

He elegido cuidadosamente las palabras que sé que incitarán a mi exmarido.

Están surgiendo efecto.

—Emma te va a dejar cuando le cuente todo—. Ya no puedo evitar el temblor de mi voz. Pero la verdad que contiene es innegable—. Tal como te dejó la mujer antes que yo—. Respiro hondo y digo las últimas frases—. Yo también quería dejarte. Nunca fui tu dulce Nellie. No quería seguir casada contigo, Richard.

Él estalla en furia.

Tal como yo lo esperaba.

Pero calculé mal la rapidez con la que él perdería el control, la rapidez con que lo haría.

Él está encima de mí antes de haber dado unos pocos pasos hacia la puerta de Emma.

Las manos de Richard se tensan alrededor de mi garganta, cortando mi suministro de oxígeno.

Pensé que tendría tiempo de gritar. De golpear la puerta y llamar a Emma y a Maureen, para que puedan presenciar la transformación de Richard. Él nunca podría explicar esta violencia; sería la prueba física que no se pudo encontrar en un cuaderno, en un archivador o en una unidad de almacenamiento. Esta era la otra póliza de seguro que yo necesitaba para salvarnos a todos, a Emma y a las mujeres en el futuro de Richard.

También contaba con que Richard detuviera su ataque cuando aparecieran Maureen y Emma, o que, al menos, ellas podrían detenerlo. Ahora no hay ninguna razón para que se niegue a sí mismo su necesidad de extinguirme.

Siento como si él me estuviera aplastando la tráquea contra la nuca. El dolor es atroz. Mis rodillas se doblan.

Mi brazo izquierdo se estira impotente hacia la puerta de Emma, aunque sé que es inútil. Ella está girando en su vestido de novia para su futura cuñada. Completamente ignorante de lo que sucede al otro lado de la pared de su sala.

El ataque de Richard es casi silencioso; un ruido gorgoteante sale de mi garganta, pero no es lo suficientemente fuerte como para llegar a ella o a ninguna persona que pueda estar en este piso.

Él me empuja contra la pared. Su aliento cálido me roza las mejillas. Veo la cicatriz sobre su ojo, una media luna plateada, mientras se inclina más cerca. El mareo me envuelve.

Busco a tientas el *spray* de pimienta en mi bolsillo, pero cuando lo saco, Richard me golpea la cabeza contra la pared y lo suelto. Cae a la alfombra.

Mi visión retrocede; queda envuelta en bordes negros. Le pateo frenéticamente las espinillas, pero él no se ve afectado por mis golpes.

Me arden los pulmones. Estoy desesperada por aire.

Sus ojos se clavan en los míos. Agarro su cuerpo y mi mano golpea algo duro en el bolsillo de su chaqueta. Y sale de ahí.

Sálvanos.

Invoco el último vestigio de mis fuerzas y aplasto el objeto contra su cara.

Richard lanza un grito.

Un chorro de sangre roja brota de la herida en su sien. Mis extremidades se vuelven pesadas y mi cuerpo comienza a relajarse. Una calma que no he sentido en años —o tal vez en toda mi vida—, se apodera de mí. Mis rodillas ceden.

Me estoy desvaneciendo en la negrura cuando la presión desaparece abruptamente. Colapso y exhalo. Toso violentamente y luego vomito.

—Vanessa —dice una mujer desde lo que parece ser una gran distancia.

Estoy tendida en la alfombra, una de mis piernas doblada debajo de mí, pero siento como si estuviera flotando.

—¡Vanessa!

Es Emma. Lo único que puedo hacer es girar la cabeza hacia un lado, dejando al descubierto fragmentos de porcelana. Veo trozos de figurillas de porcelana, una novia rubia sonriendo serena y su novio apuesto. Fue nuestro primer regalo.

Y junto a ellos está Richard de rodillas, su expresión en blanco, un riachuelo de sangre corriendo por su rostro y manchando su camisa blanca. Inhalo una bocanada dolorosa de aire, y luego otra. Toda la amenaza se ha esfumado de mi exmarido. El cabello le ha caído en los ojos. Está inmóvil.

El oxígeno fresco le devuelve un poco de fuerza a mi cuerpo, aunque siento la garganta tan hinchada y sensible que no puedo tragar. Consigo recostarme y sentarme, y me desplomo contra la pared del pasillo.

Emma se apresura a mi lado. Está descalza y con una bata blanca, al igual que yo. Con su vestido de novia.

—Escuché a alguien gritar, salí a ver, pero luego… ¿Qué pasó?

No puedo hablar. Solo puedo aspirar inhalaciones superficiales y ambiciosas.

Veo sus ojos posarse en mi cuello.

—Llamé una ambulancia.

Richard no reacciona a nada de esto, ni siquiera al grito de sorpresa que lanza Maureen cuando aparece súbitamente en la entrada.

—¿Qué está pasando? —. Maureen me mira, a la mujer a la que consideraba inestable, a la esposa desechada por su hermano. Luego mira a Richard, el hombre al que ayudó a criar y al que ama incondicionalmente. Camina hacia él. Extiende la mano y le toca la espalda.

—¿Richard?

Él se lleva una mano a la frente y mira la mancha roja en su palma. Parece extrañamente distante, como si estuviera en estado de *shock*.

Detesto ver sangre. Fue una de las primeras cosas que me dijo. Comprendo de repente que de todas las formas en que Richard me lastimó, nunca me hizo sangrar una sola vez.

Maureen se apresura al apartamento y regresa con un manojo de toallas de papel. Se arrodilla junto a él y las presiona contra su herida.

—¿Qué está pasando? —. Sus palabras se hacen más agudas.

—Vanessa, ¿por qué estás aquí? ¿Qué le hiciste?

—Él me lastimó—. Mi voz es ronca y siento cada sílaba como si fuera un fragmento de porcelana lacerando el interior de mi garganta.

Necesito decir por fin estas palabras.

Hago una mueca mientras mi voz se hace más fuerte.

—Él me estaba estrangulando. Casi me mata. Tal como solía lastimarme cuando nos casamos.

Maureen jadea.

—Él no… no, no.

Entonces se calla. Sigue negando con la cabeza, pero sus hombros se hunden y su rostro colapsa. Estoy segura de que ella me cree, aunque no ha visto todavía las marcas en forma de huellas digitales que sé que están brotando en mi cuello.

Maureen se endereza. Retira las toallas de papel de la cara de Richard y examina su herida. Cuando vuelve a hablar, su tono es enérgico, pero considerado al mismo tiempo.

—No se ve tan mal. No creo que necesites puntos de sutura.

Richard tampoco reacciona a esto.

—Me ocuparé de todo, Richard—. Maureen reúne los pedazos de porcelana. Los ahueca en una mano, luego abraza a su hermano e inclina la cabeza cerca de la suya. Apenas puedo distinguir sus palabras susurradas: —Siempre te cuidé, Richard. Nunca dejé que nada malo te pasara. No tienes que preocuparte. Estoy aquí. Voy a arreglarlo todo.

Sus expresiones son desconcertantes. Pero lo que más me impresiona es la emoción extraña que tienen. Maureen no parece enojada, triste o confundida.

Su voz está llena de algo que no puedo identificar al principio, porque está muy fuera de lugar.

Finalmente comprendo qué es: satisfacción.

CAPÍTULO CUARENTA

La edificación que tengo ante mí podría ser una mansión sureña, con sus grandes columnas y una fila ordenada de mecedoras en el porche. Pero para poder entrar, tengo que pasar por una puerta vigilada por un guardia de seguridad y mostrar una identificación con una foto. El guardia también revisa la bolsa de tela que llevo.

Levanta las cejas cuando ve los objetos adentro, pero simplemente asiente con la cabeza para que yo siga mi camino.

Algunos pacientes del Hospital New Springs están trabajando en el jardín o jugando cartas en el porche. No lo veo entre ellos.

Richard está pasando veintiocho días en este centro de urgencias de salud mental, donde diariamente se somete a sesiones intensas de terapia. Es parte del acuerdo que hizo para no ser procesado por agredirme.

Mientras subo los anchos escalones de madera hacia la entrada, una mujer se levanta de un diván, sus extremidades torneadas y atléticas. El sol brillante de la tarde me da en los ojos y no puedo identificarla de inmediato.

Luego se acerca y veo que es Maureen.

—No sabía que vendrías hoy—. No debería sorprenderme; Maureen es lo único que le queda ahora a Richard.

—Todos los días estoy aquí. Pedí una licencia en mi trabajo.

Miro a mi alrededor.

—¿Dónde está él?

Uno de sus consejeros aprobó la petición de Richard: él quería verme. Al principio no sabía si yo aceptaría. Luego comprendí que también necesitaba esta visita.

—Richard está descansando. Yo quería hablar contigo primero—. Maureen hace un gesto hacia un par de mecedoras—. ¿Te parece bien?

Tarda un momento en cruzar las piernas y alisarse un pliegue en su traje pantalón de lino *beige*. Es obvio que tiene una agenda. Espero a que me la revele.

—Me siento mal por lo que pasó entre tú y Richard—. Veo a Maureen mirar la descoloración amarilla en mi cuello. Pero hay una desconexión entre sus palabras y la energía que transmite. Su postura es rígida y su cara está desprovista de simpatía.

No le importo. Nunca se preocupó por mí, aunque desde el principio quise que fuéramos cercanas.

—Sé que lo culpas. Pero no es tan simple, Vanessa. Mi hermano ha pasado por muchas cosas. Por más de lo que nunca supiste. Por más de lo que puedas imaginar.

No puedo dejar pestañear con sorpresa. Ella está eligiendo a Richard como la víctima.

—Me atacó —digo casi gritando—. Por poco me mata.

Maureen no parece afectada por mi arrebato; simplemente se aclara la garganta y comienza de nuevo.

—Cuando nuestros padres murieron…

—En el accidente automovilístico.

Ella frunce el ceño, como si mi comentario la hubiera irritado. Como si ella hubiera planeado que esto fuera menos una conversación que un monólogo.

—Sí. Nuestro padre perdió el control de la camioneta. Se golpeó contra una barandilla y se volcó. Murieron de inmediato. Richard no recuerda mucho, pero la policía dijo que las marcas de patinazos mostraban que mi papá iba a gran velocidad.

—Richard no recuerda… ¿te refieres a que iba en el auto? —balbuceo.

—Sí, sí —dice Maureen con impaciencia. —Es lo que intento decirte.

Estoy atónita; él mantuvo en secreto más cosas de su vida de lo que yo había percibido.

—Fue horrible para él—. Las palabras de Maureen son casi apresuradas, como si quisiera apresurarse con estos detalles antes de llegar a la parte importante de su historia. —Richard estaba atrapado en el asiento trasero. Sufrió un golpe en la frente. La carrocería del auto quedó retorcida y él no podía salir. Pasó un tiempo hasta que llegó otro conductor y llamó a los paramédicos. Richard sufrió una conmoción cerebral y necesitó puntos de sutura, aunque podría haber sido mucho peor.

La cicatriz plateada sobre su ojo, pienso. La que dijo que era producto de un accidente de bicicleta.

Me imagino a Richard como un joven adolescente, —un niño realmente— aturdido y adolorido por el choque. Llamando a su madre. Sin poder despertar a sus padres. Intentando abrir las puertas de la camioneta volcada. Golpeando sus puños contra las ventanas y gritando. Y la sangre. Debe de haber habido mucha sangre.

—Mi padre era de mal genio y conducía rápido cada vez que se enojaba. Sospecho que discutía con mi madre antes del accidente—. La cadencia de Maureen es más lenta ahora. Ella niega con la cabeza.

—Gracias a Dios, siempre le dije a Richard que se pusiera el cinturón de seguridad. Y él me hizo caso.

—Yo no sabía nada —respondo finalmente.

Maureen se vuelve para mirarme; es como si la hubiera sacado de un ensueño.

—Sí, Richard nunca habló del accidente con otra persona además de mí. Lo que quiero que sepas es que mi padre no solo perdía los estribos cuando conducía. También fue abusivo con mi madre.

Inhalo bruscamente.

Mi padre no siempre fue bueno con mi madre, me dijo Richard después del funeral de mi madre mientras yo temblaba en la bañera.

Pienso en la fotografía de sus padres que escondió Richard en la unidad de almacenamiento. Me pregunto si tuvo que enterrarla literalmente para suprimir los recuerdos de su infancia, de modo que pudieran ceder ante la historia más agradable que ofrecía.

Una sombra cae sobre mí. Giro la cabeza instintivamente.

—Lamento interrumpir —dice sonriendo una enfermera con uniforme azul—. Querías que te avisara cuando tu hermano despertara.

Maureen asiente.

—¿Puedes pedirle que baje, Angie? —Luego Maureen se vuelve hacia mí—. Creo que será mejor que ustedes dos hablen aquí y no en su habitación.

Vemos a la enfermera retirarse. Cuando la mujer está fuera de alcance, la voz de Maureen se torna inflexible. Sus palabras son entrecortadas:

—Mira, Vanessa. Richard está frágil. ¿Podemos aceptar que finalmente lo dejarás en paz?

—Fue él quien quería que yo viniera aquí.

—Richard no sabe lo que quiere en este momento. Hace dos semanas, pensó que quería casarse con Emma. Creía que era perfecta. —Maureen hace un pequeño sonido burlón— a pesar de que apenas la conocía. También pensó eso mismo de ti en una ocasión. Siempre quiso que su vida pareciera ser de cierta manera, como la novia y el novio idealizados en la cubierta de pastel que compró para mis padres hace tantos años.

Pienso en la fecha incongruente en la parte inferior de las figurillas.

—¿Richard compró eso para tus padres?

—Veo que él tampoco te contó acerca de eso. Lo hizo para su aniversario. Él tenía todo este plan de prepararles una cena especial y un pastel. Para que ellos tuvieran una noche maravillosa y empezaran a amarse de nuevo. Pero luego ocurrió el accidente automovilístico y nunca tuvo la oportunidad de darles eso.

—Es hueca por dentro, ¿sabes? La figurilla. Fue lo que pensé cuando la vi rota ese día en el pasillo... Supongo que la llevó para mostrársela al diseñador de pasteles cuando los probáramos. Pero Richard realmente no puede estar casado con nadie. Y ahora mi labor consiste en asegurarme de que no ocurra.

Sonríe de repente; es una sonrisa radiante y genuina, y me siento completamente desconcertada.

Sin embargo, no va dirigida a mí. Se la dirige a su hermano, quien se está acercando a nosotros.

Maureen se pone de pie.

—Les daré dos minutos a solas.

Me siento al lado del hombre que es y no es ya un misterio para mí.

Viste *jeans* y una camisa de algodón lisa. Su mentón está surcado por líneas de barba oscura.

Se ve cansado y su piel es cetrina a pesar de que ha estado durmiendo mucho. Ya no es el hombre que me cautivó, y que luego me aterrorizó.

Ahora me parece normal, algo desinflado, como un hombre al que no miraría dos veces mientras espero un autobús o compro una taza de café en un quiosco de la calle.

Mi esposo me mantuvo desequilibrada durante varios años. Trató de eliminarme.

Mi esposo también me abrazó la cintura en un trineo verde mientras descendíamos por una colina en Central Park. Me llevaba helado de ron con pasas en el aniversario de la muerte de mi padre y me dejaba notas románticas sin ningún motivo.

Y esperaba que yo pudiera salvarlo de sí mismo.

Cuando Richard habla finalmente, dice lo que he querido escuchar durante mucho tiempo.

—Lo siento, Vanessa.

Me ha pedido disculpas antes, pero esta vez sé que sus palabras son distintas.

Por fin son reales.

—¿Hay alguna manera en que puedas darme otra oportunidad? Estoy mejorando. Podríamos empezar de nuevo.

Observo los jardines y la hierba verde. Había imaginado una escena parecida a esta cuando Richard me mostró por primera vez nuestra casa de Westchester: los dos sentados en un columpio del porche, varias décadas después de estar casados. Conectados por recuerdos que habíamos construido juntos, cada uno de nosotros superponiendo nuestros detalles favoritos con cada recuento hasta crear un recuerdo unificado.

Esperaba estar enojada cuando lo vi. Pero solo siento lástima.

Le entrego mi bolsa de tela a manera de respuesta a su pregunta. Él saca el artículo que está arriba, un joyero negro. Ahí están mis anillos de boda y de compromiso. Él abre la caja.

—Quería devolvértelas—. He pasado tanto tiempo atrapada en nuestro pasado. Es hora de devolvérselas y seguir adelante.

—Podríamos adoptar un niño. Podríamos hacer que fuera perfecto esta vez.

Se seca los ojos. Nunca antes lo había visto llorar.

Maureen está entre nosotros en un instante. Toma la bolsa y los anillos de Richard. —Vanessa, creo que ya es hora de irte. Te veré afuera.

Me levanto. No porque ella me lo haya dicho, sino porque estoy lista para irme.

—Adiós, Richard.

Maureen me acompaña por los escalones hacia el estacionamiento.

La sigo a un ritmo más lento.

—Puedes hacer lo que quieras con el álbum de bodas—. Hago un gesto hacia la bolsa. —Fue mi regalo para Richard, así que es legítimamente suyo.

—Me acuerdo. Terry hizo un buen trabajo. A fin de cuentas, fue afortunado que pudiera hacerte un campo ese día.

Me detengo en seco. Nunca le había contado a nadie lo cerca que estuvimos de no tener un fotógrafo en nuestra ceremonia.

Y ha pasado casi una década desde nuestra boda; ni siquiera pude recordar el nombre de Terry con mucha rapidez.

Cuando la mirada de Maureen se encuentra con la mía, recuerdo que una mujer había llamado para cancelar nuestra reserva. Maureen sabía del fotógrafo que íbamos a contratar; ella me sugirió que incluyera fotos en blanco y negro cuando le envié un enlace por correo electrónico al sitio *web* de Terry y consulté su opinión sobre el regalo de Richard.

Sus ojos azul hielo se parecen mucho a los de Richard en este instante. Es imposible saber lo que piensa.

Recuerdo que Maureen iba a nuestra casa en todas las fiestas, que pasaba sus cumpleaños con su hermano en una actividad que sabía que yo no disfrutaba, que nunca se casó ni tuvo hijos. Que no puedo recordar que ella mencionara el nombre de un solo amigo.

—Me ocuparé del álbum—. Se detiene en el borde del estacionamiento y me toca el brazo—. Adiós.

Siento un metal frío y suave contra mi piel.

Cuando miro hacia abajo, veo que se ha puesto mis anillos en el dedo anular de su mano derecha.

Ella sigue mi mirada.

—Para efectos de custodia.

CAPÍTULO
CUARENTA Y UNO

—GRACIAS POR RECIBIRME HOY —le digo a Kate mientras me acomodo en mi lugar habitual en el sofá.

Aunque no vengo acá desde hace varios meses —cuando aún estaba casada— la sala está exactamente igual, con revistas abanicadas en la mesa de centro y algunos globos de nieve en el alféizar de la ventana. Al otro lado de mí, en el acuario grande, dos angelotes giran lánguidamente alrededor de una frondosa planta verde, mientras que el pez payaso naranja y blanco y el tetra neón nadan a través de un túnel de roca.

Kate tampoco ha cambiado. Sus ojos son grandes y comprensivos. Su cabello largo y oscuro está cepillado detrás de sus hombros.

Richard me descubrió la primera vez que fui a la ciudad para encontrarme con Kate. No volví en mucho tiempo. Cuando lo hice, me aseguré de decirle que iba a visitar a la tía Charlotte. Luego, dejé intencionalmente mi teléfono en su casa mientras corría las treinta cuadras hacia acá.

—Estoy divorciada —comienzo a decir.

Kate sonríe levemente. Siempre ha sido muy cuidadosa en no decirme lo que siente, y aunque nos hemos visto apenas unas pocas veces, he aprendido a interpretarla.

—Me dejó por otra mujer.

La sonrisa desaparece de su cara.

—Pero ya no está con él —agrego rápidamente—. Él tuvo una especie de crisis: intentó hacerme daño y hubo testigos. Está recibiendo ayuda.

Observo a Kate mientras procesa todo esto.

—Está bien —dice ella finalmente.

—Así que él… ¿Ya no es una amenaza para ti?

—Correcto.

Kate ladea la cabeza. —¿Te dejó por otra mujer?

Esta vez soy yo quien sonríe levemente.

—Fue el reemplazo perfecto. Es lo que pensé la primera vez que la vi… Ella también está a salvo ahora.

—A Richard siempre le gustó que todo fuera perfecto—. Kate se reclina en su silla y cruza la pierna derecha sobre la izquierda, y luego se masajea el tobillo con aire ausente.

La primera vez que conocí a Kate, simplemente me hizo algunas preguntas. Pero las consultas me ayudaron a aclarar los pensamientos retorcidos en mi mente: *¿Puedes decirme por qué crees que Richard está tratando de mantenerte desequilibrada? ¿Cuál sería su motivación para esto?*

La segunda vez que fui a ver a Kate, ella me había pasado la caja de pañuelos de la mesa lateral que había entre nosotros, a pesar de que yo no había llorado.

Extendió su brazo, y mis ojos se habían posado en el brazalete grueso de su muñeca.

Había dejado su brazo inmóvil para que yo lo contemplara. Pero no había dicho una sola palabra.

Ver ese brazalete distintivo no debería haber sido una sorpresa. Después de todo, recopilar información era parte de la razón por la que yo había buscado a la ex de Richard, la mujer de cabello oscuro con la que él había estado antes que yo.

No había sido difícil encontrarla; Kate aún vivía en la ciudad y figuraba en la guía telefónica. Fui muy cuidadosa. Nunca mencioné su nombre al escribir sobre nuestras reuniones en mi cuaderno Moleskine, y cuando Richard descubrió que había ido a la ciudad, le dije que fue para ver a una terapeuta.

Pero Kate fue aún más cuidadosa.

Me escuchó pensativa, pero no parecía dispuesta a compartir la historia de lo que había sucedido durante los años en que ella y Richard estuvieron juntos.

Creo que descubrí el motivo en mi tercera visita.

Durante nuestras reuniones anteriores, Kate se había hecho a un lado después de dejarme entrar a su apartamento, haciéndome un gesto para que fuera hacia la sala. Cuando se levantó para indicar que nuestra conversación había concluido, me hizo señas para que yo saliera primero y luego me siguió.

Sin embargo, en nuestra tercera visita, cuando me pregunté en voz alta si debería tratar de dejar a Richard e irme a vivir con la tía Charlotte, Kate se levantó bruscamente y me ofreció té.

Asentí confundida.

Ella fue a la cocina mientras yo la miraba.

Arrastraba el pie derecho por el suelo; su cuerpo compensaba esto inclinándose hacia abajo y hacia arriba para impulsarse hacia adelante. Le había sucedido algo en pierna, que ella se masajeaba a veces durante nuestra charla. Algo le había dejado una cojera pronunciada.

Cuando regresó con la bandeja de té, dijo simplemente:

—¿Qué estabas diciendo?

Negué con la cabeza cuando intentó darme una taza. Sabía que mis manos temblaban con mucha violencia para sostenerla.

Miré su collar intrincado de platino, el brazalete y el anillo de esmeralda en su mano derecha. Eran joyas exquisitas y caras. Se destacaban contra su ropa simple.

—Estaba diciendo… No puedo dejarlo simplemente—. Reprimí las palabras.

Me apresuré unos momentos después, aterrorizada súbitamente de que Richard intentara llamar a mi teléfono celular. Fue la última vez que vi a Kate hasta hoy.

—Hay un registro policial del incidente. Y Maureen intervino para supervisar a Richard —digo ahora.

Kate cierra los ojos brevemente.

—Afortunadamente.

—Tu pierna…

La voz de Kate no tiene emoción.

—Me caí por unas escaleras—. Vacila y mueve los ojos para mirar a sus peces deslizándose por el acuario—. Richard y yo habíamos discutido esa noche porque llegué tarde a un evento importante—. Su voz es mucho más suave ahora—. Después de llegar a casa y de irse a la cama…

Salí del apartamento. Llevaba una maleta—. Ella traga saliva y empieza a masajearse la pantorrilla con la mano.

Decidí bajar por la escalera y no por el ascensor. No quería que nadie escuchara la campana. Pero Richard… no estaba dormido.

Su rostro se arruga por un instante y luego ella se recobra.

—Nunca lo volví a ver.

—Lo siento mucho. Ahora también estás a salvo.

Kate asiente.

—Espero que estés bien, Vanessa —dice un momento después.

Se levanta y me conduce a la puerta.

Oigo su cerrojo hacer clic detrás de mí cuando empiezo a caminar por el pasillo. Entonces giro bruscamente la cabeza para mirar hacia su apartamento, y una conexión se activa en mi cerebro cuando recuerdo una visión de hace mucho tiempo.

La mujer del impermeable que estaba parada afuera de la Escalera del Aprendizaje, mirando mientras yo empacaba en mi salón de clases. Ella se había dado vuelta con una sacudida extraña cuando me acerqué a la ventana.

Podría haberse tratado de una cojera.

CAPÍTULO CUARENTA Y DOS

Me despierto y siento la luz abundante del sol entrando por las celosías de las persianas, calentando mi cuerpo mientras estoy en la cama en la habitación adicional de la tía Charlotte.

Mi habitación, pienso, extendiendo los brazos y las piernas como una estrella de mar ocupando toda la cama. Luego estiro la mano izquierda y apago la alarma antes de que pueda sonar.

El sueño aún me es esquivo algunas noches, mientras recuerdo en mi mente todo lo que sucedió y trato de juntar las piezas que siguen siendo un misterio para mí.

Pero ya no temo las mañanas.

Me levanto y me abrigo con mi bata. Mientras voy al baño para darme un baño rápido, paso frente a mi escritorio, donde descansa el itinerario de nuestro viaje a Venecia y Florencia. La tía Charlotte y yo nos iremos en diez días. Todavía es verano, y solo comenzaré a enseñar a estudiantes de prekínder en el sur del Bronx después del Día del Trabajo.

Una hora después, salgo del edificio hacia el aire cálido. No tengo prisa hoy, así que camino por la acera, teniendo cuidado de no manchar los cuadros de tiza dibujados por un niño. Nueva York siempre es más tranquila en agosto; el ritmo parece más suave. Paso frente a un grupo de turistas que toman fotos del paisaje urbano. Un anciano lee el periódico, sentado en los escalones de una casa de piedra rojiza. Un vendedor llena cubos con racimos de amapolas frescas, girasoles, lirios y ásteres. Decido comprar algunos de camino a casa.

Entro a la cafetería, abro la puerta y examino el interior.

—¿Mesa para una persona? —pregunta una mesera mientras pasa con un puñado de menús.

Niego con la cabeza.

—Gracias, pero me encontraré con alguien.

La veo en el rincón, levantando una taza blanca hacia sus labios. Su anillo de bodas de oro brilla al recibir la luz. Me detengo y lo miro.

Una parte de mí quiere correr hacia ella. Una parte de mí quiere más tiempo para prepararse.

Entonces, ella alza la vista y nuestros ojos se encuentran.

Me acerco y ella se levanta rápidamente. Me tiende la mano sin vacilar y me abraza.

Nos secamos los ojos al unísono cuando retrocedemos. Luego estallamos en risas.

Me deslizo en la cabina frente a ella.

—Es realmente bueno verte, Sam—. Miro su collar brillante y su sonrisa.

—Te he extrañado, Vanessa.

Yo también me he extrañado, pienso.

Pero en lugar de hablar, busco en mi bolsa.

Y saco mis abalorios entrañables a juego.

EPÍLOGO

Vanessa camina por la acera de la ciudad, su cabello rubio suelto alrededor de los hombros, balanceando los brazos libremente a los costados. Su calle es más silenciosa de lo normal en los últimos días del verano, pero un autobús solitario avanza pesadamente por el lugar que he vigilado. Unos pocos adolescentes merodean en la esquina, viendo a uno de ellos girar una patineta. Ella los deja atrás y se detiene en un puesto de flores. Se inclina y busca un generoso racimo de amapolas en un cubo blanco. Sonríe cuando el vendedor le da el cambio, y luego sigue hacia su apartamento.

Todo el tiempo, mis ojos nunca se apartan de ella.

He tratado de evaluar su estado emocional cuando la he visto. «Conoce a tu enemigo», escribió Sun Tzu en *El arte de la guerra*. Leí ese libro para un curso universitario y la frase resonó profundamente en mí.

Vanessa nunca se dio cuenta de que yo era una amenaza. Solo vio lo que yo quería que ella viera; creyó en la ilusión creada por mí.

Ella piensa que soy Emma Sutton, la mujer inocente que cayó en la trampa que ella misma tendió para escapar de su marido. Aún estoy sorprendida por la admisión de Vanessa de haber orquestado mi aventura con Richard; pensé que era yo la que tejía la red.

Aparentemente, éramos conspiradoras involuntarias.

Sin embargo, Vanessa no sabe quién soy realmente. Nadie lo sabe.

Podría irme ahora y ella nunca estaría al tanto de la verdad. Se ve completamente recuperada de todo lo que le ha sucedido. No saberlo tal vez sea lo mejor para ella.

Miro la fotografía que sostengo. Los bordes están desgastados por el tiempo y la manipulación frecuente.

Es una foto de una familia aparentemente feliz: un padre, una madre, un niño pequeño con hoyuelos y una niña preadolescente con frenillos. La foto fue tomada hace años, cuando yo tenía doce años y vivíamos en la Florida. Nuestra familia se hizo añicos unos meses antes.

Eran pasadas las diez p.m. y yo debía estar dormida, —ya había pasado la hora de acostarme—, pero seguía despierta. Escuché el timbre de la puerta y luego mi madre dijo, —Ya voy.

Mi padre estaba en su habitación, probablemente clasificando documentos. Solía hacerlo de noche.

Oí el murmullo de voces y luego a mi padre, correr por el pasillo a las escaleras.

—¡Vanessa! —gritó. Su voz sonaba tan tensa que me sacó de la habitación. Mis medias se deslizaron silenciosamente a lo largo del piso alfombrado mientras pasaba junto al cuarto de mi hermano menor, hasta la parte superior de las escaleras, y me acurruqué ahí. Pude ver todo desplegarse directamente debajo de mí. Yo era una espectadora en las sombras.

Vi a mi madre cruzar los brazos y mirar a mi padre. Fui testigo de cómo mi padre gesticulaba con las manos mientras hablaba. Fui testigo de mi gatito calicó entre las piernas de mi madre, como si tratara de calmarla.

Mi madre cerró la puerta de un golpe y luego se volvió hacia mi padre.

Nunca olvidaré el aspecto de su cara en ese momento.

—Ella me buscó —insistió mi padre, con sus ojos azules y redondos, tan parecidos a los míos, agrandándose—. Ella siguió yendo durante mis horas de oficina y pidiendo ayuda adicional. Intenté alejarla, pero insistió… No fue nada, lo juro.

Pero no fue nada. Porque al cabo de un mes, mi padre se fue de la casa. Mi madre lo culpó, pero también culpó a la alumna bonita que había atraído a mi padre a una aventura amorosa. Ella mencionaba el nombre de Vanessa durante sus peleas, y su boca se retorcía como si esas tres sílabas tuvieran un sabor amargo; se convirtió en una clave para todo lo que salía mal entre ellos.

Yo también la culpé.

Después de graduarme de la universidad, vine de visita a Nueva York. La busqué, por supuesto; ahora se llamaba Vanessa Thompson. Mi nombre también era diferente. Después de que mi padre se fue de la casa, mi madre volvió a utilizar su apellido de soltera, Sutton. También cambié el mío cuando me hice adulta.

Vanessa vivía en una casa grande en un suburbio acaudalado. Estaba casada con un hombre guapo. Llevaba una vida de lujos que no merecía. Quería verla de cerca, pero no pude encontrar la manera de acercarme a ella. Rara vez salía de su casa. No había forma de poder encontrarnos de manera natural.

Casi interrumpo mi viaje. Y entonces comprendí algo.

Podría acercarme a su esposo.

Fue fácil averiguar dónde trabajaba Richard. Supe rápidamente que le gustaba ir todas las tardes a eso de las tres a tomar *espresso* doble en la cafetería de la esquina. Él era una criatura de hábitos. Llevé mi computadora portátil y esperé en una mesa. La próxima vez que entró, nuestros ojos se encontraron.

Estaba acostumbrada a que los hombres me buscaran, pero esta vez yo era la perseguidora.

Tal como imaginaba que ella lo había hecho con mi padre.

Le dirigí mi sonrisa más radiante.

—Hola. Soy Emma.

Esperaba que él quisiera acostarse conmigo; los hombres generalmente lo hacían. Eso habría sido suficiente, aunque solo fuera por una noche; finalmente, su esposa se habría enterado. Me habría asegurado de eso.

La simetría de ello me atraía. Se asemejaba a la justicia.

Sin embargo, él me sugirió que solicitara un trabajo como asistente en su empresa.

Dos meses después, reemplacé a su secretaria Diane.

Y al cabo de unos meses, reemplacé a su esposa.

Miro de nuevo la foto en mi mano.

Estaba muy equivocada acerca de todo.

Acerca de mi padre.

Fui engañada una vez por un hombre casado cuando estaba en la universidad, había dicho Vanessa el día que nos conocimos en el salón nupcial. *Pensé que me amaba. Nunca me habló de su esposa.*

Estaba equivocada sobre Richard.

Si te casas con Richard, lo lamentarás, me advirtió cuando me confrontó frente a mi apartamento. Y más tarde, mientras Richard estaba a mi lado, ella lo había intentado de nuevo, a pesar de que estaba visiblemente asustada*: Él te hará daño.*

Pienso en la manera como Richard me apretó a su lado, pasando su brazo a mi alrededor, después de que Vanessa pronunciara esas palabras. El gesto parecía protector. Pero sus dedos se clavaron en mi carne, creando un pequeño rastro de marcas color ciruela. Ni siquiera creo que él supiera que lo hacía; estaba mirando a Vanessa en ese momento. Al día siguiente, cuando conocí a Vanessa en el salón nupcial, me aseguré de que estuviera a mi otro lado.

Y, sobre todo, me equivoqué con Vanessa.

Es justo que ella sepa que también estaba equivocada acerca de mí.

Me hago visible al cruzar la calle y acercarme a ella.

Ella se da vuelta incluso antes de llamarla por su nombre; debe haber sentido mi presencia.

—¡Emma! ¿Qué estás haciendo aquí?

Ella fue honesta conmigo, a pesar de que no era fácil. Si ella no se hubiera esforzado tanto por salvarme, yo me habría casado con Richard. Pero ella no se detuvo allí.

Arriesgó su vida para dejarlo en evidencia, evitando que se aprovechara de otra mujer más.

—Quería decir que lo siento.

Su frente se arruga. Ella espera.

—Y quería mostrarte una foto—. Se la paso—. Esta era mi familia.

Vanessa mira la fotografía mientras le cuento mi historia, comenzando con esa noche lejana de octubre cuando se suponía que debía estar dormida.

Entonces levanta la cabeza y busca mi cara. —Tus ojos—. Su tono es uniforme y medido.

—Parecían tan familiares.

—Pensé que merecías saberlo.

Vanessa me devuelve la foto.

—Me he estado preguntando por ti. Parecías haber salido de la nada. Cuando traté de buscarte en línea, no exististe hasta hace unos años. No pude encontrar mucho más que tu dirección y tu número de teléfono.

—¿Preferirías no haber sabido quién era yo realmente?

Piensa un momento en esto.

Luego niega con la cabeza.

—La verdad es la única forma de avanzar.

Y luego, como no hay nada más que decir, le hago señas a un taxi que se acerca.

Subo y me doy vuelta para mirar por la ventana trasera.

Levanto la mano.

Vanessa me mira un momento. Luego levanta la palma de su mano; su movimiento es una imagen espejo de la mía.

Se da vuelta y se aleja de mí en el momento exacto en que el taxi se pone en marcha, la distancia entre nosotros aumentando con cada respiración.

AGRADECIMIENTOS

De Greer y Sarah:

Todos los días nos sentimos agradecidas con nuestra editora Jennifer Enderlin en St. Martin's Press, cuyo cerebro brillante ha hecho de este un libro mucho mejor, y cuya incomparable energía, visión y habilidad lo han llevado más alto y más lejos de lo que habíamos soñado jamás.

Tenemos la suerte de contar con un destacado equipo editorial que incluye a: Katie Bassel, Caitlin Dareff, Rachel Diebel, Marta Fleming, Olga Grlic, Tracey Guest, Jordan Hanley, Brant Janeway, Kim Ludlam, Erica Martirano, Kerry Nordling, Gisela Ramos, Sally Richardson, Lisa Senz, Michael Storrings y a Laura Wilson.

Gracias a Victoria Sanders, nuestra agente increíble, inteligente y generosa, así como a su equipo fabuloso: Bernadette Baker-Baughman, Jessica Spivey y Diane Dickensheid en Victoria Sanders and Associates. Nuestra gratitud también con Mary Anne Thompson.

A Benee Knauer: Estamos muy agradecidas por tus primeras ediciones, y muy especialmente por enseñarnos el verdadero significado de la «tensión palpable».

Muchas gracias a nuestros editores extranjeros, especialmente a nuestro encantador compañero de cenas Wayne Brookes, de Pan Macmillan

UK. Nuestro agradecimiento profundo también para Shari Smiley, del Grupo Gotham.

De Greer:

En pocas palabras, este libro no existiría sin Sarah Pekkanen, mi coautora inspiradora, talentosa e hilarante, y amiga querida. Gracias por ser mi cómplice en este viaje maravilloso.

En mis veinte años como editora, aprendí muchísimo de los autores con los que trabajé, especialmente de Jennifer Weiner y de su agente, Joanna Pulcini. También quiero agradecer a mis excompañeros en Simon & Schuster, muchos de los cuales también considero como amigos queridos, especialmente a Judith Curr, mi mentora en Atria Books; al sublime Peter Borland; y a Sarah Cantin, la editora joven más talentosa en el negocio.

Desde la escuela primaria hasta la escuela de posgrado, tuve la suerte de contar con maestros que creyeron en mí, especialmente Susan Wolman y Sam Freedman.

Estoy profundamente agradecida con nuestras lectoras iniciales, Marla Goodman, Alison Strong, Rebecca Oshins y Marlene Nosenchuk.

Tengo el privilegio de contar con muchas amigas, tanto dentro como fuera de la industria editorial, que me animaron desde el banquillo. Gracias a Carrie Abramson (y a su esposo Leigh, nuestro asesor de vinos), a Gillian Blake, Andrea Clark, Meghan Daum (cuyo poema me inspiró el de Sam), Dorian Fuhrman, Karen Gordon, Cara McCaffrey, Liate Stehlik, Laura van Straaten, Elisabeth Weed y Theresa Zoro. Un agradecimiento especial también para mi club del libro de Nantucket.

Gracias a Danny Thompson y a Ellen Katz Westrich por mantenerme en forma física y emocionalmente.

Y a mi familia:

A Bill, Carol, Billy, Debbie y Victoria Hendricks; Patty, Christopher y Nicholas Allocca; Julie Fontaine y Raya y Ronen Kessel.

A Robert Kessel, que siempre me motiva a derribar paredes.

A Mark y Elaine Kessel, por transmitirme su amor por los libros, servir como mis primeros lectores y decirme que «lo hiciera».

A Rocky, por hacerme compañía.

Un agradecimiento especial para Paige y Alex, que animaron a su madre a perseguir el sueño de *su* infancia.

Y finalmente a John, mi Verdadero Norte, quien no sólo me dijo yo que podía y debía, sino que sostuvo mi mano en cada paso del camino.

De Sarah:

Hace diez años, Greer Hendricks se convirtió en mi editora. Y luego se convirtió en mi querida amiga. Ahora somos un equipo de escritura. Nuestra colaboración creativa ha sido una alegría singular, y estoy muy agradecida por la forma en que ella me apoya, me desafía y me inspira. Espero con impaciencia lo que nos tienen reservado los próximos diez años.

Mi agradecimiento a todos los Smith por su ayuda a través de este proceso: a Amy y a Chris por el estímulo, la risa y el vino; a Liz por su temprana lectura del manuscrito, y a Perry por sus consejos razonados.

Gracias a Kathy Nolan por compartir su experiencia en todo, desde el *marketing* a los sitios web; a Rachel Baker, Joe Dangerfield y Cathy Hines por apoyarme siempre; al Equipo de la Calle y a mis amigos y lectores de Facebook que corrieron la voz sobre mis libros con diversión y estilo; y también a mi vibrante y solidaria comunidad de autores colegas.

Estoy agradecida con Sharon Sellers por mantenerme lo suficientemente fuerte como para escalar la próxima montaña, y a la sabia e ingeniosa Sarah Cantin. Mi agradecimiento también para Glenn Reynolds, así como para Jud Ashman y al equipo del Festival del Libro Gaithersburg.

Bella, uno de los perros maravillosos, estuvo pacientemente a mi lado mientras yo escribía.

Cariños para el equipo incomparable de Pekkanen: Nana Lynn, Johnny, Robert, Saadia, Sophia, Ben, Tammi y Billy.

Siempre y, ante todo, a mis hijos: Jackson, Will y Dylan.

2